그리움을 하늘로

실화수기

권명애 장편소설

차 례

그리움을 하늘로

권명애 장편소설

그리움을 문학으로

김하기 (소설가, 창신대 겸임교수)

권명애씨는 나이가 연배임에도 불구하고 대구 작가콜로퀴움에서 나에게 배운 나의 제자이다. 나이에 걸맞지 않게 수줍음을 타면서도 늘 강의실 한 켠 자리를 지키던 성실한 모습이 기억이 남는다. 한 학기 강의가 거의 끝나가던 어느날 권여사는 두툼한 원고뭉치를 들고와 읽어 줄 수 있겠느냐고 수줍게 묻는 것이다.

원고를 읽어보면서 그때나 지금이나 드라마틱한 한 인간의 삶에 상당히 충격을 받았다. 그녀의 어린 시절은 그녀의 유토피아였다.

아름다운 산골 작은 마을은 내 어린 시절의 나의 궁정이었다. 사방으로 둘러싸인 나지막한 산들은 우리 집을 다정하게 굽어보고, 봄이면 진달래가 꽃을 피워 올리는 이 산골 마을은 내 어린 세계의 전부였고 어린 나에게는 더 할 수 없이 아름다운 동산이었다. 맑고 푸른 하늘 아래 반짝이는 봄 햇살을 따라 오솔길을 거슬러 올라가면 이 마을의 유일한 건물이 어린아이들의 전당인 국민학교가 산 속에 포근히 안겨 있고 그 옆에 다소곳이 앉아 있는 집이 이 학교의 사택인 우리 집이었다. 아버지께선 이 학교의 교장선생님이셨다.

이러한 유복한 가정환경에서 자라난 그녀는 고등학교 시절 아빠와 두 오빠의 잇달은 죽음으로 졸지에 천길벼랑 아래로 떨어지게 된다. 갑자기 거리로 내몰린 여덟식구의 가장인 된 그녀는 대학진학을 포기하고 교육청 타이피스트로 들어가 십여년 동안 오로지 가정의 생계를 위해 헌신하게 된다. 그러다 뒤늦게 꿈에 그리던 이상적인 목사님을 만나 가난하지만 행복한 가정을 꾸리고 살아간다. 그녀에게 목사님과의 만남은 어린 시절의 유토피아로 복귀하는 것을 의미하는 것이었다. 하지만 현실에서는 유토피아란 존재하지 않으며 늘 신기루처럼 사라지게 마련이다. 그런 달콤한 가정의 행복도 잠시, 그녀는 사랑하고 존경하던 그 목사님을 바로 눈앞에서 교통사고로 잃고 마는 기막힌 운명을 겪는다. 문제는 그녀가 목사님의 죽음을 도무지 현실로 받아들이지 않는 것이다.

　아 – 그와 내가 함께 숨쉬던 동대구 역
　어쩌다 그가 출장을 가시는 날엔 난 으레 그의 가방을 들고 따라나오면 그가 개
찰을 하고도 한쪽에 비껴 나와서 손을 꼭 잡아 주고 가시던 당신,
　내게 그 많은 것을 안겨주고 당신은 어디로 숨어 버렸나요?
　이젠 나타나 주세요.
　당신의 아내가 이렇게 목 매이게 찾고 있잖아요.

　'임마(권명애씨)' 는 '덩거리(목사님)' 의 죽음을 현실로 받아들이지 않고 하나
님께 다시 남편을 돌려달라고 떼를 쓴다. 기독교의 교리에 위배되는 이같은 환
생에 집착하는 한 목사 사모님의 절규에 같은 크리스챤인 나는 상당히 쇼크를
받았다. 그리고 목사 사모님이었던 그녀가 하나님을 원망하며 술을 마시고 기차
간에서 구토를 하고 뻗어버리는 대목에서 진실한 절망마저 느꼈다. 과연 그런
기구한 운명의 낙차 앞에선 나라도 그렇게 하지 않았겠는가 하는 안타까운 심정
이 들었다.
　그녀는 남편의 죽음을 잊기 위해 술, 피아노, 친구, 공부 등에 의존해보지만 죽
음의 충격을 완전히 극복하지는 못한다. 결국 남편의 죽음으로부터 벗어나는 길
은 문학, 즉 글쓰기밖에 없었다. 글쓰기는 그녀에게 목사님과의 만남이었고 절망
과 허탈의 치유였고 새로운 삶의 출구였다. 과연 글쓰기가 없었다면 오늘날 그녀
가 존재했겠는가 하는 생각마저도 든다. 험난한 역정을 글쓰기로 이겨낸 권명애
씨에게 힘찬 박수를 보내드리고 싶다. 그리고 이제 그녀가 『그리움을 하늘로』란
책을 엮어내어 뒤늦게나마 문학으로 승화시켰으니 목사님을 하늘로 보내시고 새
롭게 문학의 길에 매진하여 좋은 성과가 있기를 바란다.

오랜 세월 글에 매달렸다.

그와의 무언의 약속이었다. 아니 그에 대한 아내의 임무였다.

어느새 거리에는 인생의 한 단면을 보여주는 듯 하다.

또 한해가 지나간다. 많은 이들의 입술에서는 지나온 한 해는 덧없이 지나 갔지만, 다가올 새해는 더 열심히 인생을 가꾸어 보겠다고...

그렇다. 한번밖에 주어지지 않는 인생을 우리 모두 열심히 살아왔다. 그리 고 앞으로도...

나 역시 그랬던가? 새해의 길목에 서서 지나간 편린들을 떠올려 봐도 아무 것도 기억 나는게 없다.

다만, 휴우, 한숨만 새어나올 뿐이다.

어떻게 내가 지금 이 자리에 설 수 있었는지 기적 같은 일이다.

죽지 않으면 정신이상이 될 것이라고,

그토록 사랑했던 그 사람,

아무 것도 없어도 손만 잡고 나가면 세상은 다 우리의 것이었다. 그렇게 소 꿉친구처럼, 비둘기처럼 작은 날개를 펴가며 하늘를 날아다니던 우리의 사랑 이, 어느 날 산산조각이 나 버렸다.

홀로 남아서 그 아픔을 도저히 감당할 길이 없었다.

바보 같은 한 여인은 망각의 세월에 길들이지 못해 10년 세월을 이 작은 가 슴으로 부딪쳐 왔다. 가슴에 멍이 들고, 가슴이 찢어져도 그를 단 1초도 놓을 수 없어 하얀 밤을 지새웠다.

　그가 옆에 있다는 것이 그토록 행복인 줄은 예전엔 미처 몰랐다.

　그가 옆에 있다는 것이 그토록 가슴이 큰 여인일 줄은 예전엔 미처 몰랐다.

　11월의 끄트머리에 서 있는 내 가슴속으로 그의 사랑이 잔잔히 밀려온다.

　그는 그 나라에서도 아내를 걱정해 주는 세상에서는 다시없는 나의 남편이다.

　세월이 가고 또 가고, 영겁의 세월이 흐른 후에도 그와 다시 만날 것을 소원하면서 이 글을 내어놓고자 한다.

　이제 그 아픔의 세월 저편에서 그와 나의 못다 핀, 한 맺힌 사랑의 애기를 미숙하게나마 나열해 보고자 한다.

　한편 부끄럽다. 아니, 죽어도 인정하기 싫은, 그의 부재를 영원히 비밀에 붙이고 싶다.

　그러나, 그의 아내가 남아서 이렇게나마 그와의 약속을 지킬 수 있게 해 주시고, 또한 이자리에 설 수 있게 해 주신 하나님께 감사드리며,

　모쪼록, 부족한 글이지만 읽는 이들에게 조금이라도 도움이 되어 주었으면, 하는 마음이다.

11월의 어느 한 밤에
권 명 애

1

그가 내 귀밑머리를 조용히
넘겨주셨다

겨울 방학

자그만 도시 안동의 아침거리는 남녀 학생들로 물결을 이루었다.

방학이 다가오는 12월의 어느 날 아침, 등교길 남녀 학생들의 머리 위로 잿빛 하늘이 펼쳐져 있고, 그 사이로 제각기 학교를 찾아가느라 걸음을 재촉하고 있는 학생들의 발등 위에 기어이 하얀 눈발이 소리 없이 내려 앉았다.

야! 눈이다. 올해들어 처음으로 내리는 한 송이 눈발이 귀중한 보물인양 머리에서 발등까지 고스란히 맞아드리며 학교에 가니, 벌써 학생들은 유리창문 사이로 얼굴을 내밀고 바깥의 정경을 내다보느라 정신이 없었다. 내일이면 방학을 한다는 기쁨에 들떠있는 우리들에겐 때아닌 눈의 출현이 금상첨화였다. 등교시부터 소리 없이 내리던 눈이 3교시를 마치고 나니 세상은 온통 하얀 옷으로 갈아입었다.

넓다란 운동장에도, 가지런히 서 있는 플라타너스 나무 위에도, 멀리 내다보이는 철길 위에도 새하얀 눈으로 싸여 있었다. 이제 한창 생기 발랄한 여고생들이 그냥 조용히 넘길 리는 없었다. 발을 동동 구르며 밖을 내다보는 학생들이 있는가 하면, 손뼉을 치며 좋아 라고 하는 사이로 갑자기 '권지연 교무실로 와' 하는 담임선생님의 호출로 교실 안은 순식간에 조용해 졌다.

옆에 있던 내 짝이 눈이 동그래지며, '지연아 왜 그래, 이번 공납금 안 냈어?'

"아니야, 나도 모르겠어."

모두들 "지연아 왜 그래?" 하며 우리 반 아이들의 시선이 내게로 집중되었다.

나는 영문도 모르고 떨리는 마음으로 교무실에 갔더니, 선생님께선 느닷없이 "권지연, K 라는 학생 알아?" 하셨다.

나는 깜짝 놀랐다. 갑자기 어린 시절로 되돌아가는 것 같았다.

철없이 뛰어 놀던 유년시절, 서울에서 전학 온 그 아이와 1년 간의 흐름이 있은 후, 우리는 아버지의 전근으로 그 아이와 헤어진 후 이제 막 담임 선생님으로 인해 그 아이를 떠올릴 수 있었다.

그래 맞아, 그 아이와 헤어질 때 그 아이는 눈물을 글썽이며 꼭 잊지 말고 편지를 해야 한다고 했지. 시골에서는 보기 드문 해맑은 용모와 하얀 손을 내밀며 우리 악수라도 하자며 떨리는 손길로 내 자그만 손을 잡아 주던 그 아이, 아니, 이젠 혈기왕성한 청년이 되어 있겠지,

그 곳에서 전학을 한 후, '우리 잊지 말고 편지하자' 하던 그 애의 말이 가끔 생각났지만 그렇게 큰 의미를 부여하지는 않았다.

불현듯 야생화가 만발한 들길을 뛰어다니던 그때 그 시절이 오랜 침묵을 깨고 고개를 내밀었다.

"뭐야? 아는 거야, 모르는 거야?"

선생님의 불호령에 그제서야 정신을 차렸다.

"예, 국민학교 4학년 때 친구였습니다."

"국민학교 때 친구든지 중학생 때 친구든지 남학생이 여학생에게 편지한다는 건 좋지 못한 일이야. 지연이는 모범생인 줄 알았는데 벌써 남학생한테서 편지가 오고 안되겠는데?"

"선생님, 그게 아니고 그냥 어릴 때 친구..."

"그래, 알겠어. 이 편지는 내가 보관할게. 이제 가봐."

나는 무척 궁금했지만 아무 말도 못하고 교무실을 나와야만 했다.

"얘, 지연아 왜 그래, 혹 어제 저녁 연애하다 들킨 건 아니야?"

"그런 게 아니고 국민학교 때 남자 아이였는데 나는 지금까지 잊고 있었는데 어떻게 알고 이제야 편지를 한 것 같애."

"야, 그 친구 멋있다. 어째 이때까지 잊지 않았을까?"

"맞아, 그 친구 무척 순정파인 것 같다."

"얘, 너 그 친구 꼭 잡아. 만약 네가 싫으면 내게 소개해 줘."

"나는 어디 있는지도 모르는데."

"얘, 그러지 말고 선생님께 한 여학생의 운명이 좌우된 편지니 달라고 때를 쓰지?"

"그런다고 주시겠어? 어림도 없지."

교실 안은 때아닌 화제로 너도 나도 한 마디씩 거들며 야단들이었다.

그렇게 한 동안 떠들썩하던 반 친구들은 4교시 선생님의 출현으로 중단되었다.

나 역시 가끔 그 친구는 어디에 있을까? 조금은 궁금하던 중 마침 편지가 왔지만 담임선생님으로 인해 무산되어 버리고 겨울방학을 맞아 그리운 집으로 가게 되었다.

한 달간의 방학도 끝나고 3학년이 되어 반 편성을 했다. 모두들 3학년이 된 기쁨보다 진학 문제로 조금은 술렁였다. 반 친구들은 꿈 많은 여고시절을 마지막 장식한다는 서운함과 또 다른 세계를 꿈꾸며 학교생활을 하고 있었다. 이제 그렇게 한 동안 떠들썩하던 편지사건도 반 친구들의 뇌리에서 떠나간 지도 오래 되었다.

그러던 어느 날 오후, 지루한 영어시간을 마치고 내 짝과 진학 문제로 심각하게 얘기하고 있는데, 담임선생님께서 또 나를 부르셨다. 예상했던 것과 같이 또 그 친구의 편지였다. 그러나 이번에도 역시 남학생의 편지

가 여학생에게 전달될 리가 없었다. 아무 것도 모른 채 교무실을 나와야
만 했다.

　그렇게 모두들 진학 문제로 조금은 어수선한 가운데 졸업도 얼마 남지
않은 10월이었다. 그런데 한 번 기울어진 가정은 1년이 지난 10월, 또다
시 청천벽력과도 같은 사건을 내게 안겨 주었다. 너무나 기가 막힌 현실
에 아무 말도 나오지 않았다.

　세월이 흘러 나는 대학진학이란 꿈에도 생각하지 못하고 졸업을 하자마
자 직장에 다녀야만 했다. 행복하기만 하던 우리가정, 꿈 많던 소녀시절
은 이미 내 주위에는 사라져 버리고 연약하나마 자그만 내 어깨에는 8식
구가 날아들어야 할 둥지가 되어야만 했다.

　모든 꿈은 접어두고, '나'를 생각하기에 앞서 우리 여덟 식구를 떠올려
야만 했다.

　그렇게 나는 어느 관청의 타이피스트로 일하게 되었다. 책상 위에는 발
송해야 할 공문서들이 항상 쌓여 있었고 아침 일찍 출근하면 퇴근시간까
지 타이프를 치느라 정신이 없었다. 차차 보람도 느낄 수 있었고 하루 이
틀도 아닌 많은 날들을 한 공간에서 함께 생활하다보니 동료직원들이 마
치 한 가족 같이 느껴졌다.

　직장에는 외부 사람들이 많이 드나들었는데 어떤 이들은 슬며시 데이트
신청을 해오는 사람들도 있었지만 나는 그런 것에 신경 쓸 여유조차 없었
다. 다만 주어진 일에 열심을 다하며 나름대로 직장생활을 보람 있게 하
고 있었다.

　그러던 5월 어느 날, 어디서 불어오는 실바람을 따라 향긋한 꽃향기가
코끝에 매달리고 책상 위에는 햇빛 한 가닥이 작은 원을 그리며 춤을 추
고 있었다. 그제야 타자를 치던 손을 멈추고 밖을 내다보니, 바로 앞 꽃밭
에는 갖가지 화초들이 한창 꽃을 피워올려 5월의 훈풍에 나부끼고 있는

정경에 넋을 잃고 있는데, 마침 그 때 옆자리의 직원이 미스 권 애인 전화요, 빨리 받아요. 하는 소리에 누구일까? 하며 수화기를 받아들고 응답을 했다.

"여보세요?"

"실례지만 혹 권지연씨?"

"예, 그런데요?"

"너무 오랜만이라서 내 목소리를 기억할지 모르겠구나. 나, K 야."

"아, 그래 K, 정말 반가워. 그런데 어떻게 내가 여기에 있는 줄 알고?" 나는 반색을 했다.

"간신히 찾았어. 혹 우리 동창 금희라고 기억나?"

"금희? 잘 기억이..."

"그건 그렇고 여기 L 이라는 다방이야, 나올 수 있겠어?"

"그래 조금만 기다려, 내 바쁜 것 잠깐만 해놓고 갈게."

그렇게 해서 우리는 여고시절, 몇 번의 편지사건 후에 이제야 자유롭게 만날 수 있게 되었다.

그 친구와 나와의 인연이란, 6·25를 겪은 그 이듬해였다. 그러니까 아버지께선 고향과도 같은 학교에서 다른 학교로 전근이 되신 지 얼마 되지 않은 초등학교 4학년 때였다.

마을 앞으로 흘러내리는 개울 뚝 언저리에는 새하얀 아카시아 꽃향내로 정신을 잃게 하는 4월쯤이었나 보다. 그러니까 새 학년으로 올라 온 지도 얼마 되지 않았을 때였다.

첫 교시를 마치고 둘째 시간에 담임선생님께서 낯선 남자아이의 손을 잡고 교실에 들어오셨다. 갑자기 교실 안이 조용해졌다. 금방 보아도 이런 시골에서는 찾아보기 힘든 깨끗한 피부와 해맑은 용모의 아이였다.

선생님의 소개가 끝나자 모두들 박수를 쳤다. 서울 근교에서 시골학교로 전학을 온 것이다. 우리는 모두들 어린 때이라 무엇 때문에 전학을 했는지 알 필요도 없었고 관심 둘 필요도 없었다. 아이들이 안다는 건 그 어머님이 아직 무척 젊고 예쁘다는 것뿐이었다.

　그 아이가 전학을 온 지도 몇 개월이 흘러갔다. 그 아이는 반 아이들과도 잘 어울렸고 공부도 잘했다. 어릴 때였지만 간혹 나와 눈길이 마주칠 때면 괜히 당황해 하는 것 같고 얼굴을 붉히는 것 같았다. 그 후 몇 번 방과후에 우연히 만난 일이 있었지만 아이들이라 기껏 숙제 다했니? 어디가? 그게 전부였다. 그러나 어쨌든 그 아이와는 어릴 때라도 남다른 감정을 가졌다고나 할까.

　그러던 어느 날, 그 아이는 시골아이들로선 잘 못 사먹는 과자를 한 봉지 들고 나를 기다리고 있다가 우린 함께 강가에 놀러가게 되었다. 우리 마을 저쪽에는 제법 폭이 넓은 강가에 맑은 물이 시원스럽게 흘러내리고 있었다. 우린 함께 강가를 거슬러 올라가면서 뛰기도 하다가 천천히 걷기도 하며 무척이나 재미있는 시간을 가질 수 있었다.

　"자, 이것 먹어. 오늘 우리 집에 손님이 왔는데 나 먹으라고 이걸 사 갖고 왔더라. 네가 생각나서 가지고 왔어. 그렇잖아도 네가 나타날 때까지 있으려 했는데 정말 잘 만났어."

　"괜찮아, 나는 오빠들이나 아버지가 읍내에 나가시면 사 가지고 오시거든."

　"그래도 먹어, 너와 같이 먹으려고 가지고 왔는데 자, 먹어."

　그래서 함께 먹으며 숙제도 잊고 해가 지도록 놀다가 집으로 돌아왔다.

　그 후로 우린 자연히 더 가까워 질 수밖에 없었다. 어려운 산수 숙제가 있는 날엔 아이들의 눈을 피해 학교에 남아서 산수숙제도 하다가, 꼬불꼬불한 들길을 거닐기도 하며 달콤한 향기와 새들의 노래와 햇볕이 뒤섞여 있는 풀밭에 앉아서 하루 온종일 보내기도 했다.

그러나 소꿉친구의 우정도 얼마가지 못했다. 그렇게 그 학교에서 1년쯤 있다가 아버지께선 다른 학교에 전근이 되셨다.

어릴 때였지만 그 아이는 무척 섭섭해하면서 눈물까지 글썽이며 '그래도 이 산골에 와서 너를 만나게 된 것이 얼마나 좋았는데,' 하며 무척 어른스러운 말을 했다.

그 후 초등학교와 중학교를 졸업하고 고2 때 편지사건이 있은 후로 오늘이 처음이었다. 꼬마남자아이와 여자아이가 이렇게 장성해서 만나니 얼굴도 잘 모를 지경이었다.

"정말 오랜만이야, 그간 어떻게 연락이 잘되지 못해서 서로 만나지 못했지? 그때 얼굴 하나도 없어. 그냥 분위기로 알아 맞췄지."

"그래, 정말 길에서 그냥 지나쳐도 잘 모르겠어."

"그런데 그때 천신만고 끝에 주소를 알아내어 학교로 몇 번이나 편지를 했는데 왜 아무런 소식이 없었어?"

"그 편지 내 손에 전달되지도 못했어."

"그랬었구나, 그것도 모르고 나는 얼마나 기다렸는지, 이젠 다시는 못 만나는 줄 알았는데 이렇게라도 만나게 되었으니,"

"그래, 요즘은 어디 있어? 아직도 그곳에 있지는 않을 테고,"

"우리도 그곳에 있다가 대학 들어가기 전에 다시 서울로 왔어. 참 그런데 소식 들었어. 어쩌다가... 미안해, 괜히 아픈 마음을 건드려서, 무척 고생이 많지?"

"어쩌겠어, 운명으로 돌리는 수밖에,"

"그런데 한번 만나보고 싶어도 정말 힘이 들더라. 어떻게 연락이 되어야 만나든지 하지, 나, 조금 있다가 군대에 가, 그래서 큰 맘 먹고 왔어. 지금 아니면 또 만날 수 없을 것 같아서... 나보고 싶지 않았어? 실은 나는 너무 보고 싶더라."

"나는 하나도 보고 싶지 않더라."

정말 인연이란 묘했다. 11살짜리 철부지 꼬마 애들의 우정이 지금까지 그 감정을 연장시킬 수 있다는 것이 조금은 신비롭기까지 했다.

"그런데 그때 친구는 다른 학교로 가 버리고 나 혼자 남으니 왜 그렇게 쓸쓸하던지 세상이 텅 빈 것 같은 느낌이었어. 친구는 그렇지 않았지?"

"나도 그랬어."

"그럼 왜 편지 한 장 하지 않았어?" 친구가 떠날 때 다른 학교에 가도 꼭 편지해야 한다고 그렇게 약속했잖아. 친구는 가고 나 혼자서 오늘이나, 내일이나, 그렇게 기다려도 편지, 아니 소식하나 없더라.

집 앞 나뭇 가지 위에서 까치만 울어도 오늘은 틀림없이 친구에게서 편지가 올 것이다, 하고 얼마나 기다렸는데 이 무정한 친구야."

"미안해, 지금 같으면 당장 편지할 텐데 그땐 너무 어려서,"

"이 친구야, 실은 나 거기서 병날 뻔했다."

"왜, 어디 아팠어?"

"친구는 가고 나 혼자서 우리가 자주 가던 풀밭에 팔베개를 하고 누워서 맑안 하늘만 쳐다보아도, 숲 속에서 실바람이 지나가는 소리만 들어도 괜히 가슴이 뛰곤 했지."

"정말? 그렇게..."

"됐어, 이제라도 친구를 만나게 되었으니 이제야 살 것 같다."

우리는 너무 많은 세월을 뛰어 넘어 만난지라 어떻게 불러야 할지 몰라서 서로 친구라고 불렀다.

"참, 남자친구 있어?"

"나? 아직은..."

"정말 남자친구 없어? 어쨌든 고마워. 난 혹이나 남자친구 있으면 어쩌나 무척 마음을 조렸거든, 이제 내 편지하거든 답장을 꼭 해 주어야 해."

"응 그럴게,"

"우리 이제 절대 소식 끊지 말자."

그렇게 우리는 오랜 세월, 빈 공간을 메우느라 시간 가는 줄 모르고 얘기를 나누다가 저녁에 다시 만날 것을 약속하고 나는 사무실로 돌아와서 남은 일을 마무리하느라 정신이 없었다.

그렇게 해서 소꿉친구였던 우리의 우정이 또다시 이어지게 되었다.

아마, 코흘리개 적 우리의 인연은, 겹겹이 쌓여간 세월 속에서도 싹을 틔우고 있었던가 보다. 친구는 우리의 만남을 가슴설레임으로 받아들였다. 나 역시 새 하늘과 새 땅이 도래한 것 같은 활기찬 기분으로 직장에 다니고 있었다. 어느 날은 초여름의 강렬한 햇살을 피해 녹음이 짙어진 뒷산 꿀밤나무 아래서, 밤새도록 썼노라며 시 한편을 멋쩍은 듯이 슬그머니 내 앞에 내밀었다.

"우리의 만남을 축하하는 뜻에서 한 번 써보았어."

"그래? 나는 그런 생각도 못했는데,"

"이건 집에 가서 혼자서 읽어 봐. 아마 내 마음이 담겼을 거야."

나는 당장 읽어보고 싶은 것을 꾹 참았지만 나를 위해 썼다는 시를 보고 싶어 견딜 수가 없었다.

"우린 만나자 말자 또 헤어져야겠네. 군을 연기할까?"

"왜 그런 어린애 같은 생각을 해."

"내 젊음을 다 바쳐 도로 찾은 친구를 이젠 놓치고 싶지 않아."

"나는 항상 여기 이렇게 있어. 그리고 친구를 기다리면 되잖아."

"왠지 또 헤어지면 이제 더 이상 만나지 못할 것 같은 기분이 들어."

"소꿉친구 이렇게 있을게."

"그래, 고마워, 어디를 가든 나는 복사꽃 피던 산촌에서 만난 친구뿐이거든,"

그렇게 우리는 때론 정다운 친구 같이, 때론 사랑하는 연인 같이 소중한 만남을 지속해 나갔다.

 짧은 우리의 만남도 지나가고, 친구는 군에 가서 사흘이 멀다하고 편지를 했다. 초년병의 군대생활의 얘기며, 은은하게 그리움을 담은 그의 마음을 접할 때면 파아란 하늘이 더 파랗게 보였다. 그렇게 우리는 짧은 만남을 아쉬워 하며 서로의 마음을 지면 가득 토해냈다. 한해 두 해 해가 거듭될수록 우리의 마음속엔 아름다운 추억들이 소복이 쌓여갔다. 그러나 우리의 사랑도 언제까지나 지속될 수는 없었는가 보다. 홀어머니와 여동생이 있는 친구는 결혼을 서두르지 않을 수 없었다. 그러나 그당시 나로서는 결혼 같은 건 꿈에도 생각할 수가 없었다. 내겐 여덟 식구의 생계가 달려 있었다.
 "친구의 형편을 모르는 게 아니야. 이봐 우리 결혼해서 부족하지만 내가 어머니를 도와 드릴게. 그렇게 하면 되지 않겠어?"
 나는 숱한 낮과 밤을 지새워가며 생각해 봐도 그럴 수는 없었다. 내 가족은 내가 지켜야 해.
 "내가 어머니께 말씀드릴게."
 "안 돼, 어머니, 형제들을 배신하는 일밖에 안돼. 우리 힘들지만…"
 "절대 그럴 수는 없어. 내가 친구를 어떻게 찾았는데 그래."

 그러나 우리의 우정은 '친구' 라는 인연 밖에 없었는가 보다. 나 역시 곱게 쌓아온 친구와의 사랑도 지울 수 없지만, 내겐 나와 함께 피를 나눈 내 어머니 형제들이 있지 않은가!
 정말이지 그때의 내겐 다만 주어진 일에 충실해야만 했고 폐허가 된 내 가족 외에는 사치에 불과했다. 그러는 사이로 세월은 쉴새 없이 우리 곁을 스쳐갔고 여고를 졸업하자 말자 세상이 무엇인지도 모르던 애숭이 아가씨가 앞뒤도 돌아볼 겨를도 없이 허겁지겁 달려온 세월이 어느새 10년여가 훌쩍 지나가 버렸다.

그 후 여자 나이 서른이 넘어 운명의 한 남자를 만나게 되었다.

그렇게 나는 어린시절의 행복했던 시절, 힘들었던 시절을 헤쳐나와 그와 인연을 맺어주신 하나님께 감사하면서 내 어린 시절을 떠올려 본다.

어린 시절

　아름다운 산골 작은 마을은 내 어린시절의 나의 궁정이었다.

　사방으로 둘러싸인 나지막한 산들은 우리 집을 다정하게 굽어보고, 봄이면 진달래가 꽃을 피워 올리는 이 산골 마을은 내 어린 세계의 전부였고, 어린 나에게는 더 할 수 없이 아름다운 동산이었다.

　맑고 푸른 하늘 아래 반짝이는 봄 햇살을 따라 오솔길을 거슬러 올라가면, 이 마을의 유일한 건물이 어린아이들의 전당인 국민학교가 산 속에 포근히 안겨 있고, 그 옆에 다소곳이 앉아 있는 집이 이 학교의 사택인 우리 집이었다.

　아버지께선 이 학교의 교장선생님이셨다.

　이제 막 아침해가 떠오르자 책보자기를 허리에 둘러 맨 아이들이 여기저기서 학교를 향해 몰려오고 있었다. 나도 늦을세라 책가방을 챙겨서 운동장으로 뛰어가면 어느새 우리 반 아이들이 쪼르르 달려와 나를 반겨 주었고, 나는 그 애들과 함께 운동장 한가운데서 공놀이와 고무줄 넘기에 시간 가는 줄 모르게 놀았다. 여기서도 저기서도 남자아이들이나 여자아이들은 신선한 아침해가 작은 동산을 침범해서 운동장에 금빛 햇살을 가져다줄 때까지 놀이에 정신을 빼앗기고 있다가, 첫 교시를 알리는 종소리가 울리자 모두들 교실을 찾아가느라 분주했다.

　학교가 끝나면 우리 반 아이들이나 하급생들은 나를 서로 자기 마을에 데려 가려고 했다.

여기에도 저기에도 신록이 우거진 산 아래에 그림 같은 마을이 평화롭게 앉아있고, 그 속에서 우리들은 숨바꼭질도 하며 해가 지는 줄 모르고 놀이에 마음을 빼앗겼다. 석양이 되어 붉은 저녁노을이 산마루에 걸릴 때쯤이면, 여기 저기서 저녁연기가 낮은 초가지붕 위로 곱게, 곱게 뭉게구름처럼 피어오르면 나는 그만 놀던 것도 던져 버리고 집으로 가려고 하면 그 애들은 기어이 나를 붙잡고 놓아주지 않았다. 원정을 갔다가 때론 큰오빠의 손에 이끌리어 집으로 돌아올 때도 있었지만 대개가 그 밤을 친구들의 집에서 호롱불을 앞에 놓고 옛날 얘기에 꽃을 피웠다.

그러던 어느 날 우리는 더 이상 학교에 갈 수 없게 되었다.

읍내에서 공부하던 언니 오빠들이 집으로 돌아왔고 우리들 역시 등교를 거부당했다. 아버지와 선생님들, 그리고 마을 어른들은 우리 어린이들로선 알 수 없는, 근심 어린 모습으로 수근거림이 이어졌다. 그런가 하면 우리들과 피부 색깔도, 모습도 다른 군인들이 총을 메고 들어와 평화로운 산골 작은 마을을 순식간에 불안의 도가니로 몰아넣었다.

소위 6·25란 전쟁이었던 것이다.

그러나 나는 그때 겨우 3학년이었으니까 전쟁이 가져다주는 나라의 심각성 같은 건 당연히 알 수가 없었다. 군인들이 주둔하고 산 속 아름다운 작은 마을 전체가 술렁거리자 우리는 사택에 있지 못하고 학교 윗마을로 올라와서 어느 학부형 집에 있게 되었다. 그때 큰언니는 한창 피어날 때인 여고생이었다. 큰언니는 피부도 남달리 고왔을 뿐, 얼굴도 정말 예뻤다. 주둔해 있던 군인들이 가만있을 리 없었다. 그 후론 외출도 삼갔으며 항상 할머니 같은 옷을 입고 다녔다. 그러다가 그 곳에서도 안 되어서 더 산촌인 어느 학부형 집으로 가게 되었는데 그땐 아마 인민군들이 그 마을을 장악한 것 같다. 어릴 때 일이라 기억이 잘 안 나지만 나는 그 마을 아이들과 같이 인민군들이 어떻게 생겼나 하며 먼발치에서 보기도 하며 살금살금 따라다니기도 한 것 같다. 그것이 재미있다고 아버지, 어머니께 말씀드렸더니 깜짝 놀라시며 그러면 큰일난다고 하시기에 그 후론 따라 다니지 않았다.

그러던 어느 날 갑자기 마을로 내려와서 행패를 부리며 집집마다 젊은 이를 찾아다녔다. 그런데 그 날은 어찌해서 고등학생인 큰오빠와 내가 집에 있었다. 옛날 농가에는 집집마다 쌀뒤주를 마루 옆에 나무로 크게 짜 놓았는데 오빠는 쩔쩔매다가 쏜살같이 쌀뒤주에 들어가 숨었다. 나는 그때 마루에 서 있었는데 오빠가 숨는 것과 동시에 그들이 들이닥쳤다. 그들은 집에 들어와서는 마당을 한번 휘 둘러보더니 성큼 마루로 올라와서, 내겐 아무 것도 묻지 않고 방문을 열어보고 마루에서도 이리저리 살피며 쌀뒤주를 한번 힐끗 보는 것 같더니 그냥 가버렸다. 그들이 가고 나서 오빠에게 나오라고 했더니 오빠는 혹시나 뒤주를 들어다 볼까봐 가슴이 서늘했다고 하며 숨을 휴우 쉬면서 나왔다. 그래도 나는 그때의 절실한 상황을 파악할 수 없는 어린아이에 불과했다.

그러던 어느 날 중학생인 작은오빠와 바로 밑에 남동생과 같이 우리 집과는 조금 떨어진 개울가에 놀러 갔다가 어두워서야 집으로 돌아오는데 갑자기 탕 탕 탕… 하는 총소리가 이 산에서도 저 산에서도 불을 뿜는 듯한 산울림이 우리 형제들을 더 이상 한발자욱도 떼어놓을 수 없게 만들었다.

우리는 갑자기 일어난 상황에 새하얗게 질려서 작은오빠에게 매달렸다. 작은오빠 역시 당황하여 어쩔 줄 몰라하더니 동생과 나를 붙잡고 무조건 논두렁 밑으로 데리고 가서 물이 고여 있는 논바닥에 그대로 엎드리라고 했다. 우리는 논바닥에 엎드려 꼼짝도 못하고 숨소리도 내지 못했다. 그렇게 한 시간 가량이나 불안에 떨게 하던 총소리가 멎어지자 오빠는 동생과 내 손을 잡더니 쏜살같이 집으로 향해 달렸다.

논두렁 사건이 있은 그 이튿날 우리는 짐을 싸 들고 마을 사람들과 함께 피난길에 나섰다. 아버지 어머니, 언니 오빠들은 무거운 짐을 한 보퉁이 씩 어깨에 매고, 머리에 이고 길을 나섰지만 나와 동생들은 어머니와 언니들의 손에 이끌리어 어딘지도 모르게 자꾸만 걸어갔다. 한없이 이어진 산골짜기에는 피난민들의 행렬이 끝도 없이 이어져갔다. 우리도 피난민들의 행렬에 끼어 남쪽으로, 남쪽으로 흘러가다가 저녁이면 어디든지 들어가서 밤을 지새워야만 했다. 그곳이 마굿간일 수도 있었고 어느 집 처마 밑일 수도 있었다.

그러다가 피난을 나온 후 처음으로 어느 과수원집에 있게 되었다. 과수원집 마당에도 골목길에도, 집 위에도 피난민들로 가득했다. 그러나 그곳에서도 오래 지체할 수 없어서 또다시 피난민들의 행렬을 따라 가려는데 과수원집 젊은 아주머니가 아침 일찍 오시더니 오히려 사과 한 자루를 주시면서, 어쩌면 이 난리 중에 얼마든지 사과를 따먹을 수 있을 텐데 그렇게 많은 형제들이 있는데도 누구하나 사과나무에 손을 대는 사람이 없느냐고 하시며, 나중에 이 길로 지나면 꼭 들리라면서 우리를 배웅해 주었다.

우리는 또 피난민들의 행렬에 끼어 쉬임 없이 흘러가다가 유달리 바위와 자갈이 많은 어느 강가에 이르니 이미 그 곳에도 피난민들이 진을 치고 있었다. 아마 그 곳이 청도군에 자리한 강가였는가 보다. 우리도 피난민들 사이에 끼어 강가에 짐을 풀어놓았다. 그 곳에서 하루 이틀, 많은 날들이 흘러갔다.

그러다가 우리는 가정집은 아닌 것 같은데 어느 큰 기왓집에서 오래 지체하는 동안, 피난 중에도 초등학교 3학년 이상은 학교에 가야 한다는 상부의 지시가 있었다. 그와 동시에 아버지는 완장을 두르시고 학교에 나가시게 되었다. 나는 3학년이라서 학교에 가진 않았으나 피난 중에도 아버지는 완장을 두르시고 학교에 가시는 것이 어린 마음에 무척 자랑스러웠다. 그렇게 아버지가 학교에 나가신 지 얼마 되지 않아서 이젠 집으로 돌아가라는 희소식에 모두들 환호성을 질렀다(아마 휴전이었는가 보다). 오랜 피난생활에서 집으로 돌아오니 미처 피난을 하지 못했던 학부형들이 반갑게 아주 반갑게 맞아 주셨다.

산 좋고 물 좋은 고향과도 같은 학교에 돌아오니, 모든 게 새삼스럽고 앞 냇가의 졸졸졸... 흘러내리는 시냇물 소리도 그렇게 아름다울 수가 없었다. 한차례 폭풍우가 지나간 산촌 마을에는 앞 뒤 동산의 뻐꾸기의 장단에 맞추어 또다시 삶의 활기가 넘쳐 났다. 농부들은 그간 일손을 멈추었던 논밭에 나가서 해가 지도록 일손을 멈추지 않았고, 우리 아이들 역시 반가운 친구들을 다시 만난 기쁨에 재잘거리며 학교에 다니고 있었다.

아버지는 이 학교에서 10여년간 계셨다고 한다. 이 학교의 교가도 아버지께서 지으셨다고 했다.

그 이듬해엔 고향과도 같은 학교를 떠나 다른 학교로 전근이 되셨다.

나는 정들었던 친구들을 떠나 또 생소한 학교에 전학을 했다. 이 학교엔 사택이 학교와 떨어져 있었기 때문에 아침이면 책보자기를 허리에 매고 숙자, 영숙이 반 아이들과 나란히 학교에 가는 것도 재미있었다.

가을하늘 드높던 어느 날 체육 시간이었다. 우리 반 남녀 학생들이 모두 운동장에 나와서 달리기도 하며 분단별로 선수를 뽑아서 릴레이를 하는데, 나보다 더 키가 크고 잘 달리는 아이도 있었지만 반 아이들이 나를 선수로 뽑았다. 나는 조금은 두근거렸으나 마음속으로 힘껏 달리면 되겠지, 하며 나갔는데 반 아이들의 열렬한 응원에도 불구하고 그만 끝에서 둘째로 달리고 있었다. 어린 마음에도 조금은 부끄러웠으나 내 무안함을 반 아이들과 선생님께서 웃음으로 무마해 주셨다.

아직도 울렁거리는 마음으로 오후의 맑은 햇살을 받으며 운동장에 서 있는데, 마침 그때 단발머리의 윤기 있는 머리카락을 가을바람에 나풀 나풀 흔들며 내게 다가오는 친구가 있었다.

"지연아..."

"달현아, 왜 그래?"

그 친구는 웃기만 하며 머뭇머뭇 하더니,

"지연아, 너 우리 집에 놀러 갈래?" 하며 아주 어렵게 말을 꺼냈다.

"달현아, 고마워, 그런데 어머니께서 요즘은 남의 집에 놀러 가면 안 된다고 하시던데,"

(6·25 에 이어 그 해엔 극심한 흉년에 민심이 흉흉했다. 집집마다 무척이나 어려운 형편이었다.)

"괜찮아, 우리 어머님이 너 데리고 오라고 하셨어."

"달현아, 그럼 내일 어머니께 말씀드려보고 갈게."

그랬더니 갑자기 그 애의 눈이 반짝이며, "정말? 그래 너 우리 집에 놀러 갈래, 정말 갈 수 있겠어?"

그 친구는 마치 신데렐라를 자기 집에 데리고 가는 영광이나 얻은 것처럼 좋아했다.

그 이튿날 아침 학교에 가니 그 친구가 달려와서 "지연아, 물어봤니?" 했다.

"그래 오늘 갈 수 있어."

그랬더니 그 친구는 좋아서 손뼉을 치며 나를 잡고 팔짝팔짝 뛰었다. 그래서 그 날은 학교를 마치고 달현이와 함께 학교 윗마을로 가는 오솔길을 산새들의 지저귐과 시냇물 소리를 들어가며 오랫동안 산길을 걸어 달현이의 집에 갔더니 그 어머님이 무척 반겨 주셨다.

"달현이 어머니, 안녕하세요?" 부끄러웠지만 얌전하게 인사를 드렸다.

"그래, 참 잘 왔어, 예쁘기도 해라. 교장선생님의 딸이라지? 우리 달현이가 집에 와서 얼마나 자랑을 하던지, 달현이와 함께 오래오래 있다가 가."

"예, 감사합니다."

언뜻 보아도 마당에 짚이 집채만하게 쌓여 있는 것이며, 내 친구 달현이는 부농에다 외동딸임을 짐작케 해 주었다. 우리는 책가방을 던져 놓고 한창 가을이 익어 가는 가을들판을 돌아다니며 재미있게 놀다가 들어와서 달현이 어머니가 지어 주시는 저녁밥을 맛있게 먹고 난 뒤, 달현이와 함께 산수공부를 하다가 울 밑 귀뚜라미 소리를 들으며 잠이 들었다.

아침에는 달현이와 함께 학교에 다녀오면 간식으로 잘익은 과일과 감자를 주셨다. 그러다가 보니 어느새 일주일 가량 친구 집에서 있게 되었다. 그래도 그 어머니와 달현이는 교장선생님의 딸이 자기 집에 있는 것만으로도 흡족해서 항상 융숭한 대접을 해 주었다.

일주일이 지난 이튿날 학교에 가니 우리 마을에 있는 친구 숙자로부터, 오늘은 집에 오라고 하시는 어머니의 전갈이 있었다.

그렇잖아도 가고 싶던 차에 잘 됐다 싶어서,

"달현아 너의 집에 너무 오래 있었어. 이제 나 집에 갈게."

달현이는 깜짝 놀라며, "안 돼, 이제 며칠 됐다고 그래, 좀 더 있다가 가. 우리 어머니가 오래오래 있다가 가도 된다고 했어."

달현이는 지금 내가 우리 집에 간다는 건 어림도 없다는 듯이 말했다. 그러나 나는 어린 마음에 집에 가고 싶어 죽을 것만 같았다.

달현이는 내 마음을 알고, 이제 학교에 가서도 나와 함께 있었고 방과후면 아무 말 없이 무조건 나를 자기 집으로 데리고 갔다. 이날도 달현이 어머니가 주시는 간식을 맛있게 먹고 함께 산수 숙제를 한 뒤, 달현이가 나를 데리고 간 곳은 그 마을의 유일한 점방이었다. 그 땐 다른 과자는 잘 기억이 나지 않아도 어쨌든 그 당시에는 '비과' 라는 사탕이 그렇게 맛이 있었다. 달현이는 점방에서 비과를 사 가지고 오더니 나를 집 뒷마당에 데리고 가서 집채만한 짚더미를 가리키며, "지연아, 우리 여기 들어가서 소꿉놀이하자." 했다

그래서 우리는 집 뒷마당에 집채만하게 둥그렇게 쌓아놓은 짚더미에 들어가서 소꿉놀이를 하다가 솜이불 같이 폭신한 짚더미에 파묻혀서 어느새 잠이 들어 버렸다. 어스름이 찾아와도 집에 들어가지 않는 우리들을 달현이 어머니가 달현아, 달현아 하며 부르는 소리에 우리는 깜짝 놀라 눈을 번쩍 떠보니 짚더미 속에 파묻혀서 그대로 잠이 들어 있었다.

그렇게 달현이는 나를 자기 집에 조금이라도 더 있게 하려고 애를 썼다. 그러던 어느 날 학교에서 아버지를 뵙자 너무 반가워서 나도 모르게 그만 울어버렸다. 그래서 나는 그 친구에게 풀려나게 된 셈이었다.

어쨌든 나는 어린 시절을 아무 거리낌 없이 집안에서는 부모님들의 한없는 사랑과, 학교에서는 반 아이들의 사랑을 한 몸에 받은 셈이었다.

이제 우리 집의 가족 사항을 얘기하자면,

아버지께선 일본 유학을 다녀오신 분으로서 처음엔 군청에 다니셨으나, 원래 천성이 청렴결백하신 분으로서 군청에서는 도저히 적성에 맞지 않아서 학교로 나오신 후로 평생을 교육계에 몸바치신 분이셨다. 어머니 역시 그 옛날엔 여자는 교육의 혜택이 불가능한 시대였으나 일찍 개화된 외할아버님의 뜻으로 여고까지 나오신 분이셨다. 그리고 위로는 언니 오빠들, 아래로는 동생들이 있는 대 가족이었다.

우리는 어디를 가나 훌륭하신 부모님들의 덕분으로 주위 사람들에게 떠받들림을 받으며 자라왔다. 읍내에서 자취를 하며 중, 고등학교에 다니는 언니 오빠들과 이 곳에서 국민학교를 다니는 나와 동생들로 구성된 우리 가정은 언제나 웃음이 떠날 날이 없었고 근심 걱정이 무엇인지도 모르는

너무나 행복한 가정이었다.

언제나 웃음과 아름다운 얘기로 둘러싸인 우리가정은 방학이 되어 오빠들과 언니들이 한자리에 모이면 축제기분에 들떠 있었다.

달이 휘영청 밝은 달밤이면 우리식구 한데 모여 운동장 한가운데 자리를 펴고 앉았다. 집 뒤 숲 속에서는 나무와 나무 사이를 밤바람이 넘나들고 하늘 높이 뜬 달은 넓다란 운동장에도 학교지붕 위에도, 그리고 우리들의 머리 위에도 골고루 부서지고 있었다. 우리는 밝은 달빛 아래서 호박떡도 구워 먹고 옥토끼 노래도 부르며 운동장 한가운데서 편을 짜서 달리기도 하며 정말 재미있는 시간을 보냈다.

화평과 사랑으로 둘러싸인 우리 집은 우리 가족들의 더 할 수 없는 따뜻한 보금자리였으며 우리들만이 가질 수 있는 지극한 행복이었다. 어디를 가도 우리가정은 너무너무 행복한 가정으로 뭇 사람들의 선망의 대상이 되었다. 더구나 우리 형제들은 인근의 모든 사람들로부터 예쁘다, 착하다, 공부 잘한다, 등등 칭찬을 받으며 자라왔다. 우리가정은 무엇 하나 부러운 것이 없었다. 읍내에 나가서 공부하는 언니 오빠들도 항상 상위권에 들었다.

내가 6학년이던 해에 큰오빠는 대학생이 되었다.

그 때만 해도 대학생은 면소재지라 해도 손가락으로 꼽을 정도 밖에 안 되었다. 나는 학교에 가면 우리반 아이들에게 어눌하게나마 서울의 얘기를 들려주곤 했다.

"지연아, 너는 좋겠다. 대학생 오빠가 있고 나중에 너도 서울에 가서 대학생이 되면 나 같은 건 잊어버리겠지?"

그렇게 나는 진달래 피는 작은 산골마을의 작은 공주였다.

더구나 재미있었던 것은 일요일이 되면 아침 일찍 어머니가 만들어 주신 주먹밥을 싸 가지고 아버지를 따라 동생들과 함께 낚시터로 가는 것이었다. 한나절이 되면 못 둑에 앉아서 가지고 온 주먹밥을 먹는 맛과 재미란 이만 저만이 아니었다. 또한 별들만 반짝이는 어두운 여름밤엔 반짝반짝 지극히 작은 불을 반짝이며 여기저기 날아다니는 반딧불을 따라 동생들과 함께 그 넓은 운동장을 뛰어다니기도 하며, 황금물결이 출렁이는 가을 들판에 동생들과 함께 메뚜기를 잡으러 황혼이 나지막한 산 위에 걸려 있는 것도 모르고 온 들판을 누비며 다녔다.

그렇듯 내 어린 시절은 아름다운 대자연에 안겨 푸른 하늘보다 더 푸르게, 푸르게 자라났다.

인자하신 아버지 어머니 그리고 언니 오빠들 동생들에게 우리가정은 아름다운 둥지였다.

나는 중학교도 전학을 했다.

방학이 되어 오빠들이 집에 오면 꼭 학교교실에 가서 칠판에 써가며 영어와 수학을 가르쳐 주었다. 그런데 오빠들은 방학이 되어 집에 와도 항상 책은 옆에 끼고 있었다. 또한 큰오빠는 그때부터 고시공부를 했다. 한 번도 책을 놓는 일이 없었다.

나는 전학한 지 일주일도 채 안되었을 때 마침 영어시험을 쳤는데 95점이 한 학생 있었고, 내가 90점을 받아서 집에 와서 자랑하느라 정신이 없었다. 그로부터 나는 반 아이들이 시기할 정도로 영어선생님께 귀여움을 받았다. 어쨌든 그 당시의 내겐 아무 것도 부러운 것이 없었다. 항상 사랑과 웃음으로 싸여 있는 우리가족들, 더구나 우리식구 한데 모여 식사를 하는 시간은 아예 우리들의 토의시간이 되었다. 웃고 얘기하며 식사를 하는 시간은 더할 수 없는 즐거움이었다.

이날 저녁에도 한방 가득 모여 앉아 식사를 하는 중에 아버지께선,

"두엽아, 대학 생활이 많이 힘들지는 않아? 네가 지금 있는 곳에서 공부

는 잘 되느냐," 고 하셨다. (평소에도 아버지께선 무슨 일에든 오빠를 전적으로 믿고 신뢰하셨다. 아니, 세상에도 없는 자랑스럽고 당당한 아들이었다.) 큰오빠는 그 당시 성적이 우수한 학생들에게 제공하는 봉사단이란 기숙사에 있었다.

"아버지, 그 기숙사가 참 좋아요. 공부도 잘 되고 아무 불편 없습니다. 지금까지 저희들 때문에 무척 힘드셨을 텐데, 열심히 공부하겠습니다."

오빠의 말에 이어 나는 나도 모르게, "아버지, 나도 나중에 대학은 서울 가서 하고 싶어요." 했더니 모두들 한바탕 웃었다.

그렇잖아도 오빠는 서울에서 대학을 다니는 수재라는 소문이 나 있어 그 인근에는 모르는 사람이 없었다. 어느 학교 교장선생님의 자제라면 그 주위에는 똑똑하고 인정 많은 대학생이라는 소문이 그 지방에 자자했다.

아버지, 어머니는 고시공부를 하고 있는 오빠에게 생의 보람과 희망을 걸고 모든 것을 바쳤다.

오빠는 내가 중 2때부터 이제 전적으로 고시공부를 했다. 그 옛날에는 고시생들은 절에 가서 공부를 했는데 오빠 역시 인근 절에 가서 밤과 낮을 가리지 않고 오직 고시준비에 전념했다. 오빠는 혈기왕성한 20대의 문턱을 한눈 한번 팔지 않고 오직 책만 붙들고 있었다.

나는 어릴 때라 늦게 안 사실이지만 오빠를 무척 좋아하는 여학생이 끈질기게 따라다녔지만 오빠는 완강히 거절했다고 한다. 성공하기 전에는 결코 다른 생각은 하지 않으리라 굳게 다짐했다고 한다.

오빠는 우리가정의 태양이며 크나큰 희망이었다. 오빠 역시 우리 모든 식구들의 기대에 어긋나지 않게 고시에만 심혈을 기울였다. 아버지, 어머니, 우리 모든 식구들은 오빠만 고시에 합격하면, 하고 끝없는 날개를 펴가고 있었다. 나 역시 오빠만 고시에 합격하면 대학 아니, 대학원도 가야지, 하면서 꿈에 부풀어 있었다.

아버지 어머니의 정성은 대단하셨다. 오로지 자신들의 인생을 자식에게 다 쏟으셨다.

어느 부모님인들 자식의 성공을 바라지 않을 사람이 있을까. 우리 모든 식구들은 머지않아 법관이 되어서 우리 모두를 기쁘게 해 주리라는 가슴 벅찬 희망을 안고 오직 오빠의 성공만을 위해 온 정성을 기울였다. 절에서의 오빠의 고시공부는 필사적이었다.

그렇게 해서, 그 해가 몇 년도인지 기억이 잘 안 나지만 오빠는 그렇게 열심히 공부한 결과 1차 시험에 무난히 합격을 했다. 아버지 어머니, 우리 모두의 기쁨은 이루 말할 수 없었다. 이제 오빠는 남은 2차 시험을 위해 몸도 돌보지 않고 오직 공부에 몰두했다.

그렇잖아도 오빠는 몸이 무척 약해져 있는 상태에서 2차 시험을 위해 너무 무리한 결과 결국 끝까지 버티지 못하고 중도에서 쓰러져버렸다고 했다. 그래서 그렇게 생명을 걸다시피 한 시험이 허사로 돌아가 버리고 말았다. 무척이나 안타까운 일이었지만 어쩔 수가 없었다.

그 이듬해인가, 영장이 나와서 하는 수 없이 군에 가게 되었다. 오빠는 휴가를 와서 몇 번이나 책을 가지고 갔다. 이제 그 지루하던 군복무도 다 지나가고 제대 날짜도 얼마 남지 않았다.

그런데 하필이면 그 전에 학교 청부로 있던 사람이 군에 가서 어려운 일에 처해 있다고 우리 집으로 호소해 왔다.

아버지는 그때 이미 다른 학교로 전근이 되셔서 우리는 안동군 D 국민학교에 있었다. 얼마든지 모른 채 할 수도 있었다. 그러나 아버지나 어머니나 가는 학교마다 정을 심어두고 떠나기 때문에, 다른 학교에 와 버렸다고 정을 끊어 버릴 수는 없었다. 아버지 어머니는 군에 있는 오빠에게 얘기했더니 마침 오빠의 능력으로 할 수 있는 일이어서 일부러 휴가를 얻어서 내려오기로 했다.

오빠는 휴가를 와서 집에 며칠 있는 동안 아버지 어머니는 이제 제대도 얼마 남지 않는 아들을 대견해 하시며 머지않아 아들의 성공을 눈앞에 보는 듯 그렇게 좋아 하셨다.

세상에도 없는 자랑스런 아들이었다.

"두엽아, 이제 제대도 얼마 안 남았지?"

"예 그래요, 어머니. 빨리 제대하고 와서 다시 공부해야지요. 이젠 아버님 어머님 짐을 덜어 드릴 때가 되었어요."

"그래, 고맙다. 그렇잖아도 네 아버님이 너를 얼마나 믿는지 모른단다. 너 이야기만 하면 좋아서 어쩔 줄 모르신단다."(아버지는 원래 천성이 과묵하신 편이어서 웬만해선 말씀을 잘 안 하시는 편이셨다.)

이제 오빠의 제대도 4개월 가량 남았다. 오빠는 제대만 하고 오면 곧바로 고시공부에 들어갈 것이다.

"오빠, 나 이제 조금만 있으면 대학에 갈텐데 대학은 서울에서 할 수 있겠지?"

"그럼, 너 대학 가려면 아직도 몇 년 남았는데 그 땐 이 오빠도 서울에 있을 거야."

"정말? 빨리 제대하고 빨리 고시공부 해. 그럼 그 땐 나도 서울에서 오빠의 빽 믿고 으시댈 수 있겠지."

우리 모든 식구들은 벌써부터 기대에 부풀어 있었다. 이제 제대도 얼마 남지 않았으니 오빠는 머지않아 틀림없이 우리 모든 식구들에게 합격의 영광을 안겨 줄 것을 굳게 믿고 벌써부터 기쁨으로 가득 차 있었다.

오빠가 청부의 집으로 가기 전날 밤 우리 식구 한데 모여 이제 제대도 얼마 남지 않은 오빠를 둘러싸고 시간 가는 줄 모르고 얘기에 꽃을 피웠다.

이튿날 오빠가 청부 집으로 가는 아침이었다.

오빠는 그날 따라 아버지 어머니께 인사를 하고 가다가 돌아보고 또 인사를 하며 가다가 또 돌아보며 무척이나 아쉬워했다. 그 날은 내가 오빠의 책 몇 권과 그 외 간단한 짐을 들고 고갯 마루까지 바래다주었다.

내게 역시 "지연아, 공부 잘 하고 있어, 이제 제대도 얼마 남지 않았으니 그때까지 잘 있어." "응, 오빠도 제대할 때까지 잘 있다가 와." 하며 우린 산모퉁이에서 헤어졌다. 오빠는 또 저만치 가다가 웃으면서 손을 흔들어 주고는 갔다. 돌아오는 길에 나는 이상하게도 찡찡했다.

그런데 그 길이 불행하게도 한 사람의 운명을, 아니 그렇게 행복하기만 하던 한 가정을 여지없이 암흑 속으로 몰아 넣는 계기가 될 줄이야 어느 누구가 감히 상상이나 했으랴!

청부 집으로 가려면 풍산 장터에서 올라와서 마을을 헐고 큰 댐을 만들어 놓은 굽이굽이 푸른 물이 넘실대는 산길을 따라가야 한다.

그때가 하필이면 여름이었다. 여름 한낮의 더위도 조금은 물러간 후 오빠와 친구들은 풍산 장터에서 만나 술을 한잔하고 청부 집으로 가고 있었다. 산 아래로는 유유히 물이 흐르고 있었다.

"우리 더운데 수영도 할 겸 물에 들어가 보자."

"그래, 더운데 그렇게 하자."

오빠와 친구들은 술도 한잔하고 기분도 상큼한 터라 누가 먼저랄 것도 없이 물에 들어갔다. 오빠는 수영도 잘했다고 한다. 친구들과 함께 수영을 하다가 오빠는 수영 솜씨를 보여 준다면서 손을 흔들어 친구들에게 묘기를 보여주기도 하며 차츰 안으로 들어가고, 친구들은 조금 후에 나와서 오빠가 나오기만을 기다렸다. 그런데 한 번 들어간 오빠는 아무리 기다려도 나올 기미가 보이지 않았다. 그때서야 친구들이 깜짝 놀라 정신도 없이 찾아보았으나 이미 그때는 오빠의 모습은 어느 곳에도 보이지 않았다.

지금 눈앞에는 당장이라도 집어삼킬 듯한 시퍼런 물이 온 사방에 넘실대고 친구는 나오지 않자 함께 갔던 친구들은 혼이 나가버렸다. 어떻게 하나, 어떻게 하나? 이건 아니야. 친구 두엽이는 안 돼. 천지는 개벽이 될지언정 친구 두엽이는 안 돼. 지금 원대한 포부를 안고 있는 친구는 그래선 안 돼. 친구 어디 있어? 어디 있어?

아무리, 아무리 소리쳐 보아도 말을 삼켜 버린 푸른 물만 넘실거리고 온 천지를 뒤엎을 듯한 성난 물결만이 입을 벌리고 있었다.

아 – 이게 어찌된 일인가! 그렇게 꿈 많고 의지에 가득 차 있던 친구는 눈 깜짝할 사이에 어찌 되었단 말인가! 온 천지가 내려앉았다. 순식간에 하늘과 땅이 맞닿아 버렸다. 함께 있던 친구들뿐만 아니라 그 마을 전체가 넋을 잃어버렸다.

아버지 어머니는 혼절해 버리셨다.

어떻게, 무슨 정신으로 그 곳까지 가셨는지, 세상을 주고도 바꿀 수 없는, 그렇게도 장하던 자식은 그 모든 꿈도 훌훌 던져버리고 하루아침에 한낱 허무만을 안고 한 잎 낙엽이 되어 부모님을 기다리고 있었다.

평소에 그렇게도 과묵하시던 아버지께선 그 앞에서 눈물 한 방울 흘리지 못하신 채 그냥 그대로 그 자리에 넘어져 버리셨다.

아 – 어쩌면 이런 일이 일어날 수 있단 말인가!

그렇게도 자식의 성공만을 바라보며 전 생애를 다 바쳐온 부모님들 앞에 이런 기막힌 일이 어찌해서 일어나야 한단 말인가!

어떻게 피끓는 한 생명이 눈 깜짝할 사이에 生과 死의 그 엄청난 운명 앞에 판가름되어야 한단 말인가!

슬픔이 무엇인지도 모르던 우리가정이 하루아침에 도저히 상상도 할 수 없는, 하늘이 무너지는 이런 일이 일어날 줄이야 신이 아닌 이상 어찌 상상이나 할 수 있었을까!

이제 제대도 얼마 남지 않은 자식을 보시면서 세상의 온 기쁨을 다 얻은 듯 하시던 부모님들 앞에 이 무슨 신의 장난이 이렇게도 잔인할 수 있단 말인가!

그렇게 심혈을 기울여 한 올 한 올 피와 땀으로 쌓고 쌓아온 공든 탑이 하루아침에 여지없이 무너져 버렸다.

그렇게 평화롭던 우리가정이 아무런 예고도 없이 하루아침에 모든 게 와르르 무너져 버렸다. 그렇게 기대하던 법관도, 웃음도, 행복도 하나 남김 없이 잔인한 신에게 빼앗겨 버렸다.

옛 말에 남의 입에 너무 오르내리면 좋지 않다더니, 정말 우리가정은 어디를 가나 주위사람들에게 너무 강하게 비치고 있었다.

더구나 큰오빠는 주위사람들에게 우상화 되어 있었다고나 할까

그러던 오빠는 이제 막 산비탈을 지나 우리들의 시야에서 멀리 멀리 사라져 갔다.

그렇게 꿈 많던 그 모든 꿈도 세상에 내동댕이쳐 버린 채 아무런 미련도 없이 가 버렸다.

그렇게 해서 오빠는 자식의 성공만을 위해 자신들의 인생을 다 바쳐온 부모님들, 형제들을 여지없이 져 버리고, 그 꿈 많던 법관도 시퍼런 물 속에 영영 묻어버려야만 했다.

한 번 휩쓸고 간 우리가정은 이제 돌이킬 수 없는 공허만이 집안 전체를 무겁게 흘러 다니고 있었다.

아버지 어머니는 정신을 수습할 길이 없었다.

몇 번이나 밤에 오빠를 마중 나간다고 고갯 마루에서 서성이는 어머니를 학부형들이 모셔 오셨다. 더구나 어머니의, 뼈를 깎아내는 듯한 울음

은 차마 눈뜨고 볼 수가 없었다. 그렇게 화평하기만 하던 한 가정에 갑자기 몰아닥친 먹구름은 온 세상을 뒤엎고도 남을 만큼 크나큰 비중으로 우리 모두를 숨도 쉴 수 없게 만들었다. 순식간에 몰아닥친 이 엄청난 비애를 밀어낼 방법은 아무 것도 없었다.

그런가 하면 평소에도 말씀이 적으신 아버지께선 이젠 말씀을 잊어버리신 듯 했다. 아버지는 식구들 앞에, 선생님들 앞에는 말 한마디 않으시고 학교 뒷산에 자주 올라 가셨다.

아마, 그 곳에서 피를 토하는 울음을 토해 내셨으리라.

나는 어느 날 막내 동생을 데리고 아버지가 가시는 뒷산에 따라갔다. 조금이라도 아버지를 위로해 드릴 수 있는 말이 있다면 무엇이든 해 드리고 싶었다. 찢어지는 가슴을 싸매어 드리고 싶었다. 그러나 아버지도 나도 아무 말도 하지 못한 채 아버지는 정신을 잃으신 듯 작은 소나무 사이를 왔다 갔다 하시기만 했다. 그로부터 아버지는 시름시름 편찮으시는 날이 많았다. 병원에 가서 진찰을 해 보아도 별다른 이상은 없었다. 그러한 날들이 하루 이틀 지나자 결국에는 학교도 못 나가신 채 누워 계셔야만 했다.

백방으로 약을 써본들 가슴 깊이 골이 난 상처는 좀처럼 아물 기미를 보이지 않았다. 선생님들이, 학부형들이 오셔서 갖은 위로의 말들을 들려주시며 하루 속히 쾌차하시기를 빌었지만 이미 아버지는 기운을 잃으신 듯 했다.

속수무책으로 아버지를 바라보는 우리 모든 식구들은 가슴이 짓뭉개져 가고 있었다. 멀리 개짖는 소리가 서늘한 가을바람에 실려 우리들의 가슴에 비수처럼 내려앉던 어느 날 저녁, 희미한 호롱불을 앞에 놓고 아버지를 둘러싸고 앉아 있는데 선생님이 오셨다.

"교장선생님, 기운을 내셔야 합니다."

강인함을 가장하시며 말없이 고개만 끄덕끄덕 하시는 아버지를 차마 뵐수가 없었다.

'아버지는 꼭 일어나셔서 기울어진 이 가정을 다시 보듬고 다듬어서 그 옛날의 평화롭던 보금자리를 일구어 가야해, 아버지는 꼭 회복되셔야 해. 그때의 그 사랑어린 눈동자로 우리들을 보살펴 주셔야 해.'

그러나, 그렇게 자식의 성공을 바라며 전 생애를 다 바쳐오시던 아버지는 자식의 성공은 커녕 억장이 무너지는 슬픔을 안은 채 기어이 우리들을 남겨 놓은 채 그렇게 가셔버렸다.

남아 있는 우리들의 슬픔은 극에 달했다. 어떻게 해야 할 지도 몰랐다. 이 기막힌 슬픔을 어떻게 수습해야한단 말인가!

그렇게 평화롭기만 하던 가정이 오빠가 가 버리자 1년만에 또 아버지마저 우리들을 남겨두고 떠나가 버리시는 너무나 슬픈 일을 당해야만 했다.

그러나 운명의 신은 그로서 끝나지 않았다.

서울 일류대 영문과에 한번 실패한 후, 군대에 입대해서 군 복무를 마치고 늦었지만 대구에서 대입준비를 하고 있던 작은오빠가 있었다. 작은오빠 역시 큰오빠 못지 않은 성품과 지혜를 가졌다.

그러던 작은오빠가 아버지가 편찮으실 때 집으로 와서 감기가 덧 낫다면서 아프다고 했다. 아마 슬픔을 이기지 못한 심신의 피로가 겹친 것이 아닐까, 나는 오빠 옆에 앉아서 간호하느라 정신이 없었다. 경황이 없는 중에도 어머니와 모든 식구들이 정성을 쏟은 결과 조금은 차도가 있었다.

오빠는 정신을 조금 차리는가 하더니, 아직도 누워서 일어나지도 못한 채 어머니를 비롯해서 빙 둘러앉아 있는 우리들을 보고는, 간신히 웃음을 지으면서 '어머니, 정말 큰일 날 뻔했어요. 아파서 정신이 없는 중에도 만약 나도 잘못되면 이 가정은 어쩌나 싶어서 그렇게 걱정이 되더니 이제 한시름 놓았어요. 어머니, 제가 하루속히 일어나서 이 가정을 보살펴야지요.' 하자, 갑자기 우주 한 공간의 어느 산골 작은 지붕 아래, 한 가족의 흐느낌 소리가 조용한 산골마을에 언제까지나, 언제까지나 흘러내리고 있었다.

아 - 얼마나 가슴 조리며 오빠의 회복을 빌었던가, 잔인한 세상에게 여지없이 꺾여지고 외면당한 한 가정이 그래도 실오라기 같은 희망을 붙잡고 얼마나 간장을 태웠던가!

그래, 아무리 신이 잔인하다 해도 작은오빠마저 데려갈 리는 없겠지. 우리가정이 무슨 죄를 지었다고, 우리가정은 너무 착하게 살아왔어.

아버지가 가신지 겨우 2개월, 그 슬픔도 채 가시기 전에 오빠때문에 혼이 나 있던 우리 모두는 조금은 안도의 숨을 쉴 수가 있었다.

그러나 그것도 잠시뿐이었던가,

12월로 들어선 날씨는 그날따라 따스한 햇살이 오빠가 누워 있는 방안에까지 스며들어 와 반짝이고 있었다. 아침이 지나고 시계가 정오를 가리킬 때쯤이었나 보다. 오빠는 사랑하는 동생의 무릎을 배고 누워서 '지연아, 나 아무래도 못 살 것 같다. 아무리 정신을 가다듬려 해도 자꾸만 정신이 혼미해지고 있어.' 하며 기진맥진한 목소리로 말했다.

나는 깜짝 놀랐다. '오빠 무슨 말을 그렇게 해. 오빠는 꼭 나아야 돼. 이젠 오빠가 우리 모두를 지켜 주어야 해. 오빠 정신 차려야 해.'

그래도 처음엔 조금은 회복이 되는가 했는데 갈수록 자꾸만 나빠져 갔다. 마을 사람 모두들 좋다는 약은 다 가져왔다.

이제 허물어지고 상처난 이 가정을 싸매고 꿰매어야 할 사람은 작은오빠의 몫이었다. 어떻게든지 오빠만큼이라도 남아서 이 가정을 지켜야 한다. 작은오빠는 다시 회복되어서 쓰러져 가는 이 가정을 지켜야 해. 아무리 신이 잔인하다 해도 작은오빠만큼은 남은 우리들의 품으로 돌려주실 거야.

그러나 한번 고개를 돌려버린 운명의 신은 좀처럼 우리편이 되어주지 않으려 했다.

그렇게도 작은오빠만큼이라도 남은 우리들의 품으로 돌아오게 해 주십사 빌고 또 빌었으나 기어이 신은, 인간세상에선 도저히 상상도 할 수 없는 무자비한 행동을 또다시 아무렇게나 행해 버렸다.

정말, 정말 어처구니 없게도 우리 가정은 또 한번 세상에게 외면당한, 아니 비단 우리가족들만이 내쫓김을 당하는 너무나 말도 안 되는 현실에 부딪쳐야만 했다.

이미 우리 곁을 떠나가 버린 오빠를 붙안고 울다가, 울다가 지쳐버린 우리 모든 식구들은 이젠 넋을 잃어버렸다. 이제 어떻게 해야 할지 아무도 몰랐다.

아 – 또 이 무슨 일이란 말인가! 어떻게 또 이런 일이 일어날 수가 있단 말인가!

어쩌면 신은 그렇게도 평화롭기만 하던 한 가정을 순식간에 여지없이 허물어뜨리고도 아무 일도 없었다는 듯이 그렇게 태연할 수가 있을까!

너무도 기가 막히고 어이가 없어서 어머님이 점을 하니, 그 사택이 말상이라나, 아니 무슨 삼살바우? 라나...

어쨌든 그 곳(안동군 D국민학교)에서 우리가정은 철저히, 아주 철저히 몰락해 버렸다.

그렇게도 행복하기만 하던 가정이 하루아침에 폐허로 남았으니 더 무엇을 말할 수 있을까

이로써 그렇게 화평하기만 하던 한 가정은 인간 세상에서 자취를 감추

어 버리고 그와 동시에 모든 것이 끝나버렸다.

　선생님들이, 학부형들이 철저히 망가진 우리 앞에 함께 울어주고 함께 슬픔을 나누어 가지려 했지만 세상을 다 잃어버린 한 가정의 텅 빈 자리는 메꿀 길이 없었다.

　억장이 무너지는 현실 앞에서 간신히 눈을 뜨니 '삶'이란 중압감이 장승처럼 버티고 있었다.

　"사모님, 자녀들을 위해서 정신을 차리셔야 합니다. 그런데 교장선생님 퇴직금은 어떻게 되었습니까? 혹 퇴직금제도가 바뀌었는지 잘 모르니 사모님이 가셔서 한번 사정을 해 보시는 게 좋을 듯 합니다."

　그 길로 어머니는 안동군 교육청에 가셨다.

　교육청에 가셔서 또다시 천지가 아득한 현실에 부딪혔다.

　"사모님, 정말 유감입니다만 저희들도 어쩔 수 없는 일이 되었습니다."

　"그럼, 어린아이들을 데리고 어떻게 하란 말입니까? 어떻게 퇴직금이 지불이 되지 않는단 말입니까? 이럴 수도 있단 말입니까?"

　그 이튿날도, 그 이튿날도 온 몸이 찢겨나가는 고통을 안고 어머니는 남은 자녀들을 위해 또 교육청에 가셨다.

　"선생님, 어떻게 안 되겠습니까? 그 분은 교육계에 평생(40년여간)을 사신 분이십니다."

　"상부의 지시라 저희들로서도 어쩔 수 없습니다. 저희들 역시 안타까울 뿐입니다.

　정말 지지리도 복이 없었다.

　이때까지 시행되던 퇴직금제도가 하필이면 이제와서 제도가 바뀌었다니...

　61년도 박 정권이 교체되던 해였다.

우리는 수 차례 교육청에 가 보았지만 정권이 바뀌고 제도가 바뀌었다고 한 푼도 받을 수 없는 너무나 기가 막힌 일을 또 당해야만 했다.

어떻게 평생을 몸바쳐 온 분에게 정권이 바뀌고 제도가 바뀌었다는 이유 하나로 이렇게 부당한 처사가 있을 수 있을까! 이건 너무나 부당하다고 아무리 외쳐 보아도 아무런 소용이 없었다.

세상은 우리들에게 모든 것을 빼앗아 가고 그것도 모자라 삶의 길 마저 끊어버렸다.

하나 남김 없이 빼앗겨 버린 우리들에겐 이제 남은 거라곤 말할 수 없는 비애와 당장 남은 우리 8식구의 생계 문제였다.

감당 못할 슬픔에 앞서, 우리 남은 가족들은 이제 어떻게 해야할 지도 몰랐다.

어쩌면 한 가정이 이렇게도 변할 수가 있을까!

불과 얼마 전만 하더라도 주위의 부러움 속에서 그렇게 행복하기만 하던 가정이 하루아침에 이렇게 철저히 망가져 버리다니...

교장사택에 더 머물 수 없는 우리들은 뼈가 녹아 내리는 아픔이 온 전신에 내려앉던 어느 날, 눈물로 얼룩진 학부형들을 뒤로하고 올망졸망 어린 동생들만 데리고 돈 한푼 없이 꿈과 희망도 송두리째 빼앗겨 버린 채 낙동강 하류를 따라 얼기설기 엉긴 뗏목에 의지하여 정처 없이 떠내려 왔다. 그때의 그 기막힌 심정이란 인간의 심장으로 어찌 감당할 수가 있었을까!

피를 토하는 절규를 낙동강 물에 흘려 보내면서 떠내려오다가 정착한 곳이 경북 안동군이었다.

아무런 연고도, 삶의 건덕지도 없는 안동이었다. 우선 우리 8식구 몸담을 곳이 필요했다. 학부형들이, 친척들이 내민 작은 봉투를 들고 골목 안쪽에 위치한 집을 하나 빌렸다. 그러나 우리 남은 8식구, 이 땅에 버티어 나갈 일이 난감했다. 아직도 어린 동생들 뿐, 누구하나 생계를 이어 갈 사람이 없었다. 그나마 비빌 언덕이라도 있어야 기대어 라도 볼텐데 아무런 건덕지도 없었다.

철저히도 불행한 우리들은 퇴직금도 한 푼 받지 못한 채, 고향에 있던 토지마저도 오빠들의 등록금에 다 팔아버리고 가진 거라곤 아무 것도 없었다.

정말 우리 앞에 닥친 현실은 너무나 암담했다. 그때 결혼한 언니, 그리고 결혼 적령기에 있는 언니, 그 다음 내가 여고 졸업반이고, 막내 동생이 여섯 살, 국민학생, 중학생, 고등학생들인 다섯 명의 동생들, 어머니, 모두 여덟 식구인 대가족이었다.

그나마 친척들이 가지고 온 양식은 하루 이틀에 바닥이 나 버리고 어린 동생들만 맑은 눈망울만 굴리며 방안 가득 앉아 있을 따름이었다. 시골에 계시는 큰 고모님이 오셔서 벽을 향해 비통한 울음을 토해 내실 때는 간장이 녹아나고 있었다. 그러나 누구도 한 가정을 책임져 줄 사람은 아무도 없었다. 모두들 자기들의 삶에 혈안이 되어 있었다.

아무리 돌아보아도 세상은 캄캄했다.

이제는 어떻게 하나?

내가 겨우 여고 졸업 반, 나인들 부모님들의 사랑 안에서 세상이 무엇인지도 모르던 때였다. 그렇다고 동생들은 더 더욱 아니었다.

삶을 위한 투쟁이란 우리들 어느 누구에게도 전혀 낯선 것이었다.

다만 부모님들의 사랑과 주위의 떠받들림만이 우리들의 것인 냥 마냥 행복하기만 하던 우리들에겐 너무나 엄청난 형벌이었다.

그렇다고 남은 우리 여덟 식구, 이 자리에 멈추어 설 수는 없었다. 그러나 아무리 궁리를 해 보아도 이 기막힌 현실을 쉽사리 헤쳐 나갈 방법은 아무 것도 없었다.

　우주 어느 한 모퉁이엔 이런 세상도 있었구나 하는 것을 그제야 실감하게 되었다. 정말 근심 걱정, 슬픔 따윈 이 세상에 존재의 여부도 몰랐던 우리 가정이었다.

　그 엄청난 일을 당하고도 남은 우리들은 죽지 않는 이상 살아야만 했다. 그러나 앞으로 세상을 헤쳐나가야 할 일이 암담했다.

　그렇게 막연하고 암담한 세월이 흘러간 후, 전전긍긍한 끝에 어머니와 언니가 짜낸 것이 한방에는 우리 여덟 식구, 글자 그대로 콩나물 시루 같이 복작대더라도 방 하나를 내어 하숙을 하기로 했다. '하숙인을 환영합니다' 란 벽보가 붙은 지 오랜 후에 40대 남자 분이 찾아왔다. 한 사람으로선 보탬이 안 된다고 했지만 우선 난생 처음 하숙을 했다. 그러나 그 분도 얼마 되지 않아 형편상 가 버리고 또 한 분이 하숙을 하고 있었다.

　그러나 도저히 그것으로선 아무 것도 안 되었다. 갈수록 막연하기만 했다. 동생들의 공부는 커녕 먹을 양식이 없었다. 으레 어머니와 언니는 물로 배를 채우기가 일쑤였다.

　날이 갈수록 아버지 오빠들의 빈자리는 가슴 깊이 채울 수 없는 커다란 구멍을 만들어 가고 있었다. 아무리 생각해 봐도 우리 8식구, 세상에 버려진 채 이젠 이 자리에서 멈추어 설 수밖에 없었다. 근근이 이어오던 양식도, 연탄도 바닥이 난지 오래였다. 그러한 날들이 하루 이틀... 더 이상 견디기에도 한계가 있었다.

　그 실상은 너무나 처절했다.

　어떻게 하나, 어떻게 하나 ?

　그런데 옛말에 '하늘이 무너져도 솟아날 구멍이 있다' 라는 말과 같이,

　그러한 기막힌 날들이 우리들을 옭아 매던 어느 날, 어머니도, 나도 실

날 같은 빛이라도 잡을 수 있게 되었다.

우리 형제중 위로 언니와 오빠들, 그리고 바로 밑에 남동생, 말하자면 한 가정에 5남매나 가르쳐 오신 국어선생님이 안동 K고등학교에 계셨다. 오빠들과 언니들, 그리고 남동생, 모두가 1, 2등을 다투는 수재의 집안이라며 평소에도 우리 형제들을 무척 아껴주시던 선생님이셨다. 우리 형제들과는 그러한 인연이 있는 선생님께서 우리가정의 때아닌 슬픔을 무척 가슴아파 하시며 고심한 끝에 그 선생님께서, 우리 가정의 이 기막힌 사연을 두루마리에 적으셔서 전국 각 학교 선생님들께 큰 부담이 되지 않는 양말을 가지고 다니시면서 도움을 청하는 게 어떠냐고 제안을 하셨다.

지금 당장 우리 8식구 거리에 나앉을 판국에 그건 우리 식구들의 생명줄과도 같은 제안이었다.

이제 우리는 그 엄청난 슬픔 앞에서도 마음대로 울고 앉아 있을 수만 없었다.

그렇게 기대했던 오빠의 성공도, 새하얀 박꽃이 달빛에 젖어있는 운동장 한가운데서 호박떡을 구워먹던 추억 같은 건 사치에 불과했다. 남은 식구들은 어떻게든 살아야만 했다.

머지않아 법관이 될 자식의 성공 대신, 어머니의 어깨엔 여덟 식구를 짊어져야 하는 무거운 양말보퉁이가 있었다. 정말 생각하면 어처구니 없는 일이었지만, 달리 어쩔 도리가 없었다. 우리 여덟 식구 이 자리에서 굶고 앉아 있는 것보단 나았다.

이제 어머니는 무거운 양말보퉁이를 이고 각 학교로 다니시면서 소위 양말장수로 나가셔야만 했다.

정말 우리가족 어느 누구에게도 빵을 위해 나선다는 건 너무나 생소한 일이었지만, 지금의 우리들에겐 그 길 외엔 다른 아무 길이 없었다.

도저히 발길이 떨어지지 않았으나 간신히 용기를 내어 난생 처음 무거운 양말보퉁이를 이고 학교에 찾아갔으나 선뜻 들어갈 수가 없어서 교무실 밖에서 서성이다가 선생님을 따라 교무실에 가서 아무 말도 못하신 채 두루마리를 내 밀고는 자신도 모르게 흐느껴지는 울음을 감당할 길이 없었다고 하시던 어머님.

그 아픈 가슴이야 어떻게 말로 다할 수 있으랴!

그로부터 어머니의 힘겨운 행상이 시작되었다.

어머니는 51세의 젊다면 젊은 나이로 그렇게 아름답던 과거의 일일랑 아예 집어치우고 사랑하는 자식들을 품에 안았다. 남편과 자식들을 한꺼번에 잃어버리고 그 피눈물나는 현실 앞에 목놓아 통곡 대신 분연히 일어나셨다. 당신의 몸이 가루가 된다한들 남은 자식들을 위해 일어나야 했다. 아직도 어린 당신의 자식들, 당신이 지쳐 쓰러져버리면 어느 누구가 저 어린 것들을 감싸줄 자가 있겠는가!

이제 어머니는 아들의 법관 대신 무거운 양말보퉁이가 당신의 받은 선물이었다.

어머니는 대구에 도매 집에 가서 양말을 떼어와서 전국 각 학교로 다니시면서 양말을 파셨다. 다행히 가는 학교마다 선생님들이 위로의 말씀과 함께 양말을 다 사 주시며 그렇게 친절히 대해 주신 선생님들께 감사해 하셨다. 그러나 난생 처음 해 보는 것이어서 갈수록 학교 교무실에 들어가는 것이 그렇게 부담스럽고 선생님들께 미안하다고 하시던 어머님, 그래도 처음엔 가까운 학교로 가실 때는 그날 집으로 오시곤 했지만 나중에는 집에서 떨어져 있을 때는 일주일 동안 못 오실 때도 있었다.

월요일 날 가셨다가 토요일 날 오시는 어머니를 우리는 반가워 어쩔 줄 몰라 했지만, 어머니의 얼굴은 몰라보리만치 수척해 있었다. 어머니는 집에 오셔서 때로는 넋을 잃은 듯 했다. 과연 이 험난한 세상에 저 아이들을 당신의 손으로 잘 인도해 가실지, 한 방 가득 앉아있는 우리들을 보시고는 하염없는 눈물을 지으시곤 했다.

　그럴 때마다 나는 다짐했다. 어머니 조금만 지켜 봐 주세요.
　나는 아직 어렸지만, 아니 세상이 무엇인지도 모르고 자란 나였지만, 폐허가 된 이 가정을 살아있는 한 일으켜 세워야 한다. 비록 아버지, 오빠들은 우리들을 두고 떠나셨다지만, 남아있는 우리들은 어떻게든지 이 위기에서 헤어나야 한다.
　나는 대학이고 무엇이고 모든 걸 포기하고 생활전선에 뛰어 들어야만 했다. 정말 그때까지만 해도 푸른 꿈을 키워가며 부모님들의 사랑 안에서 세상이 무엇인지도 모르고 자라던 내게 지워진 짐은 너무나 무거웠다. 갑자기 바뀌어진 환경에 처음엔 당황했으나 갈수록 내 마음은 더욱 굳어져 갔다. 내가 희생되는 한이 있더라도 아버지 오빠들 대신 연약한 내 힘이나마 그렇게 고생하시는 어머니, 동생들을 위해선 열심히 일해야 한다.
　여고를 졸업하자마자 나는 직장에 다녔다.
　하루아침에 '나'란 존재는 완전히 탈바꿈해져 버렸다. 아버지, 오빠들의 사랑을 마음껏 받으며 꿈을 키워 가던 행복한 소녀가 아닌, 이젠 내 자그만 어깨는 빈약하나마 여덟 식구가 날아들어야 할 둥지가 되어야만 했다.
　안동군내의 56,7개 학교에 보낼 공문서를 타이프를 치는 것이었다. 학교에 보낼 공문서는 항상 책상 위에 싸여 있었다. 각 학교에 보낼 공문서를 타이핑하고, 때로는 발송하는 것도 보통 일이 아니었다. 나는 내 사랑하는 어머니, 내 형제들을 위해서 직장에서도 열심히 일했다.
　"미스 권, 이것 바쁜 공문인데 빨리 좀 쳐주어요."
　"예, 장학사님, 0.5초 내로 쳐드리겠습니다."
　평소에 그렇게 부끄러워하던 나였지만 그러한 위트도 던질 수 있게 되었다.

그 때 내 월급이 (62년도) 3,000원이었다. 그러다가 나중에 4,000원이 되었다. 그렇게 해서 아버지 오빠들이 가신 폐허를 딛고 간신히 눈을 뜰 수가 있었다.

이제 제법 어머니도 나도, 우리 여덟 식구 호구지책은 되었다. 그러나 대학생 고등학생 중학생, 그리고 국민학생들의 학비란 보통 일이 아니었다. 동생들의 등록금이 나오는 날이면 어머니와 나는 이리 뛰고 저리 뛰어야만 했다. 그나마 중학생, 국민학생인 동생들은 여명을 깨우며 한 아름 신문을 안고 이리저리 뛰어 다니는 모습은 정말 눈물겨웠다.

더구나 어머니의 힘겨운 행상은 너무나 처절했다. 지금쯤은 적어도 법관의 아들을 자랑하며 편히 쉬고 계셔야 할 어머니께선, 연약한 여인의 몸으로 하루도 쉬지 못하시고 오늘은 정처 없는 발길로 어느 학교를 가야 할지, 내일은 어느 학교를 가야 할지 방향도 알지 못한 채, 하루에도 수십리 길을 걸으면서 당신의 비통한 설움을 하늘에 날려보내며 눈물지으셨다고 하신 어머니.

어머니는 이제 일주일 아니, 보름이고 한 달이고 집에 못 오실 때도 있다. 어머니인들 얼마나 두고 온 자녀들이 보고 싶으랴만은, 우리 집에서 먼 타도에 가시면 자주 오실 수가 없었다. 언젠가는 추운 겨울철에, 방학이 되면 못 가시기 때문에 새벽 일찍 그 큰 보퉁이를 이고 나가시려는 어머니를 붙잡고 가지 말라는 동생을 달래다가, 결국에는 동생을 끌어안고 얼마나 서럽게, 서럽게 우시는 바람에 옹기종기 모여서 잠들어 있던 우리 식구 모두 깨어 일어나 한동안 흐느낌 소리가 작은 방안을 맴돌고 있었다.

그 날도 어머니는 어쩔 수 없이 매서운 새벽 공기를 가르며 또 나가셔야만 하는 현실이 한없이 원망스러웠다.

"야들아, 내가 언제면 이 생활을 청산하고 보고 싶은 너희들과 함께 있을 수 있겠니? 정말 이젠 지긋지긋하다. 학교에 가는 것이 그렇게 힘이 든단다. 낯선 학교를 찾아가려다 보면 버스가 제 시간에 오지 않으면 버스를 기다릴 사이도 없이 하나라도 더 팔기 위해 하루에도 수 십리 길을 학교를 찾아 걸어가다가 보면 눈물이 나서 견딜 수가 없단다. 한 평생 뼈가 으스러지도록 공부시켜 놓은 자식은 어디 가 버리고 이게 무슨 일이냐."

웬만해서는 우리들에게 그러지 않으시는데 얼마나 서글펐으면 그런 말씀을 하셨을까?

나는 직장에 와서도 하루 종일 마음이 아파서 견딜 수가 없었다.

"미스 권, 무얼 그리 골똘히 생각해요? 애인 생각해요?"

"그래요, 애인을 오랫동안 못 보았더니 보고 싶어서요."

내 형편을 알고 있는 직장동료들은 내게 무척 신경을 써 주었다. 그때만해도 우리 사무실에는 여자직원이 없어서 내가 홍일점이었다. 그러나 성별을 따지기 이전에 그들은 무척 따뜻한 벗들이었다. 내가 힘이 들 때, 내가 지쳐있을 때 그들은 항상 내 곁에서 웃어주고 힘이 되어 주었다. 많은 날들을 한 공간에서 일을 하다보니 한 가족 같이 느껴지기도 했다.

동생들은 책이 필요해도, 악대 복을 구입하지 못해도 누나의 직장에 찾아왔다. 누나에게 찾아온 동생에게 대신 책을 사 주기도 하며 등록금을 빌리지 못해 쩔쩔맬 때 선뜻 빌려주는가 하면, 가능한 한 편리를 봐 주는, 정말 고마운 동료들이었다.

여전히 어머니는 먼 타도에 가셔서 집에 오시지도 못하고 우리들만 남아서 아침이면 학교에 가는 동생들, 그리고 직장에, 아침에는 정말 분주했다. 아버지, 오빠들이 빠져나간 우리 가정에 이렇게나마 활기를 띨 수 있다는 것만 해도 고마웠다.

그러던 어느 날 어머니에게서 편지가 왔다. 그렇잖아도 어머니의 사랑이 그리워서 오늘이나 오실까, 내일이나 오실까 하고 기다리고 있던 중 편지가 와서 우리 모두 함께 모여 편지를 펼쳤다.

"멀리 타향에서 너희들을 생각하니 당장이라도 뛰쳐가고 싶지만 그럴 수 없는 현실이 안타깝구나. 엄마로서 너희들 옆에서 지켜주지 못하는 게 너무 마음 아프단다.

이곳은 음성군인데 낯선 여관방에서 너희들에게 편지를 쓰려니 눈물이 앞을 가리는구나. 너희들을 떠나서 제일 서글플 때는 하루 온종일 정신 없이 학교로 뛰어다니다가 해가 지고 어둠이 깔릴 때쯤에야 무거운 발길을 돌려 너희들도 기다려 주지 않는 낯선 여관방을 찾느라 두리번거릴 때가 제일 가슴이 아프단다. 그러나 그 모든 고통도 너희들만 생각하면 말끔히 씻을 수 있단다.

그러니 우리 모두 아버지, 형들이 가 버린 이 땅에서나마 남은 우리 식구 열심히 살아 보자꾸나. 우리 모두 힘들고 괴롭더라도 힘을 내서 현실을 극복해 보자. 너희들 모두 이 난관을 잘 극복해 주리라 믿는다. 그리고 내가 올 때 너희들 마음을 아프게 한 것 같아서 지금까지 마음이 편치 못하다. 엄마는 너희들만 생각하면 힘이 솟는다. 그러니 엄마 걱정은 하지 말고 날씨가 추우니 학교 갈 때 옷을 단단히 입고 가야한다.

이렇게 멀리 와 있으니 너희들이 제일 보고 싶단다. 더구나 막내 천이가 제일 보고 싶구나. 아직도 엄마 품에서 재롱을 부릴 어린 천이가 엄마도 떨어져 있으니 밤마다 생각이 나서 엄마는 한동안 울었단다. 지금쯤 우리 가정에 그런 일만 없었다면 얼마나 좋을까!

그러나 내겐 너희들뿐이니 너희들만 공부 열심히 하고 씩씩하게 자라만 준다면 이 엄마는 세상에서 더 바랄 것이 없단다.

엄마도 빨리 돈을 많이 벌어서 집에서 너희들과 함께 있는 것이 소원이란다..."

우린 한동안 편지를 들고 멍하니 앉아 있었다. 아버지가 계시고 오빠들만 계셨더라면 우린 지금쯤 무엇이 부러웠을까! 그나마 보고 싶은 자녀들도 마음대로 보시지 못하고 멀리 타향에서 홀로 밤을 지새우시는 어머니를 생각하니 가슴이 아팠다.

나는 그때부터 새벽기도회에 나가기 시작했다. 아직도 내 연약한 힘으로는 도저히 지금의 이 현실을 헤쳐나갈 수 없다. 전지전능하신 하나님께 맡기자. 언젠가는 달도 없고 별도 없는 캄캄한 새벽에 교회에 가다가 큰 봉변을 당할 뻔했지만, 그래도 나는 여전히 우리가정의 딱한 사정을 하나님께 아뢰었다. 겨울이면 요즘처럼 난방장치도 되어 있지 않는, 조금만 있으면 손이 꽁꽁 얼어붙는 것만 같은 찬 마루바닥에 엎드려 한시간이고 두 시간이고 하나님께 매달렸다.

"하나님, 그렇게 행복하던 우리가정은 산산이 부서져 버리고 지금은 이렇게 어려움을 당하고 있습니다. 하나님 우리 남은 식구들을 위해 그렇게 고생하시는 우리 어머니, 내 손으로 평안히 모실 수 있게 해 주시고, 비록 나는 힘겹고 괴롭더라도 내 동생들만은 구김살 없이 잘 자라게 해 주세요."

하루 이틀도 아닌, 그 수많은 날들을 비가 오나 눈이 오나 하루도 빠지지 않고 하나님께 아뢰었다. 아직도 처녀인 내가 너무 극성이었던지 언젠가는 남자 집사님이 내게 '권 선생, 하나님께 좋은 신랑감 달라고 그렇게 열심히 기도합니까?' 하면서 웃었다.

아마 주위에선 그렇게 생각했는지도 몰랐다. 그때가 결혼적령기였으니까, 그러나 나는 한번도, 아니 꿈에도 그런 생각을, 그런 기도를 해 본 적이 없었다. 결혼보다 시급한 우리 여덟 식구의 생계문제가 더 절박했는데 언제 그런 화려한 기도를 할 여유가 있었겠는가. 오직 지금의 내겐 어머니, 동생들 뿐이었다.

그런데 무엇보다 우리 여덟 식구 변변히 있을 방이 없었다.
갈 곳이 없었다.
그러던 중, 아버지가 계실 때 우리 집에 신세를 진 가까운 친척집에서
우리의 딱한 사정을 보고 방 한 칸을 세도 없이 빌려주었다. 부엌이라곤
짚으로 이은 가작에다가 그나마 비가 오면 신발을 벗어놓을 곳이 없었다.
그보다 밤에 잠을 자다가 누구든지 한번 일어났다 하면 자리가 없어지고
마는 그러한 협소한 방에서 우리 여덟 식구 옹기종기 모여 있었다.
그 해도 다 가고 구정이 다가왔다. 떡 방앗간에는 밤새도록 기계 돌아가
는 소리가 요란했지만 우린 그저 흉내만 낼뿐이었다. 구정이 지난 며칠
후에 우리 직원이 놀러왔지만 변변히 대접할 것도 없었다. 모두들 내 사
정을 알고 있다지만 정말 부끄러웠다.
"미스 권, 일부러 세배 받으러 왔는데 내게 세배해야지요?"
"김 주사님이 내게 세배해야지요."
그러다가 직원이 장난삼아 세배 값 이라면서 200원을 놓고 갔다. 손님
이 가자 말자 어머니에게 200원을 드렸더니 어머니는 가슴아파 하시면서
도, 야야, 그렇잖아도 내일아침 양식이 없었는데 우선 쌀이라도 받아와야
겠구나 하시면서 당장 점방으로 가셨다.
그때 200원이면 쌀 두되 정도는 받을 수 있었던 것 같다. 그렇게 우리는
힘겨운 생활을 이어갔다. 어머니는 그 얘기를 두고두고 하셨다.
아무리 어머니가 나가시고 내가 직장생활을 한다지만, 동생들의 등록금
이며 우리 여덟 식구의 생활비는 항상 역부족이었다. 어쩔 수 없이 집에
있던 놋그릇이며 값나가는 물건들은 하루하루 남의 손에 전달되었다. 어
머니가 그렇게 아끼시던 미싱도 결국에는 남의 집 안방에 들어가 있었다.

어머니의 손때가 묻은 미싱을 내어줄 때 어머니는 그렇게 가슴아파 하셨다.

　그런가 하면 이제 국민학교에 갓 입학한 막내동생은 학교에서 '우리집'이란 글을 써서 교실 복도에 부쳐 놓았다면서 우리식구들과 주위 사람들이 가보고는 모두들 울었다고 했다. 그러한 곳에서 수년간 살다가 그 방도 비워 주어야했기 때문에 우리는 또 아랫마을에 다세대가 살고 있는 허름한 집에 방 두 칸을 빌려서 이사를 하게 되었다. 집이 너무 허술해서 걱정이었다. 부엌이 딸린 큰방에는 문이 잘 닫기지도 않고 벌써부터 가스 냄새가 났으나 조심할 따름이었다.

　그 해 가을도 초겨울도 무사히 넘어갔다. 여전히 어머니는 나가셔서 오랫동안 못 오시던 그 겨울, 그 날 따라 눈이 온 천지를 하얗게 뒤덮었다. 저녁에도 쉴새 없이 함박눈이 내리는 광경을 지켜보며 오랫동안 못 오신 어머니를 그리며, 어머니는 어느 하늘 아래서 보고 싶은 자녀들도 마음대로 보시지도 못 하고 이 밤을 지새우실까? 어머니를 그리다가 어느 덧 잠이 들어 버렸다.

　얼마나 잤을까? 잠결에 남동생들 방쪽에서 다급하게 뛰어 다니는 발자국 소리와 함께 동생들을 부르는 소리가 나서 문을 박차고 뛰어나가 보았더니 함께 자던 작은 동생이 우릴 부를 사이도 없이 축 늘어진 동생들 둘을 데리고 나와서 눈 위에 눕혀놓고 안타깝게 부르짖고 있었다. 아무리 부르고 때려도 꿈쩍도 하지 않았다. 나는 눈 위에 눕혀있는 동생들을 울면서 천아, 칠아, 아무리 흔들어도 눈을 뜰 생각을 안 했다.

　이웃 집 사람들이 약을 사오고 난리가 났다. 그때까지 눈을 감고 정신이 없던 동생이 약을 먹고 간신히 깨어났으나 막내 동생은 그래도 깨어나지 않아 업고 약국으로 데려가서 약을 또 먹이고 했더니 그제야 눈을 떴다. 얼마나 놀랐던지 다리가 후들후들 떨렸다.

그러고도 오랜 후에야 어머니가 오셨다. 어느새 동생들이 그 얘기를 했더니 어머니는 깜짝 놀라시며 한참동안 우셨다. "그래, 욱아 네가 어떻게 알았니?" "나도 잠이 들려고 하는데 무엇이 온 전신을 누르는 것 같고 가슴이 답답해 와서 겨우 눈을 뜨고 보니 천이와 칠이가 정신을 잃은 것 같았어." "만약에 너도 몰랐더라면 어쩔 뻔했니, 생각만 해도 끔찍하구나."

정말 세상은 고르지 못했다. 떵떵거리며 사는 사람들이 있는가 하면, 아무리 발버둥쳐 보아도 언제나 생활은 말이 아닌 우리들이 있었다. 아버지 오빠들이 빠져나간 우리 가정엔 언제나 허기진 생활이었다.

그런데 무엇보다 가슴이 아픈 건 동생들이 자신이 원하는 대학엘 가지 못한 것이 그렇게 마음에 걸렸다. 이번에 대학에 입학한 작은 동생 역시 학교를 못 마땅해 하며 투덜거렸다.

그렇게 이상이 높던 동생들이 하루아침에 모든 꿈이 좌절돼 버리고 제 뜻을 펼치지 못하니 한창 감수성이 예민한 동생들이라 항상 위태로웠다. 작은 동생은 한번도 가방을 들고 학교에 가는 것을 볼 수 없었다. 남들이 알까봐 항상 책은 옆에 숨기고 어디 놀러 가는 것 같이 학교에 갔다. 정말 어쩔 수가 없어서 학교에 가고 있었다.

그러더니 언제부터인 지도 모르게 그렇게 착하던 동생이 어느새 술을 배워서 술을 마시고 다닌다며, 동생 친구가 일부러 와서 귀띔해 주었다.

어머니는 그 얘기를 듣고 깊은 시름에 잠겼다. 아마 그렇게 덧없이 가버린 아버지, 오빠들이 그날따라 한없이 원망스러웠으며, 어쩔 수 없는 당신의 기막힌 운명을 한탄하시지 않았을까!

동생들 역시 허물어진 집안 사정을 왜 모를까만은 어쩔 수 없는 젊음의 몸부림이었으리라. 동생은 세상 사람들이 그러하듯이 세상을 향한 아픔을 술로서 달래고 있었다.

그런데 또 중학교에 입학한 동생은 입학식 날 아예 학교에 가지 않으려

했다. 정말이지, 동생들 모두 한창 감수성이 예민한 때였다. 항상 힘겹게 생활하는 가정이 무척이나 지겨웠을 것이다. 어느 날은 아침에 학교에 간다고 나가서 저녁 늦도록 오지 않았다. 한밤중이 되어서야 집에 들어오는 동생을 어머니는 붙들고 울면서 달래도 안 되었다. 한사코 학교엔 가기 싫다는 것이었다.

이렇게 어렵게 살 바엔 차라리 돈을 벌어야겠다고 하며 학교에 다니지 않는 아이들과 어울려 집에도 들어오지 않았다.

동생은 어머니에게 사사건건 트집을 잡았다. 아무 것도 마음에 드는 게 없었다.

이렇게 책임을 못 질 바에 왜 나를 태어나게 했느냐고, 어린 동생은 막무가내로 어머니의 마음을 아프게 했다.

정말 그랬다. 나 역시 지금의 현실에 불만과 원망 투성이었다. 아니, 우리 가정을 이렇게 비참한 꼴로 만든 몰인정한 세상이 한없이, 한없이 원망스러웠다.

아버지, 오빠들만 계셨다면... 낙엽이 진 거리를, 함박눈이 소담스럽게 내리는 거리를 한없이 걸으며 소녀의 센티멘탈이 아닌, 어줍잖게나마 인생을 논해 보기도 했다.

그런데 하물며 이제 한창 자라나는 동생들이야말로 어떻게 회의가 생기지 않을까.

더구나 힘든 생활 중에서도 어머니의 따뜻한 사랑이 항상 멀리 떨어져 있었으니 우리 모두 어머니의 따뜻한 사랑이 무척이나 그리웠다.

그 후 많은 세월이 훌쩍 우리 사이를 지나가 버렸다.

아버지가 가시고, 오빠들이 우리 곁을 떠나가 버리고 우리 8식구 세상에 버려진 채 모진 고난, 모진 설음을 겪고 살아온 세월이 차곡차곡 책갈피 속에 싸여갔다.

우리 남은 여덟 식구의 눈물도, 설움도, 한숨도 차곡차곡 가슴속에 싸여
갔다.

서러워서, 서러워서 눈물이 날 때는 하늘 한번 쳐다보고, 배가 고파 눈
물이 날 때는 동생들을 생각하며 눈물을 삼키며 살아온 기나긴 세월...

그 멀고 먼 길을 우리 여덟 식구 좌절하지 않고 오늘에 이르렀다. 그 암
담했던 운명 앞에 굴하지 않고 우리 여덟 식구, 지금 이렇게 밝은 햇살 아
래 당당하게 살아 남을 수 있었다.

이제 암울했던 그 기억은 하늘에 훌훌 날려버리고 우리 남은 여덟 식구
힘들고 고달파도 조금은 웃을 수 있었다.

어머니는 너무나 훌륭하신 분이셨다. 과거의 그 엄청난 아픔은 가슴속
깊이 깊이 묻어 두시고 남은 우리들을 위해 뼈가 으스러지는 한이 있어도
우리에게는 항상 웃음과, 이 세상 어디에도 찾아볼 수 없는 한없는 사랑
으로 우리 남은 자녀들을 안아 주셨다.

현실을 힘겨워 하던 동생들은 수많은 세월을 보내고서야 조금은 순응하
며 이제는 잘 따라 주었다.

세월과 함께 나는 어느 새 올드미스가 되어 있었다.

그 동안 과분한 혼처도 들어 왔지만 그런 것에 눈 뜰 형편이 못 되었다.

오늘은 어디에 가서 돈을 빌려야 할지, 내일은 어디에 가서 돈을 빌려야
할지, 그렇게 고생하시는 우리어머니를 내가 희생되는 한이 있어도 내 손
으로 평안히 모셔야 할텐데, 제 꿈을 활짝 펼치지 못한 동생들을 내 손으
로 일으켜 주어야 할텐데, 그러한 이념으로 강산도 바뀌게 하는 세월을
가슴에 안고 살아왔다.

교회 찬 마루바닥에 엎드려서 하나님께 아뢴 것은 단지 내 사랑하는 어
머니, 동생들 뿐 이었다.

문득 문득 밤하늘을 바라보며 아버지가 계셨더라면, 오빠만 고시에 합격했더라면, 해 보았지만 이것도 어쩔 수 없는 우리들의 몫이려니 생각하고 우리 모두 열심히 살아왔다.

그리고 동생들이 대구에 직장이 있어서 우린 안동에 있다가 대구로 이사를 하게 되었다.

이제 어머니도 나도 조금은 짐을 벗은 듯 하다.

신록이 무르익은 5월 어느 날,

우리 여덟 식구의 한이 서린 안동을 떠나 남동생들의 직장을 따라 대구로 오게 되었다. 미처 빚을 청산하지 못한 분들에게는 동생들의 직장을 알려주고 대구에 가더라도 틀림없이 갚아 주겠다고 약속하고 정들었던 교인들의 전송을 받으며 기차에 몸을 실었다.

그때 이미 나는 부끄럽지만 서른이 넘은 노처녀였다. 그러자니 내 아래로도 혼기에 있는 동생들이 줄줄이 셋이나 있었다. 그도 그럴 것이 지금까지 생활하기에도 급급했던 우리들에겐 결혼이란 게 문제가 되지 않았다. 이제 겨우 눈을 떴는가 했는데 또 출가를 해야 할 자녀들 때문에 어머니는 걱정이 태산 같았다.

그 동안 나는 그 친구를 마음속에서 지워버려야만 했다.

우리가 28살이 되던 해 친구는 엄연한 사회인이 되어서 내 앞에 나타났다. 홀어머니 모시고 곧 결혼해야 할 여동생이 있어서 더 버틸 수 없다고, 그간 수차 결혼 말을 했지만 나로선 어림도 없는 일이었다. 그 모진 풍파를 겪고 우리 여덟 식구의 생계를 이어가야 할 나로서는 꿈에도 결혼이란 생각할 수도 없었다. 그 친구가 아무리 좋다해도 우리 여덟 식구와는 바꿀 수 없었다.

그런 내게 친구는 안타까운 듯이 솔직히 그간의 사정을 털어놓았다. 실

은 대학 때부터 따라다니던 아가씨가 기어이 자기와 결혼을 하자고 한단
다. 그 아가씨뿐만 아니라 그의 어머니도, 여동생도, 성화가 빗발 같은 것
을 지금까지 간신히 피해왔는데 언제까지 기다려야 하느냐고 했다.

그러나 아무리 생각해도 나로선 어쩔 수 없는 형편이었다.

그 후 1년이 훨씬 지난 후에 후배 숙자에게서 전화가 왔다.

결혼을 한다고,

그 날 타자가 자꾸만 오자가 나왔다. 정신을 가다듬었지만 자꾸만 실수
를 했다.

어쩔 수 없는 일이 아닌가, 한가하게 앉아서 사랑 따위 생각할 여유도
없었다. 나는 한때 꿈이려니 생각하고 잊어버리기로 했다.

그러고도 많은 세월이 흐른 후, 안동에 계신 목사님께서 좋은 신랑감이
있으니 한번 만나 보라고 하셨다. 신랑될 사람도 목사님이라고 했다. 그
렇게 해서 여러 번 말이 오가고 난 뒤 약속장소를 정하고 만나기로 했다.

그가 내 귀 밑 머리를 조용히 넘겨주었다.

"지연아, 준비 다 되었느냐?"

어머니께서 아침의 맑은 햇살을 안고 조용히 방문을 여시며 들어오셨다.

맞선을 보는 아침이었다.

어머니는 금방이라도 울음을 터트릴 것 같은 모습이었다. 아버지, 오빠들이 가시고 숱한 세월을 함께 엮어왔던 딸이 이제야 당신의 품안에서 떠나갈 때가 되었는가 하는 아쉬움, 아니 애처로움이 역력했다. 나 역시 그 힘겨웠던 세월들이 가슴 한 자락에서 아련한 아픔으로 흘러나오고 있었다.

나는 애써 지우며, "어머니, 다 되었어요." 하며 명랑하게 말했다.

"야야, 이제야 너를 보내야 한다고 하니 한편 반갑기도 하고 한편 죄스럽기도 하구나. 너무 오래 너를 붙잡아 둔 엄마가 미안할 따름이다."

"어머니, 내 어머니이고, 내 동생들이었어요. 제가 마땅히 해야 할 일을 했을 따름이에요."

"그래 시간 늦을라. 어서 준비해라."

나는 창가에 스며들어오는 곱고 부드러운 아침 햇살을 온몸에 받으며 조금은 흥분된 기분으로 거울 앞에 앉아서 곱게 단장을 하고 어머니와 언니의 뒤를 따라 늦은 3월의 화사한 햇살 속으로 걸어가고 있었다.

약속장소는 시내 어느 다과점이었다. 우리는 시간에 늦지 않게 다과점에 도착했더니 아직 아침이라 젊은 남녀 한 쌍이 구석진 자리를 차지하고 있었고 언뜻 보니 홀 중앙에 벌써 그분들이 와서 우릴 기다리고 있는 것 같아서 나는 고개도 들지 못하고 조용히 따라 들어갔다. 으레 그러하듯이 다른 분들은 다 가시고 두 사람만 남게 되었다. 그런데 나는 그때까지도 선을 본다는 것이 부끄러워 상대방 얼굴도 바라볼 수 없었던 바보였었다. 두 사람만 남게 되자 그는 내게 무슨 얘기를 한 것 같은데 나는 부끄러워 아예 고개도 들지 못하고 말 한마디도 하지 못했다. 아무리 마음을 도사리고 얘기를 하려해도 선뜻 말이 되어 나오지 않았다.

그랬더니 그는 내가 너무 답답했던지 '우리 자리를 옮겨 볼까요?' 했다. 그래서 나는 간신히 밖으로 따라나올 수 있었다. 밖으로 나오자 여전히 하늘은 맑게 개어 있었고 봄기운이 완연한 따사로운 햇살은 온 거리에 넘실거렸다. 3월의 거리는 무언가 활기에 넘쳐 있었으며 친밀감을 느낄 정도로 낯이 익었으나 역시 인도는 사람들로 붐볐다. 우리는 복잡한 길을 벗어나서 골목길로 접어들었다. 그렇게 골목길을 10여분 가량 걸어갔는가 했는데 의외에도 그는, 그와 보조를 맞추어 천천히 걸어가고 있는 나를 슬그머니 붙잡더니 그 자리에 세웠다. 나는 영문도 모르고 서 있는데, 그는 아무 말 없이 손을 올려 내 귀 밑 머리가 내려져 있는 머리카락 몇 올을 조용히 넘겨주었다.

그렇잖아도 선을 본다기에 그 전날 시내에 나가서 연푸른 바탕에 물방울무늬가 전체에 수 놓여 있는 산뜻한 원피스를 하나 사고, 헤어스타일은 예나 지금이나 긴 머리를 좋아했기 때문에 미장원에 가서 긴 머리를 얌전하게 묶어서 예쁘게 했다. 그런데 아마 미장원에서 예쁘게 묶은 머리카락 몇 올이 바람에 흘러내렸는가 보다.

그때 난 아, 참 인자하신 분이다. 너무 정겨우신 분이다 라는 강한 인상을 받았다.

우리는 뚜렷한 목적지도 없이 그렇게 오가는 사람들 틈에 끼어서 걷다가 점심식사를 하러 가게 되었다. 점심식사 동안도 그는 내게 줄곧 따뜻한 시선을 보내왔다.

그런데 요즈음은 자그만 손거울이 쉽게 눈에 띄지 않지만 그 당시에는 그것이 유행이었다. 원래 나는 거울을 잘 보았다. 아버지께선 남자 분이라도 그 옛날에도 조금은 화장도 하시고 거울을 잘 보셨다고 하더니 나도 아버지를 닮아서 그런지 거울은 항상 손에 들고 다녔다.

직장에서도 아무리 바쁜 공문서를 타이핑을 하다가도 남자직원들 모르게 얼른 거울을 꺼내서 보곤 했다. 그 날도 예외는 아니었다. 그때 내가 가지고 있던 동그란 손거울 뒷면에는 자그만 글씨로 '물망초' '잊지 마세요'... 등의 꽃말이 씌어져 있는 것 같았다.

나는 그런 것도 모르고 점심식사 후 무료한 분위기도 바꿀 겸 그에게 거울을 보라고 주었더니 그는 거울을 받아서 앞뒤로 조용히 보시더니 아무 말 없이 슬그머니 거울을 주머니에 넣어 버렸다.

나는 조금은 의아했지만 돌려 달라는 말도 못한 채 그냥 두었는데 의외에도 그 거울이 우리 두 사람 사이에 큰 역할을 한 셈이 되었다. 거울 뒷면에 '잊지 마세요' 란 꽃말이 적혀 있었는데 그는 그것이 그 날의 그에 대한 내 의사 표시인줄 알았다고 했다.

그렇게 해서 우린 선을 보고 2개월 후인 5월 15일로 날짜를 정하고 결혼식을 올리기로 했다.

1974년 5월 15일, 만물이 생동하는 봄의 계절에 우리 식구들이 다니는 대구 S 교회에서 목사님의 주례로 우리는 하나님께 서약하며 결혼식을 올렸다.

예배실에는 노총각 노처녀의 결혼을 축하해 주기 위해 각지에서 모인 축하객들로 가득 찼다. 곧이어 동생들의 축가가 있었다. 동생들의 진심 어린 축가가 넓은 교회 안을 맴돌 때 나도 모르게 흐느껴졌다. 기쁨과 회한이 뒤엉킨 눈물은 나의 자제로 곧 진정이 되었지만 지나간 날들이 주마등처럼 되살아났다.

뒤이어 목사님의 축복 기도로 결혼식이 끝나고 인사하기에 바빴다. 서른이 넘은 노처녀의 결혼식이라서 그런지 인사가 남다른 것 같았다. 중매를 서 주셨던 목사님 역시 웃으면서 다가오시더니 '권 선생 축하해요. 잘 살아야 해요.' 하셨다.

어머니께선 눈물을 글썽이시며 신혼여행을 가려는 내 손을 꼭 잡고 '야야, 잘 다녀오너라. 이젠 너도 모든 걸 잊고 잘 살아야 해. 부디 행복하게 살아야 한다. 모쪼록 이 세상의 행복은 네가 다 가져야 해.' 하시면서 신혼여행에 쓰라면서 흰 봉투를 어머니의 사랑과 함께 꼭 쥐어 주셨다.

신혼여행지는 경주였다. 어머니와 친지들의 전송을 받으며 경주로 가는 택시 안에서 자꾸만 동생들의 말들이 가슴 한 자락에서 조용히 맴돌고 있었다. (누나, 열심히 살아야 해. 그 힘든 세월을 온 몸으로 막아낸 누나가 아니었어, 과거의 힘겨웠던 지난 날들은 잊어버리고 정말 행복하게 살아야 해. 누구보다도 누나는 행복해야 할 권리가 있어. 아마 하나님께선 누나를 축복해 주실거야.)

무얼 그리 열심히 생각하고 있어요? 하며 싱그러운 웃음을 웃어주는 그가 아니었다면 나는 신혼여행중이라는 것도 잊은 채 언제까지나 그 생각에서 헤어나지 못했을 것이다.

그렇게 나는 긴 여정을 거쳐 나와 결혼을 했다. 흔히 말하는 제2의 생의 첫 출발이었다.

'그 힘든 세월을 지나 이제 그와의 첫 출발인데 열심히 살아가야지. 지금까지의 그 모든 힘겨웠던 생을 보상받기 위해서라도 정성을 다해 살아야 해. 아마 하나님께선 이제는 축복해 주실거야.'

며칠 후, 그리 크지 않은 가방에 옷들을 챙겨 가지고 집을 나서려니 왜 그렇게 눈물이 나던지 발길이 떨어지지 않았다.

남다른 역경을 헤어 나왔던 우리 가족들, 지금 이렇게 버젓이 파란 하늘 아래 살아남을 수 있었던 우리가족들, 이제 나는 사랑하는 그들을 두고 나만의 삶을 찾아 떠나야만 했다. '그래, 잘 살아야지. 내 가족들에게 행복하게 사는 모습을 보여 주어야지.'

어머니는 모든 것을 주시고도 더 주시려는 듯이, '야야 참기름 이제 금방 짠 거다. 가지고 가거라' 하시면서 가방 옆 주머니에 끼워 주셨다. 마침 대입 준비를 하는 막내 동생이 집에 있어서 기어이 가방을 들고 버스역까지 왔다. 동생과 헤어지려고 하니 또다시 가슴이 메어와서 아무 말도 하지 못하고 그와 함께 시외버스에 올랐다.

오후 늦게 버스에서 내리자 대구에서는 느낄 수 없었던 산촌의 풋풋함이 물씬 풍겨왔다. 교회는 산촌의 어느 자그만 마을 안쪽에 위치해 있었고 사택은 조금 떨어진 곳에 가시넝쿨과 온갖 잡목들이 무성한 곳에 그림같이 앉아 있었다. 교인들은 얼마 되지 않았지만 무척 반겨 주었다. 이제 나는 내 형제들과 함께 하는 세월이 아니라, 그와 함께 새로운 장을 열어가는 첫 발걸음이었다.

그렇게 나는, 처녀시절 누구나 한번쯤은 꿈꾸어 오던 보랏빛 신혼이 문화의 혜택도 받을 수 없는 작은 시골교회에서 비롯되었다. 더구나 서른이 넘어 결혼을 한 새색시라지만 그때까지도 나는 살림에 필요한 것이 무엇인지 아무 것도 몰랐다.

집사님들이 오셔서 '사모님 정말 잘 오셨습니다. 총각목사님을 모시려니 무척 힘이 들었는데 이젠 사모님이 오셔서 한시름 놓았습니다.' 했지만 나는 그때까지도 밥도, 빨래도 제대로 하지 못했다. 더구나 재래식 부엌에, 그리고 살림살이도 제대로 갖추어지지 못한 상태에서 초년생의 주부의 일은 모든 게 생소했다.

막연하게 결혼을 하면 신분상승이라도 할 것이라 생각했던 꿈이 조그만 산촌 마을에서 조금씩, 조금씩 퇴색되어 가고 있었다.

'너 아직 밥도 제대로 못하면서 시골교회에 가서 어떻게 견디겠어, 사모님 노릇은 할 수 있겠어?' 하던 하영이의 말이 언뜻언뜻 스쳐갔다. '그래, 이런 것이 아니었는데, 좀더 화려한 신혼이어야 하는데, 아니, 이제 나는 좀 행복해도 될텐데...'

나는 차츰차츰 눈부신 햇살이 작은 마을에 골고루 번져가는 길목에 서서 불만의 몸짓을 짓고 있었다.

그는 이런 내 마음을 헤아려주기라도 하듯 모든 일에 세심한 신경을 써 주었다. 초여름이 다가오는 산촌마을은 한층 더 싱그러움을 더해 주었다. 멀리 우거진 숲 속의 이름 모를 새들이 한가히 노니는 오솔길을 따라 교인들의 집에 심방을 가면서 그는 내 손을 잡고 가만히 속삭였다.

"당신 무척 힘들지? 목사 부인의 생활도, 주부의 일도 당신에겐 무척 낯선 일이겠지? 그렇잖아도 D 집사님이, 사모님이 무척 귀하게 자란 것 같은데 이 산골 교회에 와서 고생이 많다면서 걱정을 해. 어디에 가든 하나님의 일이니까 우리 기도하며 살아갑시다."

여자는 남편의 따뜻한 말 한마디에 모든 걸 잊을 수 있다고 하더니 나는 조금씩 마음이 누구러져 가고 있었다. 어느 날은 형형색색의 들꽃을 한아름 안고 와서 '당신을 내게 주신 하나님께 정말 감사해 하고 있어. 우리 힘들지만 함께 하나님께 기도하면 모든 것을 이루어 주실거야.' 하며 멋쩍은 듯이 사랑의 표현을 하기도 했다. 실은 우린 2개월 간의 기간이 있었지만 그 흔한 사랑의 고백이라든가 사랑의 표현도 하지 못한 채 결혼식을 했으니까 피차 조금은 어색한 감도 있었다.

그렇게 그는 그때 하지 못한 사랑의 표현을 무언중에, 행동으로 새 신부에게 보여주었다.

그러는 사이 어느새 주변의 나무들은 연두 빛에서 초록색으로 갈아입고 눈부시도록 부서져 내리는 햇살은 담쟁이 넝쿨에도 풀잎 위에도 도도하게 걸터앉아 있었다. 그와 더불어 교인들의 집에 심방을 가는 일도, 주부의 일도 조금씩 익숙해져 가고 있었다. 아니, 모든 것들을 내 몫으로 만들어 가고 있었다.

산촌마을의 초여름 밤은 무척이나 신선했다. 우리는 저녁이면 신혼의 아름다움을 산촌마을의 온갖 야생화들이 뿜어내는 꽃향기 속에 간직하며 그는 미래의 꿈을, 꿈과 낭만이 스며있는 들길을 거닐며 꿈결처럼 들려주기도 했다. 달빛이 하얗게 부서지는 밤이면 개울가의 하얀 찔레꽃잎을 따라 한없이 걸으며 꽃보다 더 하얗게 미소지으며 서로를 인식해 가고 있었다.

아, 이게 결혼생활이라는 건가봐, 사람 사는 게 이런 것이구나.

어느새 나는 어머니, 형제들을 떠난, 그와 나만의 삶에 익숙해져 가고 있었다. 나도 이젠 동생들의 등록금 걱정 대신 그에게 사랑을 받는 한 여인이었다. 피곤할 때면 언제나 기댈 수 있는 그의 넓은 가슴이 나를 기다리고 있었고 나를 감싸주었다. 그렇듯 우리들만의 아름다운 생활이 쉴새 없이 우리 곁을 미소지며 다가왔다 가곤 했다.

그러는 사이 남동생들도, 그리고 여동생도 결혼을 했다. 이제 남동생 둘만 학교를 마치면 되었다. 그러나 나는 아직도 어려운 생활을 꾸려나가시는 어머니를 도와드리지 못해 마음이 아팠다.

그러다가 우리는 거제도 면소재지인 J 교회로 가게 되었다. 어머니는 섭섭해하시면서 그 먼 섬까지 왜 가느냐고 하셨지만, 섬은 오히려 아름다웠고 마음의 안정감마저 주는 것 같았다. 눈을 들어 한치 앞만 내다보아도 가슴이 탁 트이는 푸른 바다가 끝없이 펼쳐져 있고, 해질 녘의 붉게 물든 저녁노을 사이로 삼삼오오 짝을 지어 끼룩끼룩 나는 기러기 떼들은 과연 육지에서는 상상도 할 수 없는 아름다움이었다.

집사님들이 "사모님, 육지에만 계시다가 이 먼 섬에 오니 모든 게 갑갑하시겠지요?" 하셨지만 나는 오히려 모든 게 신기했다.

그렇잖아도 나는 이곳에 와서는 심방을 갈 때면 어디에든 따라다녔다. 그래서 바닷가에서 불어오는 산들바람이 그 특유의 소금기를 품은 공기와 비릿한 냄새를 실어다 주고 지나가는 바닷가의 집에서 그들과 함께 애기를 나누며 겨울 바닷가의 낭만을 즐기곤 했다.

그렇게 우리들의 생활도 교회를 중심으로 흘러갔다. 그와 함께 교회로 다니면서 한뜸 한뜸 사랑을 창출해 갔다.

그 후에도 목사님은 경북 경남으로 다니시다가 뜻한바 있어 일반교회를 사면하시고 대구 감별소로 나가시게 되었다.

불타는 마음으로

 새 봄을 맞이할 무렵, 우리는 새로운 인생행로를 따라 가벼운 흥분마저 일면서 대구에 도착한 것은 이른 오후였다. 그를 따라 오랜 세월, 교회생활을 하다가 꿈에도 잊지 못할 어머니, 형제들이 있는 대구에 오니 마음은 날아갈 듯 가벼웠다. 아직도 힘겹게 생활하시는 어머니를 아무런 도움도 드리지 못하는 것이 항상 마음에 걸리더니 이제는 옆에서 마음으로나마 어머니께 효도를 해야겠다고 생각하며, 그와 함께 봄바람에 살랑이는 블라우스를 입고 어머니 앞에 나타났더니 어머니는 반가움보다 무척 당황하시는 것 같았다. 다짜고짜로 왜 나왔느냐고 하셨다.
 "어머니, 그런 게 아니고 목사님이 오래 전부터 기도하고 내린 결정이니 너무 걱정 안 하셔도 돼요." 했다.
 그렇게 우린 오랫동안의 교회생활을 마무리하고 짐을 싸들고 청소년들을 위해 일하리라는 열의만 가지고 무작정 대구에 나왔다.
 그는 청소년 문제가 심각한 이 세대에 어떻게 하면 그들을 바르게 인도할 수 있으며 오갈데 없는 청소년들을 위해 건전한 공간을 마련할 수 있을까 하는 것이 그의 소망이었다.
 즉, 목사님의 이념은 청소년들의 탈선이 심각한 이 세대에 어떻게 하면 그들의 탈선을 막고, 사회의 훌륭한 일꾼이 되게 할 수 있을까 하는 것이었다.
 어머니, 형제들과 함께 하는 대구의 봄은 새하얀 목련꽃과 더불어 새로운 희망과 즐거움을 안겨주었다. 거리마다 파랗게 돋아나는 잎새들은 봄을 재촉하듯, 가지마다 앞다투어 푸른 옷으로 갈아입기 시작했다. 그와 함께 교회로 다니면서 나는 때로는 외로움을 타기도 했지만 이제 부모 형제들 옆에 오니 괜히 마음이 부풀어올랐다. 그간 막내 동생까지 결혼을 해서 모두가 대구에 거주하고 여동생만 남편의 직장을 따라 경북 영주에 있다. 비록 그 옛날과 같이 우리 형제 한 집안에서 생활하진 않는다 해도 대구에 함께 있다는 것만 해도 좋았다. 더구나 그는 그렇게 소원하던 청소년들을 위한 일을 할 수 있다는 것에 무척 흥분해 있었다.

4월의 주일 아침,
이제 목사님은 주일날만 되면 일반교회 대신에 감별소로 향했고, 그곳 아이들에게 몸소 사랑을 실천해 주셨고 하나님의 말씀을 전해 주셨다. 아마 감별소에서 주일마다 예배를 드리게 된 것이 이것이 최초가 아닌가 싶다.
혹 그곳의 실정을 외부에 공개하는 것이 위법인지 잘 몰라서 간단히 얘기하자면, 그곳에는 12세부터 21세까지(즉 중, 고등학생)의 아이들이 대부분 가정의 사랑의 결핍으로 인해 빗나간 아이들이 있는 곳이다. 정말 처음에 그들을 보았을 때 가슴이 찡했다.
어떻게든 그들의 힘이 되어주리라. 그들에게 기쁨을 줄 수 있고, 그들을 바른 길로 인도할 수 있는 길이 있다면 무엇이든 도움이 되어 주리라는 생각이 저절로 났다.
이제 목사님의 설교 말씀으로 1부 예배가 경건하게 끝난 뒤 2부에는 그 애들이 좋아하는 레크리에이션 시간이었다.
〈내게 강 같은 평화 내게 강 같은 평화...〉의 흑인 영가와 〈어두운 밤에 캄캄한 밤에...〉 등은 그 아이들의 18곡이 되었다.

이러한 복음 송으로 목사님이 율동을 가르치면 아이들은 율동을 따라하면서 웃기도 하며 다투어 앞에 나와 서툰 솜씨로 발표하기도 한다. 또한 아이들의 빠른 템포의 복음 송에 따라 멋지게 한번 춤을 추면 아이들은 흥에 겨워 함께 나와 춤을 추기도 했다. 그리고 3, 3, 7 박자에 맞추어 응원의 솜씨는 보통 사람으로선 흉내도 낼 수 없었다.

어쨌든 목사님은 어둡고 소외된 아이들의 심리에 잘 맞추어 정말 잘 지도 하셨다. 아이들은 웃고 떠들며, 적어도 그 순간만큼은 무아의 경지에 들어갔다고나 할까.

정말 그는 청소년들을 지도하는 데는 남다른 재능과 손가락 하나만으로도 그들을 움직일 수 있는 그 어떤 마력이 있었다. 아마 하나님께선 청소년들을 위해 일하라는 사명감을 주셨나보다.

그렇게 시작된 새 생활, 일주일이 눈 깜짝할 사이에 지나갔다. 그는 자신이 하고 싶은 일을 하니까 하루 하루가 무척 보람된 날들이라며 좋아했다.

이제 그와 함께 교회로, 그리고 또 감별소에, 그러다가 보니 엊그제 같던 우리들의 결혼생활도 많은 세월이 흘러갔는가 보다.

그 동안 나는 꼬마시절의 친구 따윈 잊은 지 오래였다.

그렇잖아도 가끔 하영이가 아주 비밀스럽게 시외 전화를 해서 '지연아, 행복하냐?' 며 조금은 근심스러운 목소리로 말하기도 했지만 지금의 내겐 어린 시절의 추억 같은 건 기억에도 없었다. 그와 혼담이 오갈 때도 '지연아, 나는 교인이 아니라서 잘 모르지만 목사님의 부인이 된다는 건 좀 고되지 않을까? 하며 은근히 불만 섞인 의사를 표하며, 그 친구와 인연이 닿지 못한 것을 자기 일인 냥 안타까워하며 원망어린 눈으로 바라보던 친구였다.

'지연아, 영원한 사랑은 없어. 그렇게 옛사랑을 못 잊어 할 필요도 없고 그냥 그렇게 살아가면 되는 거야. 부부가 산다는 것이 그렇게 아등바등 사랑 타령이나 하며 살아갈 만큼 한가하지도 않고 말이야.' 하영이는 아직도 옛친구로 인해 우리들의 결혼생활에 금이 가지 않나 친구로서 걱정해 주었지만, 정말 우린 함께 생활해온 연륜과 비례하여 우리의 사랑도 쌓여 갔다.

그는 곧잘 나에게 '우린 연애 시절이 없어서 그런지 하루 하루가 연애하는 기분으로 사는 것 같아.' 하며 무척 행복해 했다.

그런데 당장 교회에서 나오니까 사택에는 있을 수 없고 이제 우리들의 힘으로 우리 두 사람이 거처해야 할 방을 얻어야만 했다.

목회 생활에 무더기 돈이란 있을 수 없고 조금 있던 건 아파트를 샀다가 다 날려 버리고 겨우 남의 집 옆방 하나를 얻고 전화를 넣으니 아무 것도 없었다.

이제 남의 집 옆방에서 새로운 생활이 시작되었다.

그렇잖아도 그는 교회에서 나올 때 '임마야(그는 나를 그렇게 불렀다), 이 길은 아직 아무도 인정해 주지 않는 무척 힘든 길이야. 말하자면 無에서 有를 창조하는 길인데 당신 힘들지 않겠어?' 할 때 그가 원하는 일이라면 무엇이든지 따르겠다고 했다.

그러나 정작 현실에 직면하고 보니 너무나 힘이 들었다. 이제 겨우 한 두 교회에서 보조해 주는 정도이니 우리 두 사람이 생활하기에도 턱없이 모자랐다.

어머니, 형제들 옆에 온 것을 미처 좋아하기도 전에 생활난에 부딪혀야만 했다. 모든 형제들이 어머니를 모시고 대구에 있는데 우리들의 힘든 생활을 형제들에게 보인다는 것이 무척이나 민망스러웠다. 당장이라도 다시 교회에 가자고 하고 싶었지만 그렇게 청소년들을 위해 노심초사하시는 그를 보면 아무리 힘들고 고달파도 참아야겠다고 생각했다.

하는 수 없이 나는 그 당시 내가 할 수 있는 부업이란 부업은 다했다. 속옷 개기, 인형 만들기, 양산 만들기 등, 그러나 원래 나는 일이라고는 전연 할 줄 모르던 터라 기껏 해 보았자 하루에 백원정도 벌수 있었다. 그것으로선 아무 것도 안 되었다.

그러나 내가 도울 수 있는 일이라곤 그것뿐이었다. 어느 날은 이층 옥상에 자리를 펴놓고 속옷을 개고 있는데 그가 들어오시더니 어눌한 손놀림으로 내 일을 도와주었다. 그와 함께 열심히 옷을 개고 있는데 옆집 할머니가 담 너머에서 보시더니 그게 무어냐고 하시기에 '부업'이라고 했더니 '어떻게 아저씨가 그런 것까지 도와주느냐 하시며 벌써부터 보았는데 두 분이 일하는 모습이 어쩌면 그렇게 다정하게, 그렇게 행복하게 보이느냐며 너무 보기가 좋아서 한참이나 지켜보았어요.' 하셨다.

아마, 할머니께선 우리의 마음을 꿰뚫어 보셨는가 보다. 혹 한심한 여인이라고 할 진 몰라도 그와 함께 도란도란 얘기를 나누며 일을 하고 있으니 왜 그렇게 마음은 부자이던지 아무도 그 마음을 빼앗을 자는 없었다.

어렵지만, 정말 힘들지만, 가끔 다툴 때도 있다지만 그런 건 아무 것도 아니었다. 우린 함께만 있으면 어디에서 솟아나는 행복인지 행복하기 그지 없었다.

그러나 현실은 현실이었다. 도저히 그것으로선 아무런 보탬이 안되어서 나는 또 다른 일을 찾아 나서야만 했다. 어느 날은 벽보에 보니 딸기 고르는 작업을 하는 곳인데 일당 7,000원이란, 그 당시엔 높은 임금이었다.

나는 너무 반가워서 당장 하기로 했다. 이제 생활문제는 조금은 해결이 될 것 같았다.

이튿날 아침 일찍 가서 먼저 온 사람들 틈에 끼어 작업에 들어갔다. 1초의 쉴 틈이 없이 많은 딸기를 고르기도 하고 딸기를 옮기기도 하는데 어려운 일은 아니라도 조금하고 나니까 더 이상 다리가 움직여 주질 않았다. 어떻게 버티었는지 그래도 하루 일을 끝내고 그곳의 차가 집 앞 대로 변에 내려 주어서 집으로 가려는데 그때부터 아무 것도 생각나는 것이 없었다. 대로변에서 6, 7분 거리 밖에 안 되는데 아래로 갔다가 위로 갔다가 아무리 돌아다녀도 도저히 집을 찾을 수가 없었다. 전화번호마저 내 기억 속에서 사라져버렸다.

저녁 7시경에 내렸는데 10시가 넘어서 간신히 찾아갔더니, 그는 나를 보자 말자, "요즘 얼마나 험한 세상인데 여자가 아무 말도 없이 이렇게 밤 늦게까지 있느냐" 면서 오히려 화를 냈다. 눈물이 핑 돌았지만 그 당시엔 그에게도 어머니에게도 형제들에게도 아무 말도 하지 못했다.

기대했던 딸기 공장에도 가지 못하게 되자 막연한 기분이 들었다. 무엇보다 어머니, 형제들 때문에 무척 신경이 쓰였다. 차라리 멀리 떨어져 있었으면 더 좋았을 것을, 그렇게 힘겨운 생활을 하다가 지금쯤은 멋있게 살아야 할텐데... 무슨 일에도 한계가 있을 텐데 또 그때의 연속이라니, 말도 안 된다. 이럴 줄 알았더라면 직장에 있을 때 그렇게 과분한 혼처가 들어왔을 때 가 버렸을텐데... 아니, 그 친구에게... 혼자서 여자 특유의 온갖 상념에서 헤어나지 못하고 있는데, 전화 벨 소리에 정신을 차렸다.

그는 나가시면 한시간이 멀다고 전화를 한다. '임마야, 공중전화 부스에 돈이 남아 있기에 전화 하는거야, 지금 뭘 해?' 순간 가슴 속 쌓였던 모든 불만이 봄눈 녹듯 사라져 버렸다. '임마야, 돈이 없지?' '덩거리, 걱정하지마. 조금 전에 어머니가 우선 쓰라고 좀 주었어.' 우린 그랬다. 그는 경제적으로 조금만 여유만 있으면 이 세상에서도 1등 남편감이야. 우린 '돈' 보다 중요한 단단한 끈으로 맺어진 우리들의 사랑이 있지 않아! 그렇게 물불을 가리지 않고 열렬하던 하영이도 어느새 점점 식어진다는데, 하나님은 우리들에게 돈보다 사랑을 주셨어. 어느새 나는 하얗게 웃고 있었다.

그런데 그 즈음 그에게는 비밀리에 색다른 청탁이 있었다. 춤을 좀 가르쳐 달라는.

지금 우리의 형편으로서는 무척이나 유혹적인 제안이었지만, 그러나 그는 영리를 위해선, 과감하게 물리쳤다.

그렇게 그는 목사님으로서 춤을 잘 추었다.

그리고 그는 군 시절엔 군목으로 있다가 젊은 시절에는 방송국에도 오랫동안 있다가 다시 교회로 나왔다고 한다. 그래서 그런지 그는 설교를 하실 때나 평소에도 한번도 사투리를 쓰는 것을 듣지 못했다. 그는 청소년기를 부산에서 보냈다고 한다. 그리 궁색하지 않는, 조금은 여유로운 환경에서 청년기를 보낼 때 춤을 배웠다고 했다.

그의 젊은 시절은 미남에 180센티의 신장에 영국신사 같은 스타일에 춤까지 곁들였으니 한 시절을 풍미했다고 한다. 그 당시에 부산에 춤이 가장 흥행했는데 취미로 배운 춤이 프로급이 되어 온 장안을 휩쓸며 젊음을 발산했다고 한다. 그러자니 자연 주위에는 많은 여성들이 따라다녔으며 어디를 가도 심심찮은 스캔들을 남겨 놓고 다녔다고 한다.

그 언젠가는 그의 서재실에서 예쁜 글씨로 '선생님, 으로 시작해서 그때 만나지 못해서 무척이나 가슴 아팠다' 는 애절한 사연을 담은 그 옛날의 흔적으로 인해 그와 다툰 일도 있었다. 그렇게 그는 주위의 여성들로부터 인기가 있었는가 보다.

그러나 결혼만큼은 인형 같은 프랑스 여인과 해야겠다며 오랫동안 펜팔을 한 적도 있었다고 한다. 그러다가 보니 결혼도 그렇게 늦어졌는가 보다.

그리고 그에게는 젊은 시절에 또 남다른 경력이 있었다고 한다. 그는 부모님을 일찍 여의고 서울에 있을 때 어떻게 철학관에도 관심을 두었다고 했다. 모르긴 하지만 젊음의 반항이었을까,

그는 서울 장안에서도 꽤 큰 철학관을 차렸는데 어찌해서 그 곳에 한번

거쳐간 사람들은 그 다음엔 사람들을 몰고 오는 형상이었다고 할까,

날만 밝으면 수중에 돈이 굴러 들어오는 재미로 신앙 같은 건 접어두고 무척이나 많은 돈을 모을 수 있었다고 했다. 그러다가 결국엔 그 많은 돈을 하나도 남김 없이 떼어버리고 신경을 쓴 나머지 몸도 다치게 되고 철학관도 더 이상 할 용기도 나지 않아서 그 길로 기도원에 가서 금식기도를 하며 회계하고 다시 하나님 앞에 나왔다고 한다.

그는 젊은 시절에 그의 경력이 화려해서 그런지, 한창 혈기왕성한 아이들을 바로잡아 주지 않으면 안 된다고 하면서 그렇게 청소년들에게 관심이 많았다.

그렇게 그는 이제 그가 바라는 청소년들을 위해 일을 한다지만 아무런 생활대책이 없어서 나는 또 내가 할 수 있는 일을 찾아 나서야만 했다.

신문이란 신문은 빠지지 않고 들여다보고 있으면, 그가 옆에 있다가 '임마야, 아무리 들여다봐도 당신을 써 줄 곳은 없을거야. 조금만 기다려봐.' 하며 무척 미안해했다. 그러던 중 피아노 보조강사를 구한다는 광고란을 보고 용기를 내어 전화를 했더니 무척 호의적으로 이틀 후에 연락해 주겠다고 했다.

그러나 그의 말과 같이 '예쁜 아가씨들도 많은데 하필이면 나이 많은 나를 채용할 리는 없겠지' 하며 그렇게 기대하지 않았으나 그래도 조금은 기다려졌다.

정확하게 이튿날 아침이었다. 주방에 있는 내게 그가 수화기를 건네주었다. 나는 깜짝 놀랐다. 피아노 실에서의 전화였다. '덩거리 덩거리,(그의 애칭) 그 봐요, 내일부터 나오라고 하잖아요. 나 취직 됐어요.' 나는 좋아서 어쩔 줄 몰라했다.

나는 너무 반가워서 당장 달려가서 일을 하게 되었다. 신암동에서 피아

노 실까지 가려면 무척 먼 거리였지만 나는 아침 일찍 서둘러서 피아노 실에 가면 유치원생 한 두 명이 오고 오후에는 아이들이 물밀 듯 밀려온 다. 얼마가지 않아서 아이들이 나를 무척 따라주었고 나 역시 그 아이들 과 하루를 보내는 날들이 무척 즐거웠다.

아침 9시경에 가면 저녁 10시경에 집에 오지만 나는 피곤한 것도 잊은 채 하루종일 아이들 틈에 끼어서 하루를 보내게 되었다. 이제 아이들이 오면 내게로 몰려와서 재잘거린다. 그랬더니 어느 날 원장선생님이 '그 봐요, 아이들이 나보다 선생님을 훨씬 더 잘 따르잖아요. 실은 신문에 냈 더니 아가씨들이 많이 왔었대요. 그러나 아가씨들을 다 물리치고 선생님 을 채용한 것도 간단한 전화 한마디로도 당장 아이들을 잘 관리할거라는 느낌을 받았거든요. 선생님은 내가 가지지 못한 좋은 면을 가지고 있어 요.' 하면서 무척 좋아했다. 그렇게 나는 원장선생님과도 가깝게 지내게 되었다.

이제 아침이면 그는 그의 일터로, 나는 나의 일터로 가게 되었다.

그러던 어느 날 후배 숙자에게서 전화가 왔다. 우리가 대구에 나온 지도 꽤 오래되었지만 숙자에게 전화할 여유도 없었다.

여전히 숙자는 활달하고 재미있는 친구였다. 숙자는 무슨 말인가 할 듯 할 듯 하더니 끝내 그 일에 관해선 언급하지 않았다. 그렇잖아도 옛친구 의 말이 나올까 조마조마했는데, 나는 얼른 화제를 돌려버렸다. 경북 어 느 교회에 있을 때 그 친구가 숙자에게 나의 안부를 묻더라고 하더니 그 후론 소식을 모르고 살았다. 아니, 그 친구의 말을 한다해도 아무런 죄책 감은 없다지만 나를 사랑하는 그에게 괜히 미안한 일이 아닌가.

비록 힘들고 어렵다지만, 그와 나는 지금 이렇게 행복하게 생활하고 있 는데 괜히 옛친구의 말을 끄집어 낼 필요가 무엇이 있겠는가.

청소년 공원 만들자

　그의 간절한 소망은 청소년회관을 짓는 것이었다.

　그러한 마음이 더욱 굳혀진 것은 그 언젠가 대구의 어느 디스코텍에서
대 화재 사건이 일어났을 때 인명피해 중 의외에도 남녀 청소년들이 많이
희생되고 부터 어떻게든지 청소년회관을 지어서 그들만이 뛰어 놀 수 있
는 건전한 공간을 만들어주어야겠다는 결심을 더욱 굳히셨다고 했다.

　한때는 '마이클잭슨'을 우리나라에 초청해서 목사님과 함께 공연을 해
서 그 기금으로 청소년회관을 건립할 수 있었으면 해 보았으나 그것도 쉬
운 일이 아니었으니까.

　그렇게 그는 청소년회관을 짓는 것이 그의 꿈이었다.

　어제가 오늘 같은 힘든 날들이 많이 흘러간 어느 날이었다.

　무심코 신문을 보다가 나는 깜짝 놀랐다. 그의 사진과 함께 그의 기사가
신문에 게재되었다.

　"덩거리, 덩거리가 신문에 났어요."

　"그래 임마야, 놀랐지." 하며 그는 빙그레 웃었다.

　그렇게 그는 매일신문에 "청소년 공원 만들자"란 타이틀로, 그리고 뒤
이어 기독교 신문에 각종 잡지에 수차 청소년을 위한 열변을 토해냈다.

　그러고 나니 친척들이, 주위에서 축하의 전화가 심심찮게 오고 있었다.

　정말 처음 대구에 나올 때보다 많은 세월과 더불어 그의 글이 기사화 되
고 나니 이제 주위에서도 그에게 조금은 눈을 돌려주었다.

'사노라면 좋은 날이 있을 거라고 했던가.' 무작정 대구에 나와서 막연하던 때와는 달리 이제 그의 하는 일도 조금씩 진전되어 가고 있지 않는가.

아, 이게 삶의 기쁨이구나, 산다는 게 바로 이런 거야 하며 조금은 만용을 부리고 있던 토요일 오후였다. 숙자에게서 축하전화가 왔다.

"언니, 축하합니다. 목사님이 신문에 나서 너무 반가워서 당장 전화한다는 게 이렇게 늦어졌어."

"그래, 봤어? 고마워"

"우리 한번 만나자. 대구 오고 한번도 못 만났잖아. 언니가 축하주를 사든지 내가 사든지, 할 얘기도 좀 있고,"

"그래, 그러자. 그런데 무슨 얘기? 지금 얘기해봐."

숙자는 조금은 망설이는 것 같더니 기어이 끄집어냈다.

"언니, 이제 지나간 일인데 얘기해도 괜찮겠지?"

"무슨 얘긴데?"

"언니는 지금 행복하지?"

"그래, 그런데 왜? 혹 목사님이 다른 여자라도 만나는 거 봤어?

"아니, 그건 아니고, 실은 언니 시골 가고 나서 언니 동창 K가 대구에 왔어. 술을 한잔 한데다 언니의 결혼 소식을 듣더니 얼마나 울던지... 너무 안됐더라. 참, 사랑이 뭔지,"

나는 가슴이 철렁했지만 태연한 채 말했다.

"야, 그럼 나는 평생 결혼도 하지말고 그냥 있으란 말이야?"

"그래 언니 신경 쓰지마. 세월이 가면 잊어지겠지."

"잊고 못 잊고 할 게 뭐가 있어."

전화를 끊고 씁쓰레한 마음으로 생각해 보았다. 이미 지나간 옛 추억에 불과한데 그 친구는 왜 그럴까? 싶었다. 그리고 지금의 이 여유로움을 무엇에도 빼앗기고 싶지 않아서 나는 얼른 생각을 돌려버렸다.

그는 이제 시청에서도 청소년 선도 위원으로 위임을 받고 시청에서 주최하는 문제아들을 위한 시간도 가지기도 했다.

그 언제인가는 대구 시청 주최로 귀빈 예식장에서 고등학교 3학년 남녀 학생들을 대상으로 위로 잔치를 베푼 적이 있었다. 분위기가 조금 식어져 있을 때, 목사님이 "록큰롤"이란 뮤직을 부탁하고 오랫동안 잠재해 있었던 실력을 멋있게 한번 발휘했다고 한다.

산만해져 있던 분위기가 삽시간에 열기에 들떠 있고 그곳에 있던 학생들은 물론 시청직원들도, 학생들을 위해 동원된 부녀회 합창단원들도 모두들 갑자기 일어난 진풍경을 구경하느라 정신이 없었다고 했다.

그는 내가 떠준 노란 조끼를 즐겨 입었다. 그 날도 노란 조끼를 입고 갔는데 춤을 추면서 조끼를 벗어 관중들에게 벗어 던지는가 하면 춤을 추면서 단에서 내려와서 학생들이 있는 곳으로 가서 손을 내밀어 한 사람씩 한 사람씩 데리고 나와서 함께 춤을 추었다고 한다. 처음엔 부끄러워 잘 나오지 않더니 나중에는 흥이 고조되니 다 함께 나와서 마지막 장식을 멋있게 했다고 한다.

그러고 나니 그곳에 참석했던 매일 신문사 "김귀자"(?) 기자가 인터뷰를 청하면서 목사님으로써 어떻게 그렇게 능란한 솜씨로 춤을 잘 추느냐고 하면서, 놀라워하더라는 것이었다.

그는 "임마야, 그럴 줄 알았더라면 당신도 와 보았으면 좋았을 텐데," 했다.

후에 학생들과 춤을 추는 장면이 매일 신문에 "별난 목사"란 타이틀로 게재되었다.

목사님은 항상 청소년들을 꾸짖기 이전에 그들이 자유롭게 건전하게 뛰어 놀 수 있는 공간이 필요하지 않느냐면서, 어른들이 즐길 수 있는 공간은 어디에든 널려 있지만, 정작 혈기왕성한 청소년들이 놀 수 있는 공간은 없으니까, 어른들의 세계에 들어가다 보니 탈선을 하지 않느냐 면서 어떻게든 청소년회관을 지어서 그들과 함께 뛰어 놀 수 있는 길을 마련해야겠다고 했다.

목사님은 입버릇처럼 모든 청소년들은 내 아이들이고 언제까지나 그 애들과 함께 있겠다고 했다.

그런가 하면, 이제 시내 교회 목사님들께선 청년회 헌신예배나 학생회 헌신예배 때 강사목사님으로 초청하는 일이 잦아졌다.

나는 어디를 가든지 꼭 따라나섰다. 이날 저녁에는 대신동 J 교회에 학생회 헌신예배에 갈 때였다. 춥지도 덥지도 않는 시원한 바람이 기분을 상쾌하게 하는 계절이었다.

그와 내가 함께 하는 즐거움이란
세상을 주고도 못 바꾸는 즐거움이었다.
무엇이 우릴 그렇게 행복하게 해 주었는지도 몰랐다.
무엇이 우릴 그렇게 황홀하게 해 주었는지도 몰랐다.

이젠 적어도 그와 함께 숨쉬고 함께 웃음을 터트릴 수 있는 세상은 아름다웠다.

적어도 그와 함께 거리를 활보하는 시간은 세상에서도 가장 행복한 순간이었다.

우린 길거리에 나왔다. 미풍이 그의 머리칼을 조용히 이루만지며 지나갔다. 거리에는 어느새 하나, 둘 등불이 켜지고 거리를 오가는 차량들의 물결 위로 휘황한 빛을 발하는 네온 불빛들이 교회를 향해 가는 그와 나의 얼굴 위에 춤을 추며 너울거렸다.

그 교회에서도 역시 1부와 2부 순서를 가졌다. 2부에는 역시 복음 송으로 율동을 가르치기로 했다. 목사님이 주로 하는 복음 송은,

〈사람을 보며 세상을 보니 만족함이 없었네...〉〈우리 주의 성령이 내게 임하시면 춤을 추며 찬양합니다...〉〈예수님이 좋은걸 어떡합니까..〉 등이었다.

1부 예배를 마친 후 목사님은 단에서 내려와서 피아노 반주와 교인들의 노래 소리에 맞추어 한 소절 한 소절을 유연한 동작으로 전 교인들에게 가르쳐 주었다.

목사님이 어떻게 율동을 가르칠 수 있을까 하는 생각에 벌써부터 웃기 시작했다. 몇 번 따라한 후 또 장로님들, 권사님을 나오시게 해서 발표를 하면 그것이 그렇게 웃음을 자아내게 한다.

어쨌든 '큐'를 한번 외쳐도 목사님의 모션에는 멋이 담겨 있었고 웃음을 자아낼 수 있었다.

그 후에 그 교회 집사님이 80년이래 전 교인이 한 자리에서 그렇게 재미있는 시간을 갖기는 처음이라면서 그렇게 좋아하시더라고 했다.

우린 또 헌신예배에 갔다 오면 화재거리가 더 풍부해 진다. 교회에서 그렇게 흡족하게 생각하니 우리들도 따라서 흡족해 진다.

"덩거리, 덩거리 참 멋있더라, 어떻게 그렇게 해요. 나도 밑에서 지켜보니 반하겠데요."

"임마야, 교인들이 참 재미있어 하지?

"그래요. 모두들 웃느라 정신이 없데요."

우린 끝이 없었다.

헌신예배에 갔다오면 우린 아예 그 밤을 꼬박이 세운다. 무엇이 그렇게

재미있었든지 했던 얘기를 하고 또 하고, 도대체 싫증이 나지 않았다.
　한마디 해 놓고 하하... 웃고 또 웃고 하다가 보니 어느새 창문이 훤하게
밝아보고 있었다.

　그렇게 우린 힘든 중에도 우리들만의 사랑을 꽃피워 나갔다.

잊혀진 친구

會者定離라 했던가, 만나면 헤어지고 헤어지면 잊혀지는 게 세상의 이치라던가.

여전히 그는 그의 일에 나는 나의 일에 열심을 다했다. 아침 일찍 그는 그의 일로, 나는 피아노 실에 가면 저녁 10시경에야 만날 수 있었다. 그 시간이 너무 길어 그는 불평을 늘어 놓기도 했다. 아마 그의 말과 같이 우린 연애 기간이 없어서 그런지 아직도 연애 시절인가 보다.

사람들이 흔히 말하는 '행복'이란 결코 물질만으로 이루어지는 것도 아니지 않는가, 아직도 우리들의 생활이란 이제 겨우 생활할 정도였으나 우린 만나면 즐거웠다.

그러던 어느 토요일 오후였다. 요란한 벨 소리에 나는 그의 전화일 것이다 생각하고 달려가서 상쾌한 기분으로 전화를 받으니 의외로 근래에는 듣지 못하던 차분한 남자의 목소리가 나를 멈칫하게 했다.

"전화를 해서 괜찮을지 몰라서 얼마나 망설이다가 했어."

나는 깜짝 놀라서 할 말을 잃어버렸다. 그때 그 친구였다. 서로가 인연이 닿지 못해서 각자의 길로 간 후 잊어버린 지 오래였다. 그 간 숙자에게서 한 두 번 얘기는 들었지만 나는 한번도 심각하게 생각해 본 적도 없었다. 더구나 그 친구와 다시 전화한다는 건 꿈에도 생각하지 못했다.

"어떻게..."

"응, 무척 놀라는구나, 그렇잖아도 몇 번이나 그냥 갈까 하다가 여기까지 온 김에 목소리나 한번 들어보려고 했어. 괜찮을까? 혼자 있어?"

이 친구는 왜 또 이제야 나타나서 우리의 생활에 끼어 들려고 할까, 아마 숙자에게서 우리가 대구에 와 있다는 것을 들은 거겠지.

"그래, 결혼도 하고 재미있겠지? 목사님이라면서, 만날 수 없겠어?"

대답할 겨를도 없이 숨가쁜 질문을 퍼부었다.

한 동안 망설이며 대답을 못하고 있으니까,

"내키지 않으면 할 수 없지만, 그냥 옛 친구로 만나는데 어떨까?"

"어쩐지 지금 와서 만난다는 것이 내키지 않아."

"그냥 얼굴만 한번보고 갈 게"

나 역시 가만히 생각해 보니까 확고한 우리들의 사랑과, 또한 피차 가정을 가지고 있고 이미 옛날에 다 정리된 이상 오히려 만나지 않는 것이 더 어색할 것 같아서 만나기로 했다. 그러나 이제 와서 남자 친구를 만난다는 것이 그에게도 미안하고 마음이 썩 내키지 않아 머뭇거리며 들어갔더니 홀 중앙을 조금 비껴선 곳에 자리를 잡고, 앞에 있는 컵만 내려다보고 있다가 나를 보더니 깜짝 놀라는 것 같았다. 멍한 얼굴로 쳐다보던 친구는 오랜 후에야 정신을 차린 듯 무겁게 입을 열었다.

"얼마만이야?"

"정말 오랜만이네.

"결혼하더니 더 예뻐진 것 같구나."

"응, 그럴 거야, 낭군님이 잘 해 주니까, 그런데 어떻게 전화번호를..."

"나 항상 친구의 뒤를 밟고 있잖아."

"그래, 친구도 결혼생활이 재미있겠지?"

친구는 커피 잔 너머의 나를 보며 씁쓸한 웃음을 짓더니,

"평생 독신으로 있을 줄 알았더니 결국에는 결혼을 하면서..."

"그땐 아시다시피 내 형편이 어쩔 수 없었잖았니, 그리고 우리의 인연은

'친구의' 인연 밖에 안 되었는가 봐. 우리 이제 좋은 친구로 남자."

"그래, 그러지 뭘 어쩌겠어. 아이들은 아직 꼬마들이겠지? 결혼이 무척 늦었다면서? 우린 남매인데 맏이가 벌써 고등학생이야."

"응, 우리는 아직 꼬마들이야." 나는 그렇게 얼버무려버렸다.

"그래 남편 되는 분이 잘 해줘?"

"그럼, 이 세상에서 완벽한 사람은 없을 텐데 그 사람은 자기부인이 이 세상에서 단 하나뿐인 완전한 여인인 줄 알아."

"그렇게 사랑을 받아서 좋으시겠네, 그런 사람한테 갈려고 그렇게 내 속을 태웠구나."

"하하... 친구는 나보다 더 멋진 부인을 만났잖니."

"잘살고 예쁘면 뭐하니, 그건 둘째 문제야."

"복에 겨운 말하지마. 내게 자랑하려고 그러는 구나. 나를 버리고 가시는 님은 십리도 못 가서 발병 난다더니 발병은 커녕 잘만 살고 있네."

그렇게 나는 그 옛날에 정리된 이상 편안한 마음으로 친구를 대할 수 있었다.

"누가 누구를 버렸는지 모르겠네, 오히려 나를 버리고 가더니 너무 행복해 보이는구나. 참 매정한 사람이야. 어떻게 그럴 수가 있어. 우리가 하루 이틀에 맺은 인연이었어? 철부지 때부터 마음 속 깊이 새겨둔 사랑을 그렇게 깨어버리다니."

"지금 와서 그런 얘기하지 말자. 서로 마음 편하게 대하자."

"아니, 나는 좀 해야겠어. 평생을 가슴 태워오던 사람을 앞에 놓고 말 한마디 못하고 집에 가면 또 병나. 이미 어쩌다 헤어진 사람이라지만 친구를 한번 만나보려고 얼마나 애를 썼는지 알아? 물론 남의 아내가 된 사람에게 이런 말을 한다는 건 안 되는 줄 알지만. 오늘도 많이 망설였어."

"우리 인간에겐 인연이란 것이 있어. 친구와 나는 어릴 때 인연 밖에 없었어."

"소위 숙명론이란 거야? 나는 그런 거 믿지 않아. 친구와 나는 그때 좀 더 지혜 있게 처신했으면 지금쯤은 우린 어엿한 부부의 인연으로 맺어져서 정말 멋있게 살 수 있었을 거야."

"이젠 그만 해, 듣기 좀 거북하다. 그런 말하면 이제 그만 만나겠어. 그냥 옛 친구로 부담 없이 만나자. 그래야 나도, 친구도 집에 가서도 덜 미안하잖아."

친구는 나를 뚫어지게 바라보더니 "그래, 미안해. 내말 가볍게 넘겨버려." 라고 말했다.

그 날 저녁에도 우린 여느 때와 다름없이 커피를 앞에 놓고 얘기하느라 친구와 만남은 어느새 잊어버렸다.

"임마야, 오늘 낮에 전화해도 안 받더니 어디 갔다왔어?"

그제야 낮에 친구와 만난 것이 생각났다. 그에게 속인다는 것이 더 미안할 것 같아서,

"아, 참 나 오늘 남자친구 만났어."

"남자친구? 당신한테 남자친구가 어디 있어?"

"정말이야, 신암동 D 다방에서,"

"그래, 어떤 친구?"

"국민학교 때 친했던 친구."

"잘 했어. 나 보다 더 좋았어?"

"덩거리, 이 세상에 덩거리보다 더 좋은 사람이 어디 있어."

"임마야, 그럼 됐어."

그 후론 까마득히 잊어버렸다.

몇 주일이 지났다. 어제는 아무리 전화를 해도 없더라 면서 오늘 시간 있으면 좀 만나자는 후배 숙자의 전화였다. 영문도 모르고 나갔더니,

"언니 동창 K와 만났다면서?"

"그래 그게 언제였던가, 얼마 전에 만났어 왜?"

"감회가 어땠어?"

"무슨 말이야, 나는 엄연히 남편이 있고 그 친구도 가정이 있는데, 우린 친구야."

"그래, 친구지 뭐."

"어떻게 알았어? 그 친구가 말 해?"

"응, 별다른 말은 없어도 아직도 언니를 잊지 못하고 있어. 부인과는 그 럭저럭 지내고 있는가 봐. 그 친구 결혼할 때도 얼마나 망설였는지 모른 대. 과연 행복할까 하고."

"지금 와서 그런 얘기 할 필요가 없어. 다 인연이란 게 있어. 나 우리 목 사님한테 그 친구 만난 장소까지 다 얘기했는데."

"언니, 미쳤어? 아무리 그렇지만 그런 얘기를 어떻게 해."

"하하… 우린 비밀이란 게 없어. 그는 나를 믿고 나도 그를 믿으니까, 오 히려 숨긴다는 게 더 이상하잖아."

"참, 언니들 부부는 좋겠다. 아내 불륜까지 눈감아 주니까."

"무슨 소리야, 내가 만약 그 친구한테 티끌만큼이라도 그 어떤 감정이라 도 남았다면 그렇게 자연스럽게 남편에게 말이 안 나오겠지. 나 그 친구 한테 아무런 찌꺼기도 없어. 말 그대로 친구야."

"언니는 그렇겠지. 그러나 K는 그렇지 않은가 봐.

"왜, 대학시절부터 따라다녔다면서? 서로 사랑이란 감정이 있었으니까 결혼했잖아."

"처음엔 그랬겠지, 기다리던 언니는 결혼할 기미도 보이지 않고 옆에서 예쁜 아가씨는 졸라대고 하니까 하는 수 없이 했겠지. 그러나 막상 생활 을 해보니 이게 아닌데, 싶은 게지."

"그렇다고 어쩔 수 있겠니. 서로 맞추어 가며 살아야지. 물건이면 바꿀 수도 있지만, 우린 재미만 좋더라. 누가 바꾸어 갈까봐 밤에도 꼭 붙잡고 잠을 자는데,"

"언니는 좋겠다. 그렇게 사랑하는 남편이 있으니까, 그런데 이만큼 생활 했는데 이젠 시들해 질 때도 됐을 텐데 언니네는 아직 그렇지 않은가 봐."

"아니, 우린 갈수록 더 정이 깊어지거든, 네가 들으면 어떻게 생각할 진 모르지만 우린 손만 잡고 시내에 나가면 세상에선 아무 것도 부러운 것이 없어."

"정말 그래? 아무리 생각해도 이해가 안가. 무엇이 그렇게 좋을까. 언니 는 만족한 사랑에 잠겨 있어서 그 친구를 이해 못하는 것 같애."

"이봐, 우리 그 친구 얘기 그만 하고 다른 얘기하자."

그렇게 친구는 때아니게 나타나서 우리의 주변을 조금은 술렁이게 하고 갔다. 아마 누구나 한번쯤은 유년시절에 예쁜 추억 하나쯤은 있을법한 일 일텐데 친구는 어린 시절의 추억을 지금까지 잊지 못하고 있었는가 보다. 나 역시 가끔은 친구를 떠올려 볼 때도 있다지만, 그것뿐이었다.

그렇잖아도 숙자는 처녀시절부터 그 친구와 맺어지기를 그렇게 바랐지 만 나의 천생배필은 다른 곳에 있었다. 어쨌든 나는 비록 힘든 생활이지 만 그와 부족함이 없는 사랑을 하고 있으니까 다른 그 무엇도 우리들의 사랑을 깨트릴 자는 없었다.

맑고 아름다운 날씨가 연일 계속되던 어느 날이었다. 뜻하지 않는 도교 육청에서 전화가 왔다.

"목사님께서 청소년들을 위해 수고가 많으시지요? 이번 서울에서 청소 년 선도 '국가 유공자'를 선출해야 하는데 시청에 의뢰했더니 '김상호' 목 사님을 추천했습니다. 서류 심사 등 까다로운 절차가 있지만 이력서와 함께 서류를 좀 가지고 오시기 바랍니다."

너무나 의외의 전화에 순간 뛸 듯이 기뻤지만 예의적으로 "예 감사합니다. 그런데 목사님은 별로..."

"아닙니다. 그간 많은 수고를 하셨다는 것 잘 알고 있습니다."

저녁에 그와 나는 눈물을 글썽이며 좋아했다. 그 후에도 몇 번의 전화 통화가 있은 후 나는 서류를 준비해 가지고 교육청에 가서 제출했다.

아, 하나님께서 그가 그렇게 소원하는 청소년회관도 이제 머지않아 주시겠지.

몇 주일이 지난 것 같다.

그가 나갔다 오시더니 "임마야, 감사하게도 내가 선정이 되었어. 며칠 후에 서울 가야하는데 당신도 함께 가자"고 하며 그렇게 좋아했다.

난생 처음 그러한 곳에 가보았다. 벌써 식장 안에는 각지에서 모인 분들로 그 넓은 광장 안을 가득 메웠다. 정말 말만 듣던 높으신 분들이 상단에 앉아 계신 가운데 각지에서 오신 분들이 부서별로 표창장을 받기 위해 가족들과 함께 꽃다발을 안은 채 기쁨에 들뜬 얼굴들로 어찌할 줄 모르는 것 같았다. 어쨌든 모두들 그 영광스런 자리에 자신이 선택되었다는 것만으로도 만족해서 만면에 웃음을 가득 담고 사진을 찍느라 여념이 없었다.

그러나 나는 꽃다발을 준비하지도 못했고 카메라도 가지고 가지 못했다. 나중에 어떻게 해서 우리도 함께 사진을 찍고 또 다른 분과 사진을 찍었다.

돌아오는 서울역에서 우린 다투었다. 나는 서울역 한가운데 앉아서 집에 안가겠다고 버티었다. 예의 그는 그 순한 얼굴로 나를 달래느라 정신이 없었다.

"임마야, 조금만 기다려봐, 내 당신 지금까지 고생한 것 다 보상해 줄 테니까."

"어떻게, 어떻게 보상해 준단 말이야. 지금 당장 내려가면 이번 서울에 갔다오면 돈이 생기니까 당장 갚아주겠다고 하고 빌린 돈이 얼마인데, 그런데 이게 뭐야. 거짓말 밖에 안되잖아."

아이러니 하게도 우리는 평생에 한번 있을까 말까한 표창장을 받고 돌아오는 길에 그렇게 다투었다.

부부 싸움은 칼로 물 베기라 했던가, 서울역에서 당장이라도 헤어질 듯이 다투던 것도 언제 그랬느냐는 듯이, 하나의 계절이 지나가고 또 다른 계절이 다가오고... 많은 세월이 흘러갔다.

이제는 처음과는 달리 세월이 거듭할수록 주위에서 호응도가 높아짐과 동시에 청소년 선도에 발벗고 나서는 그에게 많은 관심과 협조도 해 주셨다. 우리의 생활도 날이 갈수록 안정을 되찾고 있었다.

우리들의 생활을 옆에서 지켜보시든 어머니도 이제는 조금은 안심을 한 것 같았다. 실은 어머니는 내게 큰 기대를 하고 계셨다. 저 애 만큼은 결혼을 잘해서 멋지게, 아쉬운 것 없이 잘 살 거야, 하시는 믿음이 은연중에 있었다. 아마, 부모님만이 가질 수 있는 자식에 대한 그 어떤 집착이랄까, 그 무엇이 있었다. 그러던 것이 어머니의 옆에서 간신히 생활해 가니, 어머니는 말씀은 안 하셔도 내게 큰 실망을 하심과 동시에 당신의 딸을 고생시키는 사위가 그렇게 곱게 비치지는 않았다. 그 사이에서 무척 고생을 했는데 이제는 얼굴이라도 들 수 있었다.

그런데 그렇게 힘겨워 하던 생활 문제는 이제는 조금은 안정이 되었는가 하는데 또 다른 문제가 고개를 들고일어났다.

그때 여섯 살이든 막내 동생 마저 이젠 다 결혼을 해서 귀여운 조카들이 있다. 남동생 네 명과 여동생 한 명, 그들 모두가 남매가 아니면 3남매, 그리고 언니들의 자녀들은 벌써 장년이 되어 있다. 그런데 그 많은 형제들

중, 비단 나만이 아이가 없었다.

생활을 걱정하시든 어머니께선 또 아이때문에 걱정이셨다. 부모님이란 평생 자식때문에 걱정이라더니 정말 그랬다.

"야야, 병원에 가 보았느냐? 나와 같이 한의원에 가서 약을 좀 짓자. 그 사람은 뭐라고 말해? 아예 신경도 안 쓰니?" 결국에는 또 그에게로 화살이 날아갔다. 나는 가능하면 그를 어머니에게 점수를 따게 하고 싶어서 그럴 때마다 나는 또 이리 저리 변명을 늘어놓았다.

그렇게 우린 아이가 없었다.

"누나, 어디에 가든 행복하게 살아야 해" 하던 동생들이 빌어주는 축복을 마음껏 받긴 했지만 이렇게 아이가 없으니 또 어머니와 형제들에게 면목이 없었다.

나는 원래 아이를 무척 좋아했다. 그랬더니 여고 때 내 짝이 '지연아, 아이를 너무 귀여워하면 정작 결혼해서는 너 아이가 없다고 하더라, 대강 귀여워 해' 하던 말이 생각났다.

눈이 큰 그 친구와는 2, 3학년까지 짝이었다. 우리는 졸음이 오는 오후, 영어시간에 선생님은 열심히 리딩을 하고 계시는데 우린 딴전을 피웠다. 갑자기 내 짝이 소곤거렸다.

"지연아,"

"왜?"

"우리 이제 졸업을 하면 서로 헤어지잖아. 2년 간이나 짝이 된다는 것도 보통 인연이 아닌데, 이럴 것이 아니라 우리의 우정을 영원히 간직하기 위해 약속하자."

"어떻게 ?"

"지금부터 만 10년 후인 ㅇ월 ㅇ일 12시 정각에 안동 역 광장에서 만나기로 하는 게 어때? 우리가 어디있든, 어떠한 환경에 있든 그 모습 그대로 만나기로 하자."

"그래, 너 참 기발한 아이디어야. 내 친구다운데. 아마 그땐 단발머리소
녀가 30대 여인으로 변모해 있겠지. 참 재미있겠는데, 적어도 아이 몇을
달고 말이야."

"하하... 우리가 아이가 있다고, 상상이 안 되는데."

"그러나 가만히 있어도 세월이 그렇게 만들어 줄 걸."

그래서 우린 영어 책에 커다랗게 날짜를 적어 놓고 그 날을 잊지 않기로
했다.

그렇게 다짐한 친구와의 약속도 헌신짝 같이 흘려버리고 피차 가정을
지키고 살아가느라 지금은 소식조차 모른다. 오래 전에 전해들은 얘기로
는 그 친구도 아들 딸 예쁘게 낳아서 예쁘게 키우고 있다는 소식을 들은
것뿐이다.

아마, 그 친구가 짝이, 아이가 없다는 소식을 들으면 그렇게 아이를 귀
여워하더니... 하면서 서운해하겠지. 그 친구의 말과 같이 그래서 정작 내
아이는 없을까?

이제 조금은 마음을 놓았는가 했는데 또 이렇게 아이때문에 주위의 따
가운 시선을 받아야만 했다. 나는 왜 아이가 없을까? 어찌해서 나는 버젓
이 살아가지 못하고 또 이렇게 주위 사람들에게 부담만 주어야 하는가,
이건 정말 고문이었다.

그렇잖아도 올케들이 조심스럽게 아이를 하나 데려다 키우지 않겠느냐
고 했지만, 나는 어떻게 하든 사랑하는 그의 아이를 가지리라 생각했다.

인간이 살아있는 한, 문제를 안고 살아간다더니 또 아이문제로 신경이
곤두서 있었다.

방송통신대학교 입학

내가 6학년 때였던가, 천진난만했던 어린시절, 봄의 정취가 가져다 주는 아늑함만으로도 깔깔대며 웃을 수 있었던 어린시절, 뒷산 뻐꾸기가 울어댈라치면 한없이 따라가서 뻐꾸기를 손으로 만져보고 뻐꾸기와 얘기라도 나누어 보고 싶던 꿈속의 어린시절, 아마 그때가 냉이와 쑥이 논두렁에 파릇파릇 돋아날 때쯤이었으니까 봄이 짙어갈 무렵이었나 보다.

그날은 서울에서 공부하던 오빠도, 작은 오빠도 언니들도 다 함께 모여 우리 집은 축제 기분에 들떠 있었다. 나는 괜히 신이 나서 보슬비를 맞아가면서 우리 집 마당가에 있는 자그만 꽃밭에 풀을 뽑고 깨끗하게 정리한 뒤 봉선화, 국화, 채송화, 꽈리나무 등을 열심히 심고 있는데, 큰오빠가 오더니 지연이가 꽃밭을 열심히 가꾸는 걸 보니 올해는 아름다운 꽃을 많이 볼 수 있겠구나. 그래, 지연이는 대학을 서울 가서 하고 싶다고 했지? 열심히 공부해서 서울 명문대에 가야지 하면서 동생이 무척 대견스럽다는 듯이 말했다. 여자아이가 꽃밭을 가꾸는 것이 무엇이 그리 대단하랴만, 오빠들이나 아버지께선 항상 사랑과 칭찬으로 우릴 이끌어 주셨다. 나는 오빠의 칭찬에 그저 생글생글 웃으면서도 그래, 나도 빨리 커서 대학을 가야지 하는 생각에 가슴이 설레었다.

세월의 흐름에 어느새 중년의 여인으로 변모해 있었지만, 그때 그 설렘이 지금까지 가슴 한 구석에 남아 있었는가 보다.

그렇게, 그에게도 평생소원이 있었지만 내게도 평생소원이 있었다. 물론 인간이 생존하는 한, 세상을 향해 끝없는 욕망과 소망이 있다지만 그 모든 것은 접어두고 내겐 푸른 하늘 아래서 뛰어 놀던 어린 시절부터 지금까지 결코 버릴 수 없는 꿈이 있었다.

어느 날 그는 시내에 나갔다 들어오시더니 느닷없이, "임마야, 이제 당신 소원을 이루게 되었어." 하며 그렇게 좋아했다.

"덩거리 뭔 데요?" 무슨 소원, 설마 내가 학교에 다닐 수 있는 것은 아니겠지?"

"아니야, 그렇게 가고 싶어하던 학교를 갈 수 있게 되었어."

"정말? 어떻게...?"

그렇잖아도 그와 난 힘든 생활 중에서도 어디 내가 다닐 학교는 없나, 시내 대학교를 이리 기웃 저리 기웃해 보기도 했다.

그렇게 나는 여고를 졸업하고 30여년이란 긴 세월동안 진드기처럼 내 마음속에 달라붙어 떨어지지 않는 것이 있었다.

그것은 중1때부터 키워온 내 꿈이었다. 세상의 모든 만물들이 파랗게만 보이고 우주의 모든 만물들이 나를 껴안는 것 같은 즐거움에 사로잡혀 있던 내 어린시절,

그때부터 오빠만 고시에 합격하면 대학 아니 대학원도 가야지 하던 것이 집안의 때아닌 폭풍우로 말미암아 지금까지 그 꿈을 이루지 못했다. 나는 직장생활을 하면서, 그와 생활을 하면서도 그 꿈을 버리지 못했다. 어떻게든 대학을 가야겠다는 생각을 했다. 그러나 기회는 좀처럼 오지 않았다. 그러던 중 이제야 그의 주선으로 여고를 졸업한 지 30여년만에 방송통신대학교에 입학원서를 내게 되었다.

그렇잖아도 모교인 안동여고에 원서를 쓰러 갔더니 모든 직원들이 눈이 둥그래지며 놀라는 것 같았다. 직원들이 어떻게 생각하든, 원서를 써 가

지고 밖으로 나오니 벌써 대학생이라도 된 듯, 가슴이 벅차 올랐다.

1월의 짧은 해는 마지막 햇살을 쏟아내듯 조용한 시가지에서 서서히 물러가고 있는 서녘 하늘 아래서, 오랜만에 하나님께 조용히 기도했다. '하나님, 내일 일은 내일 염려하라, 그날의 괴로움은 그날에 족하다고 하셨지요. 아이의 일로 그와 나는 무척 고심하던 중 또 이렇게나마 피할 길을 주신 것 감사합니다. 이제 내일 일은 염려하지 않겠습니다.

어찌 인간들이 한 세상을 살아가노라면 순탄한 길만 있을까, 어렵더라도, 힘들더라도, 순간 순간 위로를 받아가며 살아가는 게 우리 인간들의 삶이 아닐까, 생각하며 버스 터미널로 가는 내 발걸음은 가볍기만 했다.

이튿날 학습관에 원서를 가지고 가니 성적이 점수라야 하는데 가나다순 이어서 안 된다는 것을 간신히 접수했다.

드디어 기다리던 발표 날이었다. 그는 아침부터 "임마야, 빨리 세수하고 가보자. 어제 저녁 꿈이 좋았어. 당신은 합격이야." 하며 나 보다 더 들떠서 어느새 말끔하게 면도를 하고 깨끗한 양복으로 갈아입고 서둘렀지만, 나는 떨려서 도저히 갈 수가 없어서 목사님만 가셨다. 집에 앉아서 안절부절못하고 있는데 전화가 왔다.

"임마야, 됐어, 됐어. 그 봐, 내가 된다고 했잖아. 하하하..."

순간 전화통이 부서지는가 했다. 합격한 기쁨에 앞서 아내를 위해 그렇게 좋아하는 그를 생각하니 세상을 다 얻은 듯 했다.

며칠 후 합격통지서를 받아들고 우린 온 시내를 두루 돌아다녔다.

입학식은 경대 교정이었다. 그날 따라 그는 중대한 모임에 가시고 나 혼자서 경대에 갔다. 많은 학생들이 운동장에 서서 얘기들을 나누고 있었다. 나는 마음속으론 하늘을 나를 것 같았지만 괜히 부끄러워 국문과 줄에 서지 못하고 학부형인양 뒤에서 서성거리고 있었다.

아무리 봐도 나와 같은 학생은 없고 모두가 젊은 남녀 학생들이었다. "그러나 배움에 나이가 무슨 상관이야, 나도 학생이야, 그렇게 꿈꾸어 오던 대학생이 되었어" 하며 기쁨을 감추지 못하고 이리 저리 서성거리다가 마침 가정과에 입학했다는 나와 비슷한 학생을 만나서 그때부터 우린 우리들만의 기쁨을 토해냈다.

30여년만에 이룬 내 꿈, 30여년만에 책을 대하고 보니 모든 것이 생소한 것 같았지만, 나는 조금의 소홀함이 없이 이제 막 시작한 대학생활을 들뜬 마음으로 맞이했다.

무엇에든 '다 때가 있다' 더니, 아마 내겐 대학생활이 지금이 "때"인가 보다. 정규적으로 공부를 했다면 이렇게 공부의 진미를 몰랐을 것이 아닐까, 이렇게 뒤늦게나마 배워나간다는 것이 그렇게 재미있을 수가 없었다. 아이때문에 걱정하던 것도 잊어버릴 정도로 나는 공부에 취해 있었다.

또한 그는, 국어 책에 한문이 얼마나 많은지 하나하나 토를 달아주며 50이 다 된 자기 부인이 그렇게 평생소원인 학교를 다닐 수 있다는 것이 당사자인 나보다 더 기뻐했다.

그리고 그 날로부터 아내의 등록은 그의 몫이 되었다.

인간이 어찌 만족할 수 있으랴만은 정말 나는 감사한 마음으로 책과 그의 사이를 오가며 생활하고 있었다.

그 후에도 후배 숙자는 아득한 옛날 코흘리개 적 얘기를 꺼내며, 친구 K는 언니가 떠나고 나서도 국민학교, 중학교, 고등학교를 졸업할 때까지 그곳에 함께 있었지만, 항상 떠나간 여인을 기다리는 것 같은, 왠지 쓸쓸함 같은 것이 베어 있었지만 그땐 아무 것도 몰랐는데, 이제 보니 떠나간 언니를 기다렸노라고 하며, 나에게 그 친구의 마음이라도 이해해 줄 것을 은근히 바랐지만 나로선 어림도 없는 일이었다.

사랑의 고백

    그의 말과 같이 이제 나는 엄연한 대학생이었다. 그리고 열심히 공부를 해야 하는 학생 신분이었다. 젊은이들을 따라가자면 나는 그들의 몇 배를 더 해야 한다. 나는 그들을 따라잡기 위해 항상 책을 들고 있었다. 얼마나 하고 싶던 공부였는데...

    어느 시인은 인간이 살아가는 방식이 따로 있다고 했던가, 어떤 이들은 출세와 부를, 어떤 이들은 또 그들 나름대로의 삶의 목표가 있을 것이다. 우리 역시 아이문제도, 경제적인 문제도 또한 요즘따라 괜히 마음을 어수선하게 하는 친구의 일도 수시로 우리들의 삶을 방해한다지만, 우린 모든 건 접어두고 주어진 현실에 만족하며 살아가고 있다.

    그렇게 그는 그의 일에, 나는 공부에 몰두해 있었다. (피아노 실은 생활이 조금 안정이 되니까 그가 나가지 말라고 했다.)

    항상 책만 들고 있다가 오늘은 오랜만에 피아노 연습을 했다. 아직도 서툴지만 아름답고 매끄러운 음률이 넓은 방안 가득 울러 퍼지는가 싶더니 언제 왔는지 그가 옆에 서 있었다. 정말이지 우린 함께만 있으면 아이도 돈도 필요 없었다.

    나는 그를 보자 피아노를 치다 말고, "덩거리, 조금 전에 보니까 무얼 열심히 쓰고 있는 것 같더니 언제 왔어요?" 하며 그에게 와락 안겨 버렸다.

    자연스런 헤어스타일에 여윈 얼굴이지만 검은 눈썹에 지적인 모습은 언제 보아도 내 마음을 사로잡았다. 나는 또 우리들만의 사랑의 표현인, 아무도 없는 방안에서 "덩거리, 귀대 봐요," 하면서 그에게 속삭이기 시작했다. 나는 그의 귀에 대고 들릴 듯 말 듯 "덩거리, 나는 이 세상에서 덩거리가 제일 좋아요. 하늘 땅 만큼이나 좋아요. 덩거리가 너무너무 좋아서 못 견디겠어요." 하면서 그에게 속삭였다.

우린 가끔 이러한 사랑의 고백을 했다. 우린 왜 이렇게 사랑의 고백이 어린아이 같았는지 몰랐다. 그러나 적어도 우리들에게만은 이 세상에서 최상의 사랑의 고백 방법이었고 그 여운은 온몸을 불태우고도 남음이 있었다.

"덩거리는 나를 얼마큼 좋아해?"

"그래 임마야, 나는 당신의 사랑 없이도 나 혼자만의 사랑으로도 우리 두 사람한테 충분할 만큼 불타는 정열을 가지고 있거든..."

함께 터져 나오는 웃음소리는 방안에 부딪히며 우리의 채소밭에도 이 마을 골목골목에도 흘러 넘쳤다. 오후 한나절의 창문으로 비껴 들어온 금빛햇살 한 가닥이 그의 핸섬한 얼굴 위에서 반짝이고 있었다.

"그런데 임마야, 저 방에 있으니까 당신 피아노 치는 소리가 너무 듣기 좋아서 왔어. 당신 요즘 참 늘었잖아. 전보다 너무 잘 쳐."

우리는 신이 나서 함께 피아노 반주에 맞추어 내일(주일날) 감별소에 가서 부를 찬송가와 복음 송을 열심히 불렀다.

그는 내가 하는 모든 걸 사랑했다.

실은 공부때문에 피아노는 항상 소홀했는데, 조금도 나아진 것이 없는데, 아내가 좋으니까 피아노 소리도 잘 들리는가 봐 라고 생각하며 속으로 웃었다.

정말 그는 나의 모든 것을 사랑했다.

자기 부인이 자랑할 것도 없는데 그는 내가 자랑스러워 못 견딘다. 통신 대학에 입학했을 때도 처음엔 부끄러워 누구에게도 말하지 말라고 했는데 밖에 나가니 어느새 모르는 사람이 없었다.

"사모님, 국문과에 입학했다면서요? 축하합니다."

부끄러웠지만 속으론 흐뭇했다.

그렇게 남편에게 인정받고 있다는 사실이 새삼 고마웠다.

그러던 어느 날 하영이에게서 전화가 왔다.

"지연아 축하해, 너는 꼭 해내고야 마는구나."

"그래, 고마워. 나 그렇게 소원하던 학교를 다닐 수 있어서 정말 좋아."

"그래, 너의 남편은 어떻게 생각해? 반대는 안 해?"

"아니, 그 사람이 더 좋아해."

"지연아, 너 또 공부한답시고 너의 남편 소홀해서는 안 돼. 우리 남편 같으면 어림도 없다. 이제 와서 무슨 공부냐고."

"너희들 얼마나 요란했는데, 너라면 끔찍이 사랑하잖니?"

"지연아, 너희들도 한 번 살아봐. 어쨌든 너희 남편에게 더 신경을 써"

하영이의 말과 같이 시험기간에는 혹 그에게 소홀하지 않나 무척 신경을 쓴다지만 어느 사이 여명이 밝아오고 아침이 오는지도 모르게 지나간다. 이날 아침도 열린 창문 사이로 상쾌한 아침햇살이 조용히 얼굴 위에 내려앉는 순간, 아, 또 늦잠을 잤다는 낭패감에 후다닥 일어나서 주방으로 달려갔다.

요즘 들어 시험준비를 하느라 계속 늦잠을 잤다. 어제저녁에도 늦도록 책을 보고 있는 내게 그가 커피를 끓여와서 커피 향 보다 더 진한 얘기에 꽃을 피웠다.

어느새 밤하늘의 별들도 조용히 잠든 자정이 지나자 아늑한 이 마을은 고요에 휩싸였다. 그때서야 그가 '내 먼저 잘게, 학생은 공부 좀 더 하다가 자야지' 하기에 그에게 미안했지만 오랫동안 책을 더 보다가 잤기 때문에 이날도 늦게 일어나서 아침 준비를 하고 있는데 어느새 그는 서재실에서 성경을 보고 있다가 내가 주방에서 아침을 하는 것을 보고 천천히 주방으로 왔다.

우리 집은 우리 두 사람이 거처하기엔 너무 넓은 거실과 또 미닫이문을 경계로 넓은 주방이 분리되어 있었다. 이제 막 찬란한 아침해가 떠오르고 이따금 향기롭고 부드러운 바람이 거실에도 주방에도 살며시 스며 들어오고 있었다.

이제 그를 위해 된장찌개도, 우리의 텃밭에서 솎아온 배추도 열심히 무치고 있었다. 아마, 아내들의 행복 중에 사랑하는 사람을 위하여 식사준비를 하는 시간도 빼 놓을 수 없는 지극히 아름다운 행복일 것이다.

벌써 전기 밥솥에는 김이 모락모락 피어오르고 된장찌개에도 이제 한창 된장찌개 특유의 구수한 맛을 그 넓은 거실에도 주방에도 가득 풍기며 보글보글 끓어오르고 배추무침, 콩나물 무침을 끝내고 그때야 생각이 나서 뒤를 돌아보니, 언제부터 서 있었는지 그는 거실과 주방의 경계선에서 주방에는 들어오지도 않고 그 큰 키를 구부리고 거실에서 고개만 주방으로 쑥 들이밀고 서 있었다.

나는 일부러 깜짝 놀라는 시늉을 하며 '덩거리, 왜 그래요? 머리가 아파요?' 하니 그는 그 순한 얼굴로 나를 보지도 않고 무표정한 얼굴로 조금은 응석 섞인 음성으로 천천히 "뽀"해 하며 고개를 들이밀었다.

그는 아주 흡족할 때 그리고 아주 행복할 때 무표정한 얼굴로, 아니 천진한 얼굴로 고개를 끄덕이는 게 그의 더할 수 없는 매력이었다. 나는 그의 그런 모습이 너무너무 좋았다. 나는 아침을 하다 말고 가슴 벅찬 행복감에 휩싸여 그에게 달려가서 그의 목에 매달려 뺨에 이마에 눈에 코에 할 것 없이 "뽀" 세례를 퍼부었다.

멀리서 흘러 들어오는 이른 아침의 상쾌한 바람이 그의 머리 결 사이로 넘실거리며 형언할 수 없는 감미로움이 넓은 이층의 집안 가득 향기처럼 일렁였다.

덩거리, 우리 언제까지나, 언제까지나 이렇게 사랑을 나누며 살아요. 나는 마음속으로 행복하게, 행복하게 소곤거렸다.

그렇듯 세월이 흘러가던 어느 날 오후였다.

풀 내음이 집안 가득 밀려오는 거실에 앉아서 책을 뒤적이고 있는데 난데없이 후배 숙자가 나타났다.

"너 어떻게 여길 찾아올 줄 알았니?"

"전화로 여러 번 말했잖아. 무주구천동 같다더니... 막상 와 보니 정말 공기 좋고 아늑한 곳이야. 어떻게 여기 집이 있다는 것을 알았어?"

"똑똑한 사람의 눈에만 보이거든."

"그래, 언니들은 여기서 사랑만 하고 살 테야?"

그때 어디서 부드럽고 싱그러운 바람이 꽃향기를 가득 싣고 우리들의 가슴 가득 안겨주고 지나갔다.

항상 나비 같은 옷을 입고 공주 같은 교장선생님의 딸을 그렇게 부러워했던 숙자. 그 집도 부농이었지만 그 당시엔 농촌에서는 여자들은 겨우 국민학교가 고작이었다.

후배 숙자는 무척 밝고 활달한 성격이며 매사에 긍정적이며 현실에 무척 만족하게 살아가는 예쁜 남매를 가진 행복한 가정 주부이다. 그 친구의 남편은 반듯한 직장에 다니며 또한 그 친구가 극성이어서 벌써 단단한 기반을 잡고 아무 걱정 없이 살아가고 있다. (언니, 나는 어릴 때 8남매가 북적대며 커 오면서 하나라도 내가 더 가지려고 아귀다툼을 하던 기질이 남아서 지금 이렇게라도 기반을 잡고 살아가고 있는 편이야.)

그런데 우리 형제들은 그렇게 힘든 생활을 해 오면서도 누구 하나 그런 기질은 타고나지 못했다.

"언니, 나 실은 아이들 때문에 속이 상해서 왔어. 그리고 별난 시누이 사건도 그렇고..."

"시누이? 아 전 번에 잠깐 말하던, 그런데 아이들은 착하고 예쁘던데 왜 그래?"

"맏이(아들)는 공부는 잘 못하지만 요즘아이들 답지 않게 얼마나 착해. 그런데 딸아이가 속을 썩여."

"왜, 참 예쁘던데, 착해 보이고, 참 무용을 한다고 했지?"

"응, 그런데 그게 탈이야. 무용을 한답시고 너무 멋을 내는 것 같더니 요즘은 남학생한테서 전화가 얼마나 오는지 몰라. 아이들 때문에도 걱정인데 시누이까지 그러니까 정말 힘들어."

"왜, 아직도 그래?"

"차차 마음을 잡겠지 뭐. 그런데 언니, 실은 우리 아이 일도 일이지만..."

"또 뭔데?"

"너무 무관심한 것 아니야?"

"뭐가 무관심하단 말이야?"

"물론 언니는 지금 남편과 부족함이 없이 행복하게 살고 있다지만, 언니로 인해 한 남자가 불행한 삶을 살고 있다는 것을 생각하면 언니도 마음이 편치 않을텐데,"

"야, 그럼 내가 이 사람과 이혼이라도 하고 그 사람과 만나란 말이야?"

"그런 건 아니지만 적어도 그 사람을 이해는 해 주어야 할 것 아니야. 일주일 전인가 K가 대구에 내려왔어. 또 언니를 만나려니 괜히 행복한 가정을 깨는 것 같아 이를 악물고 참았다면서 내게 만나자고 해서 나갔더니 울먹이면서 얘기를 하더라.

원래 K와는 어릴 때부터 각별히 친했어. 먼 친척 오빠가 되니까, 내게는 이때까지 이름을 부르다가 요즘은 숙자씨 하다가 되는 대로 부르지.

그 날도 '숙자야' 로 시작해서 나한테 털어놓는 거야. 11살의 꼬마 남자 아이가 복사꽃 피는 산골마을에서 어렵사리 새겨놓은 그 그림자가 아직도 사라지지 않을 줄 정말 몰랐어. 이제는 잊어야지 하면서도 더 또렷해지는 걸 어쩔 수가 없구나. 그러고 보니 여자는 너무 매정해. 남자가 더 순정파인 것 같아. 한 사람은 다 잊고 그렇게 행복하게 살고 있는데 나는 왜 그 그늘에서 헤어나지 못하고 지금까지 이럴까?"

내가 말했지. "오빠, 그렇게 잊을 수 없으면 언제까지나 기다렸다가 언니와 결혼하지 그랬어?"

"나 역시 세월이 가면 잊을 수 있겠지 했지. 그리고 그때 우리 집의 상황으로는 더 이상 기다릴 수도 없었어. 어머님도 어머님이었지만, 솔직하게 와이프가 너무 메어 달리는 바람에 그만..."

"그러면 됐지 뭘 그래. 오빠도 보란듯이 잘 살아봐."

"그래, 내가 벌을 받은 거야. 와이프가 이제는 억울해서 더 이상 허수아비를 붙잡고 살고 싶지는 않다고 하며 이혼을 원해."

숙자의 얘기를 듣고 있다가 깜짝 놀랐다.

"뭐 이혼 ? 무슨 그런 말도 안 되는 소리를 해?"

"이런 얘기하지 않으려 했는데 만나니 또 수다를 떨었네. 너무 심각하게 생각하지 마. 설마 아이들도 있는데 함부로 행동하겠어?"

"이상한 친구야. 자기 좋다고 다른 데로 가 버려놓고 이제 와서 무슨 뚱딴지 같은 말이야."

"그건 그런 게 아니잖아."

"어쨌든 그 친구와 나의 인연은 옛날에 끝이 났어. 이젠 피차 가정을 가지고 살아가는데 무슨 다른 생각을 할 수 있겠어. 나는 지금의 생활을 너무 만족하게 생각하고 있어."

"언니, K도 K지만 그 부인도 얼마나 괴롭겠어. 차라리..."

"우리 그 얘기 그만 하자. 괜히 머리만 아프다."

숙자가 더 무슨 말이 있는 것 같았지만 나는 화제를 다른 데로 돌려 버렸다. 숙자가 함구해 주었으면, 하고 바랐지만, 그렇다고 달라질 것은 아무 것도 없었다.

물론 아이때문에 고심은 하고 있다지만, 그보다 만약 지금쯤 그와 나 사이에 조금이라도 틈이 있었다면 아마 흔들리지 않았을까? 도 생각해 보았지만, 그와 나는 어느 누구도 끊을래야 끊을 수 없는 아름다운 사랑이 흐르고 있으니까,

그는 나의 사랑이며, 나는 그의 사랑이었다.

벌레 먹은 사과

그는 나가시고 우체부 아저씨가 편지 한 장을 내 손에 쥐어주고 갔다. 그에게 온 것이 아니라 내게 온 편지였다. 수신인은 처음 들어보는 낯선 여인의 이름이었다.

도대체 누구일까? 생각하며 얼른 뜯어보니 편지지 한 중앙에 겨우 세 줄이 될까 말까한 지극히 간단한 글들이었다.

'역시 공부벌레는 알아주어야겠군, 숙자의 말에 의하면 남편도 찬성을 한다지? 남편에게 항상 고맙게 생각해야 해. 참, 늦었지만 축하해. 친구의 향학열에 나 역시 박수를 보내주고 싶어. 공부 열심히 해.'

나는 연서 아닌 연서를 읽고 가슴이 찡했다. 얼마나 많은 말들을 나열하고 싶었겠지만, 가슴속 깊이 묻어두어야 하는 마음이 얼마나 가슴 아플까! 어찌해서 친구는 어린시절, 우연한 만남으로 인해 그렇게 고통을 받으며 살아야 한단 말인가!

아무리 목석이라 해도 미안한 마음을 떨칠 수가 없었다. 가슴이 답답해서 창문을 열고 멀리 흘러가는 구름을 내다보았다. 친구 역시 이 구름을 보고 있겠지. 친구야, 인간이란 자기가 소망한다고 다 이루어지는 건 아니야. 우리 인간 세상엔 그 무엇으로도 살 수 없는 것이 있어. 잊어, 바보같은 날 말끔히 잊어버려. 그리고 친구의 인생을 가. 왠지 그 날은 친구의 편에 서서 그에게 끌려가고 있었다. 갑자기 주전자에서 물 끓는 소리에 정신을 차렸다. 내가 왜 이럴까, 그를 두고 무슨 생각을 한단 말인가.

이날 아침에는 갱생보호회의 일로 나가셨다.

그런데 그저께는 무척 가슴 아픈 일이 있었다. 그렇게 사랑으로 감싸주는 그 애들에게 배신당한 기분이랄까, 진심으로 그 애들을 사랑하고 그들이 또다시 곁길로 가지 않기 위해 부단한 노력을 하지만, 그 중에는 그것을 역이용하는 애들도 있었다. 목사님과 내가 그렇게 아끼는 아이가 교묘한 수법으로 우리에게 요즘 말로 물을 먹였다. 그러나 그 아이를 또다시 처벌을 가하려할 때 목사님이 '장 발장'의 역할을 한 일이 있었다.

정말 그런 애들이 진심으로 뉘우치고 바른 길로 갈 수 있다면 얼마나 좋을까.

그가 나가신 뒤 그 애의 일에 골몰해 있다가 늦게야 책을 펴놓았다. 그렇게 평생소원이던 대학에 적을 두고 부턴 시간이 주어지는 한 책을 옆에 끼고 있어야만 했다. 정말 대학과정이란 적당히 해도 되는 줄 알았는데 특히 방송통신대학은 자신의 노력 없이는 한 과목도 적당히 넘어 갈 수가 없었다.

그런 내게 그는 아내의 대학생활을 전적으로 도와주는, 하영이의 말과 같이 너무나 멋있는 남편이었다. 그를 두고 잠시나마 엉뚱한 생각을 한 나 자신이 부끄럽고 그에게 미안했다.

아직도 대학생활에 익숙하지 못한 내게 그는 방송도 함께 들어주는가 하면 리포트도 함께 쓴다고 손을 잡고 시내 도서관으로 돌아 다녔다.

잠시 보던 책을 덮어놓고 거실에 나가서 유리창문을 활짝 열어놓고 싱그러운 풀 내음에 젖어 있는데 갑자기 거실 한 귀퉁이에 TV와 가지런히 놓여있는 전화기에서 요란한 벨소리가 넓은 거실을 온통 뒤흔들어 놓았다.

난 직감적으로 그의 전화일 것이다 하며 달려가서 밝고 명랑하게 응답을 했다.

"여보세요?"

"임마야, 내다." 하는 느릿한 바리톤 음성의 부드럽고 포용성 있는 그의 목소리가 금방이라도 수화기 속에서 튀어나올 듯이 전화선을 타고 내 귓가에 내려앉았다.

"덩거리, 나는 벌써 다 알았어, 전화벨 소리가 덩거리 소리던데 뭐."

오늘도 난 그의 목소리만으로도 충만해서 종달새 마냥 재잘거렸다.

"임마야, 오늘 우리 번개시장에 가 보자. 거기 사과가 헐하다고 하던데."

그를 만나기 위해 집을 나섰을 때는 어느 듯 석양은 저녁노을을 곱게 물들이며 서서히 물러가고 있었다. 길거리에는 벌써 어둠이 긴 그림자를 드리우고 하나 둘 가로등이 불을 밝혔다.

그는 사람들로 혼잡을 이룬 가운데도 커다란 키에 내가 사준 고동색 넥타이가 한눈에 들어와서 금방 그를 만날 수 있었다. 우린 함께 손을 잡고 번개시장으로 갔다. 넓다란 청과시장 안에는 그야말로 정품인 사과상자가 즐비하게 늘어서 있었다. 아직도 늦여름의 더위가 이마에 땀을 배게 했지만 어디서 불어오는 시원한 바람으로 인해 이마에 맺힌 땀방울을 말려 주었다.

청과시장의 잘생긴 사과는 저녁 불빛 아래 한층 더 싱그러워 보였고, 우리는 사과를 사러오는 손님들 사이로 웃고 얘기하며 이곳 저곳을 구경하며 돌아다녔다.

그와 내가 함께 하는 시간은 아무리 작은 일이라도 행복했다. 그 순간만큼은 아무 걱정 없이 그와 나 뿐이었다. 벌써 밤하늘에는 별들이 총총 빛을 발하였고 우리는 꿈을 꾸는 듯한 기분으로 별빛 아래서 우리들만의 시간을 즐기며 행복에 젖어 있었다.

우리는 청과시장의 잘생긴 사과를 실컷 구경하다가 밖으로 나왔다. 아무래도 그곳의 사과는 그냥 구경하는 것만으로도 만족하게 생각하며 열을 지은 사과상자들을 다 지나서 밖으로 나오니, 길 옆 한쪽 귀퉁이에 희미한 가로등불을 안고 사과보퉁이를 앞에 놓고 있는 할머니께로 갔다.

"할머니 이 사과 얼마예요?"

"예, 한 무더기에 3,000원이라요. 새댁이 사요. 내 더 줄게."

우린 동시에 아무 말도 못하고 서로 쳐다보며 어쩔 줄 몰라했다. 여긴 딴 세상이었다. 청과시장의 정품보다 상상외로 헐했다.

우린 또 무슨 큰 횡재나 만난 듯이 들떠서 속삭였다.

"덩거리, 여긴 왜 이렇게 헐해요?"

"그래 임마야, 내가 여기에 오자고 했잖아."

"그래요, 덩거리 말이 맞아요. 나는 이렇게 헐한 사과는 처음 봐요."

"임마야, 다 내가 시키는 대로 하면 항상 횡재를 만나. 우리 다음에 또 여기에 오자."

"응, 그래요. 실은 저 정품은 비싸기만 하고 맛도 없어요. 차라리 이게 더 맛있어요."

"그래 맞아. 원래 사과는 벌레 먹고 홈집이 있는 게 더 맛이 좋다고 하잖아."

우리는 아직도 세상 사람들이 찾지 못한 복사꽃이 만발한 "무릉도원"에서 거닐고 있는 기분이었다.

상한 사과 3,000원 어치가 무엇이 그렇게 만족했으며, 무엇이 그렇게 우릴 황홀하게 했을까.

우리는 함께 바라보며 웃으며 우리들의 마음은 행복으로 설레었다.

어찌 인간이 만족할 수 있을까!

더구나 우린 자녀도, 경제적인 풍부함도 없었다.

그러나 그와 나, 그렇게 손만 잡고 나가면 세상은 온통 우리의 것이었다.

그 순간에는 돈도 자녀도 아무 것도 필요 없었다.

그가 있고 내가 있고, 그리고 이렇게 함께 손을 잡고 다니는데 또 무엇이 필요하단 말인가!

어찌 온 세상을 다 산 기쁨인들 그렇게 행복했을까!

사과 3,000원 어치를 사 들고 손을 잡고 밖으로 나오니 시원한 바람에 실려 그의 향긋한 체온이 내 온 전신을 감싸 안았다.

그렇게 우리들의 평온한 날들이 또 하나의 계절과 함께 지나가고 있었다.

이제 그는 시내 교회 헌신예배 외에도 공단에서도 초청이 있었다. 여자 아이들만 있는 그 곳에 가서도 1부에는 예배를 드린 후, 2부 레크리에이션 시간에는 역시 그 애들에게 율동을 가르치기도 하며, 그가 갑돌이와 갑순이의 연주에 맞추어 춤을 추었더니 함께 참석한 목사님들과 집사님들이 처음엔 눈이 둥그래 져서 보시더니 나중에는 고개를 젖혀가며 웃느라 정신이 없었다. 그 외에도 부채춤 등은 정말 멋이 있었다.

그렇게 그는 비단 춤으로서가 아니라 호령 한 마디에도 그 애들을 사로잡는, 보이지 않는 그 어떤 마력이 있었다.

그런가 하면 그는 어느새 시내에 자그만 홀을 빌려서 교회 겸 사무실로 했다. 그 곳에서 비록 소수의 아이들이지만 오후에는 감별소에서 나온 아이들과 예배를 드리며, 그리고 학부모들과도 상담도 했다. 그런데 그에게 수제자가 있었다. 그 여집사님은 아내인 나보다 더 목사님의 편에 서서 이해하고 사랑했다.

인정 많은 누님 같은 그 집사님은 오래 전부터 우리들의 아이 문제에 대해서 함께 기도도 하며 함께 걱정도 해 주었다. 좋은 약이 있다고 소개해 주는가 하면 입양도 하나의 좋은 방안이라고 하면서 극구 권유했다. 물론 어머니나 형제들은 말할 것도 없지만 그 집사님 역시 지금까지 무척이나 신경을 써주신 분이었다.

아마, 아이가 없는 설움은 겪어보지 않은 사람은 모를 것이다.

부슬비가 내리던 어느 날 오후, 밖에서 인기척이 났다. 누구인가 하고 나가보았더니 그 여집사님이 전화도 없이 찾아 왔다. 나는 깜짝 놀라 뛰어 나갔더니 선물을 한 아름 안고 대문 밖에서 기다리고 있었다.

"집사님, 소식도 없이 어떻게 오셨어요? 반가워요. 어서 들어오세요."

우린 오랜만에 만나서 한 동안 얘기하다가 집사님은 갑자기 외출할 차비를 하라고 했다.

"사모님, 오늘은 나와 같이 갈 데가 있어요." 하면서 상대방의 의사도 묻지 않고 빨리 준비를 하라고 했다.

"집사님, 어디에 가는지 알고 가야할 것 아닙니까?"

"사모님, 오늘은 아무 말 하지 마시고 나만 따라가요."

"그래도..."

"실은 대구에서 좀 떨어진 곳인데 어쩔 수 없는 사정에 미혼모의 아이가 있는데 그 아이를 한번 보러 가자고 일부러 시간을 내어서 왔어요."

"집사님, 그렇게 우리를 위해 신경을 써 주시는 것은 고마운데 목사님과 상의도 해야하고 좀 더 시간을 두고 기다려 봅시다."

"사모님, 아이를 보면 아마 마음이 바뀔지도 몰라서 말을 않고 가려고 했는데... 사모님, 전에도 말했지만 아무리 하나님을 의지하고 산다지만 그래도 노년에 의지할 자식은 있어야 해요. 만약 기분 나빴다면 이해해 주세요. 나는 다만 두 분들이 결정을 내리지 못하는 것을 내가 들어서라도 결단을 내려 드리고 싶었던 것뿐이에요."

"예, 집사님의 뜻은 충분히 이해가 갑니다만, 어쩐지 씁쓸한 기분이 드네요."

"왜 안 그러겠어요. 그렇지만 그건 잠시 뿐입니다. 아이를 데려다 키워 보세요. 금방 정이 들 겁니다."

그렇게 집사님은 막무가내로 가자는 것을 도저히 선뜻 나설 용기가 나지 않아서 그 날도 가지 못했다. 정말 아이는 꼭 필요할까? 물론 아이가 있으면 좋지만 없으면 없는대로 살면 될텐데…

그 날은 무척 기분이 울적했다. 아이 문제로 신경전을 벌이는 날은 맥이 탁 풀린다.

그러는 사이 어느새 꽃피고 새우는 봄이 찾아왔다. 봄을 안고 오랜만에 어머니가 오셨다. 그는 나가고 어머니와 함께 우리가 일구어 놓은 텃밭에 앉아서 햇볕보다 더 따스한 모녀의 정을 나누고 있었다. 아마 어머니는 무슨 긴한 얘기를 하시려는 것 같았다.

"야야, 세상에는 부부의 정도 중요하지만 그래도 자식은 있어야 한다. 네 아버지와 우리도 보통은 넘었다. 그렇게 많은 아이들을 키워오면서도 네 아버지와 한 번도 큰소리 내서 싸워 본 적도 없었다. 그만큼 네 아버지는 점잖으셨을 뿐 아니라, 정말 나라면 끔찍이 사랑해주셨지. 나만큼 남편에게 사랑 받고 호강하며 산 여자도 드물거야. 그런데 너희들 역시 정이 유별나서 한시름 놓겠다만 그래도 후사는 있어야 하지 않겠니." 하시며 조용히 말씀을 이어나가셨다.

정말 나는 너무나 큰 불효를 저지르고 있구나 생각했다. 혹이나 딸의 마음을 다칠까 그렇게 딸의 눈치를 보아가며 입을 여시는 어머니의 마음인들 오죽하실까, 생각하니 정말 마음이 아팠다. 지금까지 얼마나 인고의 세월을 걸어오신 어머님이었는데… 주위의 모든 분들을 위해서라도 무언가 결단을 내려야겠다고 생각했다.

그래, 하나님께 기도하자. 우리의 문제를 해결해 주실 분은 오직 하나님 뿐이시다.

그렇게 해서 우린 며칠 후, 기도원에 가기로 했다. 그때가 아마 4월 초순경이었나 보다. 아직 몸을 움추릴 정도의 쌀쌀한 날씨였음에도 봄이 다가오는 계절인 지라 사람들은 긴 겨우내 입었던 두툼한 겉옷을 벗어 던지고 산뜻한 옷차림으로 봄을 찾아나서듯 거리는 봄기운으로 가득 메워져 있었다.

우리는 대신동에 와 주암산 기도원행 버스를 타고 기도원 입구에서 내렸다. 갑자기 들녘에서, 산기슭에서 봄의 향기가 코끝에 물씬 풍겨왔다. 한없이 이어진 좁다란 산길 위에는 이른봄의 햇볕이 화사하게 누워서 우리들을 반기고 있었다. 4월의 햇볕은 우리들의 머리 위에 있었지만 산 속의 바람은 매서웠다. 하루종일 산 속에서 기도하다가 해가 질 무렵에야 서둘러 산을 내려왔다.

버스를 기다리는 동안 땅거미가 지고 버스를 탔을 때는 벌써 별들이 반짝이는 밤이었다. 저녁때인 지라 시내로 들어가는 사람들이 적은지 버스는 비교적 조용한 편이어서 우리는 앞뒤로 앉을 수 있었다. 차에 오르니 하루종일 얼었던 몸이 좀 풀리는 것 같았다. 나는 아예 돌아앉아서 그와 얘기를 나누었다.

"덩거리, 기도 많이 했어요? 우리애기도, 청소년회관도 주신다고 했어요?"

"그래, 하나님께 메어 달려 기도했으니까 주실거야. 당신도 기도 많이 했지?"

"아니, 나는 덩거리 믿고 기도 많이 못했어요."

어느새 별빛에 고즈넉히 누워있는 어두운 들녘을 다 지나서 시내에 들어오니 휘황찬란한 가로등의 불빛이 거리를 밝혀주고 있었다. 이제 시내로 들어올수록 내리는 사람보다 승차하는 사람들이 많아져서 우린 얘기를 더할 수 없어서 나는 자세를 바로 하고 얌잔하게 앞을 보고 앉아 있었다.

차창으로 스쳐 지나가는 우뚝 솟은 건물들이며, 인파들이 빠른 속도로 지나가고 버스 승강장마다 이제 퇴근하는 직장인들과 학생들로 버스 안은 혼잡을 이루었다. 나는 그와 얘기도 할 수 없어서 달리는 버스 안에서 '차창으로 내다보이는 밤하늘의 별들이 무척 아름답구나' 하면서 별들을 세고 있는데, 그때 많은 사람들을 헤치고 슬그머니 내 목덜미를 간지럽히는 부드러운 손길이 있었다.

아, 덩거리구나, 덩거리의 손길이구나, 생각하는 순간 형언할 수 없는 행복감이 온 전신에 파도처럼 밀려왔다. 아, 말로서는 도저히 지금의 이 황홀감을 표현할 수 없는 나만이 느낄 수 있는 이 기분,

갑자기 하늘 높이 떠있는 밤하늘의 수많은 별들이 오색찬란한 빛을 발하며 내게로 다가오고 있었다. 이 황홀감, 이 행복감을 나는 어떻게 주체해야 좋을지 몰랐다. 그의 달콤한 입김, 그의 감미로운 손길은 내 온 마음과 몸을 송두리째 빼앗아 갔다. 그는 내가 반응이 있을 때까지 계속 목덜미를 간지럽히고 있었다. 처음엔 나는 주위 사람들을 의식했지만 갈수록 형언할 수 없는 감미로움에 나도 모르게 그의 손을 덥석 잡고 말았다.

아, 온 전신에 전류처럼 흐르는 이 행복감.

우리들의 주변에 우리들을 둘러싸고 있는 모든 사물들이 새로운 감각으로 다가오고 있었다.

지금의 우리들에겐,

아이도 돈도 필요 없었다.

다만 그와 나만이 이 지구상에 존재했다.

함께 숨쉬고 있는 이 우주의 모든 만물들이 우리를 껴안는 것 같은 황홀

감에 정신을 잃게 했다.

밤하늘의 별들을 보며 속삭였다.

덩거리 사랑해요. 너무너무 사랑해요.

뒤이어 응답이 왔다.

그래, 임마야 나도 너를 무지무지하게 사랑한다.

기도원에 갔다온 며칠 간은 그도 나도 무척 바빴다. 그는 아침 일찍 사무실에 나간 뒤 나는 한나절을 책과 씨름하고 있었다. 힘들고 어려웠지만 하나하나 배워나간다는 것이 그렇게 재미있었다. 그렇잖아도 하영이가 '너 그 나이에 어떻게 공부가 머리에 들어오니, 지루하지 않아?' 했지만 하면 할수록 재미있었다.

이날도 넓다란 거실에 앉아서 열심히 책을 보고 있는 나를 일으켜 세운 것은 전화 벨 소리였다.

"여보세요?"

"집에 있었어, 이 시간에 전화해도 괜찮을까?"

친구 K였다. 아무 말도 할 수가 없었다.

"혹 친구를 곤란하게 할까 싶어 많이 생각한 후에 수화기를 들었어. 그냥 친구의 목소리라도 들어보고 싶어서..."

"왜 그래? 우린 예나 지금이나 친구야."

"그래, 미안해. 내가 너무 못났지?"

그렇게 친구는 우리들의 생활에 끼어 들어 나를 긴장하게 만들었다.

"그래 지금 와서 내가 무슨 말을 하겠어, 친구도 나도 서로에게 아무 것도 해줄 수 없다는 걸 나도 잘 알아. 미안해, 부담만 준 것 같아서."

"미안한 생각이 있다면 우리, 앞만 바라보고 열심히 살자. 이렇게 전화하는 것도 바람직하지 못한 일이야."

"그래, 그렇겠지. 그러나 가끔은, 정말 가끔은 서로 안부라도 전하면 안 될까?"

"그래, 우리 서로 어쩌다 궁금하면 숙자에게서 전해 들으면 되겠네."

"나 지금 와서 무슨 다른 뜻이 있겠어. 견디다 안되면 한번씩 전화라도 할게."

나는 더 이상 그 친구와 이야기하다가는 또 어떤 말이 나올지 두려워서 얼른 끊어버렸다.

그러나 친구의 보이지 않는 무겁게 드리워진 그늘로 인해 괜히 마음이 무거웠다. 그리고 그 친구와 전화한다는 것이 나를 사랑하는 그에게 한없이 죄스러웠다.

2

우린 이렇게 사랑했다

우린 이렇게 사랑했다.

 인간이 한 세상을 살아가노라면 때로는 자기 의지와는 상관없이 뜻하지 않는 기회에 뜻하지 않는 사람을 만나기도 하는가 보다. 이젠 기억에도 희미한 옛친구와 다시 얽힌다는 것은 별로 유쾌한 일은 아니었다.

 내가 알고 있던 친구는 무척 이지적이고 매사에 이성적이던 친구였는데... 그렇다고 '사랑'이란 단어를 논리적으로 해결할 문제는 아니겠지만... 그렇다고 나도 함께 그들 장단에 맞추어 춤을 출 수는 없었다.

 더구나 우린 공기 좋고 아늑한 이곳에 이사를 오고부터는 아침저녁으로 부부의 산책길도 생긴 셈이 되었다. 아직 열 가구가 될까 말까한 이곳에 사는 분들은 더러는 승용차가 있었지만 우린 차가 없었다. 버스를 타려면 30~40여 분 되는 논둑 길을 걸어나가야 하는데, 그것이 우리들의 더 없는 산책길이 되었다. 나는 아무리 바빠도 아침에 그가 출근하실 때는 꼭 따라 나간다.

 이렇게 그와 나의 하루의 일과는 아침에 그를 버스 승강장까지 바래다 드리는 것으로 시작되었다.

 집 뒤 소나무 밭에서 재잘대는 새들의 소리에 이 작은 마을에도 여명이 밝아오고, 아침을 알리는 화사한 햇살이 우리의 채소밭에도, 작은 풀잎에 맺혀있는 이슬방울에도 화려한 날개를 펴며 걸터앉아 있을 즈음이면, 우린 함께 집에서 나와 흙 냄새 그윽한 논두렁길을 함께 걸으며 정신없이 애기하다 보면 어느새 큰길까지 가 버린다.

　'임마야, 빨리 들어가서 공부해' 했지만, 난 어린애를 혼자 두고 가는 것 같아서, 그가 버스를 타는 것을 보고 난 후에야 집으로 돌아와서 2학년 컴퓨터개론을 펴놓았다. 배움이란 이렇게 재미있고 신선하기까지 하다고 생각해 보면서 문득 창 밖으로 시선을 보냈더니 어느 덧 대문 밖 나무언 저리에 그늘이 드리워지고 새들도 깃을 찾아갈 때였다.

　어김없이 전화 벨 소리가 넓은 거실에 가득 찼다. 그는 퇴근시간만 되면 꼭 전화를 한다.

　"임마야, 빨리 나와. 이제 다 마쳤어." 하는 그의 정겨운 음악소리와도 같은 말에 나는 보던 책을 집어던지고 논두렁길을 뛰다시피 해서 큰길에 나섰다. 여전히 버스 안에는 사람들로 혼잡을 이루었으나, 어느새 그는 나를 먼저 보고 환하게 웃으며 나를 향해 손을 흔들고 있었다. 아침에 나 갔다가 저녁에 만나는데 우린 10년이나 헤어졌다가 만나는 기분이었다.

　이 날도 우린 비록 넉넉하진 못하지만 함께 시장을 봐 가지고 이제 막 논둑 길을 지나서 강둑으로 가는 길로 접어드는데 바로 앞 나뭇 가지에 앉아 있던 이름 모를 새들이 아름다운 소리를 흘리며 붉은 저녁노을 사이 로 흩어져 가고 있었다.

　"덩거리, 새 소리가 참 아름답다. 그지요?"

　"그래, 저 새들의 이름은 무얼까?"

　"노고지리, 참새, 굴뚝새, 종달새, 아이 모르겠다."

　"다 틀렸어."

　"그럼 뭔 데?"

　"몰라, 실은 나도 몰라. 참, 그런데 빅 뉴스가 있는데 말 안 했지?"

　"그래요. 뭔 데요? 빨리 말해봐요."

　그런데 우린 언제부터인가 우리 두 사람만으로 구성된 세계에서 우리 두 사람만의 규율이 있었고, 은어가 있었고, 유행어가 있었다.

우린 어떤 연유로 해서 '향미단'을 '안질 나쁜 것'이라고 했다.

그리고 우리들의 유행어 또한 다양했다. 거기에는 우리들만의 사랑과 웃음이 깃들어 있었다. 말하자면 해학적인 성격을 띠었다고나 할까,

그리고 또 언제부터인 지도 모르게 그가 나에 대해서 외부에서 칭찬을 듣고 와서 내게 얘기해줄 때는 내가 2,000원을 주었고, 반대로 내가 그의 칭찬을 듣고 와서 얘기해줄 때는 내가 2,000원을 받는 우리들만의 세계에서 묵계가 이루어졌다.

나는 얼른 돈을 꺼내어, 그의 팔에 매달리어 빨리 얘기해 달라고 떼를 쓰고 있는데, 난데없이 승용차가 바로 뒤에서 경적을 울리고 있었다. 이 길은 겨우 승용차 한 대 다닐 정도의, 포장도 되어 있지 않은 울퉁불퉁한 길인데 그 전날 비가 온 관계로 길 웅덩이에 물이 고여 있는 곳이 많아서 차가 지나가면 그 물을 피해야 하기 때문에 무척 힘이 들었다. 간신히 물을 피해서 조금 가다가 보면 또 차가 왔다. 그날 따라 차가 더 많이 다니는 것 같았다.

그렇게 물 고인 곳을 피하느라 이리 저리 피하는 것을 보니 그가 너무 안쓰러웠다. 순간 나도 모르게 "인간 국보 제 2호"가 이렇게 고생을 해서 되겠어요? 하는 말이 흘러 나왔다.

아내가 본 남편의 상은 팔방미인이었다.

"덩거리, 제 1호는 양주동 박사님이고, 제 2호는 김상호 목사님이에요." 했더니

그는 평소에도 흡족할 때는 늘 그러하듯이 이날도 응, 그래그래 하시며 그 특유의 천진한 얼굴로 상대방의 얼굴은 보지도 않고 고개만 끄덕 했다.

그 날로부터 그는 우리들만의 세계에서 "인간국보 제2호"로 지정되었다.

나중에야 그 얘기를 올케들에게 했더니 그들은 한동안 배를 잡고 웃느

라 정신이 없었다.

그러나 나는 생각했다.

누가 무어라 해도 '인간 국보 제 2호'로써

적어도 나만은 인정할 수 있고,

조금도 손색이 없다고,

며칠이 지났다.

하영이에게도 그 얘기를 했더니 하영이는 대뜸 지연아, 사랑도 대강 해야 좋은 거야. 너희들 좀 위태위태하다. 항상 보는 남편이 뭐 그리 좋아서 그래. 그러나 어쨌든 너희들 부럽다. 우리도 그렇게 별난 사랑을 했지만 이젠 식어 진지도 오래야. 정말 너희 부부는 천생연분인가 봐. 너는 남편 때문에 신경 써 본 일은 없겠지? 그 심정 너는 모를 거야. 했다.

하영이의 말과 같이 우리들의 사랑은 변함이 없으나, 그 보다 수시로 우리들을 방해하는 아이 문제로 신경이 쓰였다.

아무리 그와 아름다운 사랑으로 모든 걸 극복하고 있다지만, 그러나 현실은 꿈이 아니었다. 어쩔 수 없이 부딪치는 아이 문제로 신경이 곤두 서 있었다.

그러나 언제까지나 그 일에 머물러서 생활에까지 윤기를 잃어버릴 수는 없다. '행복'이란 가만히 앉아 있는데 어느 누구가 한 웅큼 던져주던가, 스스로 찾아나서야 한다.

벌써 내일 모래가 추석이라고 야단들인데 오늘은 기분전환이라도 할 겸 우리도 번개시장에 가 보자고 해야지 생각하며 서재에서 원고지에 무언가 열심히 쓰고 있는 그에게 갔다.

"덩거리, 우리 시간 있으면 번개시장에 가 볼래요?"

"그래, 그러자."

그는 쾌히 승락했다. 아침부터 번개시장에는 발 들여놓을 틈이 없을 정도로 사람들로 붐볐다. 우리도 많은 사람들 틈에 끼어 시장 안으로 들어가니 입구에서부터 밤이며 과일이며 채소들이며 풍요한 가을을 가득 담은 전시장이 펼쳐지고 있었다. 우린 손을 꼭 잡고 입구에서부터 하나하나 구경하며 지나갔다. 시장 안으로 들어갈수록 더 복잡했지만 우린 그 많은 사람들 틈에서 밀리고 당기면서도 손을 놓지 않고,

"덩거리, 이건 비싸다 그지요, 이건 헐하다 그지요?"

남자들이 채소값을, 생선값을 어떻게 알까만은, 우린 또 그렇게 함께 다닌다는 것만으로도 세상을 주고도 바꿀 수 없는 우리들만의 황홀감에 젖어 있었다.

남들처럼 풍성한 가을을 마련할 수 없어도 좋았다.

남들처럼 풍성한 식탁을 마련할 수 없어도 좋았다.

남들처럼 예쁜 옷을 입혀줄 아이가 없어도 좋았다.

그와 나, 그냥 그렇게 함께 다닌다는 것으로도 가슴 벅찬 행복이었다.

우린 복잡한 시장 안에서 손을 꼭 잡고 사람들 틈에 끼어서 이리저리 밀려다니다가 도저히 손을 잡고 갈 수 없을 만큼 사람들이 붐벼서 할 수 없이 손을 놓고 몇 발자욱 떨어져서 그는 앞에 가고 나는 뒤에 가게 되었다. 그렇게 떨어져서 조금 가다가 생각하니 이렇게 복잡한 사람들 틈에서 그를 잃으면 어쩌나 싶어서 앞을 보니, 남달리 키가 큰 그가 그 많은 인파들 사이에서 걸어가고 있었다.

마침 정오의 맑은 햇살 한 가닥이 그의 머리 위에서 빛을 발하고 있었다.

아, 그가 지금 맑은 햇살을 받으며 저기 가고 있구나.

그를 보는 순간 정오의 햇살보다 더 강렬한 그의 향기가 가을 햇살을 타고 내게 쏟아져 들어오고 있었다.

아, 그의 향기, 그의 사랑이 내 온 몸에 흘러 들어오고 있구나.

나는 그의 향기에 취해 어찌할 바를 몰랐다. 도저히 그 순간을 그냥 넘길 수가 없었다. 연신 싱그러운 향기를 흩날리며 걸어가는 그에게 "덩거리 거기 있어 봐요" 하니까, 그도 어느새 내 목소리를 알아듣고 가다가 뒤도 돌아보지 않은 채 걸음을 멈추고 서 있었다.

아마, 그도 내 이 불타는 마음이 전달되었는지 무척 들뜬 기분인 것 같았다. 난 그 비좁은 틈을 헤집고 그에게 달려가서 발 들여놓을 틈도 없는 시장 한가운데서 그에게 매달려 "덩거리 귀 대 봐요" 하니까 그는 180이나 되는 키를 구부리고 내게 귀를 기울여 주었다. 난 또 그에게 매달려 그의 귀에 속삭였다.

"덩거리, 덩거리가 너무너무 좋아서 어쩔 줄 모르겠어요. 정말 덩거리가 좋아서 못 견디겠어요."

그는 또 만족한 듯이 상대방은 쳐다보지도 않고 천진한 얼굴로 고개만 끄덕끄덕 했다. 나는 그가 그렇게 좋았다. 시장 한가운데서 사랑을 고백하지 않고는 견딜 수 없을 만큼 순간, 순간 그가 그렇게 좋았다.

행복에 찬 얼굴로 하늘을 쳐다보았더니 가을 햇살에 눈이 부셨다. 오후의 맑고 푸른 하늘 아래서 쏟아져 내리는 햇살은 우리들의 머리 위에서 언제까지나 우리들의 사랑을 지켜보고 있는 것 같았다.

우리들의 한 때가 그렇게 흘러가고 있었다.

이제 아침저녁으로 제법 쌀쌀한 날씨가 불어오던 어느 날이었다. 아마 추석이 지난 후 쯤되나 보다. 서울 정 목사님으로부터 전화가 왔다. 오랜만에 목사님의 동창회에서 일주일간의 제주도 여행에 부부 동반하여 꼭 참석하라는 전화를 받고 우린 아침 일찍 서울행 고속버스에 나란히 앉았다. 모든 목사님들이 백주년 기념관에서 모이기로 했기 때문에 목사님을 따라 백주년 기념관에 갔더니 많은 목사님들이 와 계셨다. 그런데 그곳에 오신 목사님들 가운데 미국에 거주하시는 분들이 더 많으셨다. 처음엔 좀 어색했으나 일주일 동안 함께 생활하다가 보니 정이 무척 들었다.

그런데 그 동창회에서 내년에는 미국에, 그 다음해는 평양에 갈 계획이었다. 미국에 계시는 목사님들과 사모님들은 어느새 정이 들어서 내년에 미국에 올 것을 당부하시기도 했다.

일주일간의 아쉬운 작별을 하고 돌아온 후 일주일은 눈 깜짝할 사이에 지나가 버리고 목사님도 나도 그전의 일과로 돌아가게 되었다.

벌써 시원한 가을 바람이 가로수의 잎들을 찰랑이게 했지만 한낮의 가을 햇살은 맑고 따사로웠다. 저녁이 되자 시원한 대기의 감촉이 이곳저곳을 어루만져 주는 가운데 어디서 불어오는 실바람을 따라 꽃향기가 그와 내가 앉아있는 거실 가득 밀려오고 있었다.

갑자기 거실 한 귀퉁이에 놓여있는 빠알간 전화기에서 요란한 벨 소리에 전화를 받으니 후배 숙자였다.

"언니 뭘 해? 지금 나올 수 없겠어?"

"무슨 일이야? 이 밤에 만날 일이, 내일 만나면 안 돼, 무슨 심각한 일이라도 있어?"

"언니 숨 좀 쉬고 물어 봐, 나 여기 있으니까."

"그래 도대체 무슨 일이야?"

"언니 옆에 목사님 계셔? 내 잠깐 얘기할 게."

"오늘따라 너답지 않게 왜 그렇게 불안한 것 같애?"

"실은 K 와 함께 있거든, 그냥 옛날 얘기나 하며 차나 한잔하자고."

"무슨 말이야. 나 지금 못나가. 목사님과 함께 있거든."

"그래, 그럼 끊을 게."

친구는 또 왜 왔을까? 왜 자꾸만 우리 옆에서 서성이고 있을까? 이미 지나간 옛 일을 무엇때문에 아직까지 움켜쥐고 버리지 못하고 있을까. 아마 출장중이겠지. 그가 옆에 있어서 더 이상 생각하지 않으려 했다. 적어도 우리 두 사람만의 오붓한 시간만큼은 어느 누구에게도 빼앗기고 싶지 않았다.

괜히 그들에게 휘말려 들다가는 큰일나겠다 싶어 나는 얼른 마음을 바꾸었다. 가만히 생각하니 이번에 서울 친구 목사님 교회 뒷산에 가서 딴 밤을 조금 가져온 것이 그대로 있었다.

"덩거리, 이제 생각하니 서울에서 가져온 밤이 그대로 있어요. 지금 삶을까요?"

"응, 그래 그러자."

어느새 유리창 너머의 밤하늘에는 별빛이 반짝이고, 조용한 외딴 이 마을에도 가끔씩 사람들의 두런두런 말소리가 바람결에 묻어오고 있었다.

이제 삶은 밤을 앞에 놓고 그가, "임마야, 오늘 저녁에는 당신이 기도해," 했다.

나는 얼른 그에게 매달려 "덩거리, 한번만 봐 주세요. 내 다음에는 꼭 할게, 오늘은 부끄러워서..."

"이 바보야, 목사 부인이 됐으면 기도도 할 줄 알아야지. 다음에는 꼭 해." 하면서 이번에도 그가 기도를 했다. 우리는 우리 두 사람이 있기에는 너무 넓은 거실 한가운데서 밤을 앞에 놓고 친구 목사님의 기도며, 한창 열심히 하고 있었다.

그런데 어디쯤이었을까,

순간, 나는 또 기도하고 있는 그가 좋아서 정신을 차릴 수가 없었다.

갑자기 형언할 수 없는 황홀감이 기도하고 있는 그와 나 사이에 밀물처럼 밀려들어왔다.

그와 내가 앉아있는 넓은 거실 가득, 밤하늘에 흩뿌려져 있는 별들이 쏟아져 들어와 우리들을 옹위하고 우리들을 위해 박수갈채를 보내주고 있었다.

나는 도저히 거실 가득 넘실거리는 충만감 앞에서 그냥 넘길 수가 없었다. 어느새 나는 기도하고 있는 그의 목에 매달렸다. 그리고는 나도 모르게 그의 이마에, 코에, 눈에, 뺨에, 입술에 "뽀"세례가 퍼부어졌다. 말할 수 없는 행복감이 그와 나의 몸 구석구석에 불꽃처럼 활활 타올랐다.

정말이지 항상 함께 있는 그이지만 때론 나 자신도 감정을 통제할 수 없을 만큼 그가 좋아서 어찌할 줄 모른다. 그런데 정신을 차리고 보니 기도 중에 그에게 "뽀"를 했는데 기도를 마치고 나서 화를 내면 어쩔까 싶어서 걱정을 했는데 아마 이심 전심이었나 보다.

이제 밤을 깎아서 그의 입에 넣어 주고 부스러기는 내가 먹었다. 그는 밤이 아니라 어떤 것이든 내 손을 거쳐서 자신에게 전해지는 것을 좋아했다. 나 역시 그런 그가 좋았다. 어느 날은 손님이 있는 것도 모르고 포도를 따서 그의 입에 넣어드렸더니 보기 드문 무척 다정한 부부라 했다.

우린 그렇게 사랑했다.

그와 나, 가난한 애인들일 지라도 언제까지나 서로 사랑하기를 하나님께 다짐하며, 밤하늘의 별들을 보며 약속하며 깊어 가는 가을밤을 우리들의 사랑으로 수놓아 본다.

어느새 숙자의 전화 같은 건 잊어버렸다. 그 친구가 어떻게 되었는지 생각할 필요도 없었다. 그렇게 그 밤을 지내고 그 이튿날 밤은 올 가을 들어서 가장 밝다고 생각될 정도로 달이 휘영청 밝은 달밤이었다.

도심지의 소음도 길거리의 휘황찬란한 불빛도 멀리 등지고,

오직 고요만이 사뿐히 내려앉은 외딴 이 마을,

유리창 너머 텅 빈 지평선이 교교한 달빛에 잠들어,

유유히 흐르는 달빛이 우리의 차창가를 두드려 주었을 땐 정말 탄성을 지를 뻔했다.

달이 너무 밝고 고왔다.

우리는 우리의 차창가를 비춰주는 휘영청 밝은 달빛을 안고 나란히 누워서 숱한 얘기를 나누었다. 마침 저만치 가던 달빛이 우리의 차창가에 머물러 서서 우리들의 얘기를 엿듣는 것만 같았다.

"그런데 덩거리, 내 우스운 얘기 하나 해 줄게."

"응, 그래 얘기해 봐."

우리가 교회 사택에서 나와서 큰언니 집 이층에 있을 때 거실을 사이에 두고 한쪽에는 어머니와 언니가 있었고(남동생은 지방 학교에 있었다), 한쪽에는 우리가 있을 때였다. 나는 저녁에 자주 어머니와 언니가 있는 방으로 놀러갔을 때의 얘기를 꺼냈다.

우리는 평소의 생활을 아름다운 리듬으로 이끌어 나갔다. 아이가 없어도, 돈이 없어도 생활 자체가 그림 같은 나날들이었다.

그렇다고 한번도 다투지 않은 것은 아니었다. 서로의 생활환경이 다르고 생활조건이 다른 두 사람이 만나서 한 가정을 이룬다는 것은 결코 쉬운 일이 아닐 것이다.

우리 역시 짜증도 내고 서로 불만도 있었지만 그건 순간에 지나지 않았다. 마치 바닷가에 잠깐 반짝였다가 사라지는 한 점의 불빛과도 같았다.

나는 얘기를 꺼내기 시작했다.

"덩거리, 덩거리와 내가 장난하려고 생리적인 현상을 누가 더 크게 소리를 내는가 일부러 힘을 써서 가능한 한 크게 소리를 내려고 했잖아요."

"그래 그런데 무슨 실수를 했어?"

"내 얘기 한번 들어봐요."

그때가 아마 지금보다 조금 이른 초가을이었나 봐요. 저녁이래도 춥지도 덥지도 않는 부드러운 바람이 불어오고 있는 초저녁인데 어머니는 성경을 보시고 언니는 누워 있다가 잠깐 잠이 들었나 봐요.

　그런데 덩거리와 내가 장난하던 것이 버릇이 되어서 그만 나도 모르게 있는 힘을 다해 크게 소리를 냈는가 봐요. 그런데 말이에요. 언니가 달콤한 초저녁잠에 취해 있다가 때아닌 소리에 깜짝 놀라 손을 땅에 짚지도 아니하고 정신 없이 일어나서 '이게 무슨 소리야, 이게 무슨 소리야', 하면서 눈을 동그랗게 뜨고 당황한 나머지 방안을 뺑뺑 도는 것이 너무 우스워서 성경을 보시던 어머니와 내가 얼마나 웃었던지, 그제야 알아차리고,

　"야, 무슨 소리가 그렇게도 야무지냐, 나는 잠결에 전쟁이 일어난 줄 알고 마음속으로 피난을 가야겠다고 생각했잖아. 사람을 왜 그렇게 놀라게 하느냐면서," 그제야 앉더라는 얘기를 했더니 그는 그날따라 얼마나 웃는지, "임마야, 어머님과 언니 앞에서 버릇없는 행동이긴 하지만 너무 재미있다. 그러나 사정을 좀 봐 주지 얼마나 크게 소리를 냈으면 단잠을 자던 언니를 일으켜 세울 수가 있었어. 다시 한번 해봐."

　나는 그 얘기를 신이 나서 처음보다 더 과장해서 되풀이했다. 나도 그를 따라 얼마나 웃었던지 배가 아플 지경이었다. 그 시간이 얼마나 길었던지 달은 저만치 가고 있었다.

　도저히 저 환한 달빛을 그냥 보내기가 아쉬워서 우린 노래를 부르기로 했다.

　　등불을 끄고 자려하니 휘영청 창문이 밝으오
　　문을 열고 내어다 보니 달은 어여쁜 선녀 같이
　　내 뜰 위에 찾아오다
　　달아 내 사랑아 내 그대와 함께

이 한밤을 이 한밤을 얘기하고 싶구나.

우리는 쏟아질 것만 같은 달빛 아래서 나란히 누워 손을 꼭 잡고 노래를 불렀다.

우리 하나 더 부르자. '토셀리의 세레나데' 있잖아.

그래요.

우리들의 노랫 소리는 달빛과 함께 고요한 외딴 이 마을에, 소나무 밭에, 아카시아 나무 위에 하늘하늘 손짓하며 조용히 내려앉았다.

우리는 이 밤이 새기 전에 우리들의 사랑의 밀어도 차곡차곡 쌓아 두고 싶었다.

"언니, 언니네는 두 분들이 들어앉아서 뭘 하고 있어. 그 유배지 같은 곳에 가서 그렇게 재미있는 거야?"

후배 숙자의 조금은 부은 듯한 전화였다.

"그래, 이제 속세에는 가기 싫다. 이곳에서 목사님과 사랑만 하며 영원히 살 거다 왜?"

"누가 말리겠어."

"참, 그 날 저녁에는 어쨌어. K는 왜 왔어?"

"몰라, 괜히 두 사람 속에 끼어서 나만 우스운 사람이 되었잖아."

"이 친구야, 미안해. 생각해 봐. 내가 어떻게 나갈 수 있었겠어."

"그래, 잘 알아."

"참, 딸아이는 요즘 어떠니? 전화 자주 못해서 미안하다."

나는 미안하기도 하고 그리고 K의 말을 더 이상 하기 싫어서 얼른 화제를 바꾸었다.

"학교에 잘 다니고, 무용도 열심히 하고 전화도 여전히 오고 있어. 그런데 언니 말과 같이 그렇게 신경 쓰지 않아도 될 것 같애."

"그럼 됐어. 너무 아이들을 야단만 치지 말아."

"그런데 언니는 아이들이 없으면서 어떻게 아이들의 심리를 그렇게 잘 알아?"

"그래, 나는 아이가 없다."

"언니, 우리 사이에 뭘 그래, 미안해. 설마 내가 존경하는 교장선생님의 따님 비위를 건드리려고 그랬겠어. 나, 언니 좋아하는 것 잘 알잖아. 언니도 나 좋아하고,"

정말 그랬다. 어린시절 선후배 사이라지만 고향친구와도 같은 가까운 사이였다.

"그런데 언니, 말이 난 김에 더 해야겠다. 학부형은 언제 되는 거니?"

"곧 되겠지 뭐. 나는 힘없이 말했다."

"언니, 나는 언니편이야. 절대 고깝게 들으면 안 돼. 입양도 한번 생각해 봐. 언니네는 하나님을 믿으니까 하나님이 다 해 주겠지만, 생각해봐, 지금은 두 분이 아직 젊고 사랑에 빠져서 모른다지만 좀더 나이가 들면 아무래도 의지할 자식이 있어야 해. 어릴 때 데리고 오면 자기 자식과 같다고 해. 오늘, 내일 미루지 말고 하루라도 빨리 결정하는 것이 좋지 않겠어?"

한편 고마웠다. 누구라도 섣불리 말할 수 없는 것을 나를 위해서 진심으로 걱정해 주는 숙자의 마음이 눈에 보이는 듯 했다. 그렇게 주위에서는 모두들 신경을 써 주지만 아직도 결정을 내리지 못하고 있었다.

"그래 고마워. 한번 깊이 생각해 볼게." 그렇게 말은 하면서도 지금 당장이라도 데려올까? 싶은 생각도 났다. 정말 아이 생각만 하면 마음이 초조해져 버린다.

"아직도 생각을 덜 했어? 두 분들이 어련히 알아서 하시겠지만, 그런데 언니, 그 날 저녁에 말이야."

"또 왜?" 나는 괜히 신경이 곤두섰다.

"언니, 너무 신경 곤두세우지마. K도 자신을 다스리려고 무척 노력하고 있다고 해. 전 번에도 전화를 했더니 그렇게 새침하게 받았다면서? 처음 엔 좀 얄미운 것 같더니 조금은 이해가 돼."

"그렇잖아, 지금와서 그러면 어쩌란 말이야."

"K도 그러더라. 그때 좀 더 기다리지 못한 것이 한이 된다고, 그러면서 어릴 때 그 우정이나마 변치 말았으면, 하고 무척 쓸쓸해하더라."

"그 친구 왜 그럴까? 그러면 아예 결혼을 하지 말든지, 이제와서 어쩌자는 거야."

"그래, 그렇지만 그들 부부 생각하면 참 안됐어. 무엇보다 그 부인이 어떻겠어, 그런데 솔직하게 말해봐. 언니는 한 때 좋아했던 남자 친구가 새삼 나타나서 서성이는데 조금도 흔들리지 않아? 아니 생각날 때가 없어?

"이 친구야. 한때 우정을 나누던 친구였는데 생각나고 안 날게 뭐가 있어. 우린 순수한 친구였어. 물론 그와 인연이 닿았다면 결혼까지도 생각했겠지만 우린 인연이 아니었어. 그리고 피차 다른 길을 가고 있는데 뭘 어떻게 하겠어. 그냥 영원한 친구지 뭐."

"그럼 언니는 가짜 사랑이었나 봐. K 혼자서 진짜 사랑을 하고,"

"하하... 그래, 네 말과 같이 우리 목사님이 나를 이렇게 사로잡지 않았으면 아마 옛 사랑에 끌려갔을지도 모르지. 항상 보는 남편이지만 만나면 새로운 정이 나거든"

"정말 언니 네는 대단한 사랑을 하고 있어. 그러나 K 마음도 좀 생각해 줘"

호사다마라고 했던가, 우리의 사랑에는 변함이 없다지만 아이의 일로 친구의 일로 조금은 마음이 어수선했다.

겨우직녀

후배 숙자와의 통화를 할 때는 조금은 어수선하던 마음이 그와 함께 있으면 순식간에 모든 건 잊어버리고 만다.

이제 그의 일도 그렇게 힘들 때와는 달리 이제 점점 본 궤도에 올라간 듯 하고, 또 머지 않아 청소년회관도 이루어 주시리라 믿는다.

그렇잖아도 며칠 전에 박 선생을 만났다고 했다. 박 선생은 목사님을 잘 따르는 청년이고 그 역시 청소년에 무척 관심이 많은 청년이었다. 박 선생의 친척 중에 의원님이 한 분 계시는데 어떻게든지 한 번 만나서 청소년회관 건립 문제를 진지하게 말씀드려보겠다면서, 목사님도 무척 좋아했다.

그런데 우리 집 앞 골목길에 이 마을의 유일한 코스모스 밭을 소개하지 못한 것 같다. 아직도 이곳엔 집을 짓지 않은 빈터가 많이 있어서 10가구가 될까 말까한 이웃 분들은 빈터에 배추밭을, 깨밭을 일구어 놓았다. 그리고 마을 입구에 사는 분들은 집 앞 빈터에 코스모스를 가득 심어 놓았다. 곧 코스모스가 빽빽하게 집 앞에서 자라고 있었다.

나도 코스모스와 길가에 홀로 서 있는 분꽃, 그리고 나팔꽃 등을 가지고 와서 그와 함께 정성들여 화분에 심어서 방문 앞 베란다에 두고 열심히 물을 주었다. 우리 집은 이층이어서 베란다에 나가면 이 마을의 전경이 한 눈에 들어온다. 멀리 아련한 산이나 산을 끼고 흐르는 끝없이 이어진 강둑이나 평화스럽게 텅 빈 지평선이 가슴 가득 안겨온다.

어느 날 찬란한 해가 솟아오른 이른 아침에 그가 방문 앞 베란다에서

"임마야 빨리 와 봐, 임마야 빨리 와 봐," 하는 즐거운 비명소리에 나는 영문도 모르고 현관문을 밀치고 베란다에 나가 보았더니 화분에 심어 놓은 나팔꽃 한 송이가 맑고 신선한 아침 햇살 아래, 맑고 고운 이슬을 함초롬이 머금고 취하리 만큼 아름다운 자태로 활짝 웃고 있지 않는가!

내가 어린시절 마을 앞 냇가에서, 둑 언저리에서, 꽃밭에서, 우물가에서 흔히 보아오던 나팔꽃이었는데, 지금 우리 앞에서 화사하게 웃고 있는 나팔꽃은 어쩌면 그렇게도 곱고 아름답던지 우린 한동안 넋을 잃고 바라보았다.

'어린 왕자'란 소설에서 읽었던 것처럼 정원에 만발한 장미보다 자기가 키운 장미 한 송이에 더 애착을 느낀다고 하는 것과 같이, 지금 우리 앞에 있는 나팔꽃 한 송이도 정원에 만발한 그 어느 나팔꽃보다 그렇게 아름다울 수가 없었다.

이날 아침도 그는 사무실에 나가셔야만 했다. 나는 어쩌다 아침에 그의 출근길에 따라가지 못할 때는 2층에서 내려와 대문 밖까지는 꼭 따라 나온다. 그리고는 그가 집 앞을 지나 담 모퉁이를 돌아서 안 보일 때까지 대문 밖에 지켜 서 본다. 언제 보아도 율동적으로 사뿐사뿐 걸어가는 모습은 너무나 멋 있었다. 180센티나 되는 신장에 검은 눈썹에 지적인 얼굴을 한 그를 보면 모두들 영국신사 같다고들 하고 학자타입이라고들 했다.

그런데 이 마을 입구에는 높고 맑은 가을 하늘 아래 이제 코스모스가 한창이었다. 빨강 분홍 연분홍으로 채색된 코스모스가 꽃밭을 만들었다. 가끔 강둑에서 잔잔한 바람이 불어오면 가냘픈 꽃잎들이 일제히 한들한들 찰랑이는 정경이 주위의 배추밭과 어우러져 놀라우리 만큼 아름다웠다.

코스모스 밭은 우리 집에서 조금만 가면 있기 때문에 그는 아침 출근길에 꼭 '나'와 숨바꼭질을 한다. 나는 대문밖에 서서 그가 가는 것을 보고 있으면 그는 집 앞을 지나 이제 막 코스모스가 만발한 꽃밭에 가서는 날

렵한 몸짓으로 찬연한 꽃밭 속으로 숨어 버린다. 놀란 꽃잎들이 이른 아침의 장난꾸러기를 환영하는 듯 일제히 방긋 웃어 주었다.

나는 일부러 두리번두리번 찾는 시늉을 하면 그는 꽃밭에 숨어서 나를 지켜보다가 한참 후에야 숨은 그대로 손만 내밀어 손을 흔들다가 웃으면서 나온다. 나도 함께 손이 떨어져라 흔들어 준다. 이제 막 싱그럽게 떠오른 아침 햇살이 그의 머리 위에, 꽃잎 위에 사뿐히 내려앉았다.

그런데 또 코스모스 꽃길에서 조금만 더 가면 그곳의 유일한 건물이 있는데 그 건물 모퉁이만 돌아가면 이제 더 이상 안 보인다. 그는 담 모퉁이에 가서도 또 손을 흔들고는 건물 모퉁이에 숨었다가 나와서는 그 특유의 멋있는 제스처로 손을 막 흔들고는 아쉬운 듯 쏜살같이 뛰어가 버린다.

한 두 번도 아닌, 내가 그와 함께 가지 못할 때는 한번도 그냥 가지 않고 코스모스 꽃길과 담 모퉁이에서 우린 숨바꼭질을 하며 사랑을 나누었다.

이제 그는 사무실로, 나는 방으로 올라와서 열심히 책을 보았다. 그런데 책만 붙들고 있다가 보니 피아노는 항상 소홀했다. 이래선 안되겠다 싶어서 오늘은 꼭 레슨을 받으러 가야겠다, 생각하고 피아노 가방을 챙기고 있는데 느닷없이 그가 불쑥 나타났다. 너무 반가워서 말도 없이 바라만 보고 있으니 그는 웃으면서 '당신을 놀라게 하려고 전화하지 않고 그냥 왔어.' 하면서 무척 반가워했다.

우린 함께 늦은 점심식사를 하고 목사님은 다시 사무실에 나갔다가 시장농협에 가서 배추에 뿌릴 비료를 사 오기로 하고 나는 레슨을 받으러 가야했기 때문에 우린 큰길에서 헤어져야만 했다.

우리는 몇 년이나 있다가 오는 것처럼 아쉬운 듯 헤어져서 각각 다른 길로 가게 되었다. 나는 수요일이라서 가능한 한 빨리 마치고 가려고 했으나 레슨을 다 받고 보니 하루의 해도 어느덧 사라져 버리고 어둠이 몰려오기 시작했다. 그곳은 저녁에는 여자 혼자는 못 가는 좀 으슥한 곳이었

다. 난 분주히 버스를 타고 집으로 가는 길목에 내려서 집으로 전화를 했더니 어쩌면 그렇게 반가워하는지,

"그래, 그래 임마야 어디있어. 큰일나, 꼼짝 말고 거기 서 있어, 내 곧 갈게," 그는 아예 흥분된 목소리였다.

전화를 끊고 조금은 어두운 길목에 서서 밤하늘을 올려다보니 별은 여전히 밤하늘을 가득 메운 채 아름답게 반짝이고 있었다. 길가 논둑에는 이름 모를 잡초들이 무성하고 이따금씩 불어오는 상쾌한 바람이 풀 내음을 실어다 주는 향긋한 밤 공기를 마음껏 호흡하며 온통 그의 생각에 젖어 있었다.

그는 집을 나서려면 준비가 많아서 이곳까지 오려면 아무리 빨라도 30분은 더 걸려야 될 것 같았지만, 저쪽에서 그가 올 것이다 생각하고 논둑길을 천천히 걸어가기로 했다.

저 멀리 논둑 길의 한가운데 가로등의 불빛이 촉촉이 젖은 논둑 길과 양쪽 옆으로 별빛 아래 누워있는 채소들을 희미하게 비춰주고 있었다.

잠시라도 도시의 한가운데 쉬임 없이 달리는 버스의 소음도, 삶을 위한 투쟁도 초월한 조용한 밤 별빛 아래서, 다만 그가 나를 위해 달려올 것이라는 생각에 가슴이 설레어오고 있었다.

'아, 그는 나를 무척이나 아끼고 무척이나 사랑해'.

아니, 이 세상엔 완전한 사람은 없을 텐데 그는 나를 완전한 여인으로 생각하고 있어.

자기 부인이 무엇이 그렇게 자랑스러워 만나는 목사님마다 인사를 시키지? 정말 그는 자기 부인이 자랑스러워 못 견디는 거야.

그리고 그는 정말 순수해. 불퉁한 성격 속에는 어느 누구도 갖지 못한 때묻지 않은 순수함이 있어. 그렇잖아도 남동생이 두 사람 다 성격이 야무지지 못해서 세상을 어떻게 살아가겠느냐고 진심으로 걱정을 했지. 나

보다도 10년이나 더 적은 동생이 말이야. 그래 짜식아,

　'이 누나를 걱정하지 않아도 돼, 돈이 없으면 어때, 아이가 없으면 어때, 우린 이렇게 소꿉친구처럼, 그림처럼 잘 살아가고 있지 않니.'

　아직도 그가 오실 시간은 안되었지만 공기 중에 가득한 풀 내음을 음미하며 생각에 젖어 천천히 걸어가고 있는데, 갑자기 저 멀리 희미한 불빛 아래 이곳을 향해 정신 없이 달려오는 모습이 보였다.

　그가 오실 시간은 안되었는데, 하면서도 좀 더 가까이 가서 달려오는 모습을 자세히 보니, 체육복 차림에 운동화를 신은 그가 마치 산이라도 덮칠 기세로 달려오고 있지 않는가! 아마 개선장군인들 그렇게 의기양양하게 달려올 수 있었을까!

　그는 양쪽 팔을 있는 힘을 다해 안쪽에서 바깥쪽으로 원을 그려 흔들면서 나를 향해 정신 없이 달려오고 있었다.

　아, 덩거리다. 나는 순간 가슴이 멎어오는 기쁨에 아무 것도 생각할 수가 없었다. 나도 그인 줄 확인하자 별들이 총총한 들길을 그를 향해 정신 없이 달려갔다.

　밤하늘의 수많은 별들이 일제히 우리들의 만남에 응원을 보내주고 있었다.

　우린 말이 필요 없었다. 오작교 다리에서 극적으로 만난 견우직녀처럼 그는 나를 덥석 안더니 가로등 불빛 아래서 얼마나 뺑뺑 돌리는지 그냥 그대로 밤하늘을 나르고 있었다.

　밤하늘의 무수한 별들도, 별빛 아래 고즈넉히 누워있는 채소들도 갑자기 생기에 넘쳐 있었고 우리들을 향해 환한 미소를 던지고 있었다.

　말할 수 없는 행복감이 우리들의 몸 구석구석에 황홀하게 타오르고 아름다운 밤 가을 들녘에는 우리들이 뿜어내는 사랑의 메아리로 환희에 출렁이고 있었다.

"그래 임마야, 그곳에서 꼼짝 말고 있으라고 했더니 왜 이렇게 멀리 왔어."

"괜찮아요, 덩거리가 마중 나오는데 뭐, 그런데 덩거리 오늘은 참 빨리 왔어(그는 평소에 함께 외출할 때는 여자인 나보다 더 준비가 많았다). 나는 덩거리가 오시려면 오래 기다려야 될 줄 알았는데,"

"임마야, 당신 전화 받고 나는 듯이 달려왔어. 그런데 저 멀리 불빛 아래서 당신을 보는 순간 얼마나 반갑던지 반가워서 혼이 났어."

"그래서 그렇게 양쪽 팔을 흔들면서 달려 왔어요?"

"그래 임마야."

우리가 헤어진 지 불과 4~5시간, 우린 가을이 익어가는 들녘의 풀밭에서 풀벌레의 가녀린 속삭임이 우리들의 행진곡인양 손에 손을 잡고 꿈을 꾸는 듯한 기분으로 집으로 가고 있었다.

공기는 온화하고 바람은 부드러웠다.

"임마야 빨리 가봐, 당신 놀랄 일이 하나 있어."

"뭔 데요?"

"비료 한 자루를 현관 앞에 갖다 놓았어. 그런데 농협에 가니 창고에 있는 비료를 직원들이 내어 주지도 않고 가져가라고 해서 그 큰 비료를 가지고 오느라고 무거워서 혼이 났어."

그러면서 그는 가던 길을 멈추고 어린아이처럼 지금 어깨가 아파 죽겠어 하며 울상을 했다.

나는 깜짝 놀랐다. 그렇게 행복에 젖어있던 마음이 순식간에 어디로 다 날아가 버렸다. 나는 마음이 시려와서 의식적으로 못들은 채 했다. 그가 그 무거운 비료를 가지고 오려면 얼마나 어깨가 아팠을까? 그 후론 그가 무슨 말을 했는지 귀에 들어오지도 않았다. 다만 그가 얼마나 어깨가 아팠을까, 하는 생각으로 꽉 차 있었다.

내가 그만 레슨을 받으러 가지말고 그와 함께 비료를 가지러 갔더라면, 지금 배워서 내가 독주회를 할건가, 세계적인 피아니스트가 될 건가, 바보 같은 여자가 말이야, 그는 어깨가 으스러지도록 비료를 가지고 올 때 나는 피아노 친다고 주제넘게 앉아 있었다니...

집에 오니 정말 현관 앞에 비료 한 자루가 떡 버티고 있었다. 나는 보기도 싫었다.

"임마야 들어봐 당신은 들지도 못해."

그렇게 배추가 자라던 것이 좋더니 그 순간, 배추를 괜히 심었다는 생각과 함께 지금 당장 배추를 모두 뽑아 버리고 싶었다. 그리고 비료도 당장 저 멀리 보이지 않는 곳으로 던져버리고 싶었다.

저녁에는 유리창문을 통해 반짝이는 별들을 바라보며 '아, 무척 아름다운 밤이구나' 하고 있는데 갑자기 햇볕이 좋아서 아침에 널어 두었던 빨래와 이불이 생각났다. 3층 옥상은 무척 가파르고 어두워서 혼자는 갈 수 없었다.

"덩거리, 빨래를 그만 잊어 버렸어요."

"그래, 그럼 같이 가자."

3층 옥상에 올라가니 이 마을 전경이 눈 아래 들어왔다. 멀리 강둑이 가로등 불빛 아래 희미한 그림자를 만들고, 강둑 아래에는 몇 가구 안되지만 집집마다 정겨운 불빛이 흘러나오고 있었다. 밤하늘에는 별빛이 가득했고 시원한 강바람은 별빛 사이를 누비며 달려와 그의 머릿 결을 물결처럼 흔들며 지나갔다.

"덩거리, 너무 아름다운 밤이에요."

"그래 밤하늘의 별들이 너무 아름다워."

"그런데 덩거리, 덩거리는 나를 얼마만큼 좋아해?"

"임마야, 저 하늘의 수많은 별들을 좀 봐, 당신 저 별들을 셀 수 있겠어?"

"저 총총한 별들을 어떻게 셀 수 있겠어요."

"그래 임마야, 나도 당신을 사랑하는 깊이를 인간으로선 측량할 수 없을 만큼 당신을 사랑해."

"정말? 나도 덩거리가 너무 너무 좋아. 그 깊이와 넓이를 나도 알 수 없어. 아무리 미사여구를 늘어 놓는다해도 말로서는 표현할 길이 없어."

우린 아름다운 밤 별빛 아래서 싱그러운 밤 공기를 마시며 다시는 이 밤이 오지 못할 것 같은 아쉬움으로 서로의 사랑을 재확인했다. 별이 가득한 밤에 대지는 온화했고 밤 공기 속에 은밀히 깃들인 꽃향기 사이로 우리들의 속삭임은 부드럽게, 부드럽게 작은 마을에 내려앉았다.

이제 큰 이불은 그가 들고 자질구레한 빨래는 내가 들었다. 어두운 밤이고 옥상의 계단은 가파로워서 내려오기가 힘이 들었다. 난 어두운 계단을 얼른 한 계단 먼저 내려와서 뒤로 돌아서서 그의 손을 붙잡고 뒷걸음질을 하며, 덩거리 여기 발을 놓아요, 이번엔 여기에, 또 이번엔... 하며 그가 안전하게 내려오도록 했다.

"임마야, 나는 괜찮아, 당신이나 잘 내려가."

"아니야, 엄마가 애기 손을 꼭 잡아 주어야 안전하게 내려올 수 있잖아."

우린 인간이 시멘트로 만든 계단을 내려오는 것이 아니라, 오색찬란한 무지개 빛 속으로 한들한들 춤을 추며 내려오고 있었다.

아, 말로는 표현할 수 없는 그와 나의 이 행복감을 영원히, 영원히 함께 있어 주기를 간절히 빌고 또 빌었건만...

아버지의 추도식

아름다운 10월의 주일 아침이었다.

유리창문을 활짝 열어젖히자 기다렸다는 듯이 이른 아침의 고운 햇살과 함께 달콤한 꽃 내음이 조용한 거실 가득 밀려오고 아침을 알리는 새들의 노랫 소리가 작은 마을을 메웠다.

주일날 아침은 항상 바쁘다. 아침 10시까지 감별소에 가야되기 때문에 우린 아침부터 분주히 서둘렀다. 강둑에 올라서니 끝없이 펼쳐진 수평선 위에 이제 막 고운 햇살이 번지는 신선함에 감탄을 보냈다. 길옆 풀 섶에는 이른 아침의 햇살을 비껴 난 이슬방울들이 아직도 가녀린 풀잎 위에 매달려 있는 것이 너무 아름다웠다. 바로 앞 강가에는 이름 모를 새들이 아름다운 소리를 흘리며 날아다니고 그 뒤로 학생 두엇이 빠른 걸음으로 걸어가고 있었다.

우리도 손을 잡고 한없이 이어진 강둑을 아이들처럼 재잘대며 걸어가고 있었다. 그런데 그는 손을 잡고 가다가 그날따라 나를 앞세우더니, "당신 오늘 너무 예뻐, 오늘따라 너무 예쁘다, 예뻐," 하며 뒤따라오면서 아내에게 찬사를 아끼지 않았다.

"덩거리, 내가 정말 예뻐?"

"그럼, 당신만큼 예쁜 사람은 없어. 대구시내 아무리 돌아다녀 보아도 당신만큼 예쁜 사람은 없어."

"덩거리, 덩거리는 대구시내에서 뿐만 아니라 세계에서도 제일 멋있는 사람이거든."

"그래 임마야."

우리는 우리들만의 세계에서 그가 제일 멋이 있고 내가 제일 예뻤다. 이렇게 우리들이 함께 하는 시간은 세상을 주고도 바꿀 수 없는 우리들만의 행복이었다.

오늘 저녁에는 아버지의 추도식이었다.

오전에는 감별소에 갔다가 오후에는 몇 명 안 되는 아이들이지만 그 아이들을 위해 예배를 드리고 저녁에는 아버지의 추도식에 예배를 인도하게 되어 있었다. 언제부터인지 모르게 우리 친척집의 추도식은 목사님이 예배를 인도했다.

내가 여고 졸업반 때의 가을, 들국화가 온 산을 메우던 어느 가을날,

아버지는 법관이 되어서 당당하게 우리 앞에 나타나야 할 오빠의 뜻 아닌 슬픔으로 인해 기어이 우리 많은 식구들을 남겨두고 그렇게 가져버렸다. 교장 사택에서 집 한 칸 없이 어린 동생들만 데리고 안동이란 곳으로 나오던 그 황량하던 때의 그 기억은...

벌써 30년이 넘는 아버지의 추도식이었다. 우리 형제들과 친척들은 어머님이 계시는 남동생 집에 모였다. 우리 모두 한데 모여 아버지의 추도 예배를 드리게 되었다.

목사님의 인도로 예배가 시작되었고, 찬송가 291장

날빛 보다 더 밝은 천국 믿는 맘 가지고 보겠네
믿는 자 위하여 있을 곳 우리 주 예비해 두셨네
며칠 후 며칠 후 요단강 건너가 만나리
며칠 후 며칠 후 요단강 건너가 만나리.

웬만해서는 부르지 않는 찬송가를 그날따라 그렇게 힘차게 부르기에 나는 친척들 보기에 미안해서 어쩔 줄 몰라했다.

뒤이어 설교 첫 말씀이 '우리 믿는 가정에는 누가 먼저 가더라도 절대 슬퍼하거나 울지 말라'고 했다.

이제 나는 몸둘 바를 몰랐다. 예년과는 판이하게 다른 찬송가와 설교 말씀이었다.

아버지의 추도식이 벌써 30년 여가 넘었는데 왜 하필이면 그 찬송가와 또 설교 첫 말씀을 그런 말씀을 하시는지 정말 나는 다른 가족들에게 송구스러워서 어쩔 줄 몰라했다. 뒤이어 그 말씀과 연관시켜서 우리 믿는 성도들의 '영원한 천국'에 대해서 그렇게 힘차게 설교를 하셨다.

비신자는 영원히 꺼지지 않는 지옥에서 형벌을 받지만, 우리 믿는 하나님의 자녀들은 그렇게 화려한 천국에서 영원히, 영원히 하나님을 모시고 살 수 있다는 말씀을 그날따라 얼마나 은혜롭게 하시는지 몰랐다. 모두들 진심에서 우러나온 '아멘, 아멘'으로 화답했다. 설교를 하시는 목사님과 우리들이 일치가 되어서 갑자기 방안에는 열기로 가득 찼다. 나는 처음엔 그렇게 미안하더니 갈수록 목사님의 은혜로운 말씀에 나 역시 은혜를 받았다.

그리고 또 마지막 찬송가는

나 가난 복지 귀한 성에 들어가려고
내 중한 짐을 벗어 버렸네
죄 중에 다시 방황할 일 전혀 없으니
저 생명 시냇가에 살겠네
길이 살겠네 나 길이 살겠네
저 생명 시냇가에 살겠네

길이 살겠네 나 길이 살겠네
저 생명 시냇가에 살겠네.

3절까지 있는 찬송가를 아주 힘차게 은혜롭게 불렀다. 그리고 마지막 축도를 하실 때는 우리 모인 형제들, 친척들, 심지어는 참석하지 못한 형제들까지 한사람, 한사람 이름을 불러서 축복을 빌어 주셨다.

어쨌든 그 날 저녁 추도 예배는 믿는 자들의 '영원한 천국'에 대한 설교 말씀이 너무 너무 은혜로워서 추도예배에 참석한 모든 형제들과 친척들이 모두 은혜를 받았다면서 한결 화기애애한 분위기 속에서 저녁식사를 하게 되었다. 식사를 마치고 나서도 정말 오랜만에 어머니를 비롯해서 형제들과 함께 거실 한가운데 앉아서 재미있는 시간을 가질 수 있었다. 이따금 유리창문으로 흘러 들어오는 바람에 실려, 터질 듯이 무르익은 석류 향기가 탐스럽게 거실을 침범하고 있었다.

어머님이 계시는 남동생 집은 산 아래에 자리잡고 있는 조용한 마을의 주택지였다. 앞마당에는 작지만 아름다운 정원이 있었다. 이제 한창 맑은 햇살을 쏟아내고 있는 가을하늘 아래 터질 듯한 석류가 가지마다 매달려 있고, 그 옆에는 앵두나무와 국화꽃, 목단꽃, 그리고 제비꽃, 꽈리나무 등 온갖 화려하고 아름다운 화초들이 계절을 따라 열매를 맺고 꽃을 피워 올려 오색찬란한 빛을 발하고 있었다. 그리고 정원의 파란 잔디밭을 따라 한발 다가서면 시원스럽게 뻗어나간 나뭇가지 사이로 무화과가 올망졸망 매달려 있었다.

가끔 어머니는 무화과 나무아래 잘생긴 바윗돌에 앉아서 잘 익은 무화과를 따서 잡수시기도 하고 열매를 많이 따서 술을 담그시기도 했다. 이제 무화과나무를 지나서 그리 크지 않는 현관문을 열면 아담한 거실이 있고 거실 안쪽엔 주방이 있다. 거실과 주방은 트여있기 때문에 거실에서 보면 주방이 환히 들여다보인다.

나는 이날 저녁, 오랜만에 올케들을 돕는다고 갖가지 현란한 꽃들이 뿜어내는 달콤한 내음을 맡아가며 그들과 함께 저녁 설거지를 하고 있었다.

어디선가 싸하게 불어오는 바람을 따라 문득 고개를 들어 거실을 내다보다가 그와 눈이 마주쳤다. 그는 거실 소파에 앉아서 남동생들과 한창 환담을 나누다가 나와 눈이 마주치자 더할 수 없이 환한 얼굴에 환한 미소를 지으며 이 세상에서 제일 부드럽고 달콤한 목소리로 "임마야, 이리 와 봐" 했다.

아, 이 세상에서 그 보다 더 아름답고 황홀한 말이 또 어디 있을까!

나는 그의 감미로운 멜로디에 어느새 황홀감에 빠져 버렸다. 정말 남편이 아내를 부르는 소리가 왜 그렇게도 달고 행복하게 들리던지 나는 그의 감미로운 소리에 전율했다 (평소에도 그가 나를 부르는 소리가 그렇게도 감미롭게 들릴 수가 없었다. 아마 남들은 광적인 여인이 아닌가 라고 할지 모르지만, 나는 지극히 정상적인 여인이다.)

나는 씻던 그릇도 내팽개치고 그에게 달려가서 행복에 가득 찬 얼굴로 그의 얼굴을 들여다 보면서 "덩거리, 왜, 왜 불렀어요?" 했다.

그는 내게 속삭였다.

"임마야, 우리 9시도 넘었는데 이제 집에 가자. 내일 감별소에 가려면 준비도 해야 해. 그런데 우리 그 길로 갈래?"

전 같으면 절대로 그 길로 가면 안 된다고 하는데 그 날은 어쩐지 당장에,

"그래요, 우리 그 길로 가요." 했다.

우리 집에 가는 길은 여러 길이 있었다.

하나는 아침저녁으로의 우리들의 산책길인 논둑길이고, 또 하나는 버스를 이용하는 길, 마지막은 버스를 탄 다음 내려서 위험한 횡단보도를 건

너야 하는(그날 저녁 우리들이 가려는 길)세가지 길이었다.

평소에 그는 아침 출근시에 장난하느라고 위험한 길이 있는 곳으로 방향을 돌리면 나는 기어이 쫓아가서 그를 돌려세우곤 했다. 그는 그것이 재미있다고 일부러 내가 보는 앞에서 그 길로 가는채 했다. 그러면 난 기어이 쫓아가서 그를 붙잡아 돌려세우곤 했다.

어쨌든 그 길은 내가 알고 있는 한 절대로 그 길로 가지 못하게 했다.

그렇잖아도 동생은 밤도 늦었으니 그곳에서 자고 내일 아침에 가라고 하는 것을 내일(월요일)은 시내 여전도회에서 감별소에 위문가기로 되어 있어서 집으로 오게 되었다.

마침 조카(언니 아들)의 집이 우리 집과 방향이 비슷해서 조카의 차를 타고 오다가 중도에서 내려, 또 버스를 타고 우리 집으로 가야만 했다. 조카의 차에서 내렸을 때는 벌써 밤 10시가 가까워오고 있었다. 지나가는 버스마다 밤늦게 귀가하는 사람들이 많아서 조금은 복잡했다. 그와 난 맨 뒷좌석에 나란히 앉아서 밤하늘을 내다보며 소곤거렸다.

"덩거리, 아까 덩거리가 '임마야, 이리와 봐' 할 때 왜 그렇게 좋던지 심장이 멎을 정도로 좋았어요."

"임마야, 나도 주방에 있는 당신을 볼 때 이 세상에서 가장 사랑스런 모습이 당신의 모습이라고 생각했어."

"정말?"

"그럼, 정말이지."

우리는 또 가슴을 설레어가며 우리들만의 행복에 젖어 있었다.

"그런데 덩거리, 오늘 저녁 추도예배 때 모두들 은혜받았다고 하며 그렇게 좋아하지요?"

"그래, 어머님도 아멘, 아멘 하시지?"

"그래요, 모두들 은혜받았다고 야단들이었어요."

우리들의 사랑의 밀어는 영롱하게 빛나는 별빛처럼 하늘을 가득 메우고 있었다.

어느새 22번 종점까지 왔다. 종점까지 오는 사람들은 아무도 없어서 조금은 컴컴한 곳에서 우리 두 사람만 내렸다. 우린 사람들이 잘 다니지 않는 위험한 횡단보도를 건너려고 컴컴한 길을 가고 있었다.

늦은 밤이라 차가 보이지 않았다. 낮에는 쏜살같이 달리는 차들의 물결 때문에 나는 감히 엄두도 내지 못하던 길을 늦은 밤을 이용해서 건너려고 그 앞에 서 있었다. (이 길만 건너서 조금만 가면 우리들의 사랑의 보금자리가 우릴 기다리고 있었다.)

갑자기 오싹, 하는 기분이 썩 명쾌하지 못한 떨림이 온 전신을 훑고 지나갔지만, 우린 손을 꼭 잡고 한 발을 내디딘 순간 컴컴한 저 멀리에서 반딧불과 같은 지극히 작은 불을 깜빡이며 이곳을 향해 쏜살같이 달려오는 차가 있었다.

아 — 그런데

온 세상이 순식간에 고막을 찢으며 와르르 무너져 버렸다.

어느 순간엔가,

해도 달도 이 지구상의 모든 것들이 그 찬란하던 빛을 잃어버린 채 나는 암흑과도 같은 깊이 모를 나락으로 자꾸만 자꾸만 떨어져 내려가고 있었다.

어디쯤일까?

온통 머릿 속은 윙 윙 소리만 들려올 뿐 작은 사고도, 말 한마디도 할 수 없는 글자 그대로 논둑의 허수아비를 연상케 하는 허물어져 가는 한 여인이 내 망막 앞에 쪼그리고 있었다.

어디서부터 정리를 해야 하나?

그래, 어찌된 일인가?

도대체 무엇이 어찌되었다는 건가?

아무리 생각해도 선뜻 생각이 나지 않았다.

눈뜬 장님이라더니 눈은 뜨고 있어도

내 신경은 완전히 마비된 상태였다.

　어쨌든 나는 그 밤을 눈물 한 방울 흘리지 못한 채 멍하니 앉아서 그렇게 그 밤을 꼬박 세웠다.

　친척들이 달려왔다.

　그러나 나는 그것이 무엇을 의미하는지 분간할 능력도 없이 머릿 속은 텅 비어 있었다.

　혼이 나간 사람 마냥 그냥 멍하니 그 밤을 그렇게 새웠다.

　밤이 새도록 아무 것도 생각나는 것이 없었다.

　망각된 기억 속에서

　간신히 머리를 짜내어 천천히 정리를 해 보았다.

　아버지의 추도예배를 마치고 자고 가라는 것을 이튿날 감별소에 가야되기 때문에 우린 집을 나섰다.

　조카의 차에서 내려 우린 집으로 가는 버스를 탔다.

　버스에 내려서 우린 함께 손을 잡고 길을 건너려고 했던 것 같은데, 나는 여기에 이렇게 남아 있고 그는 내 주위에는 보이지 않았다.

　갑자기 꿈에서 깨어난 듯 그때야 소스라쳐 놀랐다.

　이미 목사님은 내 주위에는 보이지 않았다.

　그때부터는 아무 것도 생각할 수가 없었다.

그 밤을 그렇게 꼬박 새우고 이른 아침이 되어서야 비로소 울음이 나왔다.

그때부터는 아무 것도 모르고 무조건 정신 없이 울었다.

그 울음의 뜻이 무엇인 지도 모르고 미친 듯이 울었다.

목사님들이 달려 오셔서 무슨 말씀을 하시는 것 같아도 이미 내 귀에는 아무 것도 들려 오지 않았다.

지금 내가 어디에 있는 지도, 왜 울어야 하는 지도 몰랐다.

그때부터 밤이고 낮이고 나는 정신을 차리지 못하고 울기만 했다.

목사님들이 울지만 말고 정신을 차려야 한다고 하시지만 나는 제정신이 아니었다.

친척들도 정신을 차려야 한다고 하지만 그것이 내겐 불가능했다.

나는 감히 생각도, 상상도 할 수 없는, 아니, 도저히 말도 안 되는 너무나 기가 막힌 상황에 정신을 수습할 길이 없었다.

이건 아니야, 이건 절대 아니야.

어떻게 인간에게 이런 일이 일어날 수가 있단 말인가 !

이건 말도 안 된다.

지금까지 나와 함께 행동하고, 나와 함께 웃고, 나와 함께 숨쉬고 나와 함께 손을 잡고 가던 그가 아니었던가!

그런데 나는 여기에 이렇게 남아있고 그는 어디에 갔단 말인가!

아무리 생각해 봐도 내 상식으로는 판단이 서지 않는다.

울면서 그럴 수는 없다. 그건 말도 안 된다는 생각들이 뒤범벅이 된 채 나는 아련한 꿈 속으로 빠져 들어가고 있었다.

희미하게나마 정신을 차렸을 때는 세상은 캄캄했다. 아무 것도 생각나

는 것도, 눈에 보이는 것도 없었다. 이성도 감정도 마비된 채 다만 그칠
줄 모르는 통곡만이 입술 사이로 터져 나오고 있었다.

아 – 목사님, 이게 무슨 일이란 말입니까?
도대체 말이나 된다는 겁니까?
목사님, 당신은 도대체 어디에 갔단 말입니까?
무엇이 어떻게 되었단 말입니까?
우린,
적어도 우리만큼은 헤어져서는 안 된다.
천지는 개벽이 될지언정 우린 헤어질 수는 없다.
우린 남편, 아내, 아니 단순히 부부 사이만이 아니다.
우린 소꿉장난 친구
역사 이전부터 역사 이후까지
단단한 끈으로 맺어진 사이이다.
그는 내 모든 것의 모든 것이었고
내 생의 전부이다.
그가 없이는 난 아무 것도 할 수가 없다.
어떻게 하나, 어떻게 하나
어떻게 그가 나를 떠날 수가 있단 말인가!
어떻게 내가 그를 보낼 수가 있단 말인가!
안 돼, 안돼 절대 그건 있을 수 없는 일이야.
내가 갈지언정 그를 보낼 수는 없어.
그렇게도 함께이던 당신이었는데, 나는 어떻게 하란 말입니까 ?

얼마나, 얼마나 울었던지 노회장 목사님이 비신자도 그렇게 울지 않는

데 목사님 사모님이 그렇게 절제를 못하느냐고 화를 내셨다.

형제들도 이때까지 있어도 그렇게 우는 건 처음 보았다면서 모두들 내게 핀잔을 주었다.

그러나 내겐 이미 판단 능력을 잃어 버렸다.

아무리, 아무리 정신을 가다듬어 보아도 세상은 이제 한 발자국도 내디딜 수 없는 캄캄한 암흑뿐이었다.

그렇게도 화려하기만 하던 세상을 우린 손에 손을 잡고 뛰어 다녔는데,

그림자처럼 함께이던, 아무 것도 없어도 손만 잡고 나가면 세상은 다 우리의 것인 냥 하늘을 날던 우리들의 사랑이었는데...

임마야, 부르는 소리에도 행복에 떨던 우리들의 사랑이었는데,

아 – 이젠 어쩌란 말인가!

나는 왜 또 이렇게 산이 무너지는 소리를 들어야 한단 말인가!

그 험한 길을 넘고 또 넘어 이제야 행복을 찾았는가 했는데,

기껏 여기에 와서 산산조각이 나야한단 말인가!

어떻게 맺은 인연인데, 어떻게 맺은 사랑인데,

그처럼 산을 넘고 물을 건너 소중하게 가꾸어 온 우리들의 삶이 겨우 이런 것이었던가!

너무나 헛되고 헛된 인간들의 만남, 그리고 헤어짐, 그토록 아끼고 사랑하며 살아온 삶의 종국이 기껏 뼈를 깎는, 감당할 수 없는 아픔이란 말인가!

아 – 어찌해서 신은 우릴 갈라놓을 생각을 할 수 있었단 말인가!

어찌해서 신은 나를 데려가지 않고 할 일 많은 내 목사님을 데려갔단 말인가!

차라리, 차라리 나와 운명을 바꾸었더라면...

어떻게 그 엄청난 현실 앞에 내가 버틸 수 있단 말인가!

어떻게 그의 가슴을 종이 한 장을 빌어 표현할 길이 있단 말인가!

모든 것이 정지된 상태로 모든 것이 망가진 채로 나는 홀로 버려진 여인이 되어 버렸다.

하루아침에 그를 잃어버린 나는, 이제 어디에 가서 내 사랑하는 그를 다시 되돌려 받아야할 지 방향을 잃어버린 채, 오늘은 이곳에 내일은 저곳에 가 보아도 그의 부드럽고 다정한 얼굴은 찾을 길이 없었다. 아무리 미친 듯이 낮과 밤을 울고 또 울어도 이제 그는 내게 나타나 주지 않았다.

그가 존재하지 않는 나,
과연 '생'을 이어갈 수 있을까?

이제 이후로 나는 어떻게 하란 말인가

정말 그때의 내가 할 수 있는 일이란 생명이 끊어지지 않는 한 울고 또 우는 것뿐이었다. 낮과 밤을 울다가, 울다가 지치면 잠이라도 잘 수 있어야 할텐데 잠도 오지 않았다.

주위에선 모두들 저러다가 정신이상이 되든지 아니면 죽는다고들 했다.

도대체 숨도 제대로 쉴 수가 없었다. 가슴이 막혀와서 금방이라도 숨이 넘어갈 것만 같았다. 어디든지 뛰쳐나가 이 한 생명을 끊어버리고 싶었다. 울다가도 다시 정신을 차려서 생각해 보면 깜짝깜짝 놀랐다.

말만 들어오던, 남의 일로만 생각했던 것이 내게 닥쳐올 줄이야 어찌 꿈엔들 상상이나 했으랴!

내 사랑, 나의 전부이던 그와 내가 이별을 하고 돌아오는 발길은 차라리 온 전신을 갈갈이 찢어내는 죽음보다 더한 잔인한 형극의 길이었다.

이렇게 해서 그림자처럼 함께이던 우리 두 사람을 완전히 떼어놓고야 말았다.

이제 그와 함께 하늘을 날던 세상에서 나는 완전히 외면당한 채 세상 밖으로 밀려나오고 말았다.

이제 그렇게 아름답기만 하던 세상에는 절망과 허무와 그리고 아픔만이 날아다니고 있었다.

하루아침에 그를 잃어버린 나는 이제 모든 것을 잃어버렸다.

견딜 수 없는 괴로움이 하루 24시간 잠 잘 틈도 주지 않고 온 전신을 갈기갈기 뜯어내고 있었다. 나는 지금 어디에 있는지, 어디로 흘러가는지 방향도 없이 한없이, 한없이 흘러가고 있었다.

내가 발을 딛고 있는 세상마저 등을 돌려버린 지금, 나는 어디에 가서 발을 붙이고 숨을 쉬어야 할지 몰랐다. 그와 함께 했던 즐거움, 그와 함께 했던 우리들의 사랑, 그와 함께 엮어가던 소중한 꿈들, 나는 어떻게 하란 말인가!

그와 함께 손에 손을 잡고 하늘을 날던 저 푸른 하늘도, 빛나는 태양도, 그의 환한 웃음도, 그의 다정하고 달콤하던 목소리도 나는 잔인한 세상에게 송두리째 빼앗겨 버렸다.

이제 내게 남은 건 아무 것도 없다.

다만, 다만 이 찢어지는 가슴만이...

그가 없는 나,

과연 내가 그가 없는 세상에, 그와 함께 하지 않는 세상에, 숨을 쉬고 살아갈 수 있을까 ?

그의 환한 얼굴이 내게 다가온다. 자꾸만 그가 내 곁에 와서 속삭인다.

임마야, 왜 그래, 나 여기 있잖아. 그가 활짝 웃으며 내게로 오고 있다.

아 – 목사님,

숨이 헉헉 차 오른다. 숨이 멎어버리는 압박감이 나를 덮쳐온다. 정신이 혼란해진다.

아 – 목사님 나 이대로는 도저히 못 견디겠어요.

당신의 아내, 당신 나라로 데려가 줘요.

얼마나 많은 낮과 밤을 울어 지새웠는지 몰랐다.

이러한 나를 형제들이 한의원에, 정신과에 데리고 갔지만 허사였다.

어떻게 우리를 갈라놓은 그 기막힘을 의술로서 치료가 될 수 있단 말인가

이제 나는 정신도 없이 자꾸만 깊이도 넓이도 모를 무저갱 속으로 끌려 가고 있었다.

나를 철저히 외면해버린 세상은, 아니 세월은 이 엄청난 사실을 아는지 모르는지 여전히 흘러만 갔는가 보다.

나의 전부이며, 나의 사랑이던 그를 빼앗겨 버린 세상을 향해 반항 한번 해 보지 못한 채 나는 말 잘 듣는 어린애 같이 순순히 따라가고 있었다. 얼마전 까지의 황홀감은 이젠 완전히 다른 색깔로 내 앞에 버티고 있었다.

그와 함께 웃고 떠들며 사랑을 꽃피우던 그 집엔 아예 가지 못하고 하루 아침에 혼자가 되어버린 나는 이 한 몸을 어머니가 계시는 남동생 집에 의탁해야만 했다.

그가 없는 세상, 그와 함께 하지 못한 세상은 '삶' 이라 이름 지을 수 없 는 사상최대의 악랄한 형벌이었다.

그와 함께 하지 못하는 이유 하나로 여지없이 허물어져버린 한 육체 앞 에서 그래도 어머님이, 형제들이 그렇게 위로의 말들을 들려주었지만 내

겐 아무 것도 들려오는 것이 없었다.

오직 그를 잃은 슬픔에 몸을 가눌 길이 없었다.

그는 내게 곁에 있다는 사실만으로도 행복한 사람이었다.

그는 내 삶의 지표였으며 내 모든 것의 모든 것이었다.

내겐 그가 존재한다는 사실만으로도 가슴 벅찬 행복이었다.

내겐 그가 곁에 있어 준다는 것만으로도 기쁨이 충만했다.

아무 것도 없어도 손만 잡고 나가면 세상은 온통 우리의 것이었다.

그를 볼 수 있고 그를 가까이에서 만질 수 있고, 그가 '임마야' 하는 목소리만으로도 전율하던 우리들의 사랑이었다.

그렇듯 함께 있다는 것만으로도 가슴 벅찼던 우리들의 사랑이 이젠 한낮 물거품이 되어버렸단 말인가!

그 힘든 세월을 안고, 그를 만남으로 누렸던 지나간 아름답던 나날들, 그 모든 것이 이젠 한낮 꿈으로 돌려 버려야 한단 말인가 !

과연 한 인간의 행복이 기껏 여기에서 종결을 지워야 하는가!

기껏 이럴려고 그 힘든 길을 걷고 또 걸어왔단 말인가!

나는 왜 또 이런 엄청난 일을 당해야 한단 말인가

동생 집에서도 나는 누워서 일어날 수가 없었다.

불현듯 쏴 하니 메마른 가슴에 바람이 밀려온다.

아 - 그의 향기 그의 체취가 쉬임 없이 흘러 들어와 메마른 가슴을 적시어 주는구나.

그는 연신 그의 향기를 흩날리며 환한 웃음으로 내게 손짓하고 있다.

임마야, 밖에 나와 봐. 왜 그렇게 누워만 있어.

이 파아란 가을하늘 아래 우리 마음껏 뛰어보자꾸나.

그의 음성, 그의 환한 모습이 내게 다가와 미칠 것만 같았다.

누워서 울고 있는 나를 그가 자꾸만 일으켜 세우는 것만 같은 착각에 금방이라도 돌아버릴 것만 같았다.

아 – 그는 오래도록, 아주 오래도록 내 옆에 남아서 나를 지켜주어야 할 사람이었는데...

한달 가량 동생 집에 있던 나는 또 거처를 옮겨야만 했다.

질녀의 집에서

정신도 없는 틈바구니 속에서 나는 어이없게도 질녀(언니의 딸)와 함께 있기로 했다. 나 혼자 두면 금방이라도 죽을까, 형제들이 그렇게 주선해 주었다.

내 목사님과 함께 있던 집은 아예 생각할 수도 없었다. 내가 어떻게 내 목사님과 함께 숨쉬고, 함께 사랑을 꽃피웠던 그 집에 갈 수 있단 말인가!

아침이면 아침을 하는 내게 고개만 쑥 들이밀고 '뽀'를 하라고 하던 그 집에 그를 잃어버리고 어떻게 나 혼자서 갈 수 있단 말인가! 우리는 그 집을 얻어 놓고 얼마나 좋아했던가!

"임마야, 우리 나중에 돈 벌어서 이 집 사자. 여기서 우리 오래오래 살자. 당신은 할머니, 나는 할아버지가 되어서 함께 손잡고 저 강둑을, 소나무 숲을 거닐면서 우리 옛날 얘기하며 하나님 모시고 오래오래 살자." 하시던 그의 음성, 그의 모습을 어떻게 떨쳐버릴 수가 있단 말인가 !

코스모스 꽃길을 따라 사랑을 나누던 길도, 아침저녁으로 우리의 산책길이던 그 길도 슬퍼서, 목사님은 어디 가시고 혼자 이 길을 걷느냐고 물으면 나는 어떻게 하란 말인가 !

무작정 동생 집에 있을 수 없는 나는 질녀와 함께 있기로 하고 그와 내가 함께 하던 짐을 가져오기로 했다. 그러나 금방이라도 숨이 막혀 죽을 것만 같은 내가, 자꾸만 그의 환한 얼굴이 내게 다가오는데 무슨 정신으로 그 짐을 가져올 수 있단 말인가, 짐을 버렸으면 버렸지 그와 함께 하던 짐을 가져올 수는 없었다.

하는 수 없이 언니들과 동생들이 몇 개월 후에 그 집에 가서 가져오기로 했다. 주인도 없는 짐이 어떻게 처리되었을까마는, 무얼 어떻게 가져 왔는지 나는 아예 상관할 필요조차도 없었다.

기가 막혔다.
정말 인간이 이럴 수도 있을까!
어떻게 그가 떠난 세상에서, 그를 잃어버린 세상에서 나 혼자 남아서 살아야 한단 말인가.
삶도 기쁨도 나 혼자만의 것이 아니라 그와 나의 것이었는데 이제는 그를 배제한 나만의 것이었던가!
그가 내 옆에서 떠난 나는 누구일까?
그 옛날 그를 만난 이후
그는 나의 모든 것이 되었고 나는 그의 모든 것이 되었다.
그와 내가 처음 만나던 그 날
하늘이 말갛던 3월 어느 날, 이 엄청난 우주 어느 한 공간에서 잃어버린 한쪽 갈비뼈를 찾아 나선 그는, 가슴을 두근거려가며 고개도 들지 못하고 있는 내 앞에 나타나서, 그날 이후로 나의 사람이 되어 나의 친구가 되어 주었고, 나의 희망이 되어 주었고 나의 등불이 되어서 여린 내 손목을 잡고 거친 풍파 속에서도 나를 감싸주던 그는, 끝까지 내 옆에 남아서 나를 안아줄 사람이어야 했다.
그러나 그는 나를 두고 멀리 멀리 떠나가 버렸다.
이제 나는 나 혼자이다. 나만이 남아서 숨을 쉬어야 하고 나만이 남아서 이 엄청난 고통을 바라보아야만 한다.

나는 생명이 있는 한 움직여야만 했다.

이젠 그와 내가 사랑을 꽃피웠던 그 모든 것은 간 곳 없고 질녀의 집 방 한 칸에서 내 남아 있는 '생'을 지탱하기로 했다.

목사님이 그렇게 아끼시던 책은 주인을 잃어버린 채 창고에 들어가 있고 나머지는 여기저기 분산되어 있었다. 내가 거처해야 할 방에는 피아노와 전화기 그리고 간단한 짐들이 들어가 있었다.

나는 피아노도 그 무엇도 아무 것도 보기 싫었다. 내 방이라고 하는 방에는 그 짐들을 볼 수가 없어서 들어가지 않았다. 그와 함께 했던 짐들은 그의 호흡이, 그의 손길이 닿지 않은 곳이 없었다. 더구나 그와 내가 사랑의 약속을 했던 빠알간 전화기는 떼어버려 달라고 했다.

그와 함께 했던 시간들, 그와 함께 행복했던 순간 순간들이 시시때때로 나를 숨을 막히게 했다. 도저히 살아갈 에너지가 남아있지 않았다.

질녀 집에 와서도 그는 시공간을 초월하고 불쑥불쑥 나타났다.

그가 보고 싶어 견딜 수가 없었다.

눈에 보이는 모든 사물들이 그의 모습으로 클로즈업되어 내 시야에서 너울거리고 있었다.

도저히 내 정신으로는 숨을 쉴 수가 없어서 몇 번이나 죽음의 기로에 서보았지만 바보 같은 내겐 그것도 마음대로 되지 않았다.

어떻게든 생명이 끊어지지 않는 한 살아야만 했다.

하는 수 없이 내 방은 비워두고 국민학교에 갓 입학한 그 집 아들 방에 함께 있기로 했다.

그 애 방에는 그 애 책상을 넣고 나니 겨우 두 사람이 누울 자리 밖에 없었다. 그 애도 나도 불편했지만 별 도리가 없었다.

"이모, 이제는 정신을 차리고 살아야 해. 이모가 이렇게 정신을 차리지 못하고 있으면 이모부가 좋아하시지 않아. 이모부는 이모가 씩씩하게 사는 것을 원해. 이모, 이미 우리와 함께 살기로 했으니 우리 서로 도와가며 열심히 살아 봐. 이모부는 그 나라에서 이모보다 더 편안하게 계셔. 그런데 이모는 왜 이래."

질녀는 지지리도 복이라곤 털끝만큼도 없는 이모를 진심으로 걱정해 주고 위로해 주었지만, 왜 그렇게 슬프기만 하던지 대답할 기력조차 없었다.

다만 그와 함께 하지 못하는 슬픔으로, 허물어져 있는 내 육신과 영혼은 만신창이가 되어 있었다. 질녀도 아무리 해도 안 되는 나를 나중에는 포기해 버렸다.

가끔 어머님이 오셔서 날개가 꺾여진 딸을 애처롭게 여기시며 걱정해 주고 가셨지만, 내겐 아무 것도 위로가 되는 것이라곤 없었다.

이제 나는 질녀의 위로도 뜸해진 방에 누워서 그 애가 학교에 가고 나면 내가 할 일은 이불을 뒤집어쓰고 우는 것뿐이었다.

목사님 어디 갔어요?

우린 항상 함께였는데 왜 나를 두고 당신만 가셨나요?

내가 가고 당신이 남았더라면 얼마나 좋았겠어요.

당신만 이 땅에서 그렇게 소원하던 '청소년 회관'을 지어서 청소년들과 함께 놀 수 있다면 나는 지금이라도 기쁘게 죽을 수 있어요.

하나님은 나를 데려가시지 왜 할 일 많은 당신을 데려가셨느냐고 얼마나, 얼마나 원망했는지 몰라요.

목사님, 우리 약속했잖아요. 우리 함께 살다가 함께 가자고,

그런데 어찌해서 당신은 그 약속을 저버리고 당신만 가셨나요?

왜 나를 데리고 가지 않았나요?

당신은 너무해요. 너무하고 말고요.

내가 당신 없는 세상을 살아가리라 생각하나요?

아버지 어머니 왜 나를 낳으셨나요! 왜 나를 기르셨나요! 그때 그만 방 한구석에 밀쳐 두고 모른 채 하시지 왜 나를 살려 두었느냐고요.

새하얀 박꽃이 달빛에 젖어 있는 텃밭을 지나 운동장 한가운데 자리를 펴고 우리식구 모두 옹기종기 모여 앉아 어머니의 옛날 얘기에 귀를 기울였다. 그 중에도 우리들의 어릴 때의 옛날 얘기는 언제 들어도 재미있었다. 언니 오빠들, 동생들은 비교적 잔병 없이 잘 자라 주었는데, 나는 홍진을 하다가 죽었다고 밀쳐 놓았던 것이 다시 살아났다고 했다.

'야야, 너는 좀 별나게 컸어.'

의학이 발달된 요즘과 달리 40년대에는 어린아이들에게 홍진은 무서운 적이었나보다. 어머니 역시 이제 걸음마를 배우며 온갖 재롱을 부리던 애가 어느 날 홍진을 해서 아무리 해도 차도가 없어서 죽었다고 방 한구석에 밀쳐놓았다가, 마침 이웃집 한의원의 조약으로 신기하게도 소생했다고 한다.

아버지는 잃었던 어린 자식을 다시 찾은 기쁨으로 좋다는 보약은 다 먹이시며, 이제 겨우 소생한 딸에게 아무도 손을 대지 못하게 했다고 하셨다.

그땐 그 얘기가 무척 재미있고 감동적이었다.

그러나 이제는 그때 그만 그대로 두었더라면 지금 내가 이 고통을 당하지 않아도 되지 않겠느냐고 얼마나 원망했는지 몰랐다. 도대체 죽지 않는 이상 그 아픔을 견뎌낼 수가 없었다.

아버지 어머니는 왜 나를 살려 두었느냐고,

물론 배은망덕한 말이라지만 나는 도대체 숨을 쉴 수가 없었다.

갈 증

　더구나 나는 그 즈음 질녀 집에 있으면서 틀림없이 그가 날 찾으러 오실 것만 같았다. 절대 그는 나 혼자 두고 가실 분이 아니다. 혹 목사님이 날 찾으러 왔다가 나를 못 찾고 그냥 가시면 어떻게 하나, 싶은 생각에 안절부절못했다. 어떨 땐 정신 없이 울다가도 눈물을 닦고 집안에 아무도 없는 틈을 타서 조용히 대문밖에 서서 골목길을 응시하고 있었다.

　그가 없는 햇빛이, 그가 없는 골목길이 왜 그렇게도 을씨년스럽던지 고꾸라질 것만 같았다.

　쓸쓸하다 못해 허기진 바람이 골목길을 휩쓸고 지나갔다.

　마지막 잎새 하나가 허기진 골목길을 이리저리 딩굴고 있었다.

　나 또한 허허로운 가슴을 안고 작은 잎새를 따라 어디론가 떠내려가고 있었다.

　감정도 없이, 눈물도 없이, 빈 몸뚱이만이 아무도 없는 곳에서, 뼈를 깎아내는 아픔도, 슬픔도 없는 곳에서 빈 몸뚱이를 쉬고 싶다.

　또 바람이 분다. 허탈한 내 육신을 휩쓸고 지나간다.

　바람이 지나간 그 자리에 그가 우뚝 서 있다.

　그는 내게 다가오며, 임마야 뭘 해, 왜 그렇게 멍청히 서 있어.

　자, 이건 우리 집이 아니야, 빨리 우리 집에 가자.

　그는 내 손을 꼭 잡고 나를 데려가실 것만 같았다.

불현듯 "기다림"이란 개념을 생각해 보았다.

"기다림"이란 항상 목마름이 뒤따르고 있지 않을까.

더구나 사랑하는 사람의 기다림에야,

그래, 기다리는 거야. 그가 나를 찾으러 올 때까지.

그러한 기다림이 하루 이틀 쌓이고 쌓여서 응어리가 되어갔다.

많은 날들을 가슴을 설레어가며 기다려 보았다.

아무리 생각해 보아도 그가 가실 리는 없다.

절대 그는 나를 두고 가실 분이 아니야.

어디를 가도 나와 함께 가셨는데,

아니, 하나님께선 절대 그렇게 허무하게 데려 가시지는 않으신다.

뭔가 잘못됐다.

넋을 잃고 있다가도 정신이 번쩍 나서 그런 게 아니야.

목사님은 어디엔가 살아 계신다. 아무리 머리를 싸매고 생각해 봐도 그렇게 허무하게 가실 분이 아니란 생각에 결론을 내렸다.

많은 날들을 그러한 생각에 쌓이고 쌓여서 이젠 그렇게 믿어 버렸다.

아마, 하나님께선 틀림없이 우리 목사님을 어디엔가 숨겨 두셨어.

하나님께선 목사님을 어느 병원엔가 숨겨 두셨다가 때를 봐서 천사를 시켜서 내게만 알려 주실거야. 지금은 만인이 보는 앞에서 내 목사님을 만나게 한다면 세상에 혼동이 올까봐 내게만 비밀히 알려 주실거야.

어느 병원일까 ? 여기일까 저기일까 ?

그렇다.

이렇게 울고만 있지 말고 내가 한번 찾아 나서 볼까?

아니야, 그랬다간 내게 연락하러 올 천사와 길이 어긋나면 큰일이야.

틀림없이 너희들은 세상 사람들의 눈을 피해 무인도에 가서 너희 두 사람만 살아 라고 하실 거야.

　나는 벌써부터 내 목사님과 함께 무인도에 가서 살 것을 상상해 보았다.

　아침에 눈을 뜨면 곁에 있는 다정한 얼굴 내 그를 위해 정성을 다해 아침식탁을 마련해 놓고 그와 식탁을 마주하고 그냥 바라만 보고 있어도 행복에 겨울 우리들, 행여나 놓칠세라 그의 팔에 매달려서 산새 들새 벗삼아 지구를 한바퀴 돌고와서, 저녁이면 TV 앞에 앉아서 커피 향을 음미하며 숱한 얘기들을 재잘거리겠지.

　아 – 하나님, 이번 한번만 더 목사님을 제게 주신다면 이젠 어떠한 일이 있어도 놓치지 않겠어요.

　상상의 임신이라더니,

　사람이란 극도에 달하면 허망된 꿈도 그렇게 믿어버리는가 보다.

　그 많은 낮과 밤을 울다가도 정신이 번쩍나서 눈을 반짝이며 목사님이 지금쯤 어느 병원에 숨어 계실까?

　하나님이 왜 빨리 연락을 주시지 않으실까?

　그는 틀림없이 나를 데리러 오실거야.

　절대 그는 그렇게 허무하게 가실 분이 아니야.

　그가 가시다니, 말도 안 되는 소리야, 그럴 수는 없어.

　나는 최면술에라도 걸린 사람처럼 밤낮으로 고개를 갸웃거리며 눈을 반짝이며 그의 소식을 기다리고 있었다.

　하루 이틀, 날이 갈수록 초조했다.

　혹이나 갑자기 거처를 옮겼으니 내가 있는 집을 잘 모르지는 않을까?

　그러다가 보니 그 집 전화 벨 소리에도 깜짝깜짝 놀라는 버릇이 생겼다.

　혹 날 찾는 전화가 아닐까?

그렇다고 질녀에게 이런 얘기를 물어볼 수도 없이 혼자만 가슴을 태우며 기다렸다.

그러나 그 많은 날들을 그러한 상상 속에서 기다렸던 것이 길가의 가로수들이 앙상하게 남아있고 그 위로 하얀 눈이 소리 없이 내릴 때쯤에서야 나를 두고 떠난 무정한 그 사람이 기다려도 오지 않는다는 사실을 어렴풋이 알게 되었다.

그리고 기다림이라는 것이 결코 황홀함만도 아니라는 것도 알게 되었다. 결코 오지 못할 님인 줄 알면서도 자꾸만 기다려지는 것이 기다림이라는 것도 알게 되었다.

기다려도, 기다려도 그는 끝내 오지 않았다. 마을 어귀에서 그의 밝은 목소리가 들려왔고, 골목 어귀에서 그의 핸섬한 모습이 나타났다.

그러나 이제 내겐 기다림의 행운(?)마저도 빼앗겨버린 싸늘한 대지 위에서 싸늘한 육신을 이끌고 언제일지도 모를 그와의 영원한 만남을 위해 언제까지나 하얀 밤을 지새워야 할는지…

이런 나를 주위에서 옛 친구들이, 그리고 친척들이 만나기를 원했지만, 지금의 나로서는 한발자욱도 떼어놓을 수도, 만날 수도 없었다.

아버지가 가시고, 오빠들이 가시고 그 험산준령을 힘을 다해 걸어 왔는데, 또 내 앞에 이 무슨 신의 장난이 이렇게도 잔인하단 말인가! 내 처절한 몰골을 아무에게도 보이기 싫었다.

가정과 학우가 전화를 하다가 안 되어서 편지를 써서 주었지만 편지도 볼 수가 없었다.

이젠 질녀도 상상을 초월한 나를 바른 눈으로 보는 것 같지도 않았다. 나는 점점 더 내가 만든 깊이 모를 나락으로 빠져 들어가고 있었다.

이러한 나를 보다못한 어머니께서 어디 여행이라도 가보자고 하셨다.

소백산 기도원

매서운 바람이 유리창을 흔들고 지나갔다.

골목길에서 조무래기들의 밝은 웃음소리가 창가에 아련히 내려앉았다.

후다닥 정신을 차려본다. 그러나 뜻대로 되지 않았다.

그가 보고 싶어 견딜 수가 없었다.

그가 그리워 견딜 수가 없었다.

그의 바리톤 음성으로 '임마야' 하는 목소리가 듣고 싶어 견딜 수가 없었다.

그의 훤칠한 키에 매달리어 볼을 비비고 싶어 견딜 수가 없었다.

그와 함께 손을 잡고 거리를 활보하고 싶어 견딜 수가 없었다.

하루 24시간 그 모든 시간들이 그를 향한 그리움으로 가득찼고, 모든 사물들이 그와 관련이 되어 가슴을 헤집어 놓았다.

잠도 잘 수 없었다.

그의 팔베개를 하고 잠이라도 잘 수 있었으면, 소원해 보았다.

내 생활 모두를 그가 빼앗아갔다. 하나도 남김없이,

나만의 시간이란 그나마 허기진 잠이었다.

그가 내 생활에서 빠져나간 하루하루는 도저히 감당할 수 없는 고통의 시간들이었다.

이렇게 우린,

만날 날을 기약도 없이 눈 깜짝할 사이에 서로가 서로를 볼 수 없는 암

흑과 같은 날들이 흘러간 지금,

나 혼자서 살아야 할 아무런 이유도 찾지 못한 채 낮과 밤은 쉴 새 없이 흘러갔는가보다.

지금의 내겐 시간 관념도, 그 무엇도 없었다.

다만 그를 잃은 슬픔에, 그의 생각에 뼈를 깎는 아픔을 겪어야만 했다.

잠자는 시간이라도 좀 잊어보려해도 낮이나 밤이나 잠도 잘 수 없었다.

이러한 나의 감당할 수 없는 무절제한 생활에 보다 못한 언니들과 어머니께서 영주(여동생 집)에 한번 가보자고 했다.

금방이라도 쓰러질 것만 같은 몸으로, 그나마 얼굴은 시커멓게 타 들어가는 듯한 모습 그대로 갔더니 동생과 동생 남편이 깜짝 놀라는 것 같았다. 의외로 여동생 시어머님께 많은 위로를 받았다. 그러나 그것도 잠시 뿐이었다. 동생 남편은 저렇게 그냥 두면 죽든지 아니면 정신이상이 될 것이라고 하면서 무척 걱정을 했다고 한다.

이제 어머님과 언니들은 며칠 있다가 집으로 가 버리고 나 혼자 남게 되었다. 동생 집에서도 도저히 견딜 수가 없어서 마침 그곳 집사님이 소백산 기도원에 간다기에 나도 한번 가 보기로 했다. 기도원에 가서 이 애달픈 심정을 털어놓고 하나님께 기도하면 그래도 좀 나아질는지, 생각하고 기도원에 가 보기로 작정하고 그 집사님을 따라 나서기 전에 동생과 약속을 했다.

내가 지금 이런 상태로선 도저히 살아갈 수가 없으니 기도원에 가서 한 달이 되든 두 달이 되든, 아니 평생이 되든 내가 마음이 고쳐지면 내려오고, 그렇지 않으면 마음이 고쳐질 때까지 내려오지 않겠다고 굳게 약속을 하고, 기도원을 큰 기대를 하고 그곳 집사님을 따라 나섰다.

'소백산 기도원'

눈이 온 천지를 뒤덮은 겨울이었다. 영주에서 조금 떨어진 곳인데 그곳 기도원 원장과 오후 늦게 시내에서 만나 함께 택시를 탔을 때는 벌써 겨울의 짧은 해는 서녘하늘로 넘어가고 있었다.

1월의 날씨는 비교적 포근했지만 바람은 흰 눈가루를 흩날리며 지나갔다. 우리 일행은 함께 택시를 타고 기도원으로 향하고 있었다. 나는 초행이라 어딘지는 잘 모르지만 석양의 시골길을 한없이 달렸다. 차는 하얀 눈으로 쌓인 황량한 들길을 지나자 저 멀리에 하얀 눈 속에 파묻혀 있는 아름다운 촌락이 모습을 드러냈다. 옹기종기 모여 있는 가옥들이 무척 따뜻해 보였다.

지금 저 알 수 없는 집집마다에는 사랑하는 가족들을 위해 정성껏 저녁식사 준비를 하고 있겠지. 그들은 옹기종기 모여 앉아 그날 있었던 얘기들을 나누며 식사를 하겠지.

그러자 저 멀리서 그가 새하얀 눈길을 사뿐사뿐 밟으며 '임마야 나 여기 있어' 하며 손을 흔들며 나를 향해 달려오고 있었다. 나도 함께 정신 없이 달려가 그를 와락 껴안고 '덩거리 보고싶었잖아요' 하며 그의 얼굴에 이마에, 뺨에 뽀를 하는 모습이 다가왔다.

아 – 나는 지금 내 목사님을 버리고 어디로 가고 있는 중일까.

지금쯤 우리도 퇴근시간을 맞추어 시장을 봐 가지고 손에 손을 잡고 덩거리 그렇지요, 그래요, 하며 행복에 겨워 집으로 돌아와서 저녁상을 앞에 놓고 오순도순 얘기하며 행복의 나래를 펴가야 할텐데, 나는 지금 어디로 가고 있는 중일까!

우리를 태운 택시는 단조롭게 젖어있는 시골의 하얀 들길과 가옥들을 지나 한시간 가량 달리는가 싶더니, 언뜻 보니 이번에는 우뚝 솟은 산을 향해 울퉁불퉁한 산길을 얼마쯤 올라갔는가 했을 때는 이미 주위는 어둠에 싸여 있었다.

나는 어디를 어떻게 가는지도 모르고 단지 가슴만 태워가며 앉아 있는데 이윽고 터덜거리던 택시가 몇자 앞뒤도 분간할 수 없는 캄캄한 밤중에 어느 산 속에서 내리라고 했다.

산중이라 불빛 하나 없는 캄캄한 밤이었다. 어디가 어디인지 분간할 수도 없었다. 기도원은 여기서 산꼭대기까지 가야 한다고 했다.

난감했다. 달빛도 저만치 달아나 버린 칠흑같이 어두운 밤에 눈에 싸여 길도 없는 산길을 어떻게 가야할지 몰랐다.

작은 불빛 하나 없는 캄캄한 산 속에는 바람소리마저 끊겨버린 고요가 온 산천을 휘감고 있었다.

차라리 쉬임없이 달리는 차들의 소음이라도, 항상 들끓는 인파들의 수근거림이라도, 아니 사그락 사그락 나뭇잎을 흔드는 바람소리라도, 나무와 나무 사이를 넘나드는 다람쥐의 미세한 소리라도 있어 주었으면 좋겠다.

온 산천이 고요로 휩싸인 산 속에 그나마 앞뒤도 분간할 수 없는 어두움은 당장이라도 나를 질식시킬 것만 같았다.

이제 희미한 등대 불조차 하나 없는 캄캄한 산 속을 그가 없는 나 혼자의 힘으로 올라가야 한다.

그가 있었으면 임마야 나를 꼭 잡아.

아니야, 덩거리가 나를 꼭 잡아, 덩거리가 나보다 더 어린애니까,

우리는 캄캄한 산길도 그 무엇도 행복이었을 텐데,

그러나 이제 그는 멀리서 나를 바라볼 뿐이다.

그가 없는 나 혼자서 어떻게 가야할 지 아직 아무 것도 모른다.

우리는 적당히 세파를 겪은 중년부부가 아니라,

언제까지나 서로가 서로를 의지하는 소꿉친구였다.

그러나 이제 나는 반항 한마디 하지 못하고 세상이 내게 던져준 이 엄청

난 현실을 안고 오늘도 내일도 걸어가야 한다. 그리고 지금 당장 내게 주어진 이 산길을 걸어가야 한다.

어느새 모두들 어디서 지팡이 하나씩을 들고 있었다. 내게도 하나 내 밀었다.

우리는 길도 보이지 않는 언덕을 기어올라가는가 하면 작은 소나무를 붙잡고 또 올라갔다. 자칫 잘못 하다간 굴러 떨어질 것만 같았다. 나는 온 신경을 집중해서 그들 뒤를 넘어지며, 미끄러지며 따라 올라가고 있었다. 산길은 미끄럽고 더구나 앞뒤도 분간할 수 없는 산 속을 자꾸만 올라갔다.

오직 온 산천을 뒤덮은 흰눈이 그래도 불빛 대신에 한 발자욱이라도 떼어놓을 수 있는 역할을 해 주었다. 왜 그렇게 슬프던지 그만 그 자리에 주저앉아서 통곡이라도 하고 싶은 마음을 이를 악물고 참아야만 했다.

나는 지금 누굴 만나러 이 캄캄한 밤중에 눈 덮인 산길을 올라가야 한단 말인가!

내 목사님이라도 거기에 계신단 말인가!

잘은 몰라도 길도 없는 캄캄한 산길을 한시간 남짓 갔을까? 드디어 저 멀리 산꼭대기에서 한줄기 불빛이 새어나오고 있었다. 깊고 깊은 산 속에 그나마 온 산천이 흰눈으로 싸여 있는 산중에 덩그러니 서 있는 기도원은 조용하다 못해 적막했다. 기도원 입구에는 숙소인 듯한 방이 가지런히 이어져 있고 바로 그 아래에는 맑은 생수가 쉴새 없이 졸졸졸 흘러내리고 있었다.

숙소를 지나서 그 옆에는 그리 크지 않는 아담한 교회가 흰 눈 속에 파묻혀 있었다. 어두워서 잘 보이진 않지만 아무리 둘러보아도 새하얀 눈 속에 파묻혀 있는 높은 산들과 헐벗은 가지마다 흰눈꽃송이를 만들고 있는 산 속은 차라리 먼 이국 땅에 서 있는 기분이었다. 그리고 바로 기도원

밑에는 깊은 계곡이 있는 듯 했다.

밤이라 볼 수는 없었지만 기도원 아래 계곡의 바위를 부딪치며 흘러내리는 폭포수는 고요한 산 속의 적막을 깨트리고 있었다.

깊은 산 속 차가운 겨울밤에 들리는 것이라고는 철썩 철썩 바위를 부딪는 물소리뿐이었다.

당장,

잘못 왔구나, 생각했다.

깨어지고 터진 상처투성이의 마음을 조금이라도 싸매어 볼까 싶어 이 험한 산 속을 찾아왔는데 하필이면 이곳 설경이, 정적에 싸여있는 산 속의 철썩 철썩 바위를 부딪치는 물소리는 사랑하는 님을 잃어버린 슬프디 슬픈 나에게는 구곡간장이 녹아나는 아픔의 소리였다.

아 -저 물소리,

철썩 철썩, 그 물소리는 바로 나의 가슴에 비수처럼 내려앉았다. 금방이라도 돌아가 버리고 싶은 마음을 간신히 억누르며 어쩔수 없이 함께 온 집사님과 숙소를 정하고 간단한 짐을 내려놓고나니 하염없는 눈물이 흘러내렸다. 우리 방에는 집사님과 그리고 안동지방에서 왔다는 아가씨 두 명이었는데 그들은 금방 가까워져서 얘기를 나누는데 나는 말 한마디도 할 수 없었다. 아무리 생각해도 기도원까지와서 이래선 안 되겠다 싶어 교회에 나가 보려고 밖으로 나가니 사방이 흰눈으로 싸여있는 우뚝 솟은 산들 뿐, 캄캄한 산 속에는 오직 교회의 불빛만이 반짝이고 있었다. 나는 간신히 교회를 향해서 미끄러운 길을 더듬더듬 옮기는데, 갑자기 그가 다가와서 깜짝 놀라며,

'당신 여기가 어디라고 왔어? 이 눈 덮인 산 속에 당신 혼자 왜 왔어?' 하면서 자꾸만 길을 가로막는 것 같아서 걸음을 옮길 수가 없었다.

그러자 갑자기 새하얀 눈 속에 파묻혀 있는 깊은 산중에는 그의 모습으

로 가득 차 있었다. 그의 핸섬한 모습, 자연스런 헤어스타일, 커다란 키에 검은 눈썹이 그곳에 있었다. 그는 혹이나 아내가 다칠까, 새하얀 눈 속에 서서 내가 교회에 다 갈 때까지 나를 지켜보고 있었다.

이튿날 새벽에는 간신히 일어나서 교회에 갔더니 마음대로 울지도 못해서 아침에는 아무도 없는 교회 뒷산에 올라갔다.

난생 처음 와보는 낯선 산 속에는 폭설의 하얀 풍경들 뿐, 간간이 차가운 바람만이 흰 눈발을 흩날리며 지나갔다. 지금의 이 설경만으로도 버틸 힘도 없었지만 애써 몸을 가누면서 하나님께 기도하기로 했다.

하나님, 지금까지 하나님을 원망한 것 용서해 주세요.
내 목사님을 그렇게 순식간에 데려가신 슬픔을 이기지 못해 그랬어요.
하나님 내 모든것 용서해 주시고 내 목사님 한번만 좀 만나게 해 주세요.
우리는 이대로 헤어질 수는 없어요. 하나님 우리가 불쌍하지도 않나요?
어떻게 우릴 떼어놓을 생각을 하셨나요? 그건 너무 잔인한 형벌이에요.
하나님, 이렇게, 이렇게 간구합니다.
우린 말 한마디하지 못하고 헤어졌어요.
하나님, 그럼 헤어지더라도 한번만, 한번만 만나보고 헤어지게 해 주세요.
우린 할 얘기가 너무 많이 쌓였어요.
우린 너무 오랫동안 만나지 못했어요.
하나님, 그와 나는 단순한 부부사이만이 아니라는 것 하나님도 잘 아시잖아요.
하나님, 이렇게, 이렇게 애원합니다.
내 목사님 한시간만, 한시간만 좀 만나게 해주세요.

그러나 1월 달의 매서운 바람만이 사정없이 휘몰아쳐 지나갈 뿐 아무리, 아무리 부르짖어도 아무런 응답이 없었다.

그러면 하나님,

우린 어떠한 일이 있어도 꼭 만나야 합니다.

만나서 그의 얘기를 들어보아야 합니다.

정말 당신이 나를 두고 갔느냐고 그에게 직접 물어보아야 합니다.

아무리 생각해도 그가 나를 버리고 갔다는 건 믿어지지 않아요.

하나님, 한시간이 너무 길면 30분만, 아니 10분만, 5분만...

내 목사님 꼭 좀 만나게 해 주세요.

그렇게 한시간이고 두 시간이고 간장이 타는 듯한 애절한 기도는 차라리 필사적인 울부짖음이었다.

그러나 끝내 내 애절한 소망은 차가운 눈발 속에 파묻혀 버리고 여전히 매서운 바람만이 은빛 눈발을 휘날릴 뿐 아무런 응답이 없었다.

눈이 퉁퉁 부어 내려갈 수가 없어서 눈 주위를 차가운 눈으로 대강 씻고 내려오니 식사시간이 되어서 무척 찾았다고 했다. 저녁에도 새벽에도 기도회가 있어도 기도가 나오지 않았다. 그러나 이곳에 올 때 동생과의 약속때문에라도 모든 걸 무릎쓰고 이곳에 머물러 있어야겠다고 생각했다. 밤새워 철썩 철썩 계곡을 흘러내리는 폭포수는 귀를 막고서라도 참아보아야겠다. 내려간들 무엇하나.

그래서 나는 한 달이든 두 달이든, 아니 평생이 되든 이곳에 있기로 작정하고 그와의 행복했던 날들을 하얀 눈이 쌓인 이 산 속에 차곡차곡 묻어두기로 했다.

먼저 이곳에 있으려면 원장님과 상의를 해야되기 때문에 나는 용기를 내어 그곳 여전도사 님을 만나서 내 뜻을 말했더니, 전도사 님은 마침 지금 기도원(경리)을 돌 볼 사람을 구해야 하는데 잘 됐습니다. 사모님이 그런 뜻이 있다면 다시 한번 생각해 보세요 라고 했다.

마침 좋은 기회가 아닌가.

이미 내 목사님이 가실 때 내 모든 건 가져가 버렸으니 지금의 내겐 이 땅에서의 삶과는 아무런 미련이 없지 않는가!

그가 없는 세상이란 꿈에도 생각하지 못했다.

그가 있음으로 내가 있었고, 내가 있음으로 그가 있었다.

우린 이 세상의 그 무엇도, 우리들의 소망, 모든 생각, 모든 꿈, 모든 추억도 그와 함께 나누고, 그와 함께 얘기하며 그와 함께 즐거워했다.

이제 그는 가 버리고 나만 남은 이 땅에서 무엇을 더 바라고 무엇을 더 소망하며 버티어 본단 말인가! 이 괴로움에서, 산산이 찢어진 가슴에서 더 무엇을 찾을 수 있단 말인가.

우린 비록 가난했지만 그로 인해 말할 수 없는 경지에 도달해 보았고, 또 이제 그로 인해 말할 수 없는 고통을 맛보아야만 했다.

아 – 이렇게 한 많고 슬픔 많은 속세를 떠나 일평생을 이 산야에 묻혀 그만 생각하다가 생을 마쳐야겠다.

그렇게 마음을 다짐하고나니 한결 마음이 가벼워지는 것 같기도 했다. 그러나 이곳에 있으려면 무엇보다 주위 환경에 무디어져야 한다. 온 산천을 뒤덮은 하얀 눈발도, 나뭇 가지마다 탐스럽게 앉아있는 눈꽃송이들도 무의미하게 스쳐가는 바람 정도로 생각해야만 한다.

또한 무엇보다 이곳에서 제일 견디기 힘든 것은 깊은 산 속의 적막한 밤에 철썩 철썩 심금을 울리는 폭포소리도 아무런 감각도 없이 흘러 넘겨야 한다.

그래, 이곳에 있으려면 모든 것을 참아야지.

첫 날은 눈을 감고 귀를 막고 참았다. 가슴이 터질 듯한 상태에서 이틀이 지났다. 사흘이 다가오는 밤이었다. 추운 겨울이고 눈길이라서 그런지 기도하러 오는 성도들은 소수였다. 초저녁에 기도회를 가진 뒤 각자 기도하다가 모두들 숙소로 들어가고 난 뒤부터는 깊은 산중의 기도원은 하얀 눈 속에 파 묻혀 깊은 잠 속으로 빠져들었다.

밤은 깊어 사방은 쥐 죽은 듯 고요로 휩싸인 산 속에 들리는 것이라곤 계곡의 철썩 철썩 물소리 뿐, 아무리 귀를 막고, 눈을 감고 참으려해도 그 소리는 나의 폐부 깊숙이 침투해서 심장을 예리한 칼날로 도려내는, 감당할 수 없는 아픔으로 다가왔다.

도저히 인간인 내 힘으로선 더 이상 견디어 낼 수 없는 애간장이 녹아나는 슬픔의 소리였다.

아 – 내 목사님과 함께라면,

계곡을 따라 흐르는 물소리가 얼마나 멋있게 들렸을까.

이 경치 좋고 공기 좋은 곳에 이 겨울의 낭만이 우릴 얼마나 감탄하게 했을까.

그와 함께라면, 그와 함께라면, 눈이 아니라 온 산천이 꽁꽁 얼어붙은 얼음덩이라해도 우리는 그것마저 행복해서 온 산천이 울리도록 깔깔거리며 우리들의 메아리를 날려보냈겠지.

그는 틀림없이

임마야, 이곳이 정말 절경이야, 참 멋있다 그렇지?

그런데 우리 여기 참 잘 왔어. 저 물소리 들어봐, 너무 낭만적이야,

그는 또 생수가 흐르는 곳에 가서

우리 이 생수 마시자, 이것이 하나님이 주신 젊어지는 샘물이야.

응, 그래요, 우리 이 생수 마시고 영원히 젊음을 간직해요.

덩거리는 영원한 나의 새 신랑, 나는 영원한 당신의 새 신부, 우리 오래오래 살아요.

우린 또 손을 잡고 한 쌍의 사슴이 되어 흰 눈이 덮인 산에도 올라가 보고 계곡의 물소리를 따라 끝없이 걸어 보기도 하고... 아 - 이제 그만, 그만,

도저히 내 정신으로는 더 버틸 수가 없었다.

결국 나는 더 이상 견딜 수가 없어서 동생과의 약속을 깨트리고 겨우 3일만에 내려와야만 했다

모든 사물은 보는 관점에 따라 다르듯이, 사랑하는 사람과는 한겨울 사정없이 휘몰아치는 바람도, 꽁꽁 얼어붙은 나뭇가지도 아름다워 견딜 수가 없을 것이다.

온 산천이 새하얀 눈으로 옷을 입은 그 곳 설경이, 깊은 산 속의 계곡의 물소리가 내 목사님과 함께라면 더 없는 겨울의 운치에 우린 얼마나 황홀해 했으며 감탄했을까!

탄성이 터져나올 만큼 아름다운 설경이었으나, 그가 함께 하지 않는 그 곳은 내겐 아무런 의미가 없었으며, 오히려 가슴을 도려내는 아픔 그 자체였다.

그렇게 마음을 고치면 내려온다고 약속해 놓고 아무 것도 변하지 못한 상태에서 내려와서 동생에게 미안했지만 어쩔 도리가 없었다. 그렇잖아도 내려올 때 그곳 여전도사 님이 저렇게 그냥 두면 죽든지 아니면 정신 이상이 될 것이라면서 그렇게 안타까워했다.

평생을 산야에 묻혀 그만 생각하다가 생을 마쳐야겠던 것이 겨우 3일만에 내려온 나는 여전히 정신나간 사람 같았다. 식사도 하지 않은 채 누워 있는 내게 할머니가 오셨다. 동생 시어머니는 옛날 처녀시절에 한 교회에서 지냈던 분이었다.

"그러지 말고 식사도 하고 기운을 내서 교회에 가요. 목사님은 지금 낙

원에서 하나님 모시고 얼마나 기쁘게 사시는데 왜 그래요? 목사님 사모님
이 그렇게 믿음이 없어서 어떻게 해요. 언젠가는 우리도 만날텐데 그때까
지만 참아요."

　할머니는 정말 미안할 정도로 위로의 말씀을 해 주셨지만, 내겐 이젠 아
무런 효과도 없었다.

　그러던 어느 날, 보다 못한 할머님께선 근심스런 얼굴로 오시더니, 아무
리 보아도 이 상태로 있다간 사람 버리니까 이 시골에 이렇게 그냥 있지
말고 대구에는 좋은 병원도 있으니까 하루라도 속히 대구에 가서 치료를
해야 한다고 하셨다. 할머니는 그러다가 정신이라도 돌아버릴까 무척 격
정을 하셨다.

　"나는 사돈(우리 어머니)이 원망스러워요. 어떻게 이렇게 정신을 못 차
리는 딸을 그냥 내팽개쳐 버리고 갈 수가 있어요?"

　나 역시 그랬다. 그곳에 있은들 조금도 나아질 리가 없었다. 동생도 이
런 나를 어떻게 수습할 길이 없는 것 같았다.

흔들거리는 인생

하는 수 없이 대구로 오는 기차를 타야만 했다.

여행이란, 더러는 마음을 정리하기 위해 떠나는 여행도 있겠지만, 여행 그 자체가 즐거운 마음으로, 가벼운 마음으로 마음을 같이할 수 있는 자와 떠나는 것이 제격이 아닐까.

영주에서 누구 하나 함께 하지 않는, 달랑 나 혼자서 외로움도 그만큼 안고 기차에 올랐다. 객실 안의 여행자들로 가득찬 저 알 수 없는 그들이 부럽다는 생각이 들어 눈길을 창 밖으로 쏟아냈다.

그러자 저 멀리서 '문수'라는 간이역이 나타났다. 그곳은 언제인가 그와 기차 여행을 하다가 무척 아름다운 곳이어서 꼭 한번 오자고 약속한 곳이었다.

길게 이어진 철로 길을 따라 제법 폭이 넓은 강가에는 맑은 물이 유유히 흘러내리고 그 옆에는 잔잔한 모래사장이 정갈하게 깔려 있었다. 강가를 따라 그 위쪽으로는 보기에도 아름다운 수양버들이 맑은 물위에 흐드러진 채 한가하게 노닐고, 흐드러진 수양버들 아래로 흐르는 냇물을 거슬러 올라가면, 그 안쪽으로는 한낮의 햇살아래 조는 듯이 누워있는 촌락이 띄엄띄엄 강가를 지키고 있었다.

우린 동시에 야, 그림 같다며 감탄을 했다.

그는 또 내게 소곤거렸다.

"임마야, 우리 내년 여름에 이곳에 와서 흐드러진 수양버들 아래 텐트를 치고 일주일 가량 놀다가 가자. 이봐 한번 봐, 너무 멋진 곳이지?"

"그래요 우리 내년 여름에 여기에 와요."

"응, 그래 꼭 한번 오자. 자, 약속해."

우리는 꼭 오려는 것을 다짐하며 어린애들 같이 손가락을 걸면서 약속한 일이 있었다.

그때 그와의 약속이 한없이 그리웠고, 그와의 약속을 지킬 수만 있다면 내겐 더 이상 바랄 것이 없었다. 지금 나를 둘러싸고 있는 저 여행자들, 그들이 한없이 부러웠고, 그들이 한없이 행복해 보였다.

그들에겐 지극히 평범한 행복일 지라도 내겐 그 평범한 행복이 평생소원이 되어 앙금으로 남았다.

그와의 약속을 지킬 수만 있다면, 그와의 약속을 지킬 수만 있다면, 저 새하얀 모래사장에서 그와 함께 속삭이며 한없이 거닐어 보았으면…

아 – 목사님,

비록 몸은 달리는 열차 한 구석에 쪼그리고 앉아 있지만 마음은 어느새 그와 함께 훨훨 날아다니고 있었다.

대구가 점점 가까워오는가 했더니 어느새 모두들 짐을 챙기고 있었다. 하나 둘 짐을 내리고 있었다. 나도 그들 뒤를 따라 떨리는 발걸음으로 한 발자국 한 발자국 빠져나가고 있었다.

피폐해진 몸과 마음으로 군중들 뒤를 따라오면서 마음은 수만 갈래로 교차하고 있었다. 설마 내가 이렇게 오래 있다가 오는데 나를 마중나와 주겠지, 임마야 이제와, 하며 나를 안고 뺑뺑 돌리겠지. 그래 그는 틀림없이 날 마중나와 줄 거야.

마음이 혼란스러워 갈피를 잡을 수가 없었다. 그러자 내 바로 앞 여학생이 친구인 듯 서로 얼싸안고 만남을 반가워했다. 차마 바라볼 수가 없어서 외면해 버렸다.

동대구 역,

한낮의 그 넓은 광장 안에는 바람이 일고 있었고, 그 바람은 나의 온 전신을 꿰뚫고 들어와서 슬픔이 되어 갔다.

다리가 후들거려 더 걸을 수가 없었다.

서서히 그가 다가오고 있었다. 만면에 웃음을 가득 담고,

나는 힘써 머리를 흔들고 정신을 가다듬었다.

흐려진 눈으로 아무리 고개를 휘저어 보아도 그는 어디에고 보이지 않았다.

이 바보야, 정신차려,

나는 고개를 떨군 채 군중들 사이를 둘러보지 않으려고, 그의 다정하고 부드러운 얼굴을 찾지 않으려고 안간힘을 썼다. '임마야' 하며 반가움에 못 이겨 두 손을 흔들며 달려오는 그의 모습을 찾지 않으려고 눈을 감아 버렸다.

아 – 그와 내가 함께 숨쉬던 동대구 역.

어쩌다 그가 출장을 가시는 날엔 난 으레 그의 가방을 들고 따라나오면 그가 개찰을 하고도 한쪽에 비껴 나와서 손을 꼭 잡아 주고 가시던 당신,

내게 그 많은 것을 안겨주고 당신은 어디로 숨어 버렸나요?

이젠 나타나 주세요.

당신의 아내가 이렇게 목 매이게 찾고 있잖아요.

내가 시내에서 전화만 해도 반가워서 들뜬 목소리로 무슨 말부터 해야 할지 모르던 당신이 내가 영주에서 그렇게 오래 있다가 오는데 꼭 마중 나와야 할 당신은 왜 보이지 않나요?

목사님,

나는 지금 누구를 위해서 생명을 유지해야하며 누구를 위해서 이 땅에서 발돋움을 해야 하나요? 아직도 내가 살아야 할 이유가 남아 있기나 하다는 말이에요?

갑자기 출입구 쪽에서 손을 막 흔들며 뛰어오는 그의 환한 얼굴이 내게로 다가오고 있었다.

순간 용수철에라도 튀긴 듯이 뛰어가다가 정신이 번쩍 났다.

내가 왜 이럴까 이래선 안 된다. 정신을 차려야지.

몸을 가눌 수가 없어서 의자에 무너지듯 털썩 주저앉아 버렸다.

하염없이 흐르는 눈물을 닦을 정신도 없이 모든 게 모든 게 보기 싫었다.

이제 내가 찾아가야 할 곳은 그가 하루 일을 끝내고 집으로 돌아와서 외출한 아내를 기다리고 있는 그와 나의 집이 아니라 질녀의 집 방 한 칸이었다. 정신이 혼란한 상태에서 어떻게 찾아왔는지 그래 용케도 찾아왔다.

"이모, 잘 놀다 왔어?"

"응, 그래."

"이제는 모든 건 털어버리고 잘 살아야 해. 이모부도 그걸 원해."

"이제 내 방으로 갈게. 이때까지 승호가 무척 불편했을 거야."

"이모 영주 갔다 오더니 참 좋아졌네. 그래 그렇게 사는거지 뭐. 기다려 내 방을 치워줄게."

내 방에 들어간다고 하니 나보다 질녀가 더 좋아했다. 질녀는 조금은 흥분된 기분으로 방을 치우고 떼어놓았던 전화기도 찾아오고 했다.

나는 전화기는 달지 말라고 했다. 아직도 그의 전화가 올 것이다, 생각하면 단 한시간도 못 견딜 것 같았다. 여전히 나는 내 방에 들어와서 피아노와 그 외 간단한 짐들이 보기 싫어서 돌아누워 버렸다.

침구도 질녀 집의 침구를 사용했더니 어느 날 어머님이 와 보시고 왜 어자가 그런 못난 짓을 하느냐면서 하나 사 주셨다.

그렇게 나는 영주에 갔다와선 내 작은 방안에 들어앉아 전보다 더 안으로, 안으로 움츠러들었다.

후배 숙자도, 가정과 학우도 수차 만나기를 원했지만 여전히 아무도 만날 수가 없었다. 세상을 다 잃어버린 지금, 누구를 만난들 무슨 소용이 있겠는가.

어머니와 형제들은 이미 간 사람보다 앞으로의 남아있는 내 걱정에 더 골몰했다. 어머니와 언니들은 아침부터 용하다는 한의원을 찾아서, 그리고 정신과에 나를 데리고 다니느라 정신이 없었다. 그러나 그의 생각에서 벗어나게 해 줄 것이라곤 아무 것도 없었다.

그러한 날들이 흘러가던 어느 날 내 목사님과 가까웠던 시내 교회목사님께서 무조건 중앙로에 있는 전통 찻집으로 나오라는 것이었다.

도저히 나갈 수 없다는 뜻을 전했더니 또다시 전화가 왔다. 하는 수 없이 외출준비를 하고 골목을 지나 그와 내가 푸른 꿈을 안고 서 있던 버스 승강장으로 갔다.

그때 그와의 외출은 기쁨과 행복이 출렁였지만 나 혼자의 외출은 차라리 살을 에이는 아픔이었다.

멀리서 그가 나를 기다리고 있었다.

임마야, 혼자 외출하는 법도 배워야 해.

고개를 들고 꿋꿋이 걸어.

떨구었던 고개를 들자 바람이 쏴 하니 치맛 자락을 휘감으며 지나갔다.

온 전신이 시리도록 서늘한 바람이 가슴을 휘잡고 지나갔다.

햇빛을 바라볼 수가 없어 가슴을 싸안고 서 있었다.

언제까지 그가 없는 이 길을 혼자 걸어가야 할까?

이젠 나의 뒤를 이끌어 줄 사람은 오래 전에 나를 두고 떠나버렸다.

나의 등불이며 나의 희망이었던 그는 내게서 멀어져 갔다.

그가 없는 세상에서 나란 인간은 무기력한 여인으로 되어갔다.

아무 것도 내 안에서 분출할 수 없는 여인이 되어 버렸다.

간신히 정신을 가다듬고 부시시한 얼굴 그대로 갔더니 목사님은 벌써 와 계셨다. 나를 보시더니 깜짝 놀라셨다.

"사모님, 왜 그렇게 바보 같아요, 얼굴이 그게 뭐요?"

우리 목사님과 가까운 사이라서 그 목사님은 내게 스스럼 없이 말씀하셨다.

"벌써부터 한번 만나야겠다 하면서도 너무 바빠서 이제야 시간을 내게 되었어요. 친구 부인에게 너무 무관심한 것 같아서 정말 미안합니다. 참 질녀와 함께 있다면서요?"

"예,"

"이제 좀 정신을 차려요. 아무리 부부의 금실이 좋다해도 인간이란 어쩔 수 없이 평생을 함께 살 순 없이 한번은 헤어져야 하는 게 아니겠어요? 더구나 하나님의 자녀들은 영원한 내세가 기다리고 있잖아요. 친구 목사도 영원한 천국에 대해서 그렇게 힘차게 말씀을 전하고 갔다면서요? 그런데 사모님은 왜 그렇게 슬픈 얼굴을 하고 왜 그렇게 가슴아파 해요?

그 친구가 사모님에게 세상 다른 남편들보다 그 어떤 특별한 것을 남겨 주던가요? 그렇게 못 잊어 하고 그렇게 우는 건 난생 처음 봤으니까요. 사모님, 내 말 잘 들어야 해요. 이미 간 사람은 간 사람이고 산 사람은 어차피 세상을 살아가야 합니다. 나는 상호목사와 친구요. 이런 말하기에는 좀 이른지 모르겠지만, 마침 우리 교회에 놓치기 아까운 사람이 있어요. 지금 생각에는 어림도 없는 일이라고 하겠지만, 특히 사모님 같은 사람은 옆에서 치료해 줄 사람이 필요해요. 그대로 그냥 둔다면 돌아버려요."

"목사님, 정신도 차리지 못하는 제게..."

물론 그 목사님은 나를 위한 말씀이라지만 그 말을 듣는 순간 말문이 막혀버렸다. 어디를 어떻게 돌아다녔는지 정신 없이 돌아다녔다.

주위에서는 그렇게 해서라도 내게 위로가 될까 생각했지만 오히려 나를 더 비참하게 만들었다.

나는 과연 앞으로 남은 생을 어떻게 끌고 가야할지?

혼자 동그랗게 앉아 있는 방문을 열고 질녀가 "이모 이 방에 좀 와 봐" 하더니 수화기를 건네주었다.

수화기를 들고 한참 망설이다가 응답을 했더니 갑자기 수화기 저쪽에서 울먹이는 목소리가 흘러나왔다. 하영이에게도 소식을 끊었더니 어떻게 수소문해서 전화를 했다.

"지연아, 갑자기 전화가 안되어서 궁금해 하다가 늦게야 너의 소식을 듣고 얼마나 놀랐는지 모르겠다. 지연아, 어떻게 해? 내 친구가 불쌍해서 어떻게 해? 내가 어떻게 위로해 줄까?

"하영아, 나 이런 꼴을 네게 보여주는구나. 내가 왜 또 이런 일을 당해야 하는 거니?"

"지연아, 운명의 신이란 잘난 자에게도 못난 자에게도 예고없이 돌아다니잖니. 그래 어쩌겠어. 너무 속 끓이지 말아. 말이 났으니 말이지 너 정말 내 친구 맞아? 어떻게 그렇게 지독하니? 세상 사람 모두가 모른다 해도 내게 만큼은 알려 주어야 하지 않니, 친구 좋다는 게 뭐야. 외로울 때 슬플 때 조금이라도 힘이 되어주는 게 진정한 친구가 아니야. 지금까지의 우리 관계가 그것밖에 안되었어?"

"그래 미안해, 하영아 나 아직도 정신을 못 차리고 있어. 친구들에게 전화 오는 것도 받을 수 없을 만큼 내 아픔이 너무 커."

"그래, 그 말도 이해가 간다. 너희들 어땠니, 참 네가 믿는 하나님이란?

왜 하필 네게만 따라다니면서 그런 고통을 주느냐 말이야. 어떻게 찾은 행복인데... 그러나 어쩌겠어. 다 운명이라 생각하고 이젠 뒤돌아보지 말고 너 살아갈 생각을 해야 해. 지연아, 아무리 행복한 생활이었다 해도 지나면 아무 것도 아니야. 다 잊어버려. 아무런 가치가 없어. 그 분과의 아름다웠던 일들은 이젠 한낮 추억에 불과해. 그 아름다웠던 추억은 가슴속에 고이 간직해 두고 앞을 내다 봐."

"하영아, 나 인간이야. 짐승이 아니야."

"내 안 봐도 뻔하다. 네 고통이 얼마나 클지. 야, 하필이면 왜 네게 또 그런 일이 일어난단 말이야? 하나님이 시샘을 해서 그런 건 아니야? 어쨌든 잊어버려. 그러지 말고 내가 갈게, 한번 만나자."

그렇게 하영이는 당장이라도 만나자고 했지만 친구를 맞이할 기분도, 찾아갈 기분도 아니었다.

1학년 영어 책에 그리스 신화에 나오는 이야기로서 원래는 흰색이었던 오디가 검붉은 색으로 변하게 된 슬픈 사연이 있는 '피라머스와 티스비'라는 것을 배운 일이 있었다. 그땐 간신히 문장을 해석하느라 여념이 없는 중에도 너무나 가슴 아프게 생각했다. 어쩌면 이렇게 슬픈 사연이 있을까 하고서, 그러나 지금은 바로 나 자신이 그보다 더한 아픔을 지닐 줄이야...

옛날 옛적에는 뽕나무의 짙은 자주색 오디들은 눈만큼이나 희었다. 그런데 두 연인들의 죽음으로 말미암아 색의 변화가 이상하고 애처롭게 일어났다.

피라머스와 티스비, 그들은 모든 동양인들 중 가장 잘 생긴 연인들이었고, 세미라미스 여왕이 세운 바빌론에서 벽 하나만을 사이에 두고 자라면서 열렬한 사랑을 하게 되었다. 그들은 결혼하기를 간절히 원했으나 부모들의 반대에 부딪쳤다.

두 집이 공유하고 있는 벽 사이에는 조그마한 틈새가 있었다.

여명이 별빛을 감추는 매일 아침 그리고 햇살이 풀잎에 있는 흰 서리를 닦아낼 때, 그들은 몰래 그 틈새로다가 가서는 그곳에 서서 때로는 불타는 사랑의 밀어를 말하였고, 때로는 그들의 무정한 운명을 슬퍼하였으나 항상 부드러운 속삭임을 주고 받았다. 마침내 그들은 바로 그날 밤 그들이 자유롭게 함께 살 수 있는 먼 나라로 몰래 가기로 결심했다.

그들의 근처에는 시원한 샘물이 보글보글 새어나오고 눈처럼 하얀 오디로 가득 찬 키가 큰 뽕나무가 있는 니누스 무덤의 나무 아래인 잘 알려진 장소에서 만나기로 약속을 했다.

마침내 태양이 바다로 가라앉고 밤이 찾아왔다. 어둠 속에서 티스비는 살금살금 빠져나와 몰래 무덤가로 나갔다. 피라머스는 도착하지 않았다. 그러자 갑자기 달빛에 흉폭한 한 마리의 암사자가 사냥감을 잡아먹고 갈증을 풀기 위해 샘물가로 가고 있는 것을 발견한 그녀는 그 자리를 피해 도망을 갔다. 도망을 갈 때 그녀는 외투를 떨어뜨렸다. 그 암사자는 굴로 되돌아가는 도중에 우연히 그 외투를 발견하고 숲으로 사라지기 전에 그것을 찢어버렸다. 피라머스가 몇 분 후에 나타났을 때, 그는 티스비가 죽었다는 것을 의심치 않았다. 그의 앞에는 갈기갈기 찢겨진 외투와 암사자의 발자국이 흙에 뚜렷이 나타나 있었다. 그는 연약한 여인을 위험한 장소에 혼자 두었다는 자책감에, '당신을 죽인 것은 바로 나야'라고 말하며, 흙으로부터 짓밟힌, 남아있는 외투를 들어올려 키스하며, 그 조각을 뽕나무로 가져갔다. '자, 당신에게 내 피를 마시게 해 주겠소, 하며 칼을 빼들고 그의 옆구리에 찔러 넣었다. 피가 오디 위로 퍼져 나갔다. 그리고 오디들은 진한 붉은 색으로 물들었다.

티스비는 몇 분 후 밀회 장소, 즉 빛이 나는 하얀 열매를 가진 뽕나무가 있는 곳으로 돌아왔으나, 그곳에는 하얀색의 어떤 미광도 남아있지 않았다. 그곳에는 피에 흠뻑 젖어 죽어가고 있는 피라머스가 있었다. 그녀는 달려가서, '저예요, 당신의 티스비예요. 하고 외치자 그는 그녀의 이름을 듣고 한 번 쳐다보고 나서 죽음이 그의 눈을 닫아 버렸다.

그녀는 모든 상황을 파악했다. '당신 자신의 손이 당신과 나에 대한 당신의 사랑을 죽였군요. 나 역시 용감해질 수 있답니다. 단지 죽음만이 우리들을 떨어지게 할 수 있는 힘을 가졌을 겁니다, 그러나 그 죽음도 지금은 그러한 힘을 갖지 못할 거예요.' 그녀는 아직도 젖어 있는 칼로 그녀의 심장을 찔렀다.

신들이 결말을 가엽게 여겼으며 그 연인들의 부모도 역시 그렇게 생각했다. 뽕나무의 짙은 자주색 열매는 이 진실된 연인들의 영원한 기념물이며, 그 연인들은 죽음조차도 떼어놓지 못했다.

그땐 아름답고 슬픈 사랑을 감명 깊게 읽었다. 하나의 신화로서, 그러나 신은, 내게는 한바탕 꿈도 아니요, 신화도 아닌, 그와 나 사이를 그렇게 잔인하게 갈라놓았다.

그러나, 피라머스와 티스비, 그 연인들도 죽음도 갈라놓지 못했듯이, 우리 역시 비록 함께 얘기하지 못하고, 함께 손을 잡고 다니진 못한다해도 마음만은 결코 갈라놓을 수가 없었다.

세상이 우리를 갈라놓을 지라도

정말 그는 머나 먼 그 나라에서 홀로 두고 간 아내가 못 미더워 산을 넘고 물을 건너와 나의 안부를 걱정하며 다 죽게 된 아내를 신신당부한 뒤, 다시 그 나라에 가 버렸단 말인가!

그가 무정했다. 아니, 잔인했다. 그가 없이는 도저히 숨도 쉴 수 없는 나를 데려가든지 아니면 그가 다시 이 나라에 오든지 할 것이지 어찌해서 이렇게 몸부림치는 아내를 그냥 두고 또 가 버렸단 말인가!

나는 통곡을 하며 몸부림쳤다. 어찌해서 내겐 말 한마디 없이 또 가 버렸느냐고.

낮 밤을 분간할 수 없이 울며 지새울 때, 현재 나와 함께 있는 질녀에게 깊은 밤중에 목사님이 찾아오셨다고 한다. 정말 꿈으로만 돌리기에는 너무나 신기한 꿈이었다. 아니, 단순히 꿈이라기보다 그는 다른 나라에 가서도 두고 간 아내가 못 미더워 질녀에게 찾아와 나를 부탁하고 갔다.

언니들이 나 혼자 두면 죽을까 해서 질녀와 함께 있기로 주선해 놓고 아직 어머님이 계시는 남동생 집에 있을 때 질녀에게서 전화가 왔다.

"이모, 용기를 내어서 살아야 해..." 그러면서 무슨 심각한 얘기인 것 같은데 할 듯 말 듯 망설였다.

"내게 무슨 할 얘기가 있는 것 같은데 하면 안 되니?"

"이모, 이모에게 이런 얘기를 하기가 무척 조심스럽지만 이모부가 이모에게 꼭 전하라고 하시기에..."

"뭐? 이모부가? 그래, 이모부가 무슨 얘기를 하시던데?" 나는 이모부란 말에 정신 없이 가슴이 뛰기 시작했다.

"이모, 침착하게 들어야 해." 하더니 꿈에 목사님이 질녀에게 찾아와서 나를 부탁하고 간 얘기를 하기 시작했다.

"그저께 밤인데 아이들도 잠들고 나도 깊은 잠에 취해 있는데 이모부가 생시와 꼭 같이 오셔서 나를 호되게 꾸짖었어.

너는 이모와 함께 산다면서 사람이 저렇게 상심하고 밥도 안 먹고 낮이나 밤이나 울기만 하고, 당장 죽게 된 사람을 그냥 두면 어떻게 하느냐,

네가 같이 있으려고 했으면 우선 사람부터 살려 놓아야 하지 않느냐. 저 상태로 그냥 두면 죽을 수밖에 없으니 네가 어떻게든 위로해서 사람을 살려놓아야 도리가 아니냐.

저렇게 정신을 못 차리는 사람을 그냥 보고만 있으면 어떻게 하느냐면서, 꿈속에서도 무섭도록 꾸중을 하시더라고 하며,

그리고 다 갈 때가 되어서 갔으니, 그렇게 원망과 후회를 하지 말라고 하시며, 또 내가(목사님) 올 때 (목사님이 아버지의 추도예배를 드릴 때 설교 첫 말씀이, 우리 믿는 가정에는 누가 먼저 가더라도 절대 울거나 슬퍼하지 말라고 했다.) 분명히 울지 말라고 부탁하고 왔는데 왜 그렇게 말을 듣지 않고 저렇게 울기만 하고 있느냐면서, 본래 고집이 세거든, 본래 말을 잘 안 듣거든, 하시면서 나는 천당에서 잘 있으니 내 걱정은 조금도 하지말고 이 땅에서 잘 있다가 나중에 만나자고 하시면서, 이 말을 꼭 이모에게 전하라고 하시더란다."

수화기를 잡은 채 얼마나, 얼마나 울었던지 정신이 혼미해졌다.

아 – 목사님은 이 불쌍한 당신의 아내가 얼마나 걱정이 되었으면 도저히 넘을 수 없는 장벽을 넘어, 질녀에게 찾아와서 나의 부탁을 하고 갔을까! 금방이라도 그의 환한 얼굴이, 지칠 줄 모르는 그의 사랑이 나를 감쌀 것

만 같은 환상에 돌아버릴 것만 같았다.

'그래, 아무리 세상이 우릴 갈라놓았을 지라도, 어떻게 그가 나를 꿈엔들 잊을 수 있으며 내가 그를 꿈엔들 잊을 수 있을까,

세상이 수억만 년이 흐른다해도 그와 나의 사랑은 어느 누구도 갈라놓지 못해'

아니, '헤라클레이토스가 말한, 이 세상에서 변하지 않는 단 하나의 진실은 모든 것은 변한다는 사실뿐이다, 모든 것은 변한다 라고 했던가.

그래, 세월이 가면 세상도 변하고, 이 우주의 모든 만물들이 본래의 모습을 찾아볼 수 없을지는 모를 지라도, 우리의 맺은 인연 변할 리 있으랴!

그런데 꿈으로만 돌리기에는 너무나 신기한 꿈이었다.

어떻게 내가 후회와 원망을 한 것을 알았을까? 정말 나는 미치도록 후회와 원망을 하지 않았던가, 그 날 그 길로 가지 않았더라면, 조카가 집까지 태워 주었더라면..., 꼬리에 꼬리를 물고 가슴을 쥐어뜯는 후회와 원망을 하지 않았던가!

아니, 모든 것은 접어두고 정말 신기한 것은,

이 세상에선 오직 그와 나만이, 우리들만의 세계에서 우리 두 사람만이 유머로 즐겨쓰던 말을 꿈에서 들었다면서 질녀가 한자도 틀리지 않게 말을 했다.

"본래 고집이 세거든, 본래 말을 잘 안 듣거든" 하는 말은 이 세상에서 그와 나만의 말이었다. 나는 어느 누구에게도 이런 말을 한 적이 없었다.

평소에 나는 목사님에게 응석이랄까, 목사님이 내게 무슨 말을 하면 나는 일부러 안 해, 안 해, 하며 부정의 뜻을 나타내면 목사님은 "저게 본래 고집이 세거든, 말을 잘 안 듣거든"하면서 우린 또 그것이 재미있다고 함께 웃곤 했었다.

정말 이 세상에선 어느 누구도 모르는 우리 두 사람만의 얘기를 꿈에 이

모부가 그러시더라면서 질녀의 입에서 그런 말이 나오니 눈이 휘둥그레 질 수밖에 없었다.

그렇잖아도 모두들 아버지의 추도예배가 자신의 예배를 드리고 갔다고 했다. 아마 영적으로 통하는 그 무엇이 있다고들 했다. 모두들 하나님의 뜻이느니, 어쩌느니 하지만, 내 귀엔 아무 것도 들려오는 것이 없었다.

나는 목사님이 질녀를 통해서 꿈에서까지 나를 걱정해 주며 마음의 안 정을 찾기를 바랐지만, 그것이 그렇게 쉽고 간단한 일이 아니었다. 여전 히 내 방황은 끝도 없이 이어져 갔다.
그가 없는 텅 빈 대구 시내를 허허로운 가슴을 안고 행여나 그가 날 찾 으러 오실까 골목 골목길을 기웃거려 보았고, 그와 함께 웃고 얘기하며 차에 오르던 버스마다 목을 길게 빼고 그의 다정하고 부드러운 얼굴을 찾 으려고 한나절을 보내기도 했다.
더러는 골목길에서, 더러는 버스 안에서 그의 모습을 찾아내곤 소스라 쳐 놀랐다.
이런 나를 사람들은 잊으라고 한다.
나를 알고 있는 모든 사람들은 일제히 나를 향해,
잊어, 잊어버려, 이젠 아무 소용이 없어, 라고 명령을 했다.
도저히 내 정신으로는 잊을 수가 없었다.
정신이 반쯤 나갔다면 혹 잊혀질지 모르지만 맨 정신으로는 아무 것도 잊을 수가 없었다.
오히려 그와의 아름다웠던 일들이 흐르는 세월과 비례하여 가슴을 파고 들었다.
그의 사랑이 한없이 그리웠고, 그와 함께 행복했던 순간 순간들이 지금의 내겐 보석처럼 귀하고 소중한 날들이었다.

그와 함께 손을 잡고 다니던 논둑길, 밤하늘의 별빛 아래 그가 나를 안고 하늘을 날던 순간들, 아침을 하는 내게 '뽀'를 하라고 고개만 쑥 들이밀던 그의 사랑,

다시 그 날들을 되찾을 수는 없었다.

다시 예전으로 되돌아 갈 수는 없었다.

나는 겨울도 봄도 없는 황폐한 울타리에서 세상을 향하여 아무 것도 원하는 것도 바라는 것도 없었다.

다만, 그를 그리워하고, 그를 보고싶어 하는 것 외엔 아무 것도 없었다.

그렇게 내 자신의 존재의 여부도 망각한 채 정신이 나가 있는 내게 아침 일찍 어머니와 언니들이 몰려왔다. 언뜻 보아도 오늘은 무슨 단단한 결심이라도 하고 온 것 같았다.

어머님은 앉자 말자, "야야, 이제는 정신을 차려야 하지 않겠니, 언제까지나 이렇게 맥을 놓고 있을 참이야. 아무리 생각해도 그냥 보고만 있다가는 죽을지도 모른다는 생각에 잠시도 마음을 놓을 수 없어서 오늘 또 이렇게 찾아왔다.

야야, 전에도 말했지만, 그전에 그렇게 좋아하던 공부와 피아노를 다시 시작해 보는 것이 어떻겠니? 어쨌든 산 사람은 살아야 하지 않겠어, 그렇다고 당장 죽을 수도 없잖아.

너 목사도 지금의 이런 너를 보면 얼마나 마음이 아프겠니, 그 사람을 위해서라도 이젠 정신을 좀 차려라. 참 큰일이다. 너는 목사부인이라면서 그렇게도 신앙이 없어, 너 목사는 더 좋은 나라에서 편히 쉬고 있잖아, 나중에 다시 만날텐데 왜 그래?"

언니들도, "그래, 언제까지나 이렇게 있겠어. 이제는 정신을 차리고 학

교도 다시 나가고 피아노도 다시 배워. 그리고 이젠 친구들도 만나보고 해. 그렇지 않으면 직장을 소개해 줄까? 이렇게 들어앉아서 울기만 하고 있으면 죽는 길 밖에 없어. 이제는 좀 털어 버리고 살 궁리를 해봐. 너는 왜 요즘사람 같지 않니, 이젠 세월도 그만큼 지났으니 차차 잊을 생각을 해야지."

어머님과 언니들은 무슨 결판이라도 낼 것 같은 기세였으나 지금의 나로선 꼼짝도 할 수 없었다.

"그럼, 이것도 저것도 안되거든 어디 좋은 사람 만나 다시 시작해 보든지, 언제까지나 넋 놓고 있으면 죽든지 아니면 돌아버려. 사람 돌아버리는 거 시간 문제야. 어디 그 일이 어제오늘이더냐, 물론 잊는다는 게 쉬운 일이 아니겠지만 세월이 가면 조금은 정신을 차려야 할텐데 점점 더해가니 어떻게 할 참이야?"

어쩌다가 내가 여기까지 왔을까? 내 생애에서 무엇이 또 잘못되었단 말인가? 이제 내게 남은 것은 행복뿐이라고 생각했는데, 이제는 그 누구도, 그 어떤 것도 나의 행복을 깨트릴 자는 없다고 생각했는데... 그와 행복했던 시절, 그 황홀하던 시절은 어디로 가 버리고 이렇게 상처난 가슴을 어머니, 형제들에게 보여 주어야 한단 말인가!

억울했다. 너무나 억울했다. 한 여인의 '생'이 왜 이렇게도 고달파야 한단 말인가!

나는 그들에게 무슨 말이든 들려주어야 할텐데 끝내 아무 말도 들려주지 못한 채 어머니와 언니들은 그렇게 안타까워하다가 집으로 돌아갔다.

많은 날들이 흘러갔으나 내겐 아무런 변화도 없었다. 수화기를 들자 하영이의 목소리가 수화기 저쪽에서 흘러나왔다.

"지연아, 너 왜 그래? 모든 걸 훌훌 털어버리고 오면 될텐데 왜 그렇게 안와?"

"하영아, 미안하다. 아직도 어디 갈 기분이 아니야."

"너 괜히 속을 끓이며 집에 있는다고 달라질 건 아무 것도 없어. 너 가슴이 확 트일 수 있는 멋진 사람 소개해 줄게, 처음엔 어림도 없다고 하겠지만 한 두 번 만나다 보면 자연스럽게 정이 들어. 사랑이 뭐 별거니, 옛 사랑은 가슴속 깊이 묻어두고 다시 마음을 열어봐."

"하영아, 나 아직 그런 말을 들어 넘길 수 있는 상태가 아니야."

"지연아, 너 진정한 사랑이란 이 세상에는 없어. 여고때 우리들의 사랑을 너 알잖니, 그러나 지금은 언제 그랬냐는 식이야. 사랑이라는 거 별거 아니야. 옛 사랑에 묻혀 인생을 그르칠 만큼 대단한 건 아니야. 더구나 가버린 사랑을 부둥켜안고 자신을 학대할 만큼 그렇게 값어치가 있는 건 못돼."

"그래 알겠어"

"지연아, 다시 말하지만 집에만 들어앉아 있는다고 그분이 돌아올 것도 아니니까 멋진 사랑을 찾아 한번 나들이를 해봐, 알겠지?"

그래도 주위에서는 바보 같은 나를 그렇게 신경을 써 주었지만, 나는 아무 것도 귀에 들어오는 것이 없었다.

3

그립고 그립던 내 목사님께 갔다

그립고 그립던 내 목사님께 갔다.

　그러는 사이로 세월은 흘러갔다.

　아침햇살이 유난히 투명한 날씨라 생각하며 오늘만큼이라도 모든 걸 잊어버리고 밝은 마음이고 싶었다. 내일은 그렇게 가고 싶어도 차마 갈 수 없었던 내 목사님께 가는 날이다.

　내일은 내 목사님을 만나러 가는 날이라고 생각하니 하루 전부터 마음이 들떠서 집에 있을 수가 없었다.

　맑은 가을하늘 아래 쏟아져 내리는 햇살이 그의 사랑인 양 메말랐던 내 육신에 취하도록 흠뻑 받아들이고 싶었다. 오랜만에 아주 오랜만에 햇살을 보고 웃을 수가 있었고 가을하늘 아래 마냥 돌아다니고 싶었다.

　그러자 맑은 햇살을 타고 그의 정겨운 모습이 나를 감싸 안았다.

　집에 있다가는 이 모든 꿈이 달아나 버릴까, 햇빛 쏟아지는 거리로 뛰쳐나왔다. 나는 애써 맑은 가을하늘 아래서 내일은 그와 내가 만나는 날이라 마음속으로 새김질하며 하루종일 거리를, 백화점을 배회하다가 지쳐서 집에 돌아왔다.

　내일은 일찍 가야 하니까 일찍 잠을 자려고 해도 잠이 오지 않았다. 그날 밤을 꼬박 새우고 꼭두새벽부터 서둘렀다. 그렇게 그리워하고 못 잊어하던 내 목사님을 만나러 가기 위해서.

　이날 아침도 하늘은 맑게 개어 있었고 초가을의 훈풍이 머릿 결을 어루만지며 지나갔다.

길가의 코스모스 한 송이가 나폴 나폴 춤을 추고 있었다.

아 – 얼마나 세월을 망각한 채 여기까지 밀려 왔던가!

코스모스 잎새위로 그의 미소 띈 얼굴이 '임마야, 여기 서 봐,' 하는 부드러운 음성이 귓가에 무너져 내려앉았다.

청도 유천의 맑게 흘러내리는 강뚝에 지천으로 피어있는 코스모스 사이를 비집고 포즈를 취하고 있는 내게 그가 셔터를 눌러주던 그 해 가을도 이렇게 해맑은 날씨였지.

그에게 가져갈 꽃을 사기 위해 아침 10시경에 꽃집에 가서 꽃다발을 안고 돌아서는 나는 시야가 흐려와서 걸음을 옮길 수가 없었다.

굳이 되새기고 싶지 않는 그와 나의 뼈를 깎아내던 날이었다.

미리 약속한 대로 목사님들과 장로님들을 약속한 장소에서 만나서 우리는 내 목사님께로 가고 있었다. 우리들을 태운 차는 시내를 벗어나서 길 양옆으로 우뚝 솟은 산 사이를 한없이 달렸다.

지금 차창 너머의 바깥 세상은 온통 가을로 수놓아 가고 있었다. 그러나 시야가 흐려와서 아무 것도 보이지 않았다. 차라리 아무 것도 볼 수도, 들을 수도, 생각할 수도 없었더라면,

아 – 그와 함께 단풍놀이를 갈 때도 이때쯤이었던가.

가슴이 무너져 오고 거대한 산들이 한꺼번에 와르르 내 심장에 덮쳐오고 있었다.

그렇게 가슴을 두근거리며 그와의 만남을 기대했건만, 그는 나에게 처절한 모습만 보여줄 뿐 '임마야 왔어' 인사 한마디 없었다.

너무나 슬프고 너무나 처절해서 까무라칠 지경이었다.

그에게 드릴 유일한 선물인 꽃다발을 그의 앞에 놓고 서러워, 서러워 울고 또 울어도 눈물이 마르지 않았다.

목사님, 이게 웬 말이에요!

오늘 날씨가 너무 좋아요. 이렇게 그냥 있기에는 너무 아까운 날이에요. 일어나봐요. 우리 그때와 같이 산에도 들에도 손잡고 뛰어다녀봐요.

우린 그 많은 세월을 떨어져 있었는데 당신은 반갑지도 않나요?

어찌해서 한번 가신 당신은 다시도 내게 오지 않나요?

어떻게 내가 당신을 잃고 살아가리라 생각하시나요?

이젠 당신의 아내를 잊어버렸나요?

당신의 아내가 이렇게, 이렇게 가슴아파 울고 있는데 왜 제겐 말 한마디 없나요?

목사님, 우린 항상 함께였는데, 기쁨도 슬픔도 이 세상의 그 무엇도 함께 나눠 가졌는데, 당신은 가고 이렇게 나 혼자서 숨을 쉬고 있다는 것이 당신에게 미안할 따름이에요.

나는 그래도 울고 싶을 땐 울 수도 있고 괴로워 견딜 수 없으면 이렇게 뛰쳐나올 수도 있잖아요.

그런데 당신은 뭐란 말이에요.

지금까지 얼마나 쓸쓸했겠어요, 얼마나 외로웠겠어요?

목사님, 당신의 아내, 당신이 보고 싶어 가슴이 터질 것 같아도 차마 이곳에 오지 못하는 이유를 당신은 아시겠지요?

이 처절한 당신의 모습을 정신이 있는 한 차마 바라볼 수가 없어서요.

당신이 가실 때 어찌해서 당신의 아내는 데려가지 않았나요?

지금이라도 당신의 아내, 당신의 나라로 데려갈 순 없나요?

당신의 나라에서 그 옛날과 같이 손에 손을 잡고 당신의 향내를 맡을 수 있다면 얼마나 좋겠어요.

노회장 목사님이 예배를 드리고 있는데도 나는 서러워, 서러워 목놓아 울었다.

그에게 무너져서 뼈를 깎아내듯 온몸으로 울음을 토해내는 나를 친척들이 보다 못해 그에게서 나를 떼어놓으려 했다.

그렇게 그리던 나의 사랑, 내 목사님 곁에서 나를 떼어놓으려 하니 또한번 하늘이 무너지는 아득함이 밀려왔다. 나는 온몸과 마음으로 힘껏 그를 끌어안았다. 내가 할 수 있는 마지막 힘까지 모두 그에게 쏟아버리듯 그에게 매달렸다.

목사님, 이제 우리 다시 만나는 그 날, 절대 헤어지지 말고 영원히, 영원히 함께 살아요.

다시는 이런 뼈를 깎아내는 슬픔이 없는 나라에서 당신과 나, 그 옛날처럼 손에 손을 잡고 거리를 활보해 봐요.

목사님, 이제는 눈물을 거두고 당신과의 영원한 만남을 위해 당신의 아내, 열심히 살아갈게요.

덩 거 리, 오랜만에 불러보는 당신의 정겨운 이름이에요.

덩거리 안녕, 덩 거 리 부디 안 녕 히...

인간이란 무엇이며 삶이란 무엇이던가 ?
인간이란 왜 이렇게 끝없이 고통스러워야 하며
왜 이렇게 고달퍼야 하는가
이 고달픈 세상에서 이제 이후론 더 무엇을 바랄 것인가
문득 '칼 붓세'의 유명한 '저 산 너머'를 읊조려 본다.

　　　저 산 너머 멀리 헤매어 가면
　　　행복이 산다고들 말하기에
　　　아아 남들과 얼려 찾아갔다가
　　　눈물만 남긴 눈으로 되돌아 왔네
　　　저 산 너머 멀리 저 멀리에는

행복이 산다고들 말하지만...

결국 인간은 무한한 저편 저 산 너머의 목표를 쫓는 존재라고나 할까.

인간은 평탄한 행복보다 고생끝에 도달하는 기쁨이 더 값진 즐거움이라나,

나 역시 힘겹고 고달픈 인생길을 그만큼이나 달려와서 이제는 유토피아를 찾았는가 했는데 그것도 잠시 뿐,

아무리, 아무리 달려가도 내겐 내가 닿지 못할 지평선 저 너머에서 나를 손짓하고 있을 따름이다.

정말 인간은 산다는 자체부터가 고통이어야만 하는가!

'니체'는 고통스럽게 사는 것이 참 삶이라 했다던가!

그러나 그건 현실이 원래 고통이므로 현실을 풍부하게 체험하라는 것이지 결코 불행한 삶을 바라는 것은 아니지 않는가, 그도 얼마나 행복을 누리며 살지 않았던가,

인간은 누구나 '행복'을 원한다지만 이제 이후로 나는 더 이상 행복을 찾아 나설 이유가 없지 않는가.

행복을 함께 가질 그는 가고 없는데 누굴 위해 행복을 쫓아가야 한단 말인가!

아무리 아름답고 광활한 세상이 펼쳐져 있다한들 함께 뛰어다닐 그는 가고 없는데...

여전히 하늘은 맑고 가을햇살은 나 하나쯤은 아무래도 상관없다는 듯이 온 대지에 탐스럽게 내려앉아 있던 어느 날,

질녀가 가을햇살에 잘 말린 빨래를 걷어오면서, "이모, 조금 전에 어디 갔다 왔어? 이모 찾는 전화는 꼭 이모가 없을 때 오는 것 같애. 며칠 전에

도 전화가 오더니 오늘도 같은 목소리 같았어. 이모 혹 숨겨 놓은 애인이라도 있어? 무척 예의바르고 느낌에 참 좋은 사람 같아 보였어. 그렇게 해서 잊는 길도 있잖아, 어떤 분인지는 모르지만 한번 만나봐."

그래도 질녀는 바보 같은 이모가 조금이라도 마음을 돌리게 할 수는 없는가 전전긍긍했다.

나 혼자 동그라니 앉아있는 작은 방안의 적막을 깨트린 것은 그로부터 오랜 시간이 흐른 뒤였다.

누구일까? 하며 전화를 받는 순간, 가슴이 철렁 내려앉았다. 뜻밖에도 그때 그 친구였다.

나는 너무 당황하고 놀란 나머지 그냥 끊어버리고 피곤한 것도 어디로 달아나 버렸는지 정신 없이 뛰쳐나왔다. 그 친구가 전화를 하다니, 어떻게 내가... 나 자신을 용납할 수가 없었다.

그렇게 사랑하던 그를 쓸쓸히 버려두고 나 혼자 이 땅에 남아서 숨을 쉬고 있다는 것만으로도 그에게 미안해서 못 견딜 지경인데 어디 감히 그가 아닌 타인의 전화를 받다니... K의 이름을 떠올린다는 것도 그에게 씻을 수 없는 죄를 짓는 기분인데 그 친구의 전화를 받다니,

어떻게 전화번호를 알았을까? 아마 숙자에게서 지금의 내 사정을 다 들었는가 보다.

나를 어떻게 생각할까? 그렇게 남편밖에 모르더니... 지금쯤 친구는 고소를 금치 못할까?

아니 그렇지는 않을거야. 나를 위해 적어도 한번쯤은 울어주었을 거야.

남들은 잘들 살고 있는데. 나는 왜? 이처럼 처절해야 되나, 아 – 모르겠어. 머리를 흔들어버리고 정처 없이 걷고 또 걸었다.

새하얀 드레스

아무 것도 이 마음을 달래주지는 못했다

그 후에도 어머님이, 언니들이, 주위에서 직장을 다녀보든지, 봉사활동을 해 보든지, 학교를 다시 나가든지 해 보라고 했지만, 그것이 그렇게 손바닥 뒤집듯이 손쉽게 되는 것이 아니었다. 나는 목사님의 부인이라면서 교회도 잘 나가지 않았다. 그 숱한 나날들이 하나님에 대한 원망으로 점철되었던 나날들...

서울 목사님께는 여전히 전화를 했다. 보조금 관계로 인연이 닿아서 처음엔 한 많은 사연을 실어 보내다가 이제는 전화를 하게 되었다. 아직 얼굴도 잘 모르는 목사님이지만 지금의 내겐 염치도 체면도 없었다. 당장 살아 남을 수가 없었으니까,

견디다 못해 전화를 하면,

"목사님, 나 우리 목사님 없이 못살겠어요. 아무 것도 필요 없으니 우리 목사님 한번만 좀 만나게 해 주세요. 도저히 이 상태로는 견딜 수가 없어요."

"예, 사모님 마음 잘 압니다. 어떻게 위로할 말이 없습니다. 그러지 말고 하나님께 기도해요. 하나님은 사모님을 사랑하십니다. 그리고 위로해 주십니다. 인간의 위로는 잠깐 뿐이지만 하나님의 위로는 영원하십니다."

"뭐, 하나님이 나를 사랑하시고 위로해 주신다고요? 그럼 왜 우리 목사님을 데려갔나요? 이렇게, 이렇게 애달프게 찾아 헤매는 내가 불쌍하지도

않나요? 하나님은 피도 눈물도 없단 말이에요. 무엇이 사랑의 하나님이란 말입니까?"

나는 괜히 그 목사님에게 퍼부었다. 그래도 목사님은 한번도 화를 내시지 않고 어떻게든지 나를 하나님 앞에 돌려놓으시려고 무척 노력하셨다.

그러나, 항상 이럴 수는 없다는 생각만 뒤범벅이 될 뿐 마음을 가눌 길이 없었다. 하루 24시간, 1초의 여유도 주지 않고 그를 향한 그리움에 견딜 수 없으면 어디든지 뛰쳐나와야만 했다.

이날도 집에서 견디다 못해 나온 곳이 부담 없는 백화점이었다. 중앙로는 언제나 인파들로 붐볐다. 많은 사람들이 물결처럼 흘러 다니는 그곳에는 여전히 찬란한 햇살이 머물러 있고, 그리고 인파들 사이로, 햇살 사이로 아직도 그의 따뜻한 숨결이 머물러 있었다. 그와 함께 손을 잡고 따가운 햇살을 바라보며 행복의 웃음을 날려보내던 거리에는 지금도 그의 잔영이 남아 있었다.

그래, 지금도 그의 숨결이 남아 있는 이곳을 비록 그가 내 손을 잡아 주지 못한다 해도 그를 기억하며 내 힘이 다 할 때까지 돌아다녀 보자. 그가 남기고 간 흔적을 하나도 남김없이 내 온몸에 받아들이자. 그래서 그가 보고 싶어 못 견딜 때 조금씩, 조금씩 꺼내어 나만의 기쁨을 누려보자.

많은 사람들이 몰려 왔다가 몰려간 거리를 휘청거리며 걷다가 언뜻 고개를 들어보니 횡단보도의 신호가 빨간색에서 파란색으로 바뀌자 사람들은 황급히 건너가고 있었다.

그제서야 나도 백화점을 향해 건너갔다. 길게 늘어서 있는 거리를 다 내려와서 백화점으로 커브를 틀려는 순간, 나도 모르게 발걸음이 딱 멈추어 버렸다.

거기에는 새하얀 드레스를 입은 신부가 커브 길의 매장 안에서 나를 빤히 내다보고 있지 않는가!

갑자기 서 있는 땅이 빙글빙글 돌아가는 것 같은 심한 현기증에 건물모
퉁이를 붙잡고 눈을 감아 버렸다.

　아 – 저 새하얀 드레스

　그와 내가 백년가약을 맺을 때 입었던 새하얀 드레스.

　아 – 목사님,

　맑은 햇살이 쏟아져 눈이 부시던 5월 어느 날

　당신은 새 신랑, 나는 새하얀 드레스를 입은 새 신부

　당신과 나, 가슴을 설레어가며 하나님께 서약하며

　만인들의 축복 속에서 함께 살아가자고 약속했잖아요.

　그런데 당신은 그 약속을 져 버리고 그렇게 훌훌 떠나시다니요.

　당신은 너무해요, 너무하고 말고요.

　어떻게 나를 두고 가실 수가 있단 말이에요.

　당신이 그리워, 당신이 보고 싶어 이렇게 몸부림치는 아내가 보이지 않
나요?

　어찌해서 세상은 이렇게 잔인하단 말입니까?

　아, 그러나 목사님,

　아무리 현실이 우릴 갈라놓았다 해도

　당신과 나, 아무 것도 변한 건 없어요.

　우린 잠깐, 서로 다른 나라에서 떨어져 살고 있을 따름이에요.

　우린 오랫동안, 아주 오랫동안 볼 수도 얘기할 수도,

　손을 잡을 수도, 함께 웃을 수도 없을 따름이에요.

　누가 무어라 해도 당신은 영원한 나의 애인 나의 남편이에요.

　세상이 수억만 년이 흐른다 해도 당신과 나의 맺은 인연

　변할 리 있겠어요.

　당신의 그 무궁무진했던 사랑 영원히 잊지 않고

당신과 만나는 그 날까지 소중히 간직할게요.
목사님,
언젠가 우리 다시 만나는 그 날
저 새하얀 드레스를 입고 다시 결혼식을 올려야 해요.
당신은 새 신랑, 나는 새 신부
우리 이제 영원히 이별이 없는 그곳에서 다시 결혼식을 올리고
이젠 다시는 헤어지지 말고 영원히, 영원히 함께 살아요.
이곳에서 못다 한 우리들의 애달픈 사랑
우리, 그 나라에 가서 열심히, 열심히 사랑해 봐요.

눈물이 뺨 위로 흘러내려도 닦을 생각도 않고 하염없이 서 있었다. 지나가는 사람마다 이상한 눈으로 보고 스쳐갔다.

목사님, 우리 어떠한 일이 있어도 당신과 나,
다시 저 새하얀 드레스를 입고 결혼식을 올려야 해요.
그땐 이런 슬프디 슬픈 일은 없어야 해요.
우리 이제 슬픔도 눈물도 없는 그 나라에서
당신과 나, 다시 만날 날을 기약하면서
우리 서로 다른 나라에서 열심히 살아 봐요.
바보 같은 당신의 아내,
이젠 눈물을 거두고 밝은 태양을 직시할게요.
당신도 그 나라에서 안녕.

그를 보지 못하고 그와 함께 재잘거리지 못한 세월들이 내 앞에 자꾸만 쌓여갔다. 그와 함께 하지 못한 시간 시간들은 아골 골짜기보다 더한 아

픔의 세월들이었다.

그가 없는 빈자리로 인해 내 생활 전체가 무너져 버렸다. 내 생활 어디에도 그가 비껴난 곳은 없었다. 그 몰인정한 세상을 향해 그래도 나는 '하늘이 무너져도 솟아날 구멍이 있다'라는 말을 벌써 두 번 인용한 셈이다.

그렇다, 기구한 한 여인에게도 하늘이 무너져도 솟아날 구멍은 있는가 보다.

아버지, 오빠들이 가시고 도저히 일어설 수 없었던 폐허 위에 그래도 실오라기 같은 빛을 찾았듯이, 그를 떠나보내고 도저히 살아남을 수가 없던 내게도 지극히 미세한 빛이라도 잡을 수 있게 되었다고나 할까.

인생의 전환점에서

　여고를 졸업하고 그렇게 꿈꾸어 오던 대학생활을 그의 주선으로 30여 년만에 방송통신대학교에 입학할 수 있게 되었을 때의 그 기쁨을 지금도 잊을 수가 없다.

　그는 50이 다된 자기아내의 대학생활을 전적으로 도와 주셨다. 아내의 등록은 꼭 그가 맡아서 하는가 하면 교재에 있는 한문에 토를 달아 주시며, 심지어는 방송도 함께 들어주고 리포트도 함께 쓴다고 시내 도서관으로 뛰어 다니곤 했다.

　그러던 그는 아내의 대학생활의 기쁨도 채 누리기 전에(2학년) 그렇게 내 곁을 떠나가 버리자, 30여년만에 이룬 내 대학생활도 물거품이 되어 버리고 기억조차 나지 않았다.

　이런 나를 어머님이, 친척들이 기회만 있으면 다시 공부를 하든지, 직장을 나가보든지, 아니면 봉사활동이라도 해 보는 것이 어떠냐고 했지만 내겐 그 모든 것이 불가능한 일이었다.

　더구나 어머니께선, "네가 그렇게 사랑하는 그 사람을 조금이라도 생각한다면 그래선 안 된다. 너 돌아버린 사람 못 봤니? 잘못 하다간 큰일난다. 그렇게 그 사람 덕에 공부하게 됐다고 좋아하더니 그 사람을 생각해서라도 지금이라도 정신을 차려서 공부도, 피아노도 다시 시작해야지. 산 사람은 어떻게든 살아야 하지 않겠니."

　어머님이, 형제들이 그렇게 간곡히 권유했지만 나는 손가락 하나 움직일 수 없는 무기력한 여인이 되어 버렸다. 지금의 내게 누굴 위해서 공부를 해야하며 누굴 위해서 피아노를 쳐야 한단 말인가. 이 세상을 다 준다 해도 함께 기뻐해야 할 그가 존재하지 않는 한 내겐 모든 것이 무의미했다.

그러한 중에서도 그래도 유일하게 서울 목사님께는 이 한 많은 사연을 편지로, 아니면 전화를 하게 되었다.

전화만 붙들면 항상 같은 말로, "목사님 나는 어떻게 살까요? 나는 우리 목사님 없이 도저히 못 살겠어요.

가슴이 막히고 숨이 막혀서 견딜 수가 없어요."

"그래도 살아야지요."

"목사님, 나는 아무 것도 필요 없어요. 내 목사님만 만나면 되요. 내 목사님 좀 만나게 해 주세요. 단 1초 동안이라도 좋아요. 우린 말 한마디 못하고 헤어졌어요. 그럴 수가 있어요? 가더라도 말 한마디라도 해 보고 가게 해 주세요."

"사모님, 정신 차리고 예수님만 바라보아요."

"예수님만 바라보라고요? 내 목사님을 데려 간 피도 눈물도 없는 예수님을 바라보라고요? 그래 그 예수님은 왜 내 목사님을 데려갔단 말입니까? 이렇게 견디지 못해 허덕이는 내가 불쌍하지도 않은가요?"

"사모님, 그러면 안 되요. 어떠한 경우에든지 하나님을 원망해서는 안됩니다."

"그러면 목사님, 나 아무 것도 원하지 않을게요. 나를 좀 죽여주세요."

정말 누군가가 나를 이 세상에서 떠나게 해 주기를 간절히 바랐으며, 이 세상을 떠나는 것이 내가 진정 사는 길이었다.

목사님은 깜짝 놀라면서 "그런 소리 말아요. 목사가 사람을 죽이면 어떻게 되는지 아세요?"

아, 내가 왜 이럴까? 정신을 가다듬어 본다. 그러나 그것도 잠시 뿐, 집에서 견디다 안되면 또 거리를 뛰쳐나와 정처 없이 돌아다니다가 전화부스만 보이면 또 똑 같은 말로 전화를 했다. 하나님을 원망하다가, 내 목사님을 만나게 해 달라는 둥, 아마 나는 정신이 좀 나갔는지도 몰랐다. 그것도 하루 이틀이 아닌 그 많은 날들을...

그랬더니 그 목사님은 나중에는 내게, 고장난 유성기 같다고 하셨다. 아마 그 목사님도 내게 진저리가 났을 것이다. 그러다가 보니 매달 시외 통화료는 10여만 원에 가까웠고, 그리고 공중전화료는 또 얼마나 들었는지도 몰랐다. 언젠가 언니가 한번 와보고는 무슨 전화료가 이렇게 많으냐면서 깜짝 놀랐다. 그러나 나는 그 당시엔 돈이 들어가는지, 전화료가 많은지 분간할 능력도 없었다.

그러던 어느 날 서울 목사님께서 동창회에서 여행하시던 중 대구에 잠깐 들리신 적이 있었다. 전화로는 수많은 대화를 했다지만 피차 얼굴도 잘 모르는 상태였다.

숙소를 정했으니 그리로 오라고 하셨다. 목사님이 일러 주신대로 갔더니 목사님을 쉽게 만날 수 있었다. 나는 목사님을 만나자마자 말 한마디 없이 얼마나 울었던지 정신을 차리고 보니 목사님께 부끄럽고 죄송했다. 그런데 전화로는 무척 푸근하신 분으로 생각했는데 직접 뵙고 보니 어떻게 그 많은 투정을 들어 주셨을까? 하는 생각이 들 정도로 인상이 무척 날카로워 보였다.

그 목사님과 나는 오랜 후에야 대화를 할 수 있게 되었다. 그런데 그렇게 수없이 전화를 했지만 정작 내 생활에 관해선 한번도 거론한 적이 없었다.

"사모님, 생활은 어떻게 합니까?"

"예, 그런대로 생활해 나갑니다."

"그럼, 어디 직장에라도?"

"그렇잖아도 주위에서 직장에라도 나가보든지, 아니면 봉사활동이라도 해 보라고 하지만, 지금의 내겐 아무 것도 할 수 없는 형편입니다."

"무슨 일이든 자신의 일이 있는 것이 좋지 않을까요?"

"예, 그랬으면 좋겠습니다만, 숨도 제대로 쉴 수 없는데 어떻게 다른 무엇을 할 수 있겠습니까, 아무 것도 눈에 보이는 것도, 손에 잡히는 것도 없습니다. 직장생활이라도 할 수 있는 마음의 여유라도 가질 수 있다면 이렇게 힘들지는 않겠지요. 아무 것도 비집고 들어올 틈이 없습니다."

"그럼 무슨 취미 생활이라든가, 아니면 무엇이든지 하고 싶은 것은 없습니까?"

"예, 피아노도 배우다 그만 두었고 내 목사님이 입학시켜 주신 통신대학도 다니다가 그만 두었습니다."

"아, 그래요. 참 잘 됐습니다. 그래도 무척 다행입니다."

목사님은 자신의 일같이 무척 기뻐하시며 그 어떤 실마리를 찾은 것 같이 좋아하셨다.

"사모님, 이제는 정신을 차려야 합니다. 하나님께서 주신 생명을 함부로 하는 것도 죄가 됩니다. 벌써 일년이 넘었습니다. 언제까지나 그럴 참입니까? 잘은 못해도 나도 피아노도, 그 외 악기도 좀 다룰 줄 압니다. 아마 하나님께선 부족한 나라도 사모님의 위로자가 되어 주려고 나를 이곳까지 오게 한 것 같습니다.

사모님, 우리 약속합시다. 지금부터 정신을 차려서 다시 피아노를 배워서 내 환갑 때 이중주로 멋지게 한번 연주해 봐요. 그리고 통신대학도 그렇게 사랑하던 남편이 입학시켜 주신 학교인데 그분을 위해서라도 다시 시작하세요. 열심히 공부해서 사모님 졸업식 때는 우리 아이들과 같이 가서 축하해 줄게요."

우연한 목사님과의 만남, 목사님과의 대화 중에 기적적인 변화가 일어나기 시작했다.

아마, 하나님께선 나를 여지없이 몰아 버리더니, 이제 죽기 직전에 또 나를 이렇게라도 숨이라도 쉴 수 있게 해 주시는가 보다.

그렇게 굳게 닫혀있던 마음이 조금씩, 조금씩 움직여지기 시작했다.

'신이 주신 고귀한 생명을 정성과 정열을 가지고 열심히 살아야 하지 않겠는가, 한번 밖에 살수 없는 인생을 우리는 소중히 여기고 하루 하루를 열심히 살아야 한다.'

'저 위대한 '헬런켈러' 는 최대의 비극을 최고의 승리와 영광으로 바꾸었다고 했던가' 그러나 그는 나와 같이 이렇게 뼈가 녹아나는 아픔은 없었겠지.

그래, 어쨌든 좋다. 나도 이제 정신을 차려야 한다. 내 목사님도 이렇게 갈팡질팡하는 나를 좋아하시지는 않을 거야. 그냥 이대로 죽을 수만 있다면 지금 당장이라도 죽어 버리겠지만, 이러다 정신이상이 생기면...

이제라도 정신을 가다듬어서

비록 내 사랑하는 사람은 나와 헤어졌다지만,

나만이라도 이 땅에 남아서 나의 생이 다 하는 날까지

내 목사님의 훌륭한 부인으로서,

내 목사님 앞에서는 날,

임마야, 내가 없는 세상에서도 훌륭하게 잘 살았어.

하는 내 목사님의 웃는 얼굴을 보기 위해서라도 지금부터 정신을 가다듬고 내게 주어진 삶을 열심히 살아보아야겠다고 다짐했다.

그 후

그가 가신지 1년이 훨씬 지난 후에 재등록을 하게 되었다. 주위에선 직접적으로, 간접적으로 축하의 박수를 보내 주었다.

그래, 나를 위해 걱정해 주는 주위의 모든 분들을 위해서라도 열심히 살아보자. 그와 함께 하늘을 날던 모든 것일랑 가슴속 깊숙이 접어두고 그의 몫까지 가슴이 터지는 한이 있더라도 열심히 살아보자.

그러자 갑자기 하늘 한쪽 자락에서 그의 환한 미소가 떠올랐다.

"임마야, 고마워, 정말 고마워.

내가 없는 세상에서도 그렇게 살아가는 거야.

이제 혼자 살아가는 법도 배워야 해. 이제는 정신을 차리고 열심히 살아야 해."

나도 이젠 한 인간으로서, 이 세상 사람의 한 일원으로서 한 걸음 나아가고 있었다.

어머니의 말씀과 같이 산 사람은 어떻게든 살아지게 마련인가 보다. 언제까지나 엉망이 된 내 모습을 어머니에게, 주위 사람들에게 보여 줄 수는 없지 않는가! 이젠 훌훌 털어 버리고 그렇게나마 생을 이어 가야지. 남이 내 인생을 살아 주던가, 내 인생은 내가 살아야 하지 않겠는가!

작년에 그와 함께 중앙로에 있는 B서점에 가서 구입해온 책을 정리했다. 먼지가 뽀얗게 앉은 책을 모두 내어서 먼지를 털고 책상 위에 얹어 놓았다. 우리는 교재를 받으러 가는 날에도 꼭 그가 시간이 있는 날을 택해서 함께 갔다.

하늘이 맑다 못해 파아랗게 보였다. 파아란 하늘을 한없이, 한없이 날아다녔다.

높은 하늘도, 높은 빌딩도 우리 앞에서는 지극히 작은 물체에 불과했다.

아무 것도 부러운 것이 없었다.

그렇듯 교재를 받아오는 날에는 파아란 하늘 아래서 즐거움도 그만큼 안고 거리를 돌아다녔다.

"내 아내 정말 장한데, 힘들지 않아?"

"덩거리, 덩거리가 이렇게 내 옆에 있잖아."

"그래 임마야, 당신 빨리 학사모 쓰는 걸 보고 싶어."

"그래요, 내 열심히 공부해서 빛나는 졸업장을 당신께 드릴게요. 그리고 참, 덩거리 내 졸업하거든 어디 자리하나 마련해 줘요. 지금부터 어디 부탁해 봐요."

"응, 그러지. 그렇잖아도 S 장로님께 당신 부탁해놓았어."

"그래요? 그러니 해 준다고 해?"

"응, 졸업하거든 보자고 해."

교재를 받아오던 날 그와 함께 손을 잡고 웃고 떠들면서 오던 생각이 가슴 저 밑바닥에서부터 울음이 되어 나왔다.

이제는 학비도 나만의 몫이라고 생각하니 그가 더욱 그리워졌다.

'산다는 것은 위대한 것에 도전하는 것이며, 창조하는 것이다.

신은 나에게 많은 시간과 여러 재능과 모든 것을 겸비해 주었는데도 아무 것도 이루어 놓지 못한다면 생명에 대해 부끄러운 일이다' 라고 했다.

그가 가시고 死境에서 헤매다 이제 겨우 힘든 결정을 했는데 죽든지 살든지 밀고 나가야 한다. 이 길만이 정녕 내가 사는 길이다.

며칠이 지났다. 어머니께서 못난 딸이 궁금해서 찾아 오셨다. 어머니는 책상 위의 책을 보시고는 뛸 듯이 기뻐하셨다. 다 죽게 된 딸이 이제야 살아났구나, 하는 안도감이 역력했다.

아버지, 오빠들이 가시고 죽으라면 죽는시늉까지 했던 너무나 사랑하던 어머님이었는데, 형제들이었는데, 내가 너무나 오랜 세월동안 내 안에 파묻혀서 잊고 있었구나. 그렇게 고생하신 우리 어머님이었는데 이젠 걱정

끼쳐드리지 않고 열심히 살아야지. 그러나 책을 펴기가 두려웠다. 혹이나 지금까지 다짐했던 마음이 와르르 무너질까 두려웠다.

그렇게 재등록은 해놓았다지만 아무래도 극한 상황에서 어쩔 수 없는 내 몸부림이었다.

역시 예상했던 것과 같이 그렇게 쉽지만은 않았다.

책꽂이에 있는 책을 가지고 와서 책을 펴 보았다. 아무 것도 눈에 보이는 것이 없었다. 오히려 언제 흘러내렸는지 눈물방울만 책갈피 가득 퍼져 있었다. 아 - 큰일이구나.

아직도 내겐 '공부' 라는 것이 무리였는가 보다. 아직도 내겐 그 사람 외엔 그 무엇도 비집고 들어올 틈이 없었다.

마음을 가다듬고 다시 책을 펴 보았다. 오히려 가슴은 더 답답해 오고 어느 누구에게라도 실컷 분풀이라도 하고 싶고, 무엇이든지 닥치는 대로 부숴 버리고 싶은 충동이 더 심했다. 아 - 이런 상태로는 도저히 책을 펼 수가 없구나.

그가 없는 세상에 공부라니, 왜? 누구를 위해서?

그가 없는 세상에 나란 인간은 한낮 허수아비에 불과했다.

그가 없는 세상에 '나' 란 인간은 아무 것도 할 수 없는 여인이었다.

그렇게, 한 가닥 희망으로 재등록을 해 보았으나, 그것도 여지없이 무너져 버렸다.

모두들 빈정거렸다.

공부도 남편을 위해서, 삶도 남편을 위해서,

50여년간의 삶이란 오직 남편만을 위한 삶이었던가.

모두들 기가 막히다는 수근거림이었다.

그러나 어쩔 수 없었다.

오랜 망설임 끝에 그렇게라도 해서 '삶'을 이어볼까 생각했건만, 그것도 헛수고가 되어버렸다. 그렇게 기대했던 한 가닥 희망마저 좌절돼 버리자 주위에서도, 나도 전보다 더 막연하기만 했다.

긴긴 하루해를 그의 생각에 몽땅 쏟아버린 나는 몸도 마음도 기진맥진해 있었다. 달도 없고 별도 없는 어두운 밤하늘을 내다보았다. 어느새 마음은 그와 함께 어두운 밤하늘을 나르고 있었고 지쳐 있는 낯선 몸뚱이만이 허공을 응시하고 있었다.

암흑과 같은 질곡의 세월이 흘러갔다.

나는 더 절망상태에서 헤어날 길이 없는 늪 속을 헤매이고 있었다.

살아 갈 수도, 그렇다고 죽을 수도 없었다.

이러한 상황 속에서 나는 모든 게 백지 상태였다.

계절 감각도, 시간 관념도 잊은 지 오래였다. 굳이 오늘이 며칠인지, 내일이 무슨 요일인지 알아야 할 필요가 없었다.

이 엄청난 우주 어느 한 모퉁이에 버려진 내 조그만 몸뚱이 하나 처신할 능력이 없었다.

그렇게 막연한 날들이 흘러가던 어느 날, 평소에 나를 아껴주시던 시내교회 사모님에게서 전화가 왔다. 어쨌든 나는 그가 가시자 어느 누구와도 소식을 끊어버렸다.

대뜸, "사모님, 우리 목사님이 사모님을 얼마나 찾았는지 알아요? 몇 달동안이나 기도하며 수소문한 끝에 이제야 사모님과 통화를 하게 되었으니 정말 반가워요. 사모님 지금 당장 우리 교회로 좀 와요. 목사님이 기다리고 계셔요."

내용인즉 조건 좋은 목사님이 옆에 있을 사람을 구하고 있으니 한번 만나보라는 것이었다.

　아마 그분들은 벌써 일년이 넘었으니 마음도 안정이 되고 이젠 내 갈 길을 찾아가리라 생각했던가 보다. 그러나 어이없는 말만 듣고 나오는 발걸음은 무겁기만 했다.

　모두들 삶의 가치 기준을, 행복의 기준을 어디에 두는지?

　지금 내게 절실한 것은 조건 좋은 사람이 아니라, 나를 두고 떠난 그와의 만남이었다.

　그러던 어느 날,

　아, 내게도 기회란 것이 찾아 왔는가 보다.

　옛말에 인간이 살아가는 동안 3번 기회가 있다고 했던가? 나는 운(?) 좋게도 그 기회란 것을 포착한 것일까?

　어느 날 우연하게 그 집 아이로부터 날짜를 상기하게 되었다. 그것도 그 아이 엄마와 얘기하는 것을 듣고 번개처럼 스쳐가는 것이 있었다. 순간 까마득히 잊어버렸던 출석수업일 생각이 났다. 가만히 날짜를 따져보니 출석수업일이 그 날로부터 이틀 후였다.

　정말 우연히 이틀 후에 출석수업이 있음을 알게 된 나는 순간, 한번 더 부딪혀 볼까? 되든 안 되든 한번 해 볼까? 하는 생각이 불현듯 일어났다.

　그래 이럴 것이 아니라 다시 한번 부딪혀 보자. 이미 등록은 해 놓았잖아. 이번에 또 안 가면 벌써 두 번이나 등록비를 버리는 셈이잖아. 우습게도 등록비가 아깝지 않느냐는 생각이 들었다.(그 학교엔 출석수업에 불참하면 학점을 취득할 수 없었다.)

　나는 우연하게 정말 우연한 기회에 다시 마음을 결정하고 되든 안되든 출석수업에 가기로 결심했다. 아직 부딪혀 보지도 않고 포기해 버릴 것이 아니라, 죽든지 살든지 한번 해 보아야겠다고 굳게 다짐했다.

내가 생명이 있는 한 살아갈 길은 조건 좋은 사람이 아니라 이길 뿐이다.

30여년간 키워오던 꿈, 그리고 그가 입학시켜 주신 통신대학인데, 그에게 보답하기 위해서라도 끝까지 밀고 나가야 한다. 그는 아내의 대학생활을 얼마나 좋아했던가. 비록 그와 함께 손을 잡고 교재를 받으러, 리포트를 작성하러 시내를 누비지는 못한다 해도 그가 나를 바라보고 있다는 것만으로도 만족하자.

강의실은 꽉 차 있었다.

모두들 활짝 핀 얼굴로 오랜만의 만남을 한껏 즐기고 있었다. 그러나 나는 1년을 쉬었으니까 아무도 낯익은 학생은 없었다. 꽉 메운 강의실에는 활기가 넘쳐 있었고, 그들의 얼굴에는 희망이 넘쳐 있었다. 열어 놓은 창문 사이로는 싱그러운 가을 바람이 불어와 그들의 얼굴에 한층 더 생기를 불어넣어 주고 있었다.

저렇듯 생기발랄한 얼굴들, 산이라도 옮길 듯한 의지적인 얼굴들, 그들의 밝음과 생기발랄함, 화기 넘침이 내겐 생경스럽고 낯설기만 했다.

그래, 이 곳이야말로 생동하는 '삶'이 있는 곳이야.

적어도 이것이 인생이야.

그를 떠나보낸 후의 내 삶은 어떠했던가!

'생명이 없는 삶'

세월에 떠밀려 바람에 떠밀려 나무등걸처럼 아무런 목적도, 희망도 없이 여기까지 떠밀려온 생, 그게 바로 그가 없는 내 생이 아니었던가!

나는 선뜻 들어가지도 못하고 나와는 거리가 먼 낯선 이국 땅에 온 것 같은 비참함으로 넋을 잃고 서 있는데, 그런 나를 비웃기라도 하듯 저 멀리 복도에서부터 여학생 서너 명이 푸른 날개를 치듯 까르르 웃으며 뛰어 들어오고 있지 않는가.

가까스로 마음을 가다듬고 아, 그래, 용기를 내야지, 이곳까지 올 동안 얼마나 많은 갈등 속에서 결정한 것인데 여기까지 와서 나약해져선 안 된다.

나는 애써 머리를 세차게 흔들며 정정당당하게 나도 내 삶의 권리를 찾으러 낯선 이국 땅에 발을 들여 놓았다. 오늘부터 그와의 일들은 마음속 깊숙이 꼭꼭 접어두고 눈물일랑 아예 거두어 버리고 내 삶의 방향을 팔을 걷어 부치고 아름다운 터전으로 개척해 나가야지.

삶의 지표를 잃어버린 내겐 오직 이 길만이라도 놓치지 말아야지.

'그래 이 바보야, 언제까지 울고만 있을래.

훌훌 털어 버리고 높이 날아봐.'

어느새 그가 응원을 보내 주고 있었다.

향학열에 불타있는 강의실에는 아가씨들도 많지만 젊은 청년들도 보였다. 그런데 30~40대 여성들은 많은 것 같은데 나와 같이 나이 많은 학생은 보이지 않았다.

모두들 앞 뒤 좌석에 앉아 웃고 떠들고 했지만 누구하나 나를 반기며 옆 자리에 앉으라고 손짓하는 학생은 없었다. 맨 구석 뒷좌석이 비어 있어서 그 자리에 앉으려다 더 처량해 질 것 같아서 중앙에 한 두 좌석이 비었기에 그 곳에 가서 앉았다.

강의시간은 아직 10여분 남아있었다. 여기에 와서도 나는 나 혼자구나, 하고 있는데 마침 아주 상냥해 보이는 아가씨가 구세주인양 내게 접근해 왔다. 그 학생은 뒤쪽 구석에서 친구들과 앉아 있다가 내게 다가와서 아주 상냥한 목소리로 안녕하세요? 하면서 생글생글 웃고 서 있었다. 금방 보아도 무척 예쁘고 귀여운 아가씨가 강의실 가득 남녀 학생들 중에도 난생 처음 보는 내게 다가오는 그 아가씨의 배려가 무척 가상하다고 생각하며 마음속으로 고맙게 생각했다.

아마, 내가 무척 외로워 보였던가 보다. 그 아가씨는 집은 경주이며, 나이는 스물 여섯, 친구들과 함께 왔다고 했다.

나는 그의 환상을 털어 버리듯 애써 환한 웃음을 지으며 친구가 되어 주어서 고맙다고 하면서 이야기를 나누었다.

강의 시간이 되었다. 현대문학사 시간이었다.

하필이면 우리는 '조병화' 씨의 "헤어지는 연습을 하며 사세"를 학생 전원이 함께 낭독하기로 했다.

　　헤어지는 연습을 하며 사세
　　떠나는 연습을 하며 사세

　　아름다운 얼굴 아름다운 눈
　　아름다운 입술 아름다운 목
　　아름다운 손목

　　서로 다하지 못하고 시간이 되려니
　　인생이 그러하거니와
　　세상에 와서 알아야 할 일은
　　"떠나는 일일세"

　　실로 스스로의 쓸쓸한 투쟁이었으며
　　스스로의 쓸쓸한 노래였으나

작별을 하는 절차를 배우며 사세
작별을 하는 방법을 배우며 사세
작별을 하는 말을 배우며 사세

아름다운 자연 아름다운 인생
아름다운 정 아름다운 말

두고 가는걸 배우며 사세
떠나는 연습을 하며 사세
인생은 인간들의 옛집

아 – 우리 서로 마지막
말을 배우며 사세.

긴 여운을 남기며 끝을 맺었다.

아 – 인간이란, 정말 헤어지는 연습을 하며, 작별을 하는 절차를 배우며 살아야 하는가!
시인 릴케도 죽음은 삶 속에 있다고 했던가!
그러나 우리 모든 인간들은 그것이 삶 속에 내재해 있다는 것을 시인하려 들지 않으려 한다. 우리 역시 우리들의 사랑은 영원하리라 믿었다. 그러던 우리들의 사랑이 채 영글기도 전에 산산조각이 날 줄이야...
아 – 하필이면 이런 시를 낭독하다니, 귀를 막았다.
강의가 끝나자 마자 금방이라도 울음을 터트릴 것만 같은 얼굴로 뛰쳐나가려는데, 어느새 또 그 아가씨가 예쁜 웃음을 띄우며 내게로 다가왔다. 그 아가씨는 정말 예쁘고 상냥했다.

나는 그 아가씨에게 고마워하면서 우리는 엄마와 딸 같은 연령 차이가 있었지만 배움에는 연령의 관계도 초월하고 우린 오랜 친구처럼 다정하게 얘기를 나눌 수 있었다.

그래도 이젠 아침에 눈을 뜨면 학업준비를 한다. 그 이튿날도 막 나가려는데 전화가 왔다. 혹 학우인가 싶어 수화기를 들었더니 의외에도 친구 K였다. 강의듣는 즐거움에 이제 겨우 숨을 쉬는가 하는데 또 이렇게 마음을 뒤흔들어 놓았다.

그가 없는 지금, 남자 친구의 전화를 받는다는 것이, 아니 친구를 떠올린다는 것조차 혐오스러웠다. 죄악이었다. 아니, 그에 대한 철저한 배신이었다.

오늘도 나는 수화기를 내팽개치다시피 놓아버리고 밖으로 나오면서 생각해 보니 한편 괘씸하기까지 했다. 이젠 이런 내게 함부로 다가서도 된다고 생각하는 것일까?

아마 그렇지는 않을거야. 여지없이 허물어져버린 친구의 아픔을 조금이라도 위로해 주기 위해서겠지, 그가 없는 세상에서 그가 아닌 다른 사람을 생각하기도 싫어서 고개를 흔들어버리고 젊은 학우들이 반겨주는 학습관으로 발을 옮겨 놓았다.

며칠간의 수업은 그나마 내게 활력소가 되어 주었다.

아침 일찍 세수를 하고 방을 나설 때면 나는 텅 빈 방안을 들여다 보면서 '덩거리 내 갔다 올게요' 하는 허기진 인사로 시작해서 하루가 시작되었다.

아침에 대문을 열고 골목길에 나서면 저만치 골목길에서 어느새 그가 서성이며 '임마야 늦다 빨리 나와' 하는 그의 경쾌한 음성이 긴 골목을 지나 버스승강장까지 따라왔다.

　그의 부재로 아무 것도 할 수 없었던 아내가 아침부터 학교에 나간다고 들썩이니 아마 그도 무척 안심이 되고 기분이 좋으셨던가 보다. 버스 안에서도 줄곧 지금쯤 그가 계신다면, 지금쯤 그가 계신다면, 하는 안타까움으로 앉아 있다가 학습관에서도 두 코스나 더 가버린 날도 있었다.

　그러나 일단 학습관에만 가면 요즘 사귄 아가씨들과 친구가 되어 점심시간에도 함께 어울려 식사도 하며 하루해를 보냈다. 그러나 어쩔 수 없는 그의 생각은 늘 마음 한구석을 텅 비게 만들었고 가끔씩 나를 깜짝깜짝 놀라게 했다.

　강의시간에, 그리고 그들과 얘기를 나누다가도 갑자기 아 - 내 목사님은 어디 가시고... 하는 생각에 한동안 가슴을 쓸어 내려야만 했다.

　그렇게 며칠 간의 출석수업도 지나갔다. 그와 동시에 피아노도 다시 레슨을 받으러 가기로 했다. 어떻게든 이제는 죽지 않는 이상 일어나야 한다는 필사적인 몸부림이었다.

　이러한 나를 어머니와 형제들은 물론, 나를 아는 사람들은 정말 반가워했다.

　그래, 참 잘했어. 이젠 아무 생각말고 공부도 피아노도 열심히 해.

　모두들 혹이나 그러다가 공부도 집어 치울까봐 걱정해 주었다.

제 3의 인생

한 여인의 운명은 처음부터 뭔가 잘못되어 가고 있는 건 아니었을까? 아니, 겨우 걸음마를 배우며 한창 재롱을 부리던 그때 내 인생은 종지부를 찍어야 하는데 지금까지 이어왔으니 별난 생을 살아야 하는가? 아니면 아예 처음부터 내겐 복이란 상관없는 인생이었을까?

어찌해서 내겐 평범한 행복마저 빼앗겨야 한단 말인가! 아이가 없어도, 돈이 없어도 좋았다. 남들에게는 지극히 평범한 소망, 그가 내 곁에 있는 것도 내겐 욕심이었을까? 신은 내가 좀 행복하게 사는 게 그리도 못마땅했던가. 아니, 나는 그와 함께 행복해 하면 큰일이라도 난단 말인가?

고달픈 인생 길이었다. 멀고도 험한 가시밭길을 간신히 넘어왔는가 했는데 또 이렇게 끝이 보이지 않는 길을 걸어가야만 하다니…

이제 나는 그가 빠져나간 또 다른 삶이 나를 기다리고 있는 또 하나의 세상 속으로 발을 들여놓았다.

어차피 걸어가야 할 내 몫의 길이라면 이제 정신을 차려야 한다. 비록 그가 없는 캄캄한 세상일 지라도 내게 주어진 삶은 어떻게든 살아내야 한다.

'그래, 수줍은 새색시의 화려한 발걸음이 아니라도 좋다. 수줍은 새색시의 힘찬 각오가 없어도 좋다. 다시 태어난 샘 치고 지금부터 시작하자. 그래도 그 힘든 중에도 '책'이라도 잡게 되었으니 반은 살아진 셈이 아닌가. 그와 함께 온 정성과 정열을 기울여 살아가진 못한다해도 그와 나의 몫이

라 생각하자.'

어느 하늘 아래 기구한 한 여인의 비장한 각오였다.

그렇잖아도 모두들 남편으로 인한 상처는 그로서 치유를 받아야할 텐데 얼토당토 않는 공부가 다 뭐야, 나이도 나이려니와 그것으로 치유가 될까? 했지만 지금의 나로선 그 길이 최선의 길이었다.

그렇게 해서 한 많은 한 여인의 인생이, 잔인한 세상에게 모든 것을 착취당한 채 멀고도 험한 길을 '책' 하나 달랑 들고 제 3의 길을 들어서고 있었다.

과연 끝까지 '책'으로서 해낼 수 있을지?

이제 나는 밀물처럼 밀려오는 그의 생각을 떨쳐버리기 위해서라도 책을 들고 있어야만 했다. 그러나 그렇게 쉽고 간단한 일은 아니었다.

오늘 책을 보다 안되면 내일, 내일 책을 보다 안되면 또 그 다음날, 나는 혼신의 힘을 다해 책과 싸우고 있었다.

억울했다. 신은 왜 하필 내게만 태산같은 삶을 살아내라고 요구한단 말인가! 나도 이 세상 여느 여인과 다를 바 없는 한 여인에 불과한데, 그들이 행복해지고 싶으면 나도 행복해지고 싶고, 그들이 웃고 싶을 땐 나도 웃고 싶은데,

그러나 이제 나는 죽든지 살든지 내게 주어진 운명의 길 앞에 서서 그를 위해서라도 살아야겠다고 다짐하고 또 다짐했다.

그렇게 혼자서 안간힘을 쓰고 있던 어느 날, 용케도 지금까지 참아오던 후배 숙자에게서 전화가 왔다.

공주 같은 교장선생님의 딸을 그렇게 부러워했다던 숙자.

그에게 교장선생님의 딸이 지금은 무엇을 보여줄까! 정말 내키지 않았지만 숙자의 성화에 못 이겨 시내 레스토랑에 나타났을 때는 벌써 어둠이

온 거리를 차츰차츰 채워가고 있었다.

어느새 숙자는 먼저 와 있었다. 숙자는 나를 보자 말없이 내 손을 꼭 잡고 눈물을 글썽였다.

"언니, 정말 만나보고 싶었어. 지금까지 참느라고 혼이 났어. 언니가 아직도 마음을 못 잡고 있으니 좀 더 있다가 만나라고 하기에 간신히 참았어. 우리는 오랜 친구잖아. 진심으로 언니의 아픔을 나누고 싶었는데 언니는 그렇게 외면해 버리면 어떻게 해."

"그래, 미안해. 나도 어쩔 수 없었어."

"언니 정말 우리 잘 만났어. 이제 우리 자주 만나자. 괜히 집에 앉아서 가슴만 태우고 있으면 자기만 손해야. 이젠 다 잊어버리고 가슴을 활짝 열고 자신 있게 살아 봐. 참, 학교에 다시 나간다면서?"

"그래, 그렇지만 아직은 아무 것도 손에 잡히는 게 없어. 지금의 어쩔 수 없는 내 도피처야."

"언니, 그러지마. 지금 언니를 보니까 그 옛날 조선시대에 살고 있는 것 같은 기분이 들어. 물론 그 마음을 왜 모르겠느냐만, 그런다고 무엇이 해결되는 건 아무 것도 없어. 몸만 상할 뿐이야. 세상은 다 그런 거야. 벌써 몇 년째야, 남들 같으면 잊은 지 오래야."

"그런 소리하지마. 우리는 꼭 만나서 다시 살아야 해. 지금의 내 유일한 소망이 뭔지 알아? 우리도 언젠가는 틀림없이 다시 만나서 그 옛날과 같이 사는 거야. 나는 믿어."

나는 그 말이 진심이었다. 그는 결코 가시지 않았다. 언젠가는 틀림없이 다시 만난다는 생각을 떨쳐버릴 수가 없었다. 그런 내 말이 너무나 진지해 보였던지 숙자는 기가 막히다는 듯이 나를 멍하니 쳐다보기만 했다.

"나는 지금쯤은 조금은 잊은 줄 알았더니 심각해도 보통 심각한 게 아닌데, 그냥 두면 큰일날 것 같구나. 언니 정신차려, 왜 이래?"

"나, 그래도 정신은 온전해. 걱정하지 않아도 돼."

"언니, 물론 어렵게 내린 결정이라지만, 이 상황에 공부보다 다른 길이 있지 않을까?"

"아니, 아무 것도 눈에 들어오지 않아."

"언니, 만나자마자 이런 말은 안 하려 했는데, 왜 K의 전화도 받지 않았어? 요즘 그런 사람 드물어. 나 같으면 도시락 싸들고 따라다니겠다. 그 많은 세월이 흘렀어도 오직 사랑은 단 하나였어. 그 친구 이제는 절대 언니 놓치지 않겠다고 하더라."

"무슨 말을 그렇게 해, 우리 목사님은 어떻게 하고?"

"갈수록 이상한 말만하네, 정말 오늘은 이런 말은 안 하려했는데 막상 언니를 보니 안되겠어. 못 이기는 채 하고 그 친구 사랑 받아줘. 오늘보니 혼자 두었다가는 정말 무슨 일이라도 일어날 것 같애. 이젠 좀 정리가 된 줄 알았는데..."

"나, 내 문제만 해도 머리가 터질 것 같다. 네가 아무리 그래도 내겐 아무 소리도 들려오지 않아."

"언니, 그 친구 신사야. 언니가 그 친구의 인격을 더 잘 알잖아. 그냥 언니의 아픔을 나누고 싶데. 여린 성격에 아이 하나 없이 혼자서 그 아픔을 어떻게 감당할까, 생각하면 가슴이 아프데. 다음에 전화하거든 끊지 말고 받아 줘. 정말 이런 말하기에는 미안하지만 이제 그 친구한테 다가서도 되잖아? 그렇게 평생을 기다렸던 사랑이었는데,"

"아직 나 그 친구 전화 받아 줄 만큼의 여유가 없어. 이젠 전화도, 만나지도 말자고 해. 그 친구 만나면 괜히 마음만 더 괴로워져."

"그렇다고 당장 어쩌자는 게 아니잖아."

"어쨌든 나는 다른 사람을 생각한다는 자체부터 괴로워. 나는 영원히 그 사람 뿐이야."

"언니, 그러지마, 어린애도 아니고, 벌써 2년이 다 되가, 언니도 언니의 인생을 생각해봐, 그 친구 한 여자때문에 결혼생활은 엉망이었어."

"이봐, 지금 내 머릿 속에는 그 사람으로 가득 차 있어."

"그래, 어떻게 한꺼번에 그 많은 것을 잊을 수 있겠어. 천천히 생각해 봐. 그러나 언니는 이제 누구의 사랑도 받아줄 수 있어."

"너 너무한 거 아니야? 그 사람때문에 이렇게 미칠 것 같은 내게 다른 사람을 받아주라고...?"

"언니가 어린애가 아니니까 말이야, 잊을 건 빨리 잊어야 해. 그게 언니 에게 덕이야. 그래, 외로워서 어떻게 살 거야? 아이라도 있었더라면 그래 도 좀 좋았을 것을, 이제 모든 것 집어치우고 K 의 뜻을 받아들여. 그들 부부 평생 그렇게 사느니 차라리 지금이라도 헤어지는 게 서로에게 더 좋 을 것 같아."

"너 오랜만에 만나서 왜 이래?"

"나 언니 진심으로 좋아해. 이제는 그 분은 마음 속 깊숙이 모셔놓고 세 상을 한 번 바라봐. 누구 인생도 아닌 언니 인생이야. 혼자 산다는 게 그 리 쉬운 일이 아니야."

"나 혼자가 아니야. 내 옆에는 항상 그 사람이 있어."

"정말 왜 그래, 정신 좀 차리고 살아."

오랜만에 만난 숙자는 나의 아픔과는 상관없이 오랫동안 쌓아두었던 말 을 한꺼번에 다 쏟아놓았다. 그렇게 숙자는 이제 공공연히 친구와의 일을 합리화시키려 했지만 내겐 어림도 없는 일이었다. 그와 나의 사랑이 그렇 게 간단히 허물어질 그런 사랑이 아니었다.

난생 처음 마셔본 술

하루 하루가 곡예사의 줄타기처럼 아슬아슬하게 넘어가고 있었다.

이제 겨우 책은 잡았다지만 아무 것도 눈에 들어오는 것이 없었다. 책만 펴놓으면 왜 그렇게 눈물이 나는지, 오히려 페이지마다 더 뚜렷이 클로즈업 되어오는 그의 모습을 도저히 떨쳐버릴 수가 없었다.

나는 목사님의 부인이라면서 교회생활이란 기껏해 보아야 주일날 한시간 참석하는 것이 고작이었다.

항상, 하나님에 대한 원망이 가득 차 있었다.

하나님은 피도 눈물도 없어, 무엇이 사랑의 하나님이란 말이야. 하나님은 분명히 자기 자녀에게 감당할 수 없는 시험은 주시지 않는다고 했는데 어찌해서 이런 감당할 수 없는, 아니 하늘이 무너지는 이런 엄청난 시험을 주시느냐 말이야.

그렇게 오순도순 살아가는 우리들을 어떻게 그렇게 잔인하게 떼어놓을 수가 있느냐 말이야.

그렇게 하나님을 원망하고 나 자신이 원망스러워도 나는 내 환경의 테두리에서 이탈할 줄은 몰랐다. 그 옛날의 신앙의 흔적이 나를 주춤하게 한 것도 아니었다. 아마 내 행동반경이 너무 빈약했다고나 할까,

그러던 어느 날 서울 목사님께서 대전에 볼일이 있다고 하시기에 나도 가겠다고 했다.

순간, 그래 이번엔 나도 한번 실컷 취해 보자.

나도 한번 실컷 타락해 보자.

세상이 삐뚤어 질 때까지 마셔보자.

하늘이 샛노랗도록 한번 마셔보자.

목사님께 양해를 구하면 이해해 주시겠지.

오랜만에 동대구 역에 가서 대전행 기차를 탔다. 가능한 한 아픈 기억은 생각하지 않으려고 유리창 바깥 세상은 아예 멀리해 버리고 가지고 갔던 책만 보고 있었다. 어쩔 수 없이 쓸쓸한 여행이었으나 나는 벌써부터 '술'이란 묘한 매력에 이끌리어 조금은 두근거리는 마음으로 두 시간 남짓 갔더니 이윽고 대전이란 곳에 도착했다.

나는 단단히 벼르고 대전이란 곳에 내리니 목사님은 벌써 역에서 기다리고 계셨다. 전화로는 숱한 하소연을 했다지만 막상 만나고 나니 부끄럽고 어색했다. 우리는 조금은 어색하게 대전 시내를 구경하다가 목사님의 숙소로 갔다.

그런데 목사님 앞에서 술을 마시려면 조금은 용감해야 했다. 올 때 단단히 벼르고 왔다지만 여자가, 더구나 목사의 부인이 술을 꺼낸다는 것은 많은 용기가 필요하다고 생각했다. 목사님 앞에 앉으니 말 한마디도 꺼낼 수가 없었다. 어떻게 말을 하나? 그러나 오늘은 절대 그냥 가지 않겠어. 그렇게 사랑하던 남편을 잃어버리고 이렇게 가슴이 터질 듯한 한 여인의 슬픔을 술이란 것이 과연 얼마나 즐겁게 해 주는지 시험도 해 볼 겸 말이야.

목사 부인이 다 뭐야, 나도 한번 취해 보자.

"목사님, 저 이것..." 더 이상 말을 하지 못하고 나는 사 가지고 간 소주와 맥주를 가방에서 힘겹게 꺼내 놓았다.

"그게 뭔 데요?" 하시더니 목사님은 깜짝 놀라셨다.

"사모님, 어떠한 경우에도 자신의 본분을 지켜야 합니다."

"괜찮아요. 저는 우리 목사님이 가실 때 이미 내 모든 건 바닥이 나 버렸어요. 내게 더 무엇을 기대할 건 아무 것도 없습니다.

사랑의 하나님도 나를 버렸어요. 저는 하나님께도, 세상에서도 밀려 나간 가련한 여인이에요. 그렇게도 사랑하던 남편을 빼앗기고 평생의 한이 되어 가슴에 못이 박혀 버린 이 여인의 아픔을 하나님이 더 잘 아시겠지요. 어느 누구도 내게 돌을 던질 사람은 없습니다."

아직 술을 입에 한 방울도 대지 않았지만, 술을 마신 것과 같이 어느새 흥분해 있었다. 이 울분을 어떻게 감당해야 좋을지 몰랐다.

"목사님, 죄송합니다. 오늘은 좀 마셔야겠습니다. 이해해 주세요."

나는 목사님 앞에서 상식 이하의 행동이었지만, 단단히 각오하고 간 터이라 그분의 만류에도 불구하고 소주를 마시기 시작했다. 난생처음 마셔보는 술이라서 그런지 아무리 해도 넘어가지를 않았다. 쓰디쓴 약을 마시는 것보다 더 마실 수가 없었다. 그러나 나는 기를 쓰고 넘어가지 않는 술을 처음엔 한 방울씩 그 다음엔 조금 더, 나중에는 악에 받쳐 마셨다. 한 잔 두 잔... 무얼 어떻게 마셨는 지도 몰랐다.

얼마나 마셨을까? 정신이 몽롱한 중에 나는 그때부터 울기 시작했다. 아니, 울음이 아니라, 어느 깊은 산 속 짐승의 포효라고나 할까,

'목사님, 우리는 어쩌다 이렇게 헤어져 버려야 했나요? 내가 무슨 말못할 죄 값으로 이런 감당할 수 없는 형벌을 받아야 한단 말입니까? 이런 잔인한 벌을 받아야 할 죄가 무엇이란 말입니까?

목사님, 아버지 오빠들이 가시고 허기진 배를 달래어가며 동생들에게 빵 하나, 책 한 권 더 사 주려던 것이 죄였나요? 내 행복은 그것으로 끝이었단 말입니까? 그 험산준령을 넘어서 이제야 행복을 찾았는가 했는데, 또 내 앞에 이런 엄청난 일이 왜 일어나야 한단 말입니까? 그렇게 오순도

순 살아가는 그와 나를 어찌해서 갈라놓아야 한단 말입니까? 왜 무엇때문에? 왜 우린 헤어져야 한단 말이에요? 이렇게 미치도록 그가 보고 싶어 견딜 수가 없는데 우린 왜 만날 수 없단 말입니까?

목사님, 나는 아무 것도 필요 없으니 내 목사님 단 1분만이라도 좋으니 한번만 좀 만나게 해 주세요.

큰 욕심 내지 않을게요. 단 1분이라도, 단 1분만이라도...

어떻게 함께 살다가 그렇게 매정하게 하루아침에 헤어져 버려야 한단 말이에요. 목사님 내 간절한 부탁입니다. 그럼 헤어지더라도 말 한마디만이라도 하고 헤어지게 해 주세요. 우린 지금 너무 너무 오랫동안 만나지 못했어요. 이젠 만날 때도 되었어요. 나는 어떠한 일이 있어도 우리 목사님 꼭 만나야해요. 만나서 꼭 할 이야기가 있어요.

목사님, 우리 목사님 한번만, 한번만 좀 만나게 해 주세요.'

정말 나는 이성을 잃어버린 채 얼마나, 얼마나 서럽게 울었던지, 정신이 없는 중에도 목사님은 자꾸만 내 등을 두드리면서 '불쌍한 사람 불쌍한 사람, 하며 그렇게 마음 아파하시는 것 같았다.

술은 그렇게 일방적으로 혼자서 마시고 그렇게 혼자서 울기만 하다가 정작 목사님 앞에서 말 한마디 변변히 하지 못하고 저녁 7시차를 타야했기 때문에 술이 깨기도 전에 기차를 타야만 했다.

몸도 잘 가누지 못한 상태에서 어떻게 개찰을 해서 대구로 오는 기차를 탈 수 있었는지 몰랐다. 그날따라 기차는 만원이었다. 좌석이 없어서 사람들이 붐비는 기차통로에 서 있으니까 공기는 탁하고 속은 견딜 수 없을 만큼 역겨웠다.

아무리 몸을 버티고 서 있으려 해도 정신은 흐려져 오고 몸을 가눌 수가 없었다. 그 후로는 기억이 잘 나지 않았다. 어쨌든 정신이 혼미한 상태에서, 그나마 속은 거북해서 도저히 서 있을 수가 없어서 나도 모르게 그렇게 많은 사람들이 오가는 기차 통로에 그대로 누워버렸는가 보다.

부끄러운 것도 아무 것도 몰랐다. 숱한 사람들이 오가면서 통로에 누워 있는 여자를 기웃거려보며 얼마나 욕을 했을지 그런 것도 몰랐다. 그렇게 많은 사람들이 오가는 통로에 여자가 술이 취해서 정신 없이 누워 있었으니 정말 가관이 아니었을까, 그 시간이 얼마나 되었는 지도 몰랐다.

그렇게 누워서 정신 없이 있는데 어떤 청년이 여자가 땅에 누워 있는 것을 보니 기가 찼던지 나를 조용히 깨우더니 "아주머니, 일어나서 여기에 앉으세요." 하는 공손한 말소리가 바람결에 들리는 것 같았다.

나는 어떻게 해서 일어났는지 모르게 고마운 청년이 양보해 준 좌석에 앉았으나 땅에 누워 있는 것보다 속은 더 거북했다. 그때부터 구두를 넣어둔 비닐봉지에 구토를 하기 시작했다. 어떻게 심하게 했던지 내 옆에 있던 사람들은 하나 둘 다 다른 곳으로 가 버렸다. 다른 곳에는 통로에도 복잡하게 서 있는 것 같았으나 내 옆 좌석에는 다 비어 있었다.

늙지도 젊지도 않은 여자가 그 많은 사람들 앞에서 그런 추태를 보였으니 얼마나 한심한 여자로 보였을까! 저 여자는 무슨 사연으로 저런 못난 짓을 할까? 하기에 앞서 얼마나 손가락질을 했을까! 그러나 나는 그들에게 미안한 생각도, 부끄러운 생각도 할 분별력도 없었다. 그 후로도 나는 견딜 수 없이 속이 불편해서 계속 끙끙 앓았던 것 같다. 머리는 쪼개지는 것 같고 속은 아파서 어떻게 해야 좋을지 모르고 정신은 희미한 가운데 언뜻 들으니 대구라는 것 같아서 엉겁결에 내리고 보니 동대구 역에 내려야 하는데 그만 대구 역에서 내려버린 셈이었다.

그래도 찬바람을 쏘이니 온 전신은 아파도 정신은 조금 드는 것 같았다. 그러나 걸을 수가 없었다. 아무리 그들의 행렬에 끼어 계단을 올라가고 싶었으나 그것이 마음대로 되지 않았다. 모두들 제 갈 길이 바쁜지 나 같은 건 거들떠보지도 않았다. 나는 많은 사람들이 의기양양하게 걸어 올라간 계단을 올려다보며 패잔병의 쓰디쓴 기분을 통감하며 한 계단 한 계단 난간을 의지해서 온 힘을 다해 올라가서 역 대합실까지 빠져 나왔으나 이젠 정말 더 걸을 수가 없었다. 택시를 타야 집에 갈텐데 혼신의 힘을 다해 역 광장까지 나왔으나 이젠 정말 더 이상 발을 떼어놓을 수가 없어서 역 광장 한 귀퉁이에 주저앉아 버렸다.

그곳에서 밤하늘의 별들을 보았고 길거리의 휘황찬란한 가로등을 보았다. 역 광장에도 길거리에도 사람들이 오가는 것도 보았다. 그의 모습도, 그가 어서 일어나서 집으로 가라고 손짓하는 것도 보았다.

그와 함께 훨훨 날아다니는 것도, 그리고 그가 근심스런 얼굴로 '임마야, 빨리 일어나' 하는 음성도 들려왔다. 그와 동시에 '목사님, 나를 두고 가지 말아요' 하는 중얼거림과 함께 어딘지도 모르게 자꾸만 땅속깊이 기어들어가는 느낌이 아련히 가물거리고 있었다.

얼마나 지났을까?

갑자기 차가운 바람이 온몸을 스쳐가는 섬뜩함에 오싹 한기를 느끼며 희미하게 정신이 들었다. 아마 순간적이지만 정신이 혼미해졌는가 보다.

나는 그제서야 가까스로 정신을 가다듬어서 다시 일어나서 걸어보려 해도 역시 발을 떼어놓을 수가 없어서 하는 수 없이 엉금엉금 기어서 택시가 다니는 도로변까지 왔으나 늦은 밤이라서 그런지 좀처럼 내게 택시가 멎어주지 않았다.

오랜 후에야 택시를 타고 가까운 언니 집 방향을 알려 주었다.

언니는 나를 보자 깜짝 놀랐다. 그러나 나는 언니에게 차마 술을 마셨다고 할 수 없어서 식중독이라고 했더니 약국에서 식중독 약을 사와 아무리 먹은들 몸의 아픔과 구토는 그쳐 주지를 않았다. 그 후유증이 일주일이나 갔다. 나중에 알고보니 소주와 맥주를 함께 마시면 큰일난다고 했다.

그럴수록 하나님 앞에 더 나아가야 한다지만 지금의 나로선 신앙으로 치유받기엔 내 상처가 너무나 깊이 골이 나 있었다.

정말 인생이란 마음잡고 살아볼 만한 값어치가 있는 것일까?
잠깐 있다가 갈 세상에 나는 왜 이렇게도 가슴 아파하며 괴로워해야 한단 말인가!
스토익 철학자 '세네카'는 '삶이란 죽기 위하여 생겨난 하나의 선물일 뿐, 삶에 있어서 가장 훌륭한 점이란 그것이 다행히도 길지 않다는 것이다'라고 했다.
그렇다면 이 허무한 세상에 무엇때문에 이렇게 안간힘을 쓰며 살아야 한단 말인가!
그러나 생명이 있는 한, 죽지 않고 살아있는 한 이렇게 넋 놓고 앉아 있을 수만 없지 않는가.
'장미는 빨간 장미꽃을 피움으로써 자기 표현을 하고 뻐꾸기는 구슬픈 노래를 부름으로써 자기를 표현한다고 했다.'
'생명에 대한 우리의 의무와 책임은 내가 나의 생명을 최고도로 실현하고 완성하는 것이다. 존재한다는 것은 자기를 표현하는 것이다.
그래, 나는 지금 무슨 말로든지 변명을 한다 해도 분명한 사실은 이 세상에 살아있고, 존재해 있다.
그러면 나는 지금 나 자신을 위해 어느 색깔의 향기를 발하며, 그 아름답고 신비로운 생명을 위해 얼마나 노력하고 있는 것일까!
어차피 살아가는 삶이라면 좀 더 열심히 노력해야 하지 않겠는가! 하루에도 수없이 다짐해 본다지만 그것이 그렇게 쉽지만은 않았다.
그래도 실오라기 같은 책과 피아노가 나의 밑거름이 되어 주었다.
'술'로서 지금의 상황에서 조금이라도 벗어나 보려 했지만 오히려 단단히 혼이 난 나는 이 지구상에는 내가 위로받을 곳이라곤 아무 것도 없다는 생각과 함께 세월은 흘러갔다.

제 3의 인생 길을 책 하나 옆에 끼고 그 숱한 아픔을 이겨보리라 다짐했는데 벌써부터 이렇게 흔들려서는 안 된다. 또다시 용기를 내야지.

곧 출석수업이 다가온다. 이제 학우들과의 얼굴도 익혀놓고 가끔 전화도 했다.

그러나 학우들은 나에 대해선 아무 것도 모른다. 가정과 학우만이 이 사실을 알지만, 그 학우와 연락이 단절된 상태였다.

며칠 후에 출석수업에 가지고 갈 책을 챙기고 있는데 전화가 왔다.

굵직한 남자의 목소리가 나를 놀라게 했다.

"실례지만 권지연씨 입니까?"

"예, 그런데요?"

"너무 놀라지 마세요. 저는 서울에 있는 K의 친구입니다. 마침 대구에 출장중이라서 시간도 있고 해서 전화를 드렸습니다."

그렇다고 전화를 끊을 수도 없어서 어떻게 해야 좋을지 모르고 있는데,

"무척 당황하시는 것 같은데 그러지 말고 마음 편히 가지세요. 친구 K나, 저나 권지연씨를 아무렇게 대할 사람들은 아니니까요. 벌써부터 한번 만나서 얘기를 좀 할까 싶어도 그럴 기회가 오지 않았는데 실례가 아니라면 저와 만날 수 없겠습니까?"

"예, 감사합니다만, 지금 좀 바빠서요."

"물론 그 마음 잘 압니다. 지금은 어느 누구와 만날 기분이 아니라는 것을, 그러나 모처럼 제 부탁이니 한번 만나 주셨으면 합니다."

나는 화가 발끈 났다. 어떻게 친구에게까지 이런 사실을...

"아직은 그 누구와도 만날 기분이 아닙니다. 그냥 돌아가세요."

"예 그래요, 세상에는 많은 사연들이 있습니다. 그 사연들을 풀기도 하고 메꾸기도 하면서 살아가는 게 인간 세상이 아니겠어요?"

끝까지 버틴다면 모두에게 실례가 될 것 같아서 어쩔 수 없이 나갔다.

"고맙습니다. 이렇게 나와 주셔서."

"예, 실례가 되었다면 이해해 주세요."

"예, 잘 압니다. 그런 건 걱정마세요. 혹 말씀들었을 지도 모르지만 K와는 대학때부터 떨어질 수 없는 사이였습니다. 물론 잘 아시겠지만, K 그 친구 내 친구지만 꽤 괜찮은 사람이지요. 국민학교 때 친구였다지요?"

"예, 그냥 소꿉친구."

"그 친구 대학때부터 죽 지켜봤습니다. 결혼할 당시에도 무척 갈등이 많았습니다. 옆에서 지켜보기가 민망할 정도로요. 그 갈등이 많은 세월이 지난 지금까지 연장되고 있으니 친구로서 정말 보기가 딱해서 이렇게 만나자고 했습니다. 모든 건 접어두고 지금 그 친구, 지연씨가 이렇게 된 것도 다 자기 탓이라고까지 합니다."

"그게 무슨 말입니까?"

"그때 좀더 기다렸더라면 지금 지연씨가 이런 고통은 받지 않았을 텐데, 하며 지금 지연씨가 받는 고통을 대신 받을 수 있다면 기꺼이 그렇게 하겠다고 하더군요."

"그건 있을 수 없는 일이에요. 인연이 따로 있고 각자 운명이라는 게 있는데 무슨 그런 말씀을, 고통도 나만의 것이요, 어느 누구와 나누어 가질 수도 없겠지요. 나, 아직도 그 사람 발끝에서 머리끝까지 하나도 잊은 게 없어요."

"물론 가신 분을 어떻게 잊겠습니까만, 조금 양보해서 상대방의 입장에 서서 한번 생각해 보세요. 참, 그들 부부 지금 심각합니다. 그 부인이 내게 와서 하소연을 합디다. 하루도 다투지 않는 날이 없으니 도저히 이런 상태로는 더 이상 희망이 없다고요. 지금까지 허수아비와 살았다고요."

"그 부부들이 어쨌든 나완 상관이 없어요. 그리고 내가 책임져야 할 일도 없고요. 그건 그들 부부가 해결할 문제지요."

"지연씨, 그렇게 매정하게 말하지 말고 그 친구도 좀 이해해 주어야 해요. 그 친구 평생을 한 사람을 위해 살아왔어요. 그들 부부 언젠가는 헤어질 사람들입니다. 옆에서 지켜보는 내가 보기에도 지금이라도 각자의 길로 가는 게 더 현명할 것 같아요. 항상 허덕이는 그 친구가 너무 안타까워서 제가 실례를 무릅쓰고 이렇게 말하는 겁니다. 그리고 미안한 말씀이지만 이제는 지연씨도 그 친구의 뜻을 이해해 줄 수도 있지 않을까요?"

"제가 이해해 준다한들 어떻게 하겠어요. 다 지나간 일이에요. 우린 다만 친굽니다. 저 역시 무척 좋은 친구라 생각합니다."

"지연씨, 지연씨는 지금의 자기 입장만 생각하고 상대방 입장은 조금도 배려할 생각은 없군요. 그 친구 평생을 두고 한 사랑입니다. 진실한 사랑을 아무렇게나 대하지 말았으면 좋겠어요."

"그럼 제가 어떻게 하면 되겠어요?"

"제가 지나쳤다면 용서하세요. 나는 다만 친구의 진실한 사랑을 받아드리는 입장에 서서 한번 생각해 봤으면 하는 바램입니다. 무조건 안 된다고 하지 말고요."

"우리 그 이야기 그만해요. 미안하지만 이제 일어서도 되겠지요?"

나는 허둥지둥 일어나 그의 앞을 빠져 나왔다. 모두들 왜 그럴까? 나의 이 타는 가슴은 아무도 헤아려 주지 않는 채 자기들의 입장만 내세우고 있으니...

집으로 돌아오자 모든 것을 털어 버리듯 애매한 피아노만 정신 없이 두들겼다.

덩거리 내가 회장이 되었어요.

임마야 됐어, 됐어, 합격이야. 우리 축하파티라도 열자.

발표가 있던 날, 그는 열에 들뜬 사람처럼 흥분해서 정작 나보다 더 좋아하셨다.

30여년만에 모교인 안동여고를 향해 대구에서 버스를 탔다.

가슴을 설레어가며 대구에서 안동여고로 통신대학의 입학원서를 쓰러 가는 길이었다.

대구를 떠난 지 약 한시간 30분쯤 되어서 구불구불한 재를 지나 산 구비를 돌아서니 이윽고 낯익은 깨끗한 안동시가지가 한눈에 펼쳐졌다. 금방 보아도 예전에는 없었던 높은 건물들이 산 아래에 우뚝우뚝 솟아있고 그 아래로는 아담한 시가지가 낙동강 정기를 안고 겨울 한낮의 햇살아래 포근하게 앉아 있는 정경이 무척 정갈해 보인다고 생각했다.

원래 안동을 교육도시라고도 하며, 양반의 도시 라고도 했다. 그 이름만큼 아침의 거리에는 남녀 학생들로 물결을 이루었고 모두들 향학열에 불타 있었다.

내 고향이라서 그런지 나는 안동을 떠나와도 안동을 무척 사랑했다.

내가 학교를 다니던 곳, 아득한 옛날, 우리 남은 8식구 교장사택을 비워주고 맨 주먹으로 뗏목에 의지해서 정처 없이 떠내려오다가 정착한 곳이 안동이었다.

희비극이 엇갈린 안동에 발을 들여놓으려니 감회가 깊었다.

먼저 안동시가지를 들어서기 전에 우선 오른쪽으로 보면 그곳의 상징인 아름다운 산 위에 소나무가 우거진 사이로 우뚝 솟은 "영호루"를 볼 수 있다. 공민왕이 홍건적의 난을 피해 이 곳까지 피신을 하셨는데, 이 곳의 아름다움을 극찬하시며 이 곳 이름을 영호루 라고 지었다고 했다. 영호루를 끼고 끝없이 이어진 낙동강 물은 언제나 변함 없이 맑고 깨끗하게 흘러내리고 잔잔히 깔려있는 모래사장은 예나 지금이나 은빛을 발하고 있었다.

10년이면 강산도 변한다더니 옛 자취는 찾을 길이 없었다. 내가 다니던 교육청도 어디인지 방향을 감지할 수 없었고, 사르비아 꽃이 만발한 교정을 거닐면서 소녀적 꿈을 키워오던 여고도 그 곳에 없었다. 나는 택시를 타고 안동여고를 찾으니 경사진 곳을 한참 올라가더니 높은 산 아래에 내려놓았다. 여학생들의 전당으로서 알맞은 조용하고 아담한 산 아래에 학교가 있었다.

나는 사무실에 들어가서 여자직원에게 통신대학의 원서를 쓰러 왔다고 했더니 건너편에 앉아 계시던 남자 직원이 의외라는 듯 지금 대학에 가서 뭣하겠느냐, 차라리 취미생활을 하는 게 어떠냐고 하시니까 그 곳에 있던 다른 직원들도 그 말에 동조하면서 자기들끼리 눈이 둥그래지는 것 같았다.

그도 그럴 것이 학교를 졸업한 지 일 이년이 아니라 강산도 변한다는 30년이 지난 지금, 할머니가 되어서 배워서 무엇하겠느냐는 눈치였다.

나는 마음속으로 '30여년간 키워오던 내 꿈입니다.' 하면서 웃음으로 응대했다.

물론 시험을 쳐서 어려운 관문을 통과하는 것은 아니지만 그래도 걱정이 되어서 발표 날엔 내가 가지 못하고 그가 갔다와서 아내의 합격을 그렇게 반가워했다.

그는 아내의 말이라면, 아내가 하는 일이라면 무엇이든 허락했다.

그가 입학시켜 주신 통신대학, 내 반평생의 꿈,

이제 다시 지푸라기라도 잡고 싶은 마음으로 책과 싸우고 있다.

기를 쓰고 책상 앞에 앉아 있노라면 5월 한낮의 알 수 없는 꽃향기에

그의 체온이 실려오고 골목길 행인들의 두런두런 소리에 그의 음성이 묻어왔다.

그러나 나는 최선을 다해 공부에 몰두하려 했고 학우들과도 친교를 가지려 노력했다.

그런 가운데 출석수업 일이었다.

아침부터 학습관에는 학생들로 붐볐다. 강의시간에는 모두들 눈을 반짝이며 교수님의 강의에 귀를 기울였다. 이제 나도 차차 학우관계도 좋아졌다. 처음 아가씨와 사귀다가 이제는 반이 달라져서 그들과는 가끔 만나게 되었다.

나는 처음과는 달리 새로운 강의실에 들어가서 나와 같이 나이 많은 학생은 없나 유심히 살펴보니까 마침 인상도 좋고 나이도 좀 듬직해 보이는 학생이 있었다. 나는 먼저 다가가서 인사를 나누며 강의시간에는 나란히 앉을 수도 있었다. 그 학생으로 인해서 주위의 몇몇 학우들과 인사도 나누며 가까워졌다.

대학과정이라 과목 과목마다 무척 어려웠지만 나는 기를 쓰고 교수님의 강의에 귀를 기울였다. 무엇보다 우리나라 말이며 우리의 문법이 정말 어려웠다. 더구나 古文은 더 어려웠다. 그러나 열심히 읽고 열심히 들으니 차츰 차츰 조금은 이해가 가고 재미도 있었다.

우리는 하루의 강의가 끝난 후 만학의 길을 함께 걷는 학도들로서 나이 관계를 불문하고 학습관 가까운 다방에 들어가서 모임을 가졌다. 그 자리에서 10명 내외의 그룹을 조직하고, 회장을 선출하기로 했다. 그런데 공

교롭게도 제일 연장자인 내가 회장을 하기로 했다.

순간,

빨리가서 덩거리에게 자랑을 해야지. 덩거리가 얼마나 좋아하실까,

몸은 학우들과 지하다방에 앉아 있으나 마음은 어느새 그에게로 달려가고 있었다.

덩거리, 덩거리 내가 회장이 되었어요. 깜짝 놀라는 그의 목에 매달려 볼을 비비며 덩거리, 내가 회장이 되었다구요.

나는 근래에는 느낄 수 없었던 행복감으로 하늘을 날고 있는데, 갑자기 옆자리의 학우가 회장님, 하는 소리에 소스라쳐 놀랐다.

수초 동안이었지만 그와 함께 했던 여운이 가슴을 서늘하게 했다. 금방이라도 그가 달려와서, 임마야 당신이 회장이 됐다고? 하시며 나를 안아줄 것만 같았다.

우리는 지극히 작은 것 하나라도 함께 웃고 함께 즐거워했는데...

누가 있어 이 기쁨을 함께 나눌 수 있으며, 누가 있어 나를 위해 웃어 주고, 기뻐해 줄 사람이 있는가!

나와 함께 기뻐해 줄 그는 가고 없는데, 누구에게 자랑을 해야지?

당신이 계셨더라면, 당신이 계셨더라면,

그는 또 나를 번쩍 안아주며 당신이 뭐 회장노릇 할 줄 알겠어? 내가 대신해 줄까? 그는 기쁨을 감추지 못할 것이다.

머지않아 주위엔 또 소문이 다 났겠지. 그는 아내의 일이라면 무조건 좋아 하셨지. 실은 아무 것도 아닌데.

간단한 모임을 마치고 모두들 자리에서 일어나 사랑하는 가족들이 기다리는 집으로 다 가버린 길거리에서 마음을 정리하지 못해 주위를 서성거렸다.

낮게 깔린 잿빛 하늘은 어두움을 드리운 채 한없이 쓸쓸하고 막막하게

펼쳐져 있었다.

금방이라도 비가 내릴 것 같은, 잿빛으로 가득 채워진 하늘을 올려다보며 대답도 없는 그를 불러 보았다.

'목사님, 당신의 부인이 회장이 되어서 손에 손을 잡고 거리를 쏘다니며 웃고 즐거워해야 할텐데 당신은 어디로가 버렸나요? 당신의 나라에서도 당신의 아내가 회장이 된 것을 아시나요?'

눈물이 흘러내리는 사이로 언제까지나 중얼거렸다.

'그는 나의 모든 것을 사랑했는데, 그는 나의 모든 것을 함께 즐거워했는데,

그렇게 나는 세월이 갈수록 뼈에 사무치도록 그에 대한 그리움이 더해만 갔다. 처음 엉성하게나마 '책' 하나 달랑 들고 세상을 헤쳐보리라 다짐하던 때와는 달리 자꾸만 무너져가고 있었다. 어떻게든 일어서야지. 그럴 때마다 나는 눈물을 흘리면서도 마음을 곧추 세우곤 했다.

이러한 나를 주위에선, 공부도 집어치우고 그만 좋은 사람 만나서 살면 금방 잊어질 텐데 무엇때문에 고생을 사서 하느냐고 했다. 후배 숙자 역시 친구 K와의 만남을 바라고 있었다.

그러던 어느 날이었다. 기어이 올 것은 오고야 말았다.

"나야, 전화 끊지 말고 들어줘. 그냥 친구의 목소리라도 듣고 싶은 것 뿐이야."

나는 깜짝 놀라 이럴 수도 저럴 수도 없이 수화기를 든 채 그렇게 서 있었다.

"혼자서 얼마나 상심이 크겠어? 전 번에는 전화도 끊어버리고, 아무리 못난 친구지만 친구의 아픔을 조금이라도 나누어 갖고 싶었는데,"

......

"친구가 원하지 않는 것은 더 이상 바라지 않을 게. 내게 부담 갖지 않아도 돼. 그러나 우린 소꿉친구야, 서로 위로해 가면서 살자. 듣고 있어?"

"고마워."

"그래, 어떻게 지내?"

"그냥."

"왜 그래, 말이라도 좀 시원스럽게 해 봐. 지금 당장 쫓아갈 수도 없고 지금까지 얼마나 가슴조리며 기다렸는지 알아? 정말 어떻게 지내? 숙자의 말을 들으니 학교에 간다면서? 정말 잘했어. 나, 하고 싶었던 말들이 얼마나 많았는데 갑자기 하려니 다 잊어버린 것 같아."

"그래, 친구 마음 잘 알겠어. 어쨌든 고마워, 그러나 나 때문에 필요 이상의 신경은 안 써도 돼."

"무슨 말을 그렇게 해, 친구의 아픔이 얼마나 클지 생각하면 잠이 안 와."

"그런 말하지 말아요. 나 이렇게 잘 있으니까."

"어쨌든 다음에 대구에 가면 만나 주겠어? 두 사람 만나기가 안됐으면 숙자와 셋이서 만나서 그간의 회포도 풀자. 참 그리고 내 친구를 만났다면서?"

"친구가 날 만나보라고 했어?"

"나도 몰랐지, 시키지도 않는 일을 했어. 혹 기분 나쁘지 않았어? 미안해."

"괜찮아, 내가 그 친구에게 실례가 많았을 거야."

"그런 말은 하지 않던데, 오히려 내게 친구를 많이 위로해 주어야 겠더라고 하던데?

기운을 내, 주위에 걱정하는 사람들을 위해서라도."

"그럴 게."

"친구로서 조금이라도 위로의 말이라도 하고 싶었지만, 찾아갈 수도 전화할 수도 없었잖아. 모든 것 집어치우고라도 우린 친구야."

"그래, 미안해. 나를 비웃겠지?"

"무슨 소리야. 설마 내가 친구의 아픔을 보고 빈정거릴것 같았어? 그러지 말자. 그 당시 내가 얼마나 가슴이 아팠는지 아마 친구는 모를거야. 그리고 지금도 친구가 어떻게 지내는지 얼마나 걱정을 하고 있는지 알아? 이봐, 우리 좀 만나자. 그냥 얼굴이라도 좀 보자."

그렇게 친구의 진심 어린 위로도 내겐 오히려 기분만 언짢게 했다. 역시 지금의 나를 조금이라도 일으켜줄 것이라곤 '책' 밖에 없다고 생각하며 한사코 책을 붙들고 있었다. 출석수업이 끝나면 곧 중간시험이 있기 때문에 혼자서 공부하다가 안되면 학우들에게 전화해서 학습관에서 만나 함께 공부도 하며 시간을 보내기도 했다.

그렇게 나는 그를 잊는 연습을 쉬지 않고 하고 있었다.

세월은 나의 아픔과는 상관없이 중간시험도, 기말고사도 지나가고, 이제 나 혼자만이라도 살아보겠다고 작은 아파트나마 사려고 대구시내를 돌아다닐 기회가 생겼다.

황금 아파트

"사모님, 손바닥만한 집이라도 내 집이라고 하나 장만하세요. 그래도 체면이 있는데 더구나 여자 혼자서 남의 집 옆방에서 셋방살이를 해서는 안됩니다. 돈이 모자라면 사모님 형제들에게 내가 말해줄 테니 우선 사모님 거처할 집부터 하나 장만하세요."

나는 정신도 없을 때 노회장 목사님께서 수차 말씀하셨다.

그러나 그땐 꿈같은 소리였다. 함께 웃고 함께 즐거워해야 할 그는 가고 없는데 집을 사다니, 귀에 들어올 리가 없었다.

그러나 현실은 엄연한 것,

수년이 지난 후에야 그 말씀이 들려오는 것 같았다.

그와 더불어 생명이 주어진 한 여전히 어둔하게나마 세상을 향하여 나아가야만 했다.

이제 그와 함께 살자던 그의 음성도, 그의 모습도, 가슴 깊숙이 간직한 채 그가 없는 나만의 삶을 위해 집을 하나 장만해 보겠다고 집을 나섰다. 넓은 대구 땅에 내가 쉴 곳이 어디일까 생각해 보았다.

아마 그와 함께라면 우린 춤을 추며 다녔겠지. 그와 나의 집을 장만한다고, 얼마나 신나는 일이었을까! '임마야, 이제 우리도 집을 사는 거야. 당신과 내가 있을 우리 집 말이야.' 좋아서 어쩔 줄 몰라하는 그의 환한 모습이 거리에 넘실거렸다.

아무리 머리를 흔들어 보아도 그와 동행하지 못한다는 안타까움이 발걸음을 느끼게 했다.

그와 함께일 때는 남의집 방 한칸도 행복이었는데,

상추무침 배추무침 이래도 산해진미보다 더 맛이 있었는데,

본리동으로 가는 길목에 내려서 어느 크지 않는 아파트에 들어갔다. 더 걸을 수가 없어서 아파트 벤치에 몸을 의지하고 앉아 있으니 서글픈 가을바람이 온 전신에 무너져 내려앉았다.

아직도 영글지 않는 가을바람이 파란 잎새 하나 떨어트리더니 바람과 함께 내게로 굴러오고 있었다. 벤치에 앉아서 하늘을 쳐다보았다. 여전히 쓸쓸한 바람이 나뭇잎을 조용히 흔들고 있는 잎새 사이로 햇빛 한 가닥이 수줍은 듯 살포시 미소짓고 있었다.

그곳에 앉아 있다가는 울음이 되어 나올 것 같아 얼른 일어나 버렸다. 마음을 가다듬고 내가 목표로 한 아파트를 노크했다. 문을 여는데 혹, 아파트 특유의 냄새가 나를 멈칫하게 했다. 17평이었다. 그러나 나의 형편으론 어림도 없는 값이었다.

예, 잘 보았습니다. 다음에 다시 오겠습니다. 하며 돌아 나오는 발걸음이 한없이 허전했다. 이튿날 서울 목사님에게 전화를 했다.

"목사님, 주위에서 자꾸 손바닥만한 집이라도 하나 사라고 하는데 도저히 마음이 내키지 않아요. 누구와 함께 살려고 집을 사나요?" 그러자 전화선을 타고 금방 불호령이 날아왔다.

"이 맹꽁이 씨, 그럼 삶을 포기해요. 간단하잖아요."

"예, 그럴 수만 있다면 얼마나 좋겠어요. 지금 당장 내 목사님께 갈 수만 있다면 얼마나 좋겠어요."

목사님은 기가 막히다는 듯이 한참 계시더니, "지금쯤 집을 장만해 놓는 것도 괜찮을 것 같으니 그렇게 하세요" 했다.

나는 또 용기를 내어 돌아다니던 중 말만 듣던 황금아파트를 찾아 나섰

다. 버스에서 내리자 대구 시내의 다른 곳과는 달리 앞뒤로 수목이 우거진 포근한 산을 기대고 앉아있는 정경은 보기만 해도 가슴이 철렁하며 가슴이 두근거렸다. 아직도 나는 낭만적인 것이나 감상적인 것은 볼 수가 없었다. 화창한 봄 날씨에 흐드러지게 피어있는 개나리꽃도, 진달래가 만발한 초원의 언덕도, 그리고 신록이 우거진 산도 내게는 가슴을 에어내는 슬픔 그 자체였다.

아파트도 볼 경황도 없이 버스를 기다린다고 길거리에 나섰다. 벌써 가을이 익어 가는 거리에는 은행잎이 노랗게 채색되어 가고 산 위에서 불어오는 바람은 가로수의 잎들을 살랑이게 했다.

한 가닥 햇빛을 좇아 무심코 고개를 들어 쉬임 없이 질주하는 차량들을 따라 눈길을 보냈더니 하필이면 도로의 저쪽 산모퉁이가 시야를 어지럽혔다. 그만 그 자리에 주저앉아 버릴 것만 같았다.

나지막한 산 아래로 한없이 이어져 있는 저쪽 산모퉁이에는 이제 막 기약 없이 내 님을 떠나보내는 듯한 산자락이 내 시야에서 뿌우옇게 흐려져 오고 있었다. 다시는 그 곳에 가지 말아야지.

나는 또 집을 구해 본다고 이곳 저곳을 돌아다녀 보았으나 황금아파트만큼 평수가 적고 돈이 적은 것은 아무 곳에도 없었다. 다시는 그 곳에 가지 않겠다던 것이 또 가게 되었다.

세 번째 또 황금아파트에 왔을 때는 긴 하루의 해는 지평선 저쪽에 기울어 가고 저녁노을이 서녘하늘을 붉게 물들이고 있는 10월의 어느 저녁나절, 길가의 낙엽들은 이리저리 흩날리고 있었다.

찾아간 곳은 4층이었는데 하필이면 베란다 문을 열면 바로 산책길이 환히 내다보이는 산을 울타리로 하고 있는 바로 산 앞이었다. 30대의 젊은 부인은 그것을 큰 장점으로 말했다.

'곧장 나가면 산책길이 있고 그리고 제 남편도 여기에서 직장을 얻었습

니다. 얼마나 복된 집이에요.'

갑자기 현기증으로 인해 4층 계단을 어떻게 내려왔는지 몰랐다.

밖으로 나오니 붉은 저녁노을 저편으로 흰 구름 한 무더기가 어디로 가야할지 방향을 잡지 못한 채 슬픈 기색으로 어디론가 정처 없이 떠내려가고 있었다.

발치에서는 서늘한 바람이 불어와 낙엽 한 송이가 발끝에 매달렸다. 무심코 낙엽송이를 내려다보는데 바로 앞 잔디밭에서는 산들바람이 불어와 곱게 깔린 잔디가 저녁노을 아래서 애잔하게 떨고 있었다.

10월 저녁나절 해는 기울고, 석양이 붉게 물든 사이로 잔잔한 바람에도 중심을 잡지 못하고 가냘픈 몸짓으로 혼신의 힘을 다해 쓰러지지 않으려고 안간힘을 쓰고 있는 약하디 약한 모습이, 그리움을 붙들고 서 있는 나의 마음과 어찌 그리 영합하는 것 같은지 가슴이 시려와서 견딜 수가 없었다.

한 동안 그 자리에 꼼짝도 못하고 서 있던 나는 기어이 잔디에게 하소연했다.

해는 지고 소슬바람이 불어오는 저녁나절
발 밑에 나부끼는 가녀린 잔디는
무엇이 그리도 그리워서 애잔한 몸짓으로
날개 짓을 하고 있는가

잔잔한 바람에도 견디지 못해
연약한 몸짓으로 떨고 있는 너의 모습이
왜 그리도 가슴을 아프게 하는지

잔디야,
너는 아느냐, 내 사랑을 잃어버린
나의 이 슬픔을,

이를 악물었지만 흘러내리는 눈물은 막을 길이 없고 멀리 지평선 너머의 노을이 붉게 물든 사이로 그의 환한 얼굴이 떠올랐다간 사라져 갔다.

친척들에게 산이 있고 산자락이 있어 도저히 그 곳엔 못 가겠다고 했더니 이방인 대하듯이 했다.

그러나 역시 내 기준으로는 이 곳 뿐이었다. 아파트가 너무 낡았지만 내겐 이 곳 밖에 없었다. 다섯 번째 와서는 눈을 딱 감고 이곳에 이사를 오게 되었다.

그와 함께 하지 못하는 서러움을 눈물로 쏟아냈다.

아무리 생각해도 그가 없는 아파트는 내겐 아무런 의미가 없었다.

아 - 그와 함께라면,

그는 얼마나 좋아했을까, 임마야 이게 우리 집이야, 우리도 이제 아파트도 하나 사고 얼마나 좋아. 정말 꿈만 같구나. 자 빨리 일어나봐, 우리 뒷산에 올라가 보자.

우린 또 종달새가 되어 숲 속을 헤집고 나무 사이를 가르며 한없이 재잘거리며 온 산을 누볐겠지.

처음 며칠 동안은 설움에 겨워 아예 누워 버렸다. 겨우 정신을 차려서 일어나보니 아파트가 너무 낡고 어설펐다. 이사 올 때 산뜻하게 도배는 했지만 기둥과 문설주에는 미처 페인트칠을 하지 못해서 자그만 방이 더 작아 보이고 허술해 보였다.

그래, 그와 내가 살아야 할 집이잖아. 이렇게 넋을 잃고 있지만 말고 그와 나의 집인데 단장을 해야지. 페인트를 어디에 가서 사야할지 망설이다가 무조건 큰길을 따라 한참 가다가 보니 마침 도로변에 있었다. 나는 페인트를 사 와서 난생 처음 페인트칠을 하면서 그와 한없는 대화를 나누었다.

목사님, 이것이 당신과 내가 있을 우리 집이에요.

우리 집 예쁘지요?

우린 사택에서 나와서는 흰 머리칼을 날리며 남의 집 옆방에서 살았잖아요.

그래도 그 때가 꿈같은 나날이었지요.

이제 당신과 나의 집 예쁘게 꾸며서 우리 그때와 같이 행복하게, 행복하게 살아 보아요.

목사님, 작지만 작은 방은 서재실로 하고요.

당신이 그렇게 소중히 여기시던 책은 이제 책장에 꽂아 놓고

당신 책상 앞에는 매일 매일 아름답고 향기로운 꽃을 꽂아 드릴게요.

당신은 원래 조그만 일에도 감동을 잘 하잖아요. 그만큼 당신은 순수했지요.

당신 특유의 멋있는 제스처로 야, 좋다, 좋다 라는 탄성은 아마 열 번, 아니 백 번은 더 했을 거예요.

목사님,

기둥에는 나무 색깔을 해야지요.

그런데 잘 안 되네요.

당신이 와서 좀 거들어 줘요.

우리 함께 예쁘게 단장해서

여기서 영원히, 영원히 함께 살아요.

아침이면 종달새가 되어 온 산을 누비며 한없이 재잘거리다가 내려오고

저녁이면 당신이 오기를 기다려 간소한 저녁상을 앞에 놓고 오순도순 얘기에 꽃을 피우면 우리는 천국이 따로 없었겠지요.

당신과 내가 있을 우리 집 예쁘게 단장할게요.

부디, 부디 돌아만 와 주세요.

단장의 슬픔이라더니 이를 두고 한 말인가!

갑자기 방안에 가득 채워졌던 햇볕이 사라져 버리고 어둠이 몰려오기 시작했다. 다리가 후들거리며 시야가 흐려지더니 방안을 가득 메운 슬픔이 온 전신을 덮쳐왔다. 방안에 무너지듯 주저앉아 참았던 오열을 언제까지나 언제까지나 토해냈다.

페인트칠을 다하지 못하고 무너져 버렸던 나는 누구하나 거들어 주는 사람 없이 그 이튿날까지 했다.

밖으로 나가니 따가운 햇살과 길가에 딩구는 낙엽이 내 시야에서 멀어져 주었으면 좋겠다고 생각하며 쓸쓸히 가로수 밑을 걸었다. 저 멀리 산자락은 눈길도 주지 않은 채 이를 악물고 이곳에 적응해야겠다고 안간힘을 썼다.

작은 아파트라도 내 집이라고 사고나니 어머니와 형제들이 무척 좋아하면서 귀여운 조카들을 데리고 와서 하루종일 놀다가 가고 어머니는 며칠 더 계셨다.

"야야, 이젠 집도 사고 한시름 놓았다. 그 사람도 좋아할 거다. 이제 얼굴도 펴고 공부도 열심히 하고 좀 사는 것 같이 씩씩하게 살아야 한다."

세상의 어느 부모님인들 자식의 아픔을 방관만 하고 있을까, 이제야 고백하지만, 나는 그가 가시자 나 자신도 이해할 수 없는 여인으로 변해 버렸다.

내 사랑하는 어머니, 그 힘든 세월을 함께 겪어온 어머니. 그러나 나는 내 아픔이 어머니에게 무슨 잘못이라도 있는 냥 어머니에게 다 퍼부었다. 어머니의 말씀이라면 죽는시늉이라도 하던 내가 괜히 어머니에게 짜증을 내고 한번도 진지하게 대해 드리지 못했다. 이래서는 안 되는데, 이것이 아닌데, 했지만 나 자신도 알 수 없이 나쁜 딸로 변해버렸다.

　그러나 어머니는 못난 딸의 모든 짜증을 다 받아주시고 현실을 힘겨워하는 딸에게 조금이라도 위로가 될 일이 없나 노심초사하시었다.

　그러한 어머니를 가슴 아프게 하는 것도 모자라 어머니에게 모든 책임을 전가시키는 불효한 딸이 되어버리다니,

　정말, 아버지 어머니의 무한하신 사랑아래 아무 것도 부족한 것 없이 자라난 우리 형제들은, 부모님의 말씀이라면 그것이 즉 진리이며 부모님을 거역한다는 건 우리 형제들에겐 있을 수 없는 일이었다.

　그러한 내가 어찌해서 그런 못난 짓을 하는지 나 자신도 알 수가 없었다. 아버지가 아셨다면 못난 딸을 얼마나 꾸중하셨을까!

　그런데 아버지와 어머니는 스승과 제자 사이었다고 한다. 어머니는 학교에 다니실 때 항상 1등 자리를 내어놓은 일이 없었다고 한다. 아버지는 어머니의 지혜에 마음이 빼앗겨서 사랑이 이루어졌다고 했다. 그 후 어머니에게 사랑의 편지내용에 '군의 지혜에 감탄하노라' 라는 편지를 받았을 때 그렇게 좋았다고 하시면서 웃으셨다.

　국민학교 5학년 때는 청송군내에서 글짓기 대회가 있었는데 시제는 '시계' 였다고 한다. 확실히 기억이 잘 안나지만 아마, 그 당시 시계가 우리나라에 첫 선을 보인 날을 기념하기 위해서 그런 행사가 있었다고 하는 것 같았다.

　학교 대표로 가신 어머니는 '시간은 생명을 끌고 간다' 라고 지었는데 체면상 6학년 남학생에게 1등을 빼앗기고 2등을 해서 상품은 붓과 벼루

였는데 너무 좋아서 15리 길을 정신 없이 달려와서 외할아버지와 외할머니에게 자랑을 하려고 보니 붓이 그만 어디로 달아나서 그렇게 안타까워했다고 하셨다. 그렇게 어머니는 모든 면으로 두각을 나타냈다고 하셨다.

어머니는 가끔 행복했던 그 옛날을 회고하듯이, 정말 너 아버지는 너무 점잖으셨단다. 이 세상 어느 누구인들 그렇게 호강하며 살았을까, 정말 너 아버지 만나서 너희들 키우고 공부시키고, 너무 행복했단다. 하시며 눈물을 글썽이시곤 하셨지.

어머니는 나보다 더한 아픔의 세월을 보내신 분이 아니신가! 그러나 자식들에게는 한번도 흐트러진 모습을 보이지 않으시던 어머님, 그러한 어머니께 내가 왜 배은망덕한 짓을 하는지, 돌아보면 나 자신도 이해할 수 없었다.

恨이 되어서

어머니는 가시고 이제 황금아파트에서의 나만의 생활이 시작되었다.

이제 우리의 집이라고 사고나니 나 혼자 어떻게 살아가야 할지, 더욱 그가 그리워졌다. 그와 함께 이 집 저 집으로 짐을 싸들고 옷깃을 펄럭이며 행복도 그만큼 펄럭이며 돌아다니던 때가 그리웠다.

저 집에는 잉꼬부부 같애, 하던 마을 사람들의 목소리도 그리웠다.

그와 함께 코스모스 꽃길에서 담 모퉁이에서 숨바꼭질을 하던 때가 그리웠다.

임마야, 부르는 소리에도 행복에 떨던 때가 그리웠다.

그와 함께 했던 모든 시간들이 그리웠다.

항상 그로 인해 목이 타고 그로 인해 갈증이 났다.

더욱이 저녁식사 때가 되면 아파트 이 집 저 집에서 구수한 된장찌개 냄새, 닭 요리 냄새, 고기 국 냄새가 나 혼자 동그라니 앉아있는 방안에까지 주저함도 없이 침범해 왔다.

그의 부재로 넋을 잃고 앉아 있던 나는 그때야 소스라쳐 일어나 아, 참 나도 저녁을 해야지, 시계를 보니 6시가 다 되간다.

덩거리가 시장하실 텐데 빨리 해야지.

쌀을 씻고 된장찌개를 끓였다.

행복하게, 행복하게 아주 행복하게,

그러다가 현실로 돌아왔을 때의 그 처절함을 하늘로 쏟아내야만 했다.

항상 마음은 그와 함께 하지 못하는 것이 안타깝고, 가슴 저 밑바닥에서
부터 시리고 아파 왔다.

그러나 참아야만 했다.
아니, 살아야만 했다.
어디 나만의 삶이던가.
그와 나, 두 사람의 몫이 아니던가.
그는 진작에 내게 열심히 살아야 한다고 일러주셨고, 내가 쓰러지고 넘
어지면 나를 일으켜 세워 주셨다. 그래, 또다시 용기를 내야지. 이젠 정말
훌훌 날려버리고 제 3의 길을 끝까지 밀고 나가야지.

그렇게 아파트에서 나 혼자만의 생활이 흘러가던 어느 날 후배 숙자가
왔다. 지금의 내겐 후배 숙자도, 친구 하영이도 무척이나 소중한 벗들이
다.
정말 사람들이 세상을 살아가면서 주변의 사람들과 인과관계를 맺으며
또 그렇게 인연의 끈으로 더불어 살아가는 것이 우리 인간들의 세상인가
보다. 나 또한 주위 분들의 도움으로 이만큼이나 살아왔고 숙자 역시 내
게 무척이나 반가운 친구였다.
"언니, 공기도 좋고 참 조용한 곳이야. 이제 집도 사고 정말 반가워."
"그래, 바쁜데 찾아와 주어서 고맙다. 아이들도 남편도 다 잘 있지?"
"응, 우린 다 잘 있어. 그런데 언니, 너무 쓸쓸하다. 그때 내말 듣고 아이
라도 키웠더라면 지금쯤 무척 위로가 되었을 텐데, 언니 혼자 있으니까
더 외롭지 않아."
"그래, 지금쯤 그와 나의 아이가 있다면 나는 그에게 못다 해 준 이 한
맺힌 마음을 아이에게 다 쏟아 부을텐데.

"언니 너무 그러지마, 뭐 옆에 붙어있는 남편도 싫어서 헤어지고 싶을 때가 얼마나 많다는데 그래, 사는 날 동안 그렇게 행복하게 살 수 있었던 것으로 만족해."

"이봐 친구야, 나 그 사람 훌쩍 떠난 뒤 좀 더 잘 해 주지 못했던 것을 얼마나 가슴을 치며 후회했는지 아니? 미치도록 후회했어. 나는 이제 그 사람을 위해선 아무 것도 해 줄 수 없어. 너 사랑하는 가족들을 위해 식사준비를 하고 사랑하는 사람을 위해 하얀 와이셔츠 깃을 다림질 해 준다는 것이 얼마나 행복인지 너 모르지?

"언니, 다 지나간 일이야. 이제 언니도 다 털어 버리고 새 삶을 시작해 봐. 그게 언니의 갈 길이야. 그렇잖아도 친구 K가 한번 온다고 하더라. 고집부리지 말고 만나줘. 그런 사람 요즘 세상에 그리 흔치 않아."

"그래 항상 네게 고맙게 생각해. 그러나 그 친구 오지 말라고 해. 나 그 사람 못 만나." "언니, 그러지마. 그럼 부담 없이 옛친구로서 만나 실컷 하소연이라도 하면 되잖아."

그렇게 숙자는 그에게 정신이 빼앗겨 있는 나를 걱정하며 그 친구와 다시 교류가 되었으면, 하고 있었다.

그런데 아파트에 온 후 한동안은 이상한 환상에 사로잡혀서 집을 비워두고 외출을 할 수가 없었다. 작은 아파트일 지라도 우리들의 집을 샀는데 그는 꼭 찾아오실 것만 같았다. 혹 그가 오셨다가 못 들어오시면 어쩌나, 하는 생각에 절대 외출을 하지 않았다.

그러던 3개월이 지난 후 마침 대학 재수생인 여동생 딸과 함께 있게 되었다. 그 애는 황금아파트에서 멀지 않은 곳에 학원을 정하고 아침 일찍 학원에 갔다가 저녁때 집으로 돌아오는 그 애에게 나는 또 이상한 기대를 하고 있었다.

아마도 그 애는 내게 좋은 소식을 알려 줄 것만 같았다. 그 애가 학원에 가고 나면 여전히 공부한다고 책은 펴놓았으나 마음은 그 애가 돌아오기만을 기다렸다. 하루 종일 기다리고 있다가 집으로 돌아오면 나는 그 애가 반가운 것 보다 틀림없이 내 목사님 소식을 가져 올 것 같아서 반가웠다.

나는 그 애가 방안에 들어서자마자 흥분된 기분으로, "애야, 네가 집으로 오다가 혹 목사님이 날 찾으러 여기에 오시는 것 못 봤니?"

그 애는 주저함도 없이, "그래 봤어. 이모부가 나와 함께 집으로 오시다가 이모가 있다고 하니 오히려 말 한마디 없이 싹 돌아가 버리시데," 나는 깜짝 놀라서,

"그래 여기에 오시다 돌아갔다고? 왜 네가 꼭 붙잡고 데려오지 않았니? 내가 이렇게 애타게 기다리고 있는 줄 너는 몰라서 그러니? 왜 데려오지 않았어? 그래 이모부가 어디쯤 오시다가 갔단 말이야?"

나는 그 애에게 싸울 듯이 대들었다. 그 애가 그렇게도 야속한 생각이 들었다. 그 말이 왜 그렇게도 안타깝던지 죽을 것만 같았다.

내가 이렇게 목이 타도록 기다리는 것을 그 애는 모른단 말인가?

어찌해서 그 애가 데려오지 않았을까?

그때 내가 갔더라면, 목사님을 만난 곳이 어디쯤일까?

지금이라도 나가볼까? 어디쯤엔가 목사님이 가시겠지.

그래, 이럴 것이 아니라 지금이라도 내가 가서 데려 와야지.

여기가 당신과 나의 집이라고,

지금이라도 당장 뛰쳐나가 그를 불러 보아야겠다.

설마 길거리에 나가서 목이 터져라 불러보면 그는 어딘가에서도 사랑하는 아내의 목소리를 듣고 달려오겠지.

아마, 나는 정신이 좀 나갔나 보다.

사람이란 극한 상황에 처하면 불가능한 일에도 행여나? 기대를 해 보는 수도 있는가 보다. 그 애가 거짓말이래도 '그래 봤어' 하는 그 짧은 반짝거림에도 나는 환희에 젖어 있었으니까.

그러면서 그 애는, 나는 시집 안 가. 이모보니까 나는 절대로 시집가서는 안될 거라는 생각이 들어. 사람이 살다가 누구든지 먼저 가면 어쩌는 수 없이 체념을 하고 다시 새 출발을 하든지 해야 할텐데 하루 이틀도 아닌 그 많은 날들을 그렇게 못 잊어 하고 가슴 아파하는데 그 고통을 어떻게 감당하느냐 면서, 차라리 그럴 바엔 혼자 사는 게 마음 편하지 않겠느냐고 한다.

그렇다, 세상사란 무엇이든지 적당히 잊어주고 적당히 현실에 적응할 줄도 알아야 하는데,

남들은 잘 들 잊고 사는데 왜 그러느냐고, 흘러간 세월이 얼마이냐고,

그렇잖아도 주위에서는 당신 목사님을 진심으로 사랑한다면 그 옛날의 아름다운 추억들은 고이 접어두고 새 생활을 시작하는 것이 당신 목사님을 위하는 길이며 또한 목사님도 기뻐할 것이라고 했다. 이 땅에서 그렇게 못 잊어 괴로워하고 있으면 그 나라에 계신 목사님은 절대 좋아하지 않고 오히려 새 생활을 찾아서 즐겁게 사는 것을 원한다고 한다.

입장을 바꾸어 생각해 보세요.

만약에 당신 목사님이 이 땅에서 그렇게 슬픈 얼굴을 하고 있으면 당신은 마음이 편하겠어요?

그러나 사람의 마음이란 마음대로 되지 않는 것이 아닌가.

그렇게, 살아보리라 다짐했건만 나는 여전히 허덕이고 있었다. 또한 이

곳 아파트 단지 내에는 오후만 되면 초등학교 담을 끼고 즐비하게 늘어서 있는 시장이 선다.

그와 함께였다면 우린 또 얼마나 손을 잡고 돌아다녔을까.

오래지 않아 어느 집에는 나이 많은 부부들이 항상 손을 잡고 시장구경을 다닌다고 소문이 났겠지.

언제부터인가 나는 어쩌다 시장에 가면 그와 함께 다니지 못하는 것이 한이 되어, 너무나 한이 되어, 쓸쓸히, 아주 쓸쓸히 그와 소곤소곤 대화를 한다.

"덩거리, 우리 여기 이사 잘 왔다 그지요."

"그래 임마야, 이것 봐, 여긴 없는 것이 없어. 그리고 임마야 한번 봐, 앞뒤로 아담한 산들이 우리 집을 포근히 안고 있잖아. 얼마나 공기가 좋아."

"그래요. 공기도 좋지만 또 시장도 코앞에 있잖아. 덩거리, 우리 여기서 오래오래 살아요."

"응, 그러자."

"덩거리, 우리 저기 가봐요."

"아주머니 이 참외 얼마예요? 복숭아는요?"

가만히 소곤거리며." 덩거리, 이 복숭아 비싸다 그지? 딴 곳에 가 봐요."

"그래 그러자."

우린 이것저것 값도 물어보며 수박 있는 데로 참외 있는 데로 왔다 갔다 하며 행복에 젖어 있었겠지.

"임마야 사고 싶은 것 다 사. 내게 돈이 많이 있어."(이 말은 그가 항상 내게 들려준 말이었다)

"덩거리 양파와 감자 사고 싶은데 무거워서 못 가지고 가겠어요."

"무엇이든 다 사. 내가 있잖아."

그만 그 자리에 주저앉아 소리내어 울고 싶었다.

아 – 목사님, 돈을 주지 않아도, 무거운 것을 들고 가지 않아도 좋아요.
내 옆에 있어 주기만 하면 되요. 그저 바라만 보고 있어도 좋아요.

그렇게 나는 많은 세월이 흘렀어도 그의 곁에서 한발자욱도 떠날 수가
없었다.

4

인연의 고리

인연의 고리

덧없는 날들이 쉬지 않고 흘러갔고 나 역시 책과 피아노를 방패삼아 이 지구상의 사람들이 살아가는 흉내를 내고 있었다.

나는 부지런히 학습관과 서점 그리고 내가 거처하고 있는 집 사이를 오가며 가능한 한 마음을 밝게 가지려 노력했다. 가슴이 아프면 아픈 채로 바람이 불면 부는대로 모든 슬픔을 하늘로, 하늘로 날려보내며 현실에 충실해 보려고 안간힘을 썼다.

바람이 몹시 불던 어느 날, 전화선을 타고 친구 K의 목소리가 흘러왔다.

아무런 부담도 주지 않을 테니 무조건 만나서 애기를 좀 하자는 거다.

할말이 없었다.

차라리 그가 있을 때는 스스럼 없이 만났는데, 그가 떠난 지금 나 혼자서 친구를 만난다는 것이 그렇게 기분이 언짢았다.

오랜 망설임 후에 커피숍에 들어서니 희미한 조명아래 친구의 옆모습에서 세월을 견디어 온 흔적이 엿보이는 것 같았다. 친구는 나를 보자 순식간에 만면에 웃음을 가득 담은 얼굴로 나를 응시했다.

"한번 만난다는 게 이렇게 어려운 줄은 몰랐어."

……

눈물이 나려는 것을 간신히 참았다.

"나와 주어서 정말 고마워. 실은 오늘도 만나지 못하고 가면 어쩌나 했는데,"

"나, 이래, 이런 내 모습 정말 친구에게 보이고 싶지 않았는데..."

"무슨 소리야, 왜 나를 그렇게 몰라줘. 우리 모든 건 집어치우고 그냥 그 옛날 동심으로 돌아가서 한 남자아이와 여자아이가 아무런 부담 없이 만나는 거라고 생각해."

친구는 그 옛날과 다름없이 차분했다.

"이렇게 얼굴만 봐도 마음을 좀 놓겠다. 친구만큼 나도 가슴아파 했다면 친구는 믿어줄까?"

그렇게 나는 그를 잃어버리고 또다시 옛 친구와 인연의 고리를 이어가고 있는 셈이었다. 만약 그가 알면 얼마나 섭섭해할까! 그러나 내겐 당신뿐인 걸요.

"그래, 어떻게 지냈어? 얼마나 힘들었어? 아무런 도움도 되지 못하고..."

"나 이렇게 잘 살고 있잖아."

"그래, 어쩌겠어 산 사람은 살아야지. 참 공부를 다시 시작한다는 말을 듣고 얼마나 반가웠는지 몰라."

"우리가 왜 이런 만남이 되었을까? 나 지금 기분이 너무 엉망이야."

"그럼, 지금 내가 가 줄까? 다시는 친구 눈앞에 나타나지 말까? 나 친구에게 그렇게 불필요한 사람이야? 친구가 그렇게 가슴아파 하는데 한 마디의 위로도 해 줄 수 없는 존재야?"

"왜 그래, 그렇게 기분이 상했다면 이해해."

"그래, 내가 오히려 미안해. 친구의 아픔을 덜어 주어야 할텐데 내가 괜히 흥분을 했으니, 그런데 숙자는 자주 만나?"

"가끔"

"그러지 말고 자주 만나, 마음이 답답할 때는 한번쯤 바람도 좀 쐬고 숙자와 만나서 이야기도 하면서 시간을 보내면 한결 견디기 쉬울 텐데, 숙자 좋은 애야. 친구 많이 생각해." "그래 참 좋은 친구지. 내가 사랑을 많이 받고 있어."

우리는 왠지 조금은 어색한 분위기에서 자꾸만 화재가 궁해지려고 하고 있었다.

친구는 무척 망설이는 것 같더니 기어이 말을 끄집어냈다.

"나, 조금 있으면 사위를 볼 것 같애.

"벌써 그렇게 되었나?"

"딸 결혼만 시키면..."

"딸 결혼만 시키면 어쩐다는 거야? 친구는 가정이란 울타리가 얼마나 귀중한지 몰라서 그래? 한번 무너지면 다시는 일으킬 수 없는 것이 가정이 아니겠어? 두 사람 그래도 사랑이 있어서 결혼까지 한 게 아니야. 오랫동안 사귀었다면서?"

"그렇지. 열 한 살 철부지 아이의 눈에 들어온 한 여자아이의 그림자가 아니었다면 우리도 행복했겠지."

"그건 지나간 옛 일이잖아."

"서울에서 태어나 그때까지 한번도 시골에 가본 적이 없던 내게 시골은 한 폭의 그림이었어. 그 그림 속에는 백설공주가 있더구나. 열 한 살의 한 남자아이의 운명이 그때 이미 결정지어졌어. 신이 주신 운명을 거부했더니 이렇게 되었어."

친구는 지금까지 한번도 내게 들려준 일이 없었던 말들을 기억 저편에서 끌어올리듯 계속 이어나갔다.

"열 한 살의 철부지 아이는 그때부터 한 여자아이의 모든 것을 사랑했지. 반 아이들과 노는 것만 보아도, 시간 중에 공부하는 모습도, 예쁜 옷을 입고 달랑달랑 뛰어 노는 모습도 내게는 환희 그 자체였으니까, 어떻게 하면 저 아이를 즐겁게 할 수 있을까? 어떻게 하면 저 아이와 좀더 많은 시간을 가질 수 있을까 ? 저 아이와 진달래가 지천으로 흐드러진 동산에서 영원히 함께 할 수 있다면, 나 혼자서 들꽃 투성이인 들길을 뛰어다니며 얼마나 소원했는지 모를 거야.

그러다가 친구가 전학을 가 버리자 그렇게 아름답던 산골마을이 지옥과도 같았지. 아카시아 향내를 맡아가며 오솔길을 걷던 둑길도, 복사꽃 만발한 마을 앞길도 텅 비어 있는 느낌이었어. 차라리 다시 서울로 뛰쳐 가고 싶었어. 그러나 그곳에서 떠나지 못한 것도 혹 떠나간 여자아이에게서 편지가 올까? 기다려 보느라 발길이 떨어지지 않았어. 거기서 중학교 고등학교를 다닐 때까지 바람처럼 스쳐간 한 여자아이에겐 아무런 소식이 없더구나. 내가 찾아 나섰지. 간신히 찾아서 편지를 했더니 깜깜 무소식이었어."

"편지 사건은 내가 전 번에 얘기했잖아."

"어쨌든 나는 내가 학교를 다 마치고 언젠가는 당당한 사람이 되어서 친구 앞에 나타나려고 했지.

그렇게 3학년이 되어서 대학입시 문제로 정신이 없을 때 우연하게 2년 후배인 여학생을 알게 되었어. 그 여학생은 처음부터 적극적이었어. 가정 환경도 좋고 성격도 밝은데다 항상 맑안 웃음을 잃지 않았지. 그러나 동생 이상으로 생각해 본 적은 없었어, 내게는 친구가 있었으니까,

대학을 졸업하고 직장을 구해서 나는 정식으로 친구에게 청혼을 하려했어. 우린 이미 무언의 약속이 있었지만,

그런데 이 여학생은 서울 아이라 나이보다 숙성하고 깜찍했어. 그때만 해도 우린 너무 순진해서 친구 이상의 행동과 말은 못했잖아. 지금도 기억나지? 두 번째 휴가를 와서 의성 고운사에 놀러가서 기껏 송이버섯이나 따 본다고 푸른 산만 헤매다가 내려오던 때 말이야. 그래도 우린 즐거웠지. 제대를 하고 직장을 구해서 정식으로 결혼 말을 할 때 친구는 일언지

하에 거절했잖아. 그러다가 보니 적극적인 애한테 말려들고 그렇게 살다가 보면 언젠가는 잊어지리라 생각했던 것이 결국은 이렇게 되었어. 아이들 결혼도 있고 좀 복잡해. 산다는 것이 이렇게 복잡한 줄은 정말 몰랐어."

친구는 조용히 울고 있었다.

아무리 지금의 내 심정이 바닥이 나 있다해도 지금 내 옆에는 또 하나의 아픔이 있었다.

무슨 말이든지 해야할 텐데 도무지 말이 나오지 않았다.

"나 또다시 뒤엉킨 인생은 살고 싶지 않아. 그렇다고 지금 당장 결정을 해 달라는 건 아니야. 친구의 마음도 위로해 주지 못하고 이런 말을 하는 나 자신이 밉지만 언젠가는 한번은 해야할 것 같아서, 미안해. 지금은 친구의 마음이 복잡하니까 언제든지 친구의 마음이 열릴 때 대답해 주어도 좋아. 참, 물론 알겠지만 우린 두 사람 다 이혼을 원해. 조금도 거기 대한 신경은 안 써도 돼."

"전 번에도 말했지만 우리는 친구야."

"아니, 이젠 친구만 마음을 열면 우리는 친구 이상으로 발전할 수 있어."

"그런 소리하지마. 있을 수 없는 일이야. 신이 정해준 길을 묵묵히 걸어가는 수밖에, 나를 더 이상 비참하게 만들지 말아 주었으면 좋겠어."

"무슨 그런 심한 말을 해. 나, 11살 철부지 때부터 친구를 마음속에 새겨 두었어. 어쩌다 이렇게 되었지만, 아까도 말했지만 나는 이젠 더 이상 나 자신을 속이며 살고 싶지는 않아. 지금 당장은 안되겠지만, 내 언제까지나 기다릴게."

거리에 나오니 흩뿌리던 비도 멎어 있었고 밤하늘에는 별들이 띄엄띄엄 모습을 들어내고 있었다. 아직도 서성이는 인파들을 헤집고 서둘러 집으로 돌아왔을 때는 말로 형용할 수 없는 피로가 전신에 휘감아 오는 것을 느꼈다.

모두들 어찌해서 나의 이 안타까운 마음은 헤아려주지 못할까!

그래, 나 역시 고개만 돌리면 찬란한 세계가 눈앞에 전개된다거나 고해를 벗어나 저 아름다운 세계를 보게 된다지만, 마음이 어찌 고개일까,

모두들 이젠 잊어버려. 혼자서 훨훨 날 수 있으니까 훨훨 날아버려. 괜히 무거운 짐을 끌어안고 그렇게 고통스럽게 살 필요가 없어, 하지만 나는 그의 모든 것을 기억했다.

밤하늘에 떠 있는 별들의 반짝임을 보면서, 잔잔한 바람에 나뭇잎이 흔들리는 소리를 들으면서 허기처럼 다가오는 그리움을 나는 도저히 떨쳐버릴 수가 없었다.

시립 도서관

　그렇게 해서 친구 K와 다시 만나게 되었지만, 다만 지금의 내겐 처음 '책' 하나 들고 걸어나왔던 그 길을 쉬지 않고 걸어가는 길 밖에 없었다. 그러나 후배 숙자도, 그리고 친구도 이런 나를 그대로 두면 큰일날 것 같다면서 적극적으로 다가서고 있었다.

　4월이었다. 아파트 담 너머로 노란 개나리꽃이 꽃망울을 터트리는가 하면, 산 위에서 불어오는 산들바람이 아파트 단지 내의 만발한 라일락꽃잎을 어루만지고 지나갈 때면 꽃향기에 취할 정도였다.

　친구 K의 일도, 그 무엇도 털어 버리듯 오늘은 오랜만에 외출 준비를 했다. 리포트를 작성하기 위해 집을 나섰다. 구비문학개론과 소설창작론(김만중) 의 자료를 구입하기 위해 경대학생과 함께 경대도서관에 가기로 했다.

　집을 나설 때는 아직 이른 시간이라 햇볕도 기분 좋을 정도로 따사로웠으나 소매 자락에 매달리는 바람결은 조금은 쌀쌀했다. 오랜만의 외출을 나는 가능한 한 기분을 좋게 하려고 노력했다.

　오후 1시경에 도서관 앞에서 만나기로 했기 때문에, 부지런히 준비도 하고 옷도 신경을 써서 깔끔한 것을 골라 입었다. 나는 조금은 가벼운 마음으로 시내 서점에서 책을 한 권 구입한 후, 경대 도서관 앞에 갔더니 고맙게도 약속한 장소에 남학생이 서 있었다.

　넓다란 교정에는 여기저기서 생기발랄한 남녀 학생들이 오후의 화사한

햇살 아래서 티없이 밝은 얼굴들로 재잘거리고 있었다. 생전 처음 경대학
생과 함께 도서관에 들어갔다.

도서관에는 20대 남녀 학생들이 여기저기에서 열심히 책을 뒤적이고
있는 가운데 나도 그들 틈에 끼어서 조금은 부끄럽고 어색했으나 조금이
라도 더 나은 자료를 얻기 위해 내게 관련되는 자료들을 열심히 찾고 있
었다.

학교에 오면서 아무렇게나 해서 올 수가 없어서 구두를 신었더니 다리
도 아프고 발이 너무 아팠으나 나이도 불사(不辭)하고 20대 학생들 속에
묻혀서 함께 자료를 찾을 수 있다는 것에 괜히 기분이 좋았다. 오랜 시간
이 흐른 후에야 내가 원하는 자료들을 찾을 수 있었다. 나는 만족한 마음
으로 열심히 체크해서 도서관 내에 있는 복사기에서 복사를 했다.

복사한 자료들을 가방에 넣고 상쾌한 기분으로 나오려는데 또 그와의
지울 수 없는 추억들이 내 앞을 가로막고 있었다. 나는 또 오래 전의 시간
속으로 걸어가고 있었다.

그와 나는 리포트도 함께 쓴다고 웃고 떠들면서 시내 도서관으로 돌아
다녔다.

그가 입학시켜 주신 통신대학에 갓 입학해서 아직도 모든 것이 생소할
때 1학년 철학개론(베르그송)과 국어(향가)에 대해서 리포트를 작성하기
위해 우린 함께 집에서 나왔다.

그날따라 거리에는 오후의 태양이 눈부시게 비추이고 있었다.

조그만 도서관에는 몇몇 학생들이 앉아서 책을 뒤적이고 있었다. 우린
함께 도서관에 들어갔으나 정작 학생인 나는 어떻게 찾아야 할지도 모르
고 책만 뒤적이고 있는데 그는 어느새 이것저것 찾아서 그 중 마음에 드
는 향가 몇 수를 적고 있었다. 향가는 한문이어서 실은 나는 쓸 줄도 몰랐

다. 그러다가보니 퇴근시간이 되어서 그곳 직원이 우리들의 반대편에 있는 학생들에게 퇴근시간이 되었다며 퇴장시키자 도서관 안에는 우리 두 사람만 남게 되었다. 우리도 다음에 다시 와야겠다고 생각하고 쓰던 것을 마무리지으려고 목사님이 열심히 쓰고 있었다. 조금 있다가 그 직원이 목사님이 쓰고 있는 곳으로 와서 가만히 들어다 보시더니 깜짝 놀라는 빛이었다.

한참동안 들어다 보시더니 슬그머니 저쪽으로 가 버리셨다. 아마 시간이 다 되었습니다, 란 말을 하려다가 목사님의 한문 솜씨를 보시고는 차마 말을 못했을 것이다. 그래서 우린 더 미안해서 다시 오리라 생각하고 대략 써 가지고 나왔다.

도서관을 나오자 마자 우린 또 무슨 큰 횡재나 만난 듯이 좋아서 무슨 말을 먼저 해야 좋을지 몰랐다. 우리가 밖으로 나왔을 때는 멀리 지평선 너머엔 빨갛게 타오르는 저녁노을이 선명하게 떠올라 있었다. 이제 막 붉게 타오르는 빨간 노을을 안고 서 있는 그의 핸섬한 얼굴이 그날따라 눈이 부실 지경으로 황홀했다. 나는 또 그의 팔에 매달리며,

"덩거리, 덩거리 한문 솜씨에 압도되어 아무 말도 못 하데요. 다른 사람은 다 퇴장시키는데 덩거리 한문 쓰는 것보고 그 직원이 놀라는 것 좀 보세요. 야, 나도 옆에서 보니 탄복하겠데요. 어떻게 그렇게 잘 써요(실은 확실한 것도 모르고 우리끼리 좋게 추측했다)"

"그래 임마야, 그 봐, 내가 한문을 척척 쓰니까 아무 말도 안 하지? 그렇지 임마야?"

그는 또 그 특유의 제스처를 써가며 얘기해서 우린 그 마당을 나오기 전에 하하... 소리내어 웃어 버렸다. 가슴을 활짝 열고 행복에 겨워 걸어나오는 우리들의 가슴 위에 저 멀리 저녁노을이 와 닿아 활활 타오르고 있었다. 우리들의 기쁨도, 사랑도 활활 타올라 우리들의 몸을 꿰뚫고 지나

갔다.

그렇듯 사랑을 나누던 그는 내게서 멀어져 갔다.
그는 만능인이었다. 그러나 그는 아무 것도 펼치지 못한 채,
1학년 국사 책에 '김옥균' 씨가 비상한 시기에 났다가 비상한 시기에 가
버리셨다고 했다.
정말 내 목사님 역시 비상하게 났다가 비상하게 가 버리셨다. 그의 재능
무엇 하나 발휘하지 못한 채 그렇게 훌훌 떠나 버렸다.
그렇잖아도 학우들이 시립도서관에 가면 자료들이 많다고 했지만 나는
그 후론 한번도 가지 않았다.
처음엔 목사님과 함께 손만 잡고 나가면 천하를 얻은 듯 행복했던 이 대
구의 구석구석의 거리를 떠나버릴까도 생각했다. 그의 음성이, 그의 호흡
이, 그의 사랑이 어디에고 배어있는 이 대구의 거리를 깡그리 잊어버릴까
도 생각해 보았다. 그래서 미친 듯이 이곳저곳을 돌아다녀 보았다.
그러나 낯선 그곳 역시 내 목사님은 어김없이 나타났다.
나는 생각했다. 그래,
내 목사님이 숨쉬던 곳, 그와 함께 사랑을 나누었던 이곳을 내 목사님을
바라보듯 바라보아야지. 비록 그는 대구를 떠났다지만,
그의 아내가 남아서 이렇게 숨쉬고 있다는 것을, 그리고 그가 아내에게
마지막 남겨준 대학생활을 그의 선물인 냥 안고 꿋꿋이 걸어가고 있다는
것을,

밖으로 나오니 어느새 저녁 해가 나지막하게 걸려 있었다.
한동안 저물어 가는 저녁하늘을 바라보며 마음을 정리할 곳을 찾지 못
해 주위를 서성였다.

해가 지고 어둠이 깔리고 많은 학생들이 몰려 왔다 몰려 나간 텅 빈 교정을 그렇게 선 채로 오래도록 서 있었다.

썰물이 지나간 자리처럼 휑뎅그렁하게 남아 있는 가슴속으로 싸늘한 바람이 몰려 왔다.

그 넓은 경대교정이 갑자기 무거운 침묵으로 덮여오며 소리 없이 어둠이 밀려오고 있었다.

나는 무거운 발길을 돌려 천천히 걸어 나왔다.

이미 내 눈에는 아무 것도 보이지 않았다.

다만 멀리 내 곁을 떠나보낸 그의 음성, 그의 공허한 웃음소리만이 바람결을 따라 멀리 멀리 흩어져 가고 있었다.

눈을 감아 버렸다.

눈물이 뺨 위로 흘러내리는 사이로 목이 터져라 외쳤다.

덩거리, 죽도록 당신만을 사랑해요.

아무쪼록 당신 곁에 갈 때까지 나를 잊지 말아 주세요.

서녘하늘을 바라보며 걸어나오는 내 머릿 속에는 "김만중"의 일생일대기는 자취를 감추고 오직 멀리 되돌려보낸 그의 생각 외에는 아무 것도 없었다.

경대교정에서 가슴이 메어오던 때도, 리포트를 작성하느라 분주하던 날들도, 그리고 중간시험도 지나갔다. 우리는 중간고사나 기말시험을 치르고 나면 시험준비로 쌓였던 스트레스를 풀기 위해 점심도 함께 하고 노래방에도 갔다. 나 역시 그 순간 만큼이라도 모든 걸 잊어버리고 그들과 함께 행복해지고 싶었다. 정말 아무런 근심 걱정 없이 환한 웃음을 웃을 수 있는 그들이 부러웠다. 나는 학우들과 함께일 때는 항상 밝은 얼굴로 행동해야만 했다. 그들은 나를 무척 밝고 행복한 여인으로 생각하고 있다. 나는 철저히 내 생활은 그들에게 감추어지고 적어도 남편에게 무한한 사랑을 받고 있는 행복하기 그지없는 여인이었다. 또한 그들과 함께 있을 때면 가장 행복한 여인인 양, 우리 아저씨는 나를 아직도 18세 소녀로 보고 있거든, 하며 은연중 그의 존재를 확인시키곤 했다.

그렇게 나는 그를 잊기 위해서라도 학교생활도 충실히 하고 또 학우들과도 열심히 만나곤 했다.

7월이 가고 8월이었다. 우리 형제들은 여름만 되면 어머니를 모시고 일주일 가량 피서를 하고 오는 전례가 있었다. 그가 계실 때는 나는 한번도 가지 못했지만 이젠 가방 하나만 달랑 들면 어디든지 갈 수 있었다. 이제 기말시험도 끝났으니 이번 여름에는 나도 가슴을 활짝 열고 재미있게 놀다 와야지.

이번 여름에는 구룡포 친척집 콘도에 가기로 했다. 언니의 차로 우리가 구룡포에 도착했을 때는 긴 여름의 해도 서녘하늘 아래 나지막하게 걸려 있었다.

벌써 바닷가 특유의 비릿한 냄새와 뱃고동 소리는 구룡포 작은 마을에 들어서자마자 끊임없이 이어지고 있었다. 친척집 콘도는 어느 여중학교 근처인 바다 바로 앞, 높은 곳에 자리를 잡고 바다를 굽어보고 있었다.

이제 막 활짝 열어놓은 창문 저쪽에는 육지에서는 상상도 할 수 없는 끝없이 푸른 바다가 눈앞에 전개되었다. 끝간데 없이 이어진 지평선을 따라 시선이 미치는 데까지 퍼져 나간 바다 위에는 잔잔한 물결이 조용히 춤을 추듯 일렁이고, 황혼을 맞아 붉게 타오르는 석양은, 잔잔한 바다 위에 고운 물감을 흘리며 사뿐히 내려앉아 있는 저녁바다는 이름 지을 수 없는 아름다움으로 다가왔다.

그렇게 무덥던 대구와는 달리 바닷가의 구룡포는 마치 이국에 온 느낌이었다. 구룡포에서 며칠 간 보내는 날들은 그래도 재미있었지만, 내일이면 집에 간다는 생각에 마음은 또 저 멀리 낭떠러지로 내려가고 있었다.

정작 여행 도중에는 이젠 집에 가도 절대 울지 않으리라. 빨리 가서 책도 보고 피아노도 쳐야지. 이미 그는 가고 없지만 내게 주어진 삶을 그를 위해서라도 열심히 살아야 해.

나 혼자 얼마나 다져먹은 마음인데,

막상 언니가 아파트에 와서 차에서 짐을 내려놓을 때는 헤어날 수 없는 늪 속에 홀로 버려진 느낌이었다. (그렇게 나는 집에 있어도 견딜 수가 없었고 여행에서 돌아오면 더 마음을 추스르지 못하고 갈팡질팡했다)

나는 내 작은 방안에 혼자 앉아 아무리, 무언가 삶의 의미를 부여해 보아야겠다고 숱한 생각들을 동원해 보았으나 쉽지 않았다.

어떻게든지 이 숨막힘 속에서 헤어나야 한다. 어떻게 하나?

얼마나 지났을까? 그때 마침 구세주인양 전화벨이 울렸다.

나는 반사적으로 손을 뻗어 수화기를 잡으니, 내 마음과는 상반되게 무더운 더위라도 씻어 내릴 듯 밝고 명랑한 목소리가 전화선을 타고 흘러 나왔다.

더위에 잘 지내느냐의 인사와 함께 오늘 경주에 모임이 있는데 함께 가지 않겠느냐는 대구에 있는 친구의 전화였다.

나는 그곳이 천당인지 지옥인지 분간할 틈도 없이 쾌히 가겠다고 했다.

이 숨막힘, 이 절망감 속에서 일단 벗어나야 한다.

그래 힘을 내자. 여기까지와서 넘어져서는 안 된다. 사력을 다해 자리를 털고 일어나서 간단한 짐을 챙겼다.

아직 일주일간의 여독도 풀리지 않았으나, 또 이렇게 가방 하나 달랑 들고 여행을 떠나야 하는 여인이었다.

이젠 정말 쓰러지지 말아야지.

어떻게든지 이 아픔, 이 슬픔을 딛고 일어서야지.

미칠 것 같이 보고 싶은 당신을, 당신의 나라에 갈 때까지 꾹꾹 눌러버리고, 이젠 정말 울지 말아야지.

목사님,

그렇게 자랑스러워하던 당신의 아내, 자꾸만 넘어지려 해요.

목사님

당신이 안 계신 이 땅에서도 꿋꿋이 살아갈 수 있게 힘을 주세요.

우리 이별도 슬픔도 없는,

영원한 그 나라에서 다시 만날 때까지 안녕.

8월 한낮의 햇살 속으로 그렇게 걸어가고 있었다.

친구와 함께 산 속 경주 어느 호텔에서 하룻밤을 지내고 그 이튿날 집으로 돌아왔다. 그렇게 무덥던 날씨도 8월 중간쯤으로 들어서자 한풀 꺾여가고 있었다.

그렇게 나는 그가 가신지 수년이 지난 지금까지도 살얼음판을 걸어가고 있었다. 그러나 내 아픔의 순간, 순간마다 나를 지탱하게 해 주는 친구들도, 이렇게 다시 책을 잡을 수 있게 해 준 분들도, 내 옆에 있었기에 오늘의 하늘을 볼 수 있었다.

"언니, 더운데 어떻게 지냈어?"

후배 숙자의 전화였다.

"그래, 이제는 좀 살 것 같지?"

"이제 한더위는 다 지나갔어. 그런데 언니, 나 서울 갔다 왔어."

"서울은 왜?"

"내가 말 안 해? 참 그러고보니 언제 한번 전화하니 안 받더라. K의 딸 결혼식에 갔다 왔어."

"그래? 참, 딸이 결혼한다는 소리 들었어."

"잠깐 들으니 두 분이 오붓하게 사랑을 나누었다면서?"

"무슨 말이야?"

"그렇게 시침일 뗼 필요는 없고."

"큰일나겠는데?"

"그냥 그래봤어. 그런데 그들 부부 겉으로는 무척 다정해 보이던데?"

"그럼 그렇게 살면 될텐데 이제와서 왜 그래?"

"어쨌든 결혼식 끝나고 보자고 한다더라. 언니, 실은 K 부인을 만났어. 바쁜 중에도 나를 좀 보자더니 잠깐 얘기를 하는데 이젠 자기도 포기한다고 하더라. 지금와서 K 와 결혼한 것을 무척 후회하면서, 철없는 한때 감성이려니 생각하고 결혼해 살면 모든 건 잊어버리게 할 수 있으리라 자신했다고 하더라.

처음엔 무척 싸우기도 하고 자신을 평생 괴롭히는 미지의 여인을 죽이고 싶도록 미워하면서 한번 만나서 실컷 화풀이라도 하고 싶었지만 모든 게 부질없는 짓이라 생각하고 이젠 K 의 판단에 맡긴다고 하더라. 나는 할말이 없어서 가만히 듣고만 있었지 뭐.

처음엔 그렇게 말하는 그 부인이 무척 안됐다는 생각이 들었지만 어쩌겠어, 엄밀히 따지자면 언니가 피해자가 아니야. 왜 두 사람 사이에 끼어들었느냐 말이야."

"다 자신에게 주어진 운명이 있는 거야."

"언니, 그러지 말고 기왕 일이 이렇게 된 이상 잘 생각해 봐. 아직도 살아갈 날이 많아. 지금은 몰라도 나중에 정말 나이 들어서 혼자 어떻게 살 작정이야. 생활 보장은 돼? 그 친구 쌓아놓지는 못해도 한 사람 책임질 수는 있어. 그렇게 좋아한다고 할 때 가버려."

"나를 위해서 그렇게 신경을 써 주는 건 고맙지만 그렇게 할 수는 없어."

"언니, 지겹지도 않아? 왜 훌훌 털어 버려도 될 것을 미련스럽게 끌어안고 끙끙거리는지 언니 마음을 이해할 수가 없어. 아니 이해하다가도 화가 나. 그 친구 얼마나 언니를 사랑하는지 알기나 해? 한 남자의 마음을 왜 그렇게도 몰라주는지, 언니의 마음만 헤아렸지 그 친구의 마음을 헤아려 보기나 했어?"

"그래, 그래, 나 역시 이 무거운 짐을 벗어버리고 훌훌 날아버리고 싶지만, 그때마다 그가 나를 꼼짝못하게 하는구나."

"언니도 참, 그 사람이 그렇게 좋아? 그러나 이미 그 분은 언니 옆에서 아무 것도 해 줄 수 없는 분이잖아. 언니가 아프다고 말하니 약을 사다 줘? 돈이 없다고 하니 돈을 줘? 언니가 그렇게 보고싶어 가슴을 태우는데 언니 옆에 와 주던가?"

"야, 이제 그만해, 너 기어이 나를 울리려고 작정했구나."

"미안해. 언니 마음 아프게 하려고 한 건 아니었는데."

숙자는 내 마음을 갉아먹으려고 작정했는지 내 아픈 상처를 여지없이 파헤쳐 놓았다.

아파트 문서

　10월이었다. 후배 숙자는 그 후에도 그땐 본의 아니게 아픈 상처를 건드린 것 같아서 미안하다는 말과 함께 친구의 진실한 사랑을 한번 더 깊이 생각해 보는 게 어떠냐며 무척이나 안타까워했다.

　숙자의 지칠 줄 모르는 우정에 나 역시 고마웠지만, 그보다 나는 올해도 목사님과 장로님과 함께 그에게 가야하는데 무엇을 가져갈까? 가 더 문제였다. 아무리 생각해봐도 그에게 가져갈 것이라곤 꽃다발 하나, 그리고 이번에는 벌써부터 내 목사님께 보여드리기로 한 아파트 문서와 은행통장을 가지고 그에게 갔다.

　그와 나의 집인데 그에게 보여 드려야지.

　맑은 하늘 아래서 그는 '임마야 보고 싶었어.' 하는 인사 한마디 없이 나를 무심히 지켜보고만 있었다. 그 옛날의 그 기백은 어디로 가 버리고 저렇게 무심히 제 자리만 지키고 있을까!

　어쩔 수 없이 그로 인한 목 메임은 막을 수가 없었다.

　목사님 보세요.

　우리 아파트 문서와 은행통장이에요.

　당신과 내가 아기자기하게 살아갈 집이에요.

　그곳에 도배를 하고 페인트칠을 하고 당신이 오시기만을 얼마나 기다렸는데 끝내 당신은 오지 않더군요.

목사님,

우린 사택에서 나와 남의 집 옆방에서 살았잖아요.

그러나 이제 작지만 당신과 당신 아내의 집을 마련했는데, 당신의 그 기뻐하는 모습도 볼 수 없으니 그 기막힘을 어떻게 다 말하겠어요.

당신이 계셨다면 임마야, 이게 우리 집이야. 당신과 내가 있을 우리 집이야. 당신의 그 들뜬 목소리로 얼마나 내게 속삭였을까요.

그러나 나는 그날 이후로 당신의 모습도, 당신의 음성도 들을 수가 없었어요.

목사님,

11평의 우리들의 작은 아파트에서 봄이 오면 오는대로, 가을이 오면 오는대로 행여나 당신이 날 찾으러 오실까 얼마나 기다렸는지 당신 아세요?

혹이나 조용한 밤에 '임마야 내다' 하는 당신의 정겨운 목소리가 들리지 않나 책상 위에 앉아서 문 쪽에 시선을 떼지 못했어요.

그렇게 당신이 오시면 드리려고 했는데 기다리다, 기다리다 안 되어서 오늘 당신에게 보여 드리려고 이렇게 가지고 왔어요.

목사님 일어나서 한번 봐요.

이건 아파트 문서이고, 이건 은행 통장이에요.

너무나 안타까워 집문서와 은행통장을 하나하나 펴 보이며 울부짖고 있는 내가 불쌍했던지 목사님이 옆에 오시더니 내가 펴 보일게, 하시면서 하나하나 펴 보이시며 이제 그만해요. 하셨다.

목사님,

설마 우리 오랫동안 만나지 못했다고 해서 당신의 아내 잊어버리진 않았겠지요?

우린 예나 지금이나 조금도 변한 건 없어요.

당신도 어느 여인의 남편이 될 수 없듯이 나 또한 어느 남자의 아내가 될 수 없어요.

그런데 목사님,

우린 손만 잡고 나가면 천하를 얻은 듯 왜 그렇게 좋아했을까요.

상한 사과 한 뭉치 사들고도 하늘을 날던 그 황홀감은 당신과 나 사이에 영원히 마르지 않을 거예요. 지금와서 생각해 보면 우린 이렇게 이별이 빨리 오려고 그렇게 분주히 사랑을 했던가 봐요.

목사님, 우리 언제 한번 다시 만나 볼까요?

그에게 엎드려져 그칠 줄 모르고 울고 있는 나를 목사님이 일으켜 세웠다. 목사님께서는 언제까지나 그렇게 울고만 있겠느냐고 하시며, 옛날처럼 그 앞에 장막을 하나 지어 주어야겠다고 하시며, 아마 사모님의 우는 실력은 전국에서뿐만 아니라 세계에서도 1등일 거라고 하시며 이제는 그만 잊으라고 하신다. 함께 오신 장로님도 사모님은 남다른 면이 있어요. 이미 가신 분은 그로서 끝나야 하는데 사모님은 옛날 그분을 예나 지금이나 똑 같이 생각한다고 하시며, 이젠 잊어요. 하셨다.

나 역시 뼈를 깎는 이 고통 속에서 벗어나서 멀리멀리 정처 없이 구름 따라 바람따라 인간의 삶도 고뇌도 초월하고 어디든지 떠나니고 싶다.

김삿갓이 아닌 권삿갓이 되어,

오늘은 이곳에서 내일은 저곳으로 이 지구 끝까지라도 그를 생각하며 그와의 만날 날을 기약하며 끝없는 방랑생활을 해 보면 조금은 잊어질까!

그에게 갔다 온 후로 마음을 달래지 못하고 있던 어느 날 갑자기 친구 K가 나타났다.

친구의 마음을 헤아려 보았느냐던 숙자의 말과 같이 나는 내 아픔만 움켜쥐고 상대방을 위해선 조금도 마음을 열지 못했다. 아픔은 겪어본 자만이 그 아픔을 안다고 하듯이 친구의 마음도 무척이나 괴롭지 않을까!

복사꽃 만발한 개울둑을 거닐던 때의 꿈을, 달나라로 가는 우주 비행을 하는 세계로 그 꿈을 연장시킨다는 것은 무척이나 힘들었을 텐데, 지금 내 옆에는 그 모든 부적절한 상황에도 지칠 줄 모르고 달려오는 친구가 있었다.

나 역시 친구의 마음을 조금은 이해한다지만 아직도 발끝에서 머리끝까지 그와의 소중했던 기억을 하나도 흐트러짐 없이 그대로 간직하고 있는데 어떻게 친구의 뜻을 받아 줄 수가 있을까!

그러나 친구는 내 아픔과는 상관없이 자신의 행동을 정당화시키며 다가오고 있었다.

"나, 친구가 마음이 내킬 때까지 기다리려 했는데 생각해 보니 기다리는 것만이 능사가 아니라고 판단했어. 그땐 서로의 인연이 닿지 못해서 그랬다지만 이제는 아니야. 나 얼마든지 친구에게 다가설 자격이 있어. 평생을 두고 찾은 인연을 지금 내 앞에 두고 또 어물쩡거린다는 것은 비굴한 행동이라고 생각해."

정말 인간에게 '사랑' 이란 무엇일까? 세상에는 '사랑' 때문에 울고 웃는 자들이 얼마나 많을까! 친구 역시 모든 걸 접어두고 사랑을 위해 몸부림치고, 나 역시 나를 두고 떠난 사랑을 잊지 못해 한 여인의 인생을 담보하면서까지 그의 사랑을 쫓아가고 있지 않는가!

"이봐, 이제는 과거의 아름다웠던 기억일랑 마음속에 묻어두고 현실을 위해 살아야 하지 않겠어? 지금 친구가 현실성도 없는 사랑을 붙잡고 정신을 차리지 못하고 허우적거리고 있는 건 바람직하지 못한 일이야."

그렇게 친구는 평소에 그 답지 않게 흥분해 있었다.

"왜 그래, 상대방의 입장도 고려해야 할 것 아니야. 나 올해도 그 사람 앞에 가서 통곡을 했어. 나 이런 마음 가지고 어느 누구에게 간다는 건 죄

악이야."

"괜찮아, 내게 온다 해도 나와 같이 그 분께 가면 되잖아. 나 친구의 아픈 마음을 녹여줄 수 있어. 나 말이야, 이런 날이 오기를 얼마나 기다렸는지 아마 모를거야. 이젠 절대 바보 같은 짓은 안 하겠어. 나 이제 친구만 있으면 돼. 이제 딸아이의 결혼도 시켰고,"

"무슨 일이든지 감정으로 판단하지 말고 이성을 갖고 생각해 봐. 친구는 엄연한 한 여자의 남편이자 한 가정의 가장이야."

"부끄러운 말이지만 우린 결혼 초에는 그런 데로 지냈지만 아이들이 자라면서부턴 서로가 법적인 부부 밖에 안 되었어. 오래 전 우리는 틈이 생기기 시작했지. 아내가 더 원해. 친구는 그 점에 대해선 마음 쓸 것 없어."

"그래도 그럴 수는 없어. 그리고 지금와서 사느니 어쩌느니 하는 것도 바람직하지 못한 일이니 서로 한보씩 양보하고 마음을 열어 봐."

"그런 설교 같은 건 듣고 싶지 않아. 나 그렇게 성자 같은 생활은 이젠 질색이야. 나 아직도 피끓는 사람이야. 이젠 모든 건 잊어버리고 나를 믿고 따라와 주어야 해. 더 이상 지체할 수는 없어. 불안해. 체면만 보다가 또 잃어버리는 게 아닐까 하고,"

"친구의 마음은 너무나 고맙지만 나 아직도 그 사람을 잊지 못하고 있어."

"이젠 그런 말도 내겐 통하지 않아. 나도 이제는 한치의 양보도 없어. 정신이 있으면 생각 좀 해봐. 지금 친구는 대상이 없는 사랑을 하고 있어. 그리고 친구의 인생이 스톱이 된 것이 아니고 아직도 수많은 날들을 메꾸어 나가야할 인생이야. 아마 모르긴 하지만 그 분도 친구의 인생을 어느 누구에게든 맡기는 것을 더 원하지 않을까?"

"이제 그만해,"

"친구도 이제 그만해. 친구의 사랑만 소중하고 내 사랑 같은 건 아무 것도 아니야? 그렇게 내가 싫어? 그렇다면 나도 이제 여기에서 끝내겠어."

"그래, 그래, 싫어 너무 너무 싫어,"

나는 히스테릭하게 부르짖었다.

"미안해. 나도 답답해서 그래. 복사꽃 피던 산골마을에서 티 없이 아름
답던 우리들의 사랑이 어쩌다 여기까지 왔을까?"

정말이지 나 역시 친구의 따뜻한 등에 무겁디 무거운 짐을 풀어놓을까
도 싶었지만, 돌아서면 또 그의 생각이 가슴 가득 밀려온다. 그는 내게 어
떤 사람이었던가! 나로선 도저히 그의 사랑을 버리고 갈 수가 없었다. 그
러나 막무가내로 다가오는 친구의 사랑을 나는 과연 어떻게 하면 좋을까?
갈피를 잡을 수가 없다.

그렇게 친구와 줄다리기를 하면서 아직 아무런 해결을 보지 못한 채 세
월은 흘러갔다.

자기가 무슨 춘향이라고

공부를 중단하라니!

인간은 저마다 살아가는 방식이 따로 있다고 했던가.

세상의 모든 여인들은 남편과 자녀들의 사랑 안에서 행복에 겨워 있을 때, 한 여인은 그 몸서리나는 아픔을 잊기 위해 책과 싸우며 또 싸우며 오늘에 이르렀다.

미치도록 그가 보고 싶을 때, 그의 환한 얼굴이 다가올 때, 한 여인은 눈을 크게 부릅뜨고 책을 앞에 놓고 모든 상념을 털어내야만 했다.

그런 내게 공부를 중단해야 살아남을 수 있다는 한의사의 선고였다.

"당신은 지금 환자로서 꼼짝도 하지 않고 가만히 누워있어야 할 상태입니다. 이러한 상태에서 어떻게 지금까지 생활해 왔는지 정말 기적 같은 일입니다. 지금 그 어떤 의지 하나로 사력을 다해 버티어 나가고 있는 것뿐입니다. 만약 어떤 충격을 받아 넘어지면 다시는 일어설 수 없는 무척 위험한 상태에 있습니다. 공부도 중단하고 절대 안정을 해야 합니다."

내겐 사형선고와 같은 말이었다. 내게 공부를 버리라면 나는 이 경지에서 도저히 헤어날 수가 없다.

혼자 남아서 살아야 할 이유를 상실해 버린 내게 '책' 하나 달랑 쥐어주고 험한 가시밭길을 헤쳐보리라 세상 속으로 던져졌던 내가 그래도 이만큼이라도 해 내고 이만큼이라도 살아오지 않았던가. 그나마 이제 한 학기만 하면 끝나는데 지금와서 공부를 중단하라니... 그럴 수는 없다는 결론이었다.

주위에선 하나 같이 나의 선택을 고운 눈으로 보고 있지 않았다.

더러는 그렇게라도 삶을 이어가고 있으니 다행이야, 만약 졸업하면 어떻게 하겠어? 하며 진심으로 나를 걱정해 주는 이들도 있지만, 어떤 이들은 그래봐야 별수 없이 여자인데 그 나이에 공부는 해서 뭘 해, 다 집어치우고 지금이라도 좋은 사람 만나서 즐겁게 사는 것이 최선의 길일텐데, 지금 공부가 말이나돼? 6년이면 충분히 잊고도 남을 세월이야. 이젠 이 세상의 인연은 끝났으니 정신을 차려야 해. 하는 이들도 있었다.
그러나, 그토록 많은 세월이 흘렀어도, 그토록 그와 함께 손을 잡고 다니지 못했어도, 그토록 그와 함께 재잘거리지 못했어도 역시 내 사랑하는 사람은 그 사람뿐이었다. 아무리 이제는 잊어야겠다고 하나 잊으려하면 할수록 그는 더욱 또렷한 모습으로 내 생활 전체를 흔들어 놓았다.
세상 사람 모두가 기억에도 없다해도 당신이 남기고 간 그 불타던 사랑, 발끝에서 머리끝까지 털끝 하나 잊지 않고 당신을 꼭꼭 묻어 놓겠어요.
세월이 흐르면 흐를수록 그 마음은 더욱 더 굳어져 갔다.

이러한 나를 주위에선 요즘 세상에서는 바보 중에 바보가 하는 짓이라고들 하며 그들은 비웃었다.
뭔가 잘못 생각하고 있어.
그래봐야 별 수 없을 텐데,
그렇게 못 잊어 애태우지 말고, 그렇게 해서라도 잊어보는 방법도 있을 텐데,

그 나이에 공부가 다 뭐야,

마음 하나 고쳐먹으면 얼마나 신나는 세상을 바라볼 수 있을 텐데

알량한 사랑때문에 자신의 인생을 고통 속에 파묻어야 한단 말인가

자기가 무슨 성춘향이나 되는 줄 알고,

자기가 무슨 춘향이라고,

젊은 사람이라면 몰라도 지금 나이가 얼마인데 저렇게 야단일까,

뭘 그렇게 못 잊어 야단일까,

모두들 수근거리며 너무 한다고들 했다.

정말 내가 너무하단 말인가?

어느 날 나는 또 노회장 목사님께 하소연을 했다,

"목사님, 저는 내 목사님만 생각하면 왜 이렇게도 가슴이 무너지는 듯한 아픔이 옵니까? 저는 그에게 너무 너무 못 다한 것이 많아요. 그 모든 것이 가슴이 시리도록 후회가 됩니다. 정말 이렇게 가슴에 한이 맺히고 후회가 될 줄은 미처 몰랐어요."

"사모님, 원래 평소에 잘 해준 사람은 더 잘해주고 싶어 그런답니다. 그분에게 그만큼 잘해 드렸으면 됐어요. 정말 그 목사님이 부럽습니다. 비록 가신 분이라지만 그 목사님은 행운아입니다. 어떻게 한 여인에게 그칠 줄 모르는 사랑을 받을 수가 있겠어요. 한 사람을 그렇게 끝없이 사랑한다는 것도 그리 쉬운 일이 아닙니다. 아마, 춘향인들 그렇게까지 했겠어요?

어느 책엔가, 독일 시인 '실러'가 '희망 없는 사랑을 하는 자만이 사랑의 진정한 의미를 알고 있다'라는 말을 한 것 같은데, 사모님은 대상이 없는 사랑이 아닙니까.

그보다 더 지고 지순한 사랑이라고 나는 생각합니다. 그러지 말고 두 분

의 아름다웠던 사랑을 한번 써 보는 게 어때요? 두분들은 다른 사람 몇 백 년 산 것 보다 비록 짧았다지만 그렇게 아름답게 꿈을 꾸는 듯한 삶을 살았으니 한이 없어요. 그렇게 행복하게 정말 꿈속에서나 이룰 수 있는 사랑을 직접 체험하면서 살아오신 분들이 아닙니까. 어디 그렇게 생활한 부부들이 흔한 줄 압니까.

요즘 신문에나 TV에나 흔히 널려 있는 이혼이니 뭐니 하는 기사가 비일비재하지 않습니까, 물론 다정한 부부들도 많겠지만,

그러니까 하나님을 원망할 것이 아니라 함께 살아온 기간 동안 그렇게 아름다운 사랑을 할 수 있게 해 주신 하나님께 감사해야 합니다. 전에도 말했지만 하나님은 공평하신 분이십니다. 다른 사람 몇 백년 사랑할 것을 두 분들은 짧은 기간에 사랑을 다 했으니까요.

정말 사모님 내외분들이 살아오신 것을 보니까 하나님은 공평하신 분이시란 것을 새삼 느낄 수 있습니다.”

주위 분들의 말씀과 같이 우린 정말 유별났던가?

그래서 이별이 빨리 왔던가? 차라리 덤덤하게 살았더라면, 아니, 그럴 줄 알았더라면 그만 이혼이라도 했더라면 목사님은 이 하늘 아래 어딘가에 살아 있지 않았을까!

그래, 만나지 못한다 해도 좋다.

함께 재잘거리지 못한다 해도 좋다.

비록 우린 만나지 못한다 해도,

나와 같은 하늘 아래서,

나와 같이 따사로운 햇살을 받으며

나와 같은 공기를 마시며, 나와 같은 언어를 쓰며,

때로는 감미로운 바람에 흔들리며,

이 하늘 아래 어딘가에서라도 살아만 있어 준다면,

그가 있는 하늘 아래서부터 가끔 싱그러운 그의 향기만이라도,

그의 소식이라도 바람에 실려 전해들을 수만 있다면,

나는 아무래도 좋다.

춘향이래도 좋고, 가짜 춘향이래도 좋다,

아니, 세상 사람 모두가 억지 춘향이 역을 한다고 비웃어도, 돌을 던져도 좋다.

그가 나와 같은 하늘 아래 있어만 준다면…

그렇게 모두들 공부를 중단할 것을 종용했지만, 나는 기를 쓰고 책은 놓지 않았다. 그런 중에도 나는 탄약을 복용해 가면서 기말 고사를 치르었다. 물론 공부는 그 전의 반도 못한 셈이었다.

그러나 결과는 심각한 지경에 이르렀다. 원래 나는 어릴 때 심한 홍역으로, 면역이 생겼는지 감기 한번 걸리지 않던 것이, 그가 가신 후 5,6년이나 되는 지금까지 항상 머리가 찌뿌듯하게 아팠다. 결국 혈압이 180이나 오르고 가만히 있어도 가슴이 두근거리며 머리가 아파서 견딜 수가 없었다. 그리고 설상가상으로 배에는 무슨 덩어리가 있는 것 같다면서 내시경을 해 보자고 했다.

어머니, 언니, 동생들은 어찌할 바를 몰라했다. 그리고 주위의 비난도 만만치가 않았다.

나 역시 죽음보다 더한 신경을 써 왔는데 무사할 것 같지 않았다. 그러던 어느날 언니와 함께 병원에 가서 여러 가지 검사를 받은 후 약을 한달가량 복용했더니, 그가 가신 지금까지 그렇게 아프던 머리도 차차 나아지

고 모든 게 제자리로 돌아오고 있었다.

　모두들 결과를 기뻐하며 이제는 좀 씩씩하게 살아 라고 하지만, 한 사람을 잊는다는 게 그리 쉬운 일은 아니었다.

　아마 일주일은 훨씬 지난 것 같다. 숙자에게 얘기도 하지 않았는데 어떻게 알았는지 전화가 왔다.

　"언니, 내 말 안 듣더니 잘 됐네. 열녀 났다고 누가 상 주러 오지 않았어? 언니가 믿는 하나님이 그래도 언니가 불쌍해서 봐 주었는가 보다.

　그렇잖아도 며칠 전에 K 에게 전화가 왔기에 그 얘기를 했더니 깜짝 놀라더라. 한번 와야겠다고 하더라."

　"뭘 대단한 일이라고 얘기했어. 결과는 좋았는데, 아무 것도 아니었는데.

　숙자와의 전화통화를 하고서도 주일을 두 번이나 넘긴 어느 날,

　난데없이 친구 K 가 와서 조금은 명령적인 어조로 간단한 옷차림을 하고 모든 건 접어두고 나오라고 한다. 왜 그러느냐는 말을 물어볼 사이도 없이 장소를 알려주고는 끊어버렸다. 우리는 다방에서 나와 교외로 나갔다. 택시를 타고 한참 가다가 전망 좋은 어느 고급 음식점에 들어갔다. 친구는 아마 단단히 벼르고 온 모양이었다.

　"숙자에게서 그 얘기 듣고 놀랐어. 친구는 과거의 집착으로 인해 생명에 지장이 있어도 좋다는 건가? 왜 그렇게 미련스럽게 굴어."

　"괜히 걱정하게 해서 미안해. 결과는 좋았어."

　"우리 육체도 한계가 있어. 기계도 쉬지 않고 쓰다가 보면 고장이 나는데 친구는 철인이나 되는 줄 알아? 어차피 우리는 헤어질 사람들이야. 전번에도 말했지만, 그 감정이 하루 이틀에 쌓인 게 아니야. 내가 그 때 좀 더 기다렸더라면, 하고 얼마나 후회했는지 모를 거야."

　"미안하다고 해서 될 일이 아니지만, 절대 나는 지금 와이프를 택한 게 아냐. 친구가 그 때 절대 안 된다고 말했잖아. 내가 어머님을 뵙고 말씀

드려야겠다고 했더니 그렇게 펄쩍 뛰었잖아."

"다 지나간 일이야."

"이젠 모든 걸 내게 맡겨봐. 늦었지만 친구를 위해 뭔가 해 주고 싶어."

"고마워, 못난 나를 이렇게 생각해 주니 눈물이 날 것 같애."

"그럼, 이제 내 뜻을 받아드리겠다는 거지?"

"그러지 말고 좀 더 생각해봐. 그리고 자신보다 가정과 아이들을 생각해 봐."

"나, 지금까지 가정과 아이들을 위해 충분히 살아왔어. 이젠 친구와 나만 생각하겠어."

"이미 우린 길이 어긋난 거야. 지금 다시 맞춘다는 건 모두를 피곤하게 할 뿐이야. 우린 영원한 친구로 남아."

"왜 그렇게 내 마음을 몰라줘. 열 한 살 철부지 때부터 꿈꾸어 오던 일이야."

"미안해. 그러나 나 자신도 어떻게 할 수 없는 것을 난들 어쩌겠어.

"그럼 언제까지 기다릴까?"

"기다리지마."

"아, 우리 답답하다. 밖으로 나가자."

식사를 끝내고 밖으로 나오니 11월이 내일 모래라지만 풍요로운 대지와 투명한 공기 속에는 만추(晩秋)의 분위기가 감돌고 있었고, 멀리 산기슭에도, 맑은 물이 속삭이듯이 흘러내리는 냇가에도 그대로 남아 있었다.

"정말 우리 이렇게 자연 앞에 서 보는 게 얼마만이야? 아득한 옛날로 돌아가는 것 같아. 지금도 그곳에는 복사꽃이 만발하고 4월이면 새하얀 아카시아 꽃이 개울둑을 뒤덮고 새들은 숲 속에서 지저귀고 있을까?

"아마 그곳에는 영원히 꽃이 피고 새들도 아름다운 노래로 우리를 환영하겠지."

"하하... 그래, 우리 언제 한번 그곳에 가 볼까? 새하얀 아카시아 꽃도, 새들도 우리를 반겨주겠지? 정말 그때 친구는 내 우상이었지. 우리 어쩌다 이렇게 멀리 와 버렸을까, 생각하니 흘러간 세월이 너무 억울해."

친구는 아득한 코 흘리게 시절을 회상하는 듯 먼 산등성이에 시선을 고정시킨 채 지나간 날들을 못내 아쉬워하고 있는 것 같았다.

나 역시 그로 인한 가슴앓이로 오랜 세월동안 계절에 대한 감각마저 망각해 버린 채 여기까지 밀려오지 않았던가! 그러나 지금 내 옆에는 아름다운 어린시절을 함께 장식했던 친구의 사랑이 머물러 있고, 그 사이로 따스한 햇살이 머물러 있자 갑자기 온 세상이 밝아지는 것 같았다.

멀리 산 속의 우거진 숲 속에는 빛나는 새들로 가득차 있고 시냇물은 여전히 은빛으로 찰랑거리는 사이로 간간이 섞인 새들의 아름다운 노랫 소리도 들을 수 있고, 투명한 햇살 속으로 은밀히 깃들인 10월 끄트머리의 향내도 맡을 수 있고, 그리고 어깨를 타고 전해져 오는 서로의 체온도 느낄 수 있었다.

"참, 세상은 아름다워."

친구는 갑자기 눈이 둥그래지며, "그래, 세상은 아름다운 거야. 이 아름다운 세상을 우리가 얼마큼 내 소유로 만들 수 있느냐가 문제인 거야. 그래, 그렇게 아름다운 눈으로 보면 모든 게 아름다워. 이제 눈을 크게 뜨고 좌우를 돌아보는 지혜도 가져야 해. 친구의 인생도 그 칙칙한 곳에서 벗어 나와봐. 아마 아름다운 세상이 친구를 기다리고 있을 거야."

친구는 너무나 오랜만의 내 밝음에 흥분해 하고 있었다.

"이봐, 그렇게 마음을 열고 세상을 한번 봐. 세상은 온통 아름다움으로 널려 있어. 친구는 잠시 그걸 볼 수도, 느낄 수도 없었던 거야."

"그래, 그랬던 것 같구나."

"그리고 내게 기대고 싶을 땐 언제든지 기대. 지금까지 친구 혼자서 너무 힘에 겨웠어. 이제 모든 건 잊고 내게 기대. 항상 기다리고 있을 게."

갑자기 그의 말이 부드러운 향기가 되어 내가 서 있는 주위의 모든 것을 감싸는 듯 했고, 저 멀리 숲의 고요와 나뭇잎 사이로 파고드는 날카롭고 강렬한 햇빛이 그의 얼굴 위에서 반짝이고 있었다.

그러자 너무나 지쳐있던 내게 나를 돌봐주고 나를 지켜줄 수 있는 곳에 내가 존재해 있다는 아름다움에 휩싸였다.

'그래, 지금 당장 친구의 어깨에 기대고 싶어, 지치고 지친 나를 좀 도와 줘. 이제 나도 너무 힘이 들어. 나도 이젠 친구의 사랑을 흠뻑 받아보고 싶어.' 나는 마음속으로 울부짖었다. 아, 얼마만에 한 여인의 본연의 자세로 돌아왔는가!

그러자 어느새 그가 내게 속삭였다.

'임마야, 그래 잘 생각했어. 이제 나를 놓아버리고 지금부터라도 당신 인생을 살아가는 거야. 그것도 멋있게 말이야. 우린 먼, 먼 훗날, 다음 세상에서 다시 만날 때 그땐 정말 우리 영원히 헤어지지 말고 세상에서 가장 아름다운 사랑을 해보자고.'

'아, 덩거리, 고마워요. 나를 이해해 주시겠지요?'

'그럼 임마야, 나는 당신이 그렇게 가슴 아프게 사는 것보다 좀 더 밝고 행복하게 사는 것을 더 원해.'

어느새 나는 친구의 어깨에 내 지친 몸을 실었다... 순간, 정신을 가다듬었다. 그렇게 있다가는 정말 친구의 넓은 가슴에 안겨 실컷 울어버리기라도 할 것 같은 두려움으로 몸을 부르르 떨면서 그곳을 빠져 나왔다.

"이제 가자."

"왜 그래? 내가 뭘 잘못했어?" 친구는 또다시 돌변해 버린 내 행동에 어리둥절해 하고 있었다.

갑자기 어둠이 사방에서 몰려오는 것 같아 나는 천천히 걸어나오다가 뒤를 돌아보니 친구는 꼼짝도 하지 않은 채 석양에 빛나는 시냇물을 언제까지나 그렇게 선 채로 내려다보고 있었다.

영어시험

또 한 해가 지나갔다. 그 후에도 친구 K 의 변함 없는 사랑이 따스한 봄 햇살처럼 피곤한 내 어깨를 녹여주었다. 나 역시 친구의 거짓 없는 사랑에 흠뻑 젖어버리고 싶고 흠뻑 취해 보고도 싶었다. 후배 숙자의 권유도, 친구의 사랑도 지친 내겐 달콤한 향기가 되어 어디든지 끌려가고 있었다. 그러다가 정신을 차리고 보면 또다시 나 혼자 동그라니 앉아 있는 나 자신을 발견해야만 했다.

죽음의 골짜기에서 간신히 헤어나와 책 하나 달랑 들고 제 3의 인생 길을 숨을 헐떡이며 걸어올 때, 멀고 먼 길이 아득하기만 했지만 어느새 영어시험만 통과하면 졸업이다. 이제 이만큼 해 나왔고 이 세상의 그 무엇도 순간적인 위로는 될지언정 책과 피아노는 변하지 않고 이렇게 방황하는 내 옆에서 언제까지나 힘이 되어 주고 있었다.

이날도 집에서 견디기 힘이 들어 시내에 나가서 할 일 없이 백화점을 배회하다가 집에 들어오니 우편함에 성적이 우송되어 있었다. 조금은 떨렸으나 얼른 뜯어서 눈 깜짝할 사이에 훑어보니 다행히도 F라는 알파벳이 없어서 좋았다. 지쳐 있던 몸에 힘이 솟고 마음에는 새로운 용기가 났다. 더구나 국어음운론의 중간시험이 만점이어서 나는 만세라도 부르고 싶은 심정이었다.

그렇잖아도 국어음운론 강의때 다른 건 쉬워도 한 문제는 좀 까다로웠다. 모두들 건성으로 듣고 있다가 한번 더 설명해 달라고 하니 학생들이 집에 가서 스스로 풀어보라고 하셨다. 물론 아무렇게나 꿰어 맞출 수도 있지만 나는 그 문제에 주격조사 하나 틀리지 않게 완벽하게 풀기 위해 그 한 문제를 가지고 교재 전체를 뒤져보고 그리고 그 문제와 비슷한 것은 녹음테이프를 하나도 빠트리지 않고 들었다. 정말 나는 한 문제를 풀기 위해 악착같이 노력한 결과 기어이 그 문제에 딱 들어맞게 답안을 작성할 수 있게 되었다. 그러던 것이 만점이어서 정말 나는 하늘을 나를 것 같았다. 그렇다고 전체 성적이 좋은 것은 아니었다. 겨우 F를 면할 정도였다.

어쨌든 F를 면했으니 그 힘겨웠던 하루를 견딜 수 있었다.

그런데 1점이 모자라 영어시험을 쳐야만 했다.

교인이라면, 아니 목사님의 부인이라면 하나님의 위로를 받아야 할텐데 나는 아직도 믿음은 어디에 내동댕이쳐 버리고 이렇게 세상의 학문에 정신이 빼앗겨 있었다.

영어시험 범위는 지상강좌에 수록되어 있었다. 이제 지상강좌에 수록된 것을 어떻게든지 해석하고 숙어, 문법 등을 철저히 공부해야만 했다. 기본실력이 없는 나는 단어 하나 하나 찾아야하고 외워야 한다는 건 너무나 큰 부담이었지만, 노트정리를 해 놓고 계속 공부를 했다. 그리고 학습관에 가서 시험 범위를 녹화해 와서 비디오에 넣어서 듣고 또 듣고 머리가 아플 정도로 철저히 공부했다.

영어시험은 50문항에 소요시간은 50분이었다. 그러니까 1분에 한 문제씩 풀어나가야 한다.

그렇잖아도 교수님께서 시험지를 받아들고 그 때 문제를 연구하고 풀려고 하면 시간이 모자라니까 사전에 충분히 공부해서 단번에 답을 써넣어야 시간이 된다고 하시며 시간에 대해서 수차 강조하셨다.

그런데 나는 평소에 시험을 칠 때도 젊은 학우들은 빨리 내고 나가는데 나는 항상 끝까지 남아 있어야만 했다. 항상 시간이 모자란 편이었다. 그런데 더구나 영어시험이 잘못하다간 시간이 모자란다고 하니 나는 처음부터 겁을 집어먹고 걱정을 많이 했다.

그래서 나는 내가 다니는 교회 목사님께 이번 영어시험을 위해 기도부탁을 드리고 서울 목사님께도 부탁드렸다. 아마 그분들은 나이가 60이 다 된 할머니가 무슨 망령된 소리냐고 했을지 몰라도 내겐 너무나 중대한 일이었다.

시험장소는 경대였다.

시험지를 받아드니 우선 떨리기부터 했다. 시험지를 받아들고 한번 죽 훑어보니 금방 눈에 들어오는 건 16, 17문제뿐이었다. 이제 큰일났다 싶었다. 교수님께서 시험지를 받아들고 생각할 시간은 없다고 하시던데 어쩌나 싶었다. 단번에 풀 수 있는 건 해놓고 처음부터 문제를 읽기 시작했다. 그러나 아무리 세심히 읽는다 해도 당황해진 마음을 바로 잡을 수가 없었다.

떨리는 마음으로 계속 읽어나갔더니 그래도 아는 문제가 자꾸 나왔다. 한번 훑어보고 또 훑어보니 또 아는 문제가 나왔다. 또 훑어보니 또 아는 문제가 나왔다. 그렇게 해서 그래도 처음 받아들 때보단 달리 40문제는 공부했던 것이었다. 그러나 8, 9문제는 정말 모르겠다.

어떻게 하나, 이번 시험이 떨어지면 또 1점때문에 1년을 더 기다려야 졸업을 하는데, 당황해진 마음에, 더구나 이번 시험이 안되면 1년을 더 기다려야 한다는 부담감때문에 마음은 더 초조했다. 다시 한번 확인하려해도 시간도 없었다. 시간은 다 되어 가는데 맞든지 틀리든지 나머지 공간을 메꾸어 나가야 한다.

순간 나도 모르게 하나님께 기도가 나왔다.

하나님 어느 것이 맞는지 맞게 해 주세요.

객관식 문제니까 어느 것 하나만 선택하면 된다.

나는 무언지도 전연 모르는 문제를, 하나님 이거지요, 하면서 1, 2, 3, 4번 중 그 중 펜이 가는대로 자신 있게 한곳에 체크했다.

그렇게 한 문제를 해놓고 또 다른 문제를 하나님 이거지요, 하면서 펜이 가는대로 서슴없이 자신 있게 체크하기를 9문제를 그렇게 했다.

시험을 마치고 나와서 경대 넓은 강당에 혼자 앉아서 시험지를 펴 보았다. 춥고 눈도 아팠지만 처음부터 다시 한번 죽 훑어보니, 처음 시험지를 받아 들 땐 그렇게 아득하기만 한 것 같던 문제가 정작 나와서 보니 그때서야 문제가 똑바로 보이는 것 같았다.

그제야 정신을 차리고 문제를 풀어보니 거의가 알고 있는 문제였는데 웬일인지 실수한 것이 너무 많았다. 그렇게 책이 닳도록 그 지겨운 문장까지 철저히 해석하고 문법, 숙어를 거의 공부해 두었는데 왜 그렇게도 실수를 많이 했을까?

처음부터 긴장한 탓에 그렇게 시험을 망치고 말았으니 화가 나서 죽을 지경이었다.

아무리 맞추어 보아도 될까말까 였다. 나는 보고 또 보고 시험지가 닳도록 맞추어 보아도 역시 될까말까 했다.

원래 나는 어느 과목이든지 시험 칠 때마다 2, 3문제는 실수한다지만, 이번에는 8, 9문제나 실수를 해 버렸다. 모르는 문제 같으면 아예 몰라서 틀렸다고 하지만 책이 닳도록 공부했던 것이 그렇게 실수해 버리고 될까말까하니 잠이 오지 않았다.

기도하고 문제를 푼 것은 아예 수에 넣지도 않았다.

드디어 정답이 학보와 함께 우송되었다.

정답이 나오기 전에 벌써 체크해 봤는데, 했지만 그래도 믿는 것은, 그렇게 열심히 공부했다는 사실이었다. 답안지를 앞에 놓고 하나하나 문제를 맞추어가니 실수해서 틀린 문제는 화가 나서 못 견디겠다. 역시 그 전에 맞추어 본 것과 같았다. 자꾸만 틀렸다. 그래도 설마, 하면서 막연하게나마 희망을 가지고 계속 맞추어 나가다가 나는 깜짝 놀랐다.

이럴 수가...

내 목사님을 내게서 빼앗아간 하나님께선 내게 이런 기적을 보여 주셨다. 이건 정말 하나님만이 하실 수 있는 일이었다. 나는 하나님께 기도하고 문제를 푼 것은 생각도 하지 않고 아예 수에 넣지도 않았다. 그러던 것이 전례를 뛰어넘어 하나 둘 맞기 시작했다. 믿고 기도해 놓고 믿지 못했던 것이 하나님께 죄송스러웠다. 정말 기적 같은 일이었다. 전연 모르는 문제를 하나님, 이거지요. 이것 맞지요. 하면서 했던 것이 4문제나 맞았다. 정말 놀라운 일이었다.

지금까지 나는 시험을 쳐도 모르는 문제는 철저히 틀렸다. 다른 학우들은 1, 2문제는 기대할 수 있다고 하던데 나는 지금까지 모르는 것은 정말 정확하게 피해 나갔다. 소위 '연필 구르기'로 답이 맞는 건 그 많은 시험을 치른 중에도 단 한 번도 없었다.

그런데 이번에는 즉석에서 하나님께 기도하고 적었던 것이 4문제나 맞다니, 그러고 나는 그 문제는 수에 넣지도 않았는데...

아, 하나님께선 이렇게 실의에 빠져있는 나를 영어시험을 통해서라도 하나님의 살아계심을 입증해 주시려는가 보다. 정말 지금까지 나는 얼마나 하나님을 원망했던가. 그러나 하나님께선 나를 불쌍히 보시고 하나님께 돌아오기만을 기다리고 계시는가 보다.

그가 가신 지금까지 마지못해 교회에 나가긴 했지만, 항상 마음속에는
'나는 이제는 도저히 하나님과 가까이 할 수 없어. 그저 멀찌감치 서서 구경할 따름이야. 내 목사님을 데려가신 하나님을 어떻게 가까이 할 수 있겠어.'

그러던 것이 이제는 정말 하나님을 열심히 섬겨야겠다고 다짐했다.

그렇게 해서 그렇게 걱정하던 영어시험이 F를 면하게 되어서 날아갈 듯이 기뻤다. 나는 그 주일 교회에 가서 감사헌금을 드린 후 목사님에게도 그 말씀을 드렸더니, "그 봐요, 이젠 하나님을 너무 원망하지 말아요. 나 같으면 하나님께 항상 감사하다고 할겁니다."

"지금의 내 경우에 어떻게 감사할 수 있겠습니까?"

"생각해 봐요. 이 세상 어느 누구에게도 주시지 않는 그렇게 아름다운 사랑을 두 분들은 사는 날 동안 주시고 그것도 모자라 지금도 그 분과의 사랑은 변함이 없잖아요."

나는 더 이상 할말이 없어서 아무 말도 못했다.

며칠이 지났다. 아침부터 소리 없이 눈발이 흩날리고 있었다.

요란한 전화 벨 소리에 전화를 받으니, '영어시험은 어찌됐어?' 하는 정다운 K의 목소리가 순간 나를 황홀하게 했다.

('아, K야, 정말 반가운 친구구나. 나도 이제 내 옆에서 지켜줄 사람이 필요해. 나 너무 힘이 들어.')

"왜 대답을 안 해?"

"아, 그래 통과했어."

"정말 반갑다. 어떻게 기분은 좋은 거야? 그렇게 걱정하던 영어시험이 됐으니 이젠 걱정 없겠지? 참, 꿈에 친구를 봤거든, 함께 생활하는 것 말이야."

그래, 우리 그렇게 해 보자. 이 피곤한 몸을 이제는 정말 친구의 따뜻한 어깨에 영원히 기대고 싶어, 하는 말들을 입안 가득 꾹꾹 눌러 버려야만 했다.

　"또 한번 만나자. 이제 공부도 다 마쳤으니 지금부턴 여자의 길로 가는 거야. 나, 친구가 무슨 말을 해도 들꽃 투성이의 길을 걸으면서 다짐한 그 마음 변치 않아."

　"그래, 그래 알겠어, 이제 그만해."

　친구의 애틋한 진심을 더 듣고 있다가는 금방이라도 눈물이 쏟아질 것만 같았다.

　혼란스러웠다. 너무나 혼란스러워 정신이 멍해지는 것 같았다.

　정말 남자는 첫사랑을 평생 잊지 못한다더니 어떻게 아직도 첫사랑을 끌어안고 그렇게 애태우는지, 아니 우연히 새겨 놓은 인연으로 인해 그렇게 크나큰 홍역을 치루어야 하는지,

　"참 졸업식 날짜는 꼭 알려 주어야 해. 다음에 또 전화할게, 마음 편히 가져."

방송통신대학교 졸업식

세월에 떠밀려 바람에 떠밀려 이곳까지 밀려온 낙엽이었다.

지나온 날들이 그리웠고, 지나온 날들이 서러웠다.

그의 부재를 아쉬워하며 그리움을 하늘로 날려보내던 날들이 내 앞에 쌓여갔다.

어느새 졸업이라니,

'임마야, 됐어, 됐어 축하해'

하시면서 환한 웃음으로 들어오시던 그의 모습이 클로즈업되어 온다.

이제 졸업을 하는가 보다.

덩거리 내 졸업하거든 어디 좋은 자리 하나 마련해 주세요.

응, 그래 그러지.

그는 벌써 학사모를 쓴 아내의 모습을 상상하시면서 흐뭇해 지셨던가 보다.

그는 아내의 말이라면 다 옳은 줄 아시고 아내는 이 세상에서 단 하나뿐인 완전한 여인으로 아셨는가 보다.

그러던 그는 내가 손이 닿지 못할 머나먼 곳으로 가 버리고 그렇게 자랑스러워하던 아내의 학사모를 쓰는 것도 보지 않고 내 곁에서 멀리멀리 떠나가 버렸다.

사랑하던 그 사람.
사랑했던 그 사람.

17년이란 그와 나의 생애에서
더 이상 받아야 할 사랑도
더 이상 주어야 할 사랑도 없이
우린 한줌의 재로 날려 버렸던가

아 - 인간으로서 차마 겪지 못할 그 엄청난 일을
나는 인간이기에 겪어야만 했던가

여전히 길거리에는 인파들로 들끓어도
환하게 웃으며 다가오던 그의 모습은
이젠 대구의 거리엔 찾을 길이 없구나

세월이 내 곁을 스쳐가 버리듯
그도 내 곁을 스쳐가 버렸을까

어떻게 내가 그를 떠나보내고, 어떻게 내가 그를 잃어버리고
그 수많은 날들을 겪어 왔는지 생각하면 몸서리 쳐 진다.
아 - 무섭기만 하던 나날들
온 전신을 할퀴고, 뜯기고, 갈기갈기 찢겨버릴 것만 같던 나날들

그가 없는 세상
그와 함께 다닐 수 없던 세상

암흑과 같은 세상에서 누군가가 나를 이 땅에서 없애 주기만을
간절히 바라던 나날들,
아 – 악몽이기를 그렇게도 바랐는데,

이제 그를 잃어버리고,
나만이 남아서 그가 남기고 간 많은 얘기들을
가슴을 쪼개어 가면서 꼬깃꼬깃 접어 두었다.

모두들 잘 들 잊고 사는데
모두들 환한 세상을 바라볼 줄 아는데
비단 나만이 15세기 여인으로 남아야만 했던가

주위의 비난도 비웃음도,
그를 향한 일편단심으로
지금 이렇게나마 해맑은 얼굴로
조금은 발돋음을 하고 있는가 보다.

내 사랑 나의 전부이던 그 사람은 코스모스 꽃길에서 담 모퉁이에서 손
을 흔들던 그는 영원히 손을 흔들며 내 곁에서 멀리멀리 떠나가 버렸다.
임마야, 임마야, 하던 그의 음성을 다시 한번 더 들려주기를 간절히, 간
절히 소원했지만 그는 끝내 들려주지 않았다.

그를 떠나 보내고 그를 볼 수도 만질 수도 없었던 여섯 해가 넘는 긴 세
월동안, 앞뒤도 돌아볼 겨를도 없이 오직 당신만을 그리며 책과 싸워온
당신의 아내가, 아직도 이 하늘의 어느 한 모퉁이에서 당신만을 그리며

이렇게 눈물짓고 있답니다.

　하나님은 질투하시는 하나님이라 하셨다.
　하나님보다 더 사랑하는 자는 하나님께서 빼앗아 버리신다고 하셨다.
　하나님께선 내 사랑을 빼앗아 가 버리시고 그래도 티끌만한 책과 피아
노라도 남겨 두셨는가 보다.

　어쨌든 졸업이라니,
　그는 아내가 자랑스러워 어찌할 줄 모를 것이다.
　당신 하는 김에 대학원도 해. 그게 당신 꿈이었잖아.
　좋아서 못 견디겠다는 당신의 환한 모습을 애타도록 보고 싶지만 어찌
겠어요.
　어느 누구보다도 당신의 축하를 받고 싶었는데, 그러나 어쩌겠어요.
　우리 다시 만나는 그 날, 잊지 말고 내게 축하해 주어야 해요. 당신의 아
내 그 나라에 가서 당신 축하를 받을 게요.
　내가 당신 곁에 가는 날 마중나와 주어야 해요.
　그럼 우리 다시 만나는 날까지 안녕.

　1998. 2. 28. 서울 올림픽 공원에서 졸업식이 있었다. 그러나 오늘 내
졸업식에 축하해 줄 사람이라곤 남편도, 자녀도 아닌, 지금 내 앞에 있는
여고때 S, B를 맺은 동생과 서울에 계신 목사님뿐이었다.
　나는 졸업식 전날까지도 결정을 내리지 못하고 있다가 28일 새벽이 되
어서야 부랴부랴 일어나서 겨우 고속터미널에 와서 아침 7:20분 차를 탈
수 있었다.
　차라리 비라도 오면 날씨 핑계로 가지 않으려 했는데 비는 커녕 날씨는

쾌청했다. 3월이 눈앞에 다가오는 계절이라 비교적 포근한 편이었다. 버스는 어느새 시내를 빠져나가고 있었다. 이른 아침의 맑은 햇살이 유리창문을 통해 반짝이고 있었다. 하늘은 끝없이 맑았고 군데군데 솜털 같은 하얀 구름이 떠다니고 있었다. 벌써 유리창문 밖에는 봄기운이 역력했고 화창한 하루를 장식하는 아침햇살이 밝아오는 데도 나는 무수한 잡념에 시달리어 어찌할 바를 모르고 있었다.

그래,

오늘은 어떠한 일이 있어도 울지 않으리라. 눈물은 지금까지 흘린 눈물로서도 충분해. 비록 그와 함께 하지 못한다 해도 오늘은 결코 울지 않으리라.

무려 4시간이나 달리는 버스 안에서 다짐을 하고 11:30분 경에 동서울 고속 터미널에서 그들과 함께 만나 목사님의 차를 타고 올림픽 공원으로 갔다. 벌써 입구에서부터 졸업생들과 축하객들, 또한 꽃다발을 팔러 다니는 아주머니들, 스카프를 한아름 안고 팔러 다니는 사람들, 글자 그대로 인산인해를 이루었다.

어느새 그가 혼잡한 사람들을 비집고 운동장 한가운데 서서 나를 반기고 있었다.

아 – 목사님,

나는 선뜻 들어서지도 못하고 그의 환상을 붙들고 멍청히 서 있었다.

지금 그 넓은 광장 안에는 축제 기분으로 가득차 있었다. 여기저기서 사진을 찍는 졸업생들, 축하객들 사이에서 여전히 그가 서성이고 있었다.

'임마야, 나 여기 있어. 당신 혼자가 아니야, 축하해, 진심으로 축하해.'

그의 밝은 목소리가 메아리가 되어 넓은 광장 안을 가득 메워져 일렁이고 있었다.

그렇게 그의 감격 어린 축하의 물결 속에서 흔들거리고 있는데, 동생이 어느새 카네이션과 안개꽃 등으로 묶여진 꽃다발을 내게 안겨 주었다.

아, 당신 꽃다발을 안고 있으니 더 예뻐. 당신 여기 서봐.
당신은 나 없이는 학사모도 못 써.
가만히 있어봐, 자 이렇게 쓰는 거야. 이 앞과 뒤를 조금 당겨서 살짝 집
어넣는 거야 자, 이젠 됐어.
야, 멋있어. 나이 60에 학사모를 쓴 내 아내 정말 멋있어.
이번엔 당신 여기 이렇게 서봐. 나와 함께 찍어.
덩거리 오늘의 이 영광스런 학사모는 덩거리 덕분에 차지한 것이니까
내가 아닌 덩거리가 써야 돼. 덩거리가 써 봐 내가 찍어 줄게.
응, 그래 그럼 내가 한번 써 볼게.
덩거리, 자 활짝 웃어요. 영국신사가 쓰니까 더 어울려.
덩거리, 남들은 아들, 딸 다 와서 축하해 준다지만, 나는 덩거리만으로
도 만족해. 이 세상 어느 누구의 축하를 받는 것보다 덩거리 한사람의 축
하만이라도 나는 너무 행복해.

졸업장을 받아 들었다.
그것은 졸업장이 아니라, 그와 나의 기쁨이었고, 그와 나의 한 방울 한
방울 눈물로 얼룩진 결정체였다.
그를 떠나보내고, 절망과 회한의 세월 속에서 힘겹게 피워 올린 아픔의
한이었다.
그를 떠나보내고, 그를 못 잊어 한 올 한 올 피눈물로 엮어간 내 슬픔이
었다.
이제 나 혼자서 졸업장을 가슴에 안았다.
덩거리, 기뻐해 주세요. 당신의 아내 드디어 해 내었어요.

死境에서 헤매던 당신의 아내 '책' 하나 달랑 들고 그 힘겨운 세월을 이겨냈다구요.

오늘의 이 기쁨을 누가, 누구가 있어 당신만큼 마음 가득히 축하해 줄 사람이 있을까!

임마야 됐어, 됐어, 합격이야,

발표가 있던 날 환하게 웃으며 들어오시던 그의 모습, 그의 목소리가 지금도 내겐 마치 몇 시간 전에 얘기라도 했던 것처럼 생생하게 들려오는 것 같았으나, 이젠 영영 돌이킬 수 없는 슬픈 메아리만이 지금 축제기분으로 가득차 있는 이 넓은 광장 안을 한없이 맴돌고 있었다.

졸업을 하면 무얼 하겠어?

진심으로 걱정해 주던 사람들.

그래, 내가 이 땅에 남아서 그를 위해 해 드릴 것이라곤 이것 밖에 없다.

우리의 한을, 우리의 못 다 핀 이 애절한 사랑을,

그가 가시면서 내게 남기고 간 과업이었다.

그렇게 소꿉친구처럼, 비둘기처럼, 행복의 세계로 작은 날개를 펴가며 날아다니던 그와 나 사이에 그 엄청난 장애물로 다시는 더 이상 볼 수도, 얘기할 수도 없게 되었던 그 아픔의 한을.

나는 대학원은 미뤄두고, 또다시 책상 앞에 앉아서 글 쓰는 작업에 몰두했다. 그런 나를 어머니께선 너는 졸업을 했는데도 그렇게 바쁘냐고 하셨다. 여전히 그의 생각을 떨쳐버리기 위해서라도 잠시도 틈을 주지 않고 원고지에 무언가 메꾸어 나가던 6월 어느 날,

하늘은 맑고 한낮의 햇볕은 눈이 부셨다. 친구 K가 쨍쨍한 햇볕을 비집고 내게 다가왔다.

‘사랑’ 얼마나 황홀하며, 얼마나 가슴 뿌듯한 단어일까.

친구 역시 무척이나 가슴 깊이 묻어 두었던 사랑이 아니냐. 어떻게 보면 친구와 나는 ‘사랑’ 이라는 단어의 같은 맥락에서 열병을 앓고 있지 않는가.

그래 친구의 마음을 이해해 주자. ‘언니는 뭘 그렇게 잘나서 K의 사랑을 모른 채 하느냐.’ 하던 후배 숙자의 말이, 진실한 사랑을 조금이라도 이해해 주는 입장에서 생각해 보라던 K, 친구의 말들이 뒤범벅이 되어 나를 너무나 혼란스럽게 했다.

‘그래, 친구의 사랑을 받아들이자. 그것도 가슴 가득 내 것으로 만들자.

‘내게 기대, 우리 이제 함께 해 보자고,’ 하던 K의 목소리가 산울림처럼 긴긴 해가 다 가도록 긴 여운으로 내 온 전신에 흘러 들어와서 한없이 끌려가기도 했다.

버스에서 내려 약속한 장소에 가니 친구는 나를 보자 환한 웃음을 웃어 주었다.

“졸업식 날짜를 알려 달라고 그렇게 말했더니...”

“미안해. 나도 가지 않으려다가 갑자기 가느라고,”

“왜 안가, 어떤 졸업식인데, 친구 졸업식엔 꼭 가려고 했는데 왜 알려주지 않았어?”

“다음에는 꼭 연락할 게.”

“어쨌든 축하해. 늦었지만 친구를 위해 축하주를 단단히 사야겠는데, 우리 어디 나가자.”

“괜찮아. 그냥 이렇게 얼굴만 봐도 좋아.”

“이봐, 우리 어제오늘 사귀어 온 친구가 아니잖아. 힘들고 고달플 때는 옛친구에게 떼를 쓰던지 하소연이라도 좀 해봐. 언제까지 그렇게 마음을 꼭 닫고 있을 거야? 나, 친구에게 아무 것도 아니야?”

"친구 참 좋은 사람이라고 생각해. 어느 누구보다 믿고."

"그럼 지금부터라도 마음을 좀 열어봐, 친구의 아픈 마음을 속 시원히 한번 털어나 봐. 우리 언제까지나 이렇게 질질 끌지 말고 대책을 강구해 보자고."

친구의 따뜻한 눈동자, 따뜻한 말들이 나의 가슴 깊숙이 파고들었다.

"이제 졸업을 했으니 앞으로 무얼 하겠어?"

"아직 할 일이 조금 남았어."

"그래, 친구가 하고 싶은 일은 얼마든지 해. 그러나 세월은 언제까지나 우리를 기다려주지 않아, 더 늦기 전에 결단을 내리는 게 좋지 않겠어? 이제 졸업과 동시에 모든 건 던져버려. 지루하지도 않아?"

'그래, 그래 이 친구야, 나도 그렇게 생각하고 있어. 친구의 넓은 가슴에 안겨 모든 걸 풀어놓고 싶어.' 그러나 마음과는 달리 정반대의 말이 쏟아져 나왔다.

"이제 말하지만 내 신조랄까, 내 좌우명이랄까, 나는 남편이 옆에 있을 때보다 지금의 내 경우일 때 매사에 조심해야 한다고 생각해. 만약에 남편이 있는 여자가 혹 실수를 한다면 용서해 줄지 모르지만, 혼자 남았다고 함부로 행동한다는 건 나로선 도저히 용납이 안 돼."

"그런 궤변이 어디 있어. 요즘 어떤 세상인데 그렇게 진부한 사고방식을 가지고 있어? 지금 친구는 자유야. 법적으로는 엄연히 혼자만 남은 거야."

"미안해, 나는 어떠한 경우에든지 그 사람을 떠날 수는 없어. 그러니 이제 마음 잡고 한세상 살아가는 거야, 그러면 다 살아지게 마련이야. 나를 봐, 죽을 것 같으면서도 이렇게 목숨을 부지하고 있잖아. 이 세상에 아무리 어떠니, 해도 나 같이 이런 아픔은 아무도 없어. 뼈를 깎는 아픔이란 거 잘 모르지? 바로 나를 두고 한 말인 것 같아.

내가 지나온 아픔을 생각하면 두 분들은 흔히 말하는 사랑싸움이란 것
밖에 안 돼."

"서울서 여기까지 찾아 온 사람에게 위로는 못 할지라도 약 올리는 말은
말아줘. 내 마음도 친구의 마음과 같이 변함이 없어. 이후로는 절대 꼬이
고 헝클어진 삶은 살고 싶지 않아. 친구에게 미안한 말이지만 우리에게
기회가 온 거야. 우리 일은 합의된 거야. 친구는 조금도 마음 쓸 것 없어.
이제는 내 뜻대로 하겠어. 더 기다리지도 않겠어."

'그래 그렇게 해, 친구가 나를 데려가 줘. 어디든지 멀리멀리...'

사랑하는 나의 어머니

그렇게 또 한해가 지나가고 1999년도의 새해가 밝아왔다.

모두들 희망에 찬 새해가 밝아왔느니, 어쩌느니 했지만, 나는 여전히 새해와는 상관없이 내 작은 방안에서 나의 일에 몰두하는 것이 내 유일한 일이었고 유일한 피난처였다.

그런데,

그의 아픔도 채 가시기 전에...

원래 어머니께선 평소에 몸과 마음이 무척 건강하신 편이셨다.

90을 바라보는 분이셨지만, 젊은 사람 못지 않게 항상 단정하시고 깨끗하신 분이셨다.

어머니의 성품은 무척 활달하셨으며, 적어도 자신에게 주어진 세상을 아름답게 보실 수 있는 지혜를 가지신 분이셨다. 더구나 당신 자식들에 대한 사랑은 넓이도 깊이도 측량할 수 없는 무궁무진한 사랑을 지니신 분이셨다.

어머니와 나는 그 힘든 역경을 함께헤쳐 나온 터라 정말 나는 어머니를 사랑했다. 어떻게 하면 그렇게 고생하시는 어머니를 기쁘게 해 드릴 수 있을까, 하는 것이 내 생각의 전부였다. 결혼을 한 후에도 나는 어머니, 동생들의 기도는 이어졌고 목사님이 시기할 정도로 여전히 그 옛날의 사랑에 머물러 있었다.

사임당 신씨가 항상 어머님이 계시는 곳 하늘을 바라보시며 눈물 지으셨다고 하는 것과 같이, 나 역시 어머니를 위한 사랑과 기도는 끊이지 않았다.

그런데 그렇게 어머니를 사랑하던 내가 목사님이 가 버리자 이상한 여인으로 변해 버렸다. 괜히 어머니에게 짜증을 내고 그 옛날과 같이 따뜻하게 대해 드리지 못했다. 분명 마음은 그것이 아닌데, 이래서는 안 되는데, 하면서도 생각과는 달리 정반대의 행동이 나왔다. 나는 그 아픔을 어머니가 무슨 책임이나 있는 냥 어머니께 다 퍼부었다.

그렇게 사랑하던 어머님이었는데, 어머니의 말씀이라면 죽는시늉까지 하던 내가 어머니의 마음을 아프게 하다니...

어머니 역시 씩씩하게 살아가지 못하고 날개가 꺾여버린 딸을 얼마나 가슴아파 했을까!

힘들었던 시절, 그때부터 나는 결심한 것이 있었다. 어머니를 내 힘으로 평안히 모셔 보겠다는...

그러던 내가 오히려 어머니의 마음을 섭섭하게 해 드리고, 그렇게 사랑하던 어머니를 자식으로서 효도 한번 변변히 해 드리지 못한 어머니를 나는 또 내 곁에서 떠나 보내야만 하는 하늘이 무너지는 일을 또 당해야만 했다.

어머님이 가시다니, 어머님이 가시다니...

또 한차례 세상은 캄캄한 밤이었다.

어떻게 해야 할지 몰랐다.

나는 내 목사님과는 또 다른 성질의, 뼈가 녹아나는 아픔으로 정신을 수습할 길이 없었다.

이미 못난 딸의 효도를 받지 못하신, 그러나 끝까지 자식들에게 떳떳한 모습을 보여 주시는 어머님을 붙들고 목이 터져라 울고 또 울었다.

아 – 어머님, 아버지 오빠들이 가시고 그 험산 준령을 마다 않으시고 그 힘든 세월을 걸어오신 어머니,

어머님, 어머님, 우리를 두고 가시면 우리는 어떻게 하란 말입니까.

당장이라도 나도 어머니의 뒤를 따라가고 싶었다. 이미 내 목사님으로 인해 상처 난 가슴인데 어머니를 따라가지 못할, 세상에 남아 있을 미련도 없었다.

나는 내 목사님으로 인해 눈이 어두워져 있던 것이 어머님이 가시자 그 때야 비로소 바른 정신으로 돌아왔다. 10여 년이나 되는 긴 세월 동안 나는 너무나 불효한 딸이었다. 그 불효를 어떻게 보상해 드려야 한단 말인가! 지금와서 아무리 외쳐 보아도 이미 때는 늦었다.

당장 어머니를 따라가서 그 나라에서 이제는 후회없이 정성껏 어머니께 효도해 드려야겠다는 유혹을 뿌리칠 수가 없었다.

얼마나, 얼마나 가증스러운 생각이란 말인가.

어머니, 이 불효한 딸 용서해 주세요.

어머니, 어머니,

아무리 불러도 싫증이 나지 않는 그 이름 어머니,

어머니를 평생 내 손으로 모셔 보려던 우리 어머니는

어디로 가셨습니까.

어머님, 어머님,

이 불효한 딸, 나는 왜 이렇게도 고달퍼야 합니까.

목사님의 슬픔도 채 가시기 전에 또 어머님 마저 가시다니요.

내 앞에 펼쳐진 세상이, 내게 강요되어진 세상이 왜 이렇게도 험산 준령 뿐입니까?

어머님,

불효한 딸, 이젠 그 인자하시던 어머니의 사랑, 사랑이 흘러 넘치던 어머니의 그 목소리, 언제 한번 다시 들어 볼 수 있을까요?

어머님마저 내 곁을 떠나가 버리시면 나는 어떻게 하란 말입니까.

이젠 쉬어갈 그늘 한 자락도 없이 막막한 사막뿐입니다.

비록 불효한 짓을 했어도, 용서받지 못할 짓을 했어도, 어머님이 계실 땐 마음 한 구석 얼마나 든든했는지 아세요?

어머님,

아직도 환한 어머니의 모습

야야 너무 신경쓰지 마라.

너 목사는 좋은 나라에 가서 편안히 쉬고 있다.

몇 번 꿈에 봤는데 그 사람은 항상 광채 나는 얼굴을 하고 높은 지위에 있더라.

그러니 그 사람 걱정말고 너나 정신 차려서 살아야 한다.

어머니,

당신은 그 보다 더 아픈 가슴을 안고 살아 오셨잖아요.

그러나 저희들을 위해 타는 가슴을 안고서도 내색한번 변변히 하지 않으시던 어머님.

어머님,

어머님은 장하셨습니다. 훌륭하셨습니다.

이 세상의 어느 어머님보다 어머님은 훌륭하셨습니다.

그러나 저희들은 어머니의 그 사랑에 만 분의 일도 갚아 드리지 못하고 이제와서 이렇게 가슴 태우고 있는 미련한 저희들을 용서해 주세요.

어머님,

어머님이 계실 때 좀더 효도해 드렸더라면, 후회해 본들 무슨 소용이 있겠습니까.

어리석고 못난 딸은 우리 어머님만큼은 천년 만년 사실 거라고 생각했거든요.

그러나 세상은 저의 효도를 기다려 주지 않더군요.

어머님,

어머님만으로서도 세상을 다 채울 수 있었던 어린시절,

오빠의 고시만을 위해 꿈에 부풀어 있던 우리 가정

하얀 박꽃이 수줍은 듯 숨어있는 휘영청 밝은 달빛 아래 운동장 한가운데 자리를 펴고 아버지 어머니께 옹기종기 모여 앉아 옛날 얘기에 정신을 빼앗기던 그 때 그 시절,

언제 한번 그 때 그 시절로 다시 되돌아갈 수 있겠습니까.

어머니,

그러나 그 행복했던 시절도 잠시 뿐

태산이 무너지는 소리 앞에서도 꿋꿋이 걸어나오신 어머니,

어머니,

불효한 저희들은 어머님이 가시고 나서야

비로소 어머니의 그 피눈물나는 고통을 알 것 같더군요.

저희들을 위해 몸과 마음을 불살랐던 우리 어머님.

어머님,

어머님이 양말 팔러 가셨다가 보름 후에, 한달 후에 오시면 우리 형제들만으로서도 역 광장을 가득 채우며 연착하는 기차를 초조하게 기다리던 우리 형제들,

어머님을 방 한가운데 모시고 부쩍 성장한 동생들과 함께 매달려 웃고 얘기하며 행복해 하던 그 시절

아 - 어머니는 그 힘든 세월을 한 몸에 껴안고 우리 8식구만 붙안고 살아 오셨습니다.

이제 그 힘든 세월을 다 지내시고 모두들 제자리를 지키게 하시고 어머니는 어디로 가 버리셨나요.

어머니, 좀 더 저희들의 효도를 받지 않으시고 왜 그렇게 가 버리셨나요.

어머니,

이렇게 어머니를 불러보노라면 손에 잡힐 듯 가슴에 닿을 듯

당신의 사랑이 온 전신에 흘러 들어오고 있어요.

지금도 환한 어머니의 모습,

한번만, 단 한번만이라도 다시 뵐 수 있다면...

어머님,

따스한 봄 햇살이 온 대지에 내려앉고, 노란 개나리꽃이 지천으로 피어 있는 대구의 거리를 한없이 거닐어 봅니다.

혹이나 어머님을 만나지 않을까요.

어머님,

멀리서 어머님의 내음이 아련한 봄바람에 실려 지금 흘러들어 오는군요

그 따뜻하시던 어머니의 내음이,

눈을 감아도, 귀를 막아도,

어머니는 내 마음속에, 뇌리 속에 영원히, 영원히 살아 있습니다.

어머니,

어머니의 모습은, 그 인자하신 모습은 해가 뉘엿뉘엿 넘어가고

어둠이 찾아와도 당신의 모습은 보이지 않는군요.

바람이 나뭇잎을 흔들고, 작은 풀잎을 어루만지며 지나갈 때면,

혹이나 바람따라 풀잎따라 어머님이 오시지 않나 귀를 기울여 봅니다.

어머니.

아버지와 오빠들을 잃고도 목놓아 통곡 대신 저희들을 감싸주시던 그 장하신 모습,

이 넓은 하늘 아래 빛난 어머니의 모습만이 온 대지를 덮고 있습니다.

저희들에게 온몸을 불태우고도 저희들에게 끝까지 환한 웃음을 남겨 주신 어머니,

당신의 흔적은 우리 남은 자식들의 가슴 깊이 깊이 남아 있습니다.

낮게 깔린 구름 위로 어머니의 모습이 떠오릅니다.

어머니,

이제 막 별들이 총총한 밤이 되었습니다.

돌아와 주세요.

이 못난 딸에게로 돌아와 주세요.

돌아오실 수 없다면 이 못난 딸이 가겠어요.

어머니와 함께 그 나라에서 늦게나마 어머님께 효도하며 살고 싶어요.

어머니,

이 밤도 목이 터져라 어머니를 불러 봅니다.

그 옛날과 같이 인자한 음성으로 대답해 주세요.

나를 낳아 주시고 나를 길러 주신 어머니,

이 세상에서 어머니의 사랑보다 더 큰사랑이 또 어디 있겠습니까.

어머니, 어머니, 아무리 불러봐도 싫증이 나지 않는 그 이름,

이 세상에 이 보다 더 아름다운 이름이 어디 있으며

이 보다 더 사랑이 담긴 이름이 어디 있겠습니까.

어머니 뵙고 싶어요.

이 불효한 딸 한번만이라도 어머니를 뵐 수 있다면 얼마나 좋겠어요.

어머님이 가시자 우리 남은 자식들은 밤마다 언니 집에 모여서 어찌 할

바를 모르고 쩔쩔맸어요.

아 - 어머님, 당신은 가셨습니다.
이렇게 애타게 부르짖는 저희들을 버려 두시고,
멀리 멀리 다시는 저들에게 오실 수 없는 머나먼 나라로 87세의 일기로
어머님은 세상을 떠나셨습니다.
어머님, 이 아픔을, 이 슬픔을 또 어떻게 견디어 나갈까요?
어머님을 뵙고 싶어 못 견딜 땐 어떻게 해야 할까요?

인생이란 다 그런 거야,
어머님은 장수하셨어, 하는 눈빛들이었지만,
내겐 견딜 수 없는 아픔만이 내 앞을 가로막고 있었다.

그 많은 아픔을 던져주고도 세월은 아무 일도 없었다는 듯이 여전히 흘
러갔다.
그렇게 목사님으로 인해 가슴을 도려내는 것만 같은 아픔이 이제 어머
니에게로 향했다. 괜히 어머니에게 짜증을 내고 어머니에게 화풀이를 다
하지 않았던가! 내가 왜 그랬던가? 아마 지금까지 정신이 조금은 나갔던
것이 어머니가 가시자 이제야 정신이 조금씩 돌아오는 것만 같았다. 그렇
게, 그렇게 사랑하던 내 어머님이었는데...

10년여간의 긴 여정에서

많은 세월이 흘러갔다.

그 사이 어머니의 아픔으로 인해 목사님의 슬픔이 조금씩, 조금씩 밀려나갔다고나 할까.

10년이면 강산도 변한다는 그 숱한 세월 속에서 바보 같은 한 여인은 다시 오지 못할 님을 그리며 행여나 오늘이나, 내일이나 오실까, 10년 세월을 하루같이 기다렸다. 아무리 생각해도 그는 가시지 않았다. 언젠가는 다시 만나서 예전에 그랬던 것처럼 그와 함께 거리를 활보하는 날이 오는 거야. 그렇게 굳어져 있던 마음이 어머니의 슬픔으로 인해 서서히 그 사실이 가슴에 와 닿는 것 같았다.

이제 먼 삶의 여정에서, 10년 간의 방황에서, 어머님의 가심으로 이제야 조금씩 마음이 돌아오는 것 같았다.

아 - 그래,

남들이 말하는 것과 같이 그는 내 곁을 떠나가 버리고 이제 다시는 내 곁에 올 수 없어,

나는 나 혼자야. 정말 이제 그는 내 곁에 올 수 없어. 나 혼자야...

이 엄연한 사실을 인정하기까지는 10년 세월을 겪어야만 했다.

'이제 이 세상에서의 인연은 끝이야' 그렇게 믿어지지 않던 사실이 이제는 서서히 내 가슴속에 자리를 잡아가고 있다.

이제 어머님도, 목사님도 내 주위에는 없다. 사랑하던 사람들, 나는 그

들을 잃어버렸다.

10년 세월을 하루같이 언젠가는 다시 오신다는 생각을 떨쳐버리지 못
하던 것도 마음속에서 지워버리고 이젠 정말 그가 없는 세상을 살아가야
한다.

이제 친구도 마음을 다져 먹었겠지. 긴 세월 동안 방황했는데, 친구만이
라도 잘 살아야 할 텐데. 그렇게 남은 세월을 새하얀 아카시아 꽃향내를
즈려밟고 영원을 기약하자던 친구도 내 곁에서 멀어져 갔다.

새삼 친구의 말들이 하나하나 가슴속에 훈훈한 정을 느끼게 한다.

'내게 기대, 이제 우리 함께 숨쉬고 함께 웃어보자고'

'그래, 친구 지금이라도 늦지 않았다면 그렇게 해 보자. 나는 친구의 어
깨에 친구는 나의 어깨에 기대어 함께 부대껴 보자고, 아마 혼자서 부대
끼는 것보다 힘을 합해서 부대끼면 훨씬 더 가벼울 거야.'

주루룩 눈물이 흘러 내렸다.

햇볕이 나무위로 쏟아져 내리던 어느 날, 시내를 빠져나와 그 때 그 냇
가에서 여전히 재잘대던 시냇물만 바라보던 친구의 어깨너머로 또박또박
차마 듣지 못할 말을 전해주었다.

'아무리 그가 없는 세상일 지라도 친구와 나는 갈 길이 따로 있다' 고
매듭 지우던 그 날, 친구는 내 손을 잡고 뜨거운 눈물을 흘렸다. 나 역시
함께 울었다.

'매정한 친구, 지독한 사람.' 친구는 그렇게 중얼거렸다.

내 생애에서 참 좋은 이웃이었는데 그도 그렇게 가 버렸다.

정녕 '나' 란 한 여인은 시작부터 별난 인생이었던가! 아니, 그 길이 비
록 본래의 나의 길이 아니라고 우겨댈지 몰라도, 나는 내 앞에 펼쳐진 길

을 걸어가야만 했다. 그것이 내게 주어진 피할 수 없는 나만의 길일진 대, 그를 떠나보내고 어느 누구도 대신 걸어가 줄 수 없는 나만의 길을 그래도 나는 지금까지 버텨내지 않았던가!

  아득한 옛날 푸른 하늘 아래서 조약돌을 줍던 작은 여자아이가, 문득 정신을 차리고 보니 너무 멀리와 버렸구나.

  아 - 그러나 어쩌랴! 후회가 없다. 서른이 넘어 사랑을 배워 17년 간의 지칠 줄 모르던 우리들의 사랑이 도저히 인간으로선 허물 수 없는 거대한 장벽으로, 한올 남김도 없이 빼앗겨 버렸지만 후회없는 사랑을 했다. 만나면 기쁘고, 만나면 종달새 마냥 재잘거리던 우리들의 사랑, 이후 어느 누구와 함께 한들 그와 나의 사랑을 흉내라도 낼 수 있을까!
  10년이란 긴 세월 동안 나는 그를 붙들고 놓아주지 않았다. 그가 나를 놓아주지 않는 것이 아니라, 내가 그를 놓아주지 않았다. 이제는 놓아주어야지.
  그렇게 소꿉친구처럼 작은 날개를 펴가며 날아다니던 우리 앞에 '이별'이라는 엄청난 형벌이 내게 던져지던 그 날, 오직 살아가는 의미를, 그와 나의 이 한 맺힌 사랑을 쏟아내는 것이었다.
  긴 세월 동안, 꼬깃꼬깃 접어두었던 한 여인의 한을, 이제 지면을 빌어 토해내고 나니 가슴 한편 후련해옴을 숨길 수가 없다.

  12년 간 철저히 감추어졌던 내 사생활, 이제 모든 것을 털어버렸다.
  그래? 남편이 부재중이었다고? 경악을 금치 못할 것이다. 그러면, 그 힘든 길을 어떻게 걸어왔느냐고 내게 묻는다면, 나는 말할 것이다.
  그래도, 그래도 한 때는 이 세상에서도 제일 행복한 여인이었다고, 그러면 남은 세월은 무엇으로 메꾸어 나가겠느냐고 또다시 묻는다면, 이제 모든 찌꺼길랑 하늘에 훌훌 날려 버리고 가벼운 마음으로, 하나님 모시고 제일 행복한 여인으로 살겠다고.

권 명 애

1942년 경북 안동에서 태어난 권명애는
1962년 안동여고 졸업후, 안동교육청에 10년간 근무했다.
1996년 대구교육대학교 사회교육원(문예대학 소설창작)수료
1998년 60의 나이로 방송통신대학 국문학과를 졸업했다.
2000년 대구작가콜로퀴엄 소설반을 수료했다.

그리움을 하늘로

2003년 12월 18일 발행
2003년 12월 25일 1쇄

지 은 이 / **권 명 애**
펴 낸 이 / **윤 현 호**
펴 낸 곳 / **뿌리출판사**
홈페이지 / **뿌리출판. kr / www. rootgo.com**
E-mail / rootgo@dreamwiz.com / root1115@daum.net
주 소 / 서울시 성동구 성수 2가 3동 317-10호 2층 우편번호/133-835
전 화 / (代) 2247-1115, 466-4516, 팩 스 / 466-4517
출판등록 / 서울시 등록(카) 제 1-551호 1987.11.23

값 / 9,000원
ISBN 89-85622-40-2

뿌리출판사 에서는
다음과 같은 원고를 기다립니다.
훌륭한 글, 맞춤법이 어긋나거나
멋진 문장이 아니라도 좋습니다.
멀리 타국땅에서 삶의 향기가 짙게 배인
진솔한 이야기나, 다른 이들에게 기쁨을 줄 수 있는
이야기면 더욱 좋습니다.
모두 소중한 인연으로 여기고 반기겠습니다.

문학 창작 작품 : 소설, 희곡, 시, 기타 문학작품
비소설 부분 : 경영신서, 수기, 번역작품
산문 및 학술 : 인문, 사회, 철학, 여성, 과학, 의학, 기타
분야 등 위의 분야와 그 밖의 집필 계획이 있으신 분은
집필계획서를 제출하셔도 좋습니다.

그동안 뿌리출판사는 유명 중진작가 30여 분의 소설집 간행에
이어 앞으로 사업의 다각화로 위의 작품을 출판할 계획입니다.
독자님께서 출간 계획들을 갖고 계신다면
저희 출판사로 연락해 주십시오.
최소한의 경비로 출간할 수 있는 방안을
친절히 상담해 드리겠습니다.

Ⓡ 뿌리출판사 · 뿌리문화사
등단작가 원고접수 : www. rootgo. com 작가의 방
기타 원고접수 : www. rootgo. com 책 만들기 상담
E-mail : rootgo@dreamwiz.com
ROOT Publishing & Printing co.
서울시 성동구 성수 2가 3동 277-7호 (조합)206호 우 133-832
TEL : (02)2247-1115(代), FAX : (02)466-4517.
(02)466-4516.